KNAUR

Über die Autorin:
Melissa Wiesner ist eine Nachteule, und schon als Mädchen erfand sie nachts Geschichten, wenn ihre Familie früh ins Bett ging. Heute lebt Melissa mit ihrem Ehemann und den zwei gemeinsamen Kindern abwechselnd in der Großstadt Pittsburgh und im ländlichen West Virginia.
Mehr zur Autorin:
www.melissawiesner.com
facebook.com/MelissaWiesnerAuthor
instagram.com/melissawiesnerauthor

MELISSA WIESNER

IT ALL COMES BACK TO YOU

KANN DIE WAHRE LIEBE JEDE LÜGE VERZEIHEN?

ROMAN

Aus dem Englischen
von Veronika Dünninger

KNAUR

Die englische Originalausgabe erschien 2023 unter dem Titel
»It all comes back to you« bei Bookouture, an imprint of Storyfire Ltd.

Besuchen Sie uns im Internet:
www.droemer-knaur.de

MIX
Papier | Fördert gute Waldnutzung
FSC® C014496
FSC www.fsc.org

Deutsche Erstausgabe Oktober 2024

First published in Great Britain in 2023 by
Storyfire Ltd trading as Bookouture.

Redaktion: Silvia Kinkel
Covergestaltung: ZERO Werbeagentur GmbH, München,
Übernahme des Originalcovers, das bei bookouture.com erschienen ist.
Coverabbildung: ZERO Werbeagentur unter
Verwendung des Designs von emmagravesdesign
Satz und Layout: Adobe InDesign im Verlag
Druck und Bindung: GGP Media GmbH, Pößneck
ISBN 978-3-426-28443-8

2 4 5 3 1

Für Sid.
Dieses Buch konnte nur für dich sein.
Danke für die Inspiration.

PROLOG

SOMMER, GEGENWART

Dr. Anna Campbell hatte die vergangenen eineinhalb Jahrzehnte dagegen angekämpft, nach Hause zu fahren. Aber unmittelbar hinter diesen Ausgangstüren des Flughafens erhob sich Pittsburgh, Pennsylvania – die Stadt, der sie während ihrer gesamten Kindheit entkommen wollte.

Um sich Mut zu machen, griff Anna nach dem goldenen Anhänger, den sie seit nunmehr zwei Jahrzehnten um den Hals trug, und rieb mit dem Daumen über die feinen in die Oberfläche eingravierten Linien. Sie war kein verängstigtes, verzweifeltes Kind mehr, und diese Reise war ihre Chance, endlich die Antworten zu finden, denen sie ihr halbes Leben lang nachgejagt war.

Um dann die Vergangenheit endlich für immer hinter sich lassen zu können.

Anna drückte die Schultern durch und folgte den anderen müde wirkenden Reisenden auf der Rolltreppe. Sie hielt einen Moment inne, während die Leute entweder auf die Gepäckausgabe zusteuerten oder hinter den Schiebetüren verschwanden, wo Freunde und Verwandte sie abholen würden. Anna hatte keine Koffer. Ihre Habseligkeiten passten in den Rucksack auf ihrem Rücken, und niemand kam zu dieser späten Stunde, um sie abzuholen. Sie suchte die Schilder über ihrem Kopf nach einem ab, das den Weg zum Uber-Stand auswies.

Sie wollte gerade durch die Türen hinausgehen, als eine leise Stimme hinter ihr rief: »Kann jemand bitte einen Arzt rufen?«

Anna schnellte herum, und ihre Beklommenheit war vergessen, als ihr Blick auf einen der schönsten Männer fiel, die sie je gesehen hatte. Er stand ein paar Schritte entfernt und sah sie an. Sie verharrte für einen Moment reglos, während ihr der Rucksack von der Schulter rutschte und auf den Boden fiel.

Der Mund des Mannes verzog sich zu einem Lächeln.

»Gabe!«, hauchte sie und stürzte auf ihn zu. Er traf sie auf halbem Weg, hob sie in die Luft und wirbelte sie herum.

Gabriel Weatherall, ihr bester Freund auf der Welt.

»Ich kann nicht glauben, dass du hier bist«, sagte sie kopfschüttelnd, als er sie endlich wieder auf den Boden stellte.

Ihr Flugzeug war nach Mitternacht gelandet, und sie hatte ihm gesagt, sie würde sich ein Hotelzimmer in der Nähe des Flughafens nehmen und eine Runde schlafen. Sie hätte wissen müssen, dass er nicht auf sie hören würde.

»Du hattest doch nicht ernsthaft vor, dich nach all der Zeit still und heimlich wieder ins Land zu schleichen, oder?«, fragte er.

»Nicht unbedingt schleichen.« Sie schenkte ihm ein schiefes Lächeln. »Aber vielleicht auf Zehenspitzen herkommen.«

Gabe schüttelte seufzend den Kopf. Belustigung lag in der Geste, aber auch eine Spur von etwas anderem. Verdruss vermutlich. »Du weißt aber schon, dass meine Familie die Tage bis zu deiner Ankunft gezählt hat?«

Annas Herz krampfte sich zusammen: Gabes Familie, die Weatheralls. Gabes riesige, laute, entzückende, liebevolle, unterstützende Familie. Sie hatten alle zu ihrem Leben gehört, seit sie ein Kind war, und in ihren Schoß aufgenommen zu werden war das Beste, was ihr je passiert war. Aber an Tagen wie heute war ihr klar, dass sie nie genauso sein würde wie diese Familie, für die jede Veränderung im Leben einen Grund zum Feiern bot, je lauter und geselliger, desto besser.

Während Anna sich in solchen Situationen nur noch verkriechen wollte, bis sie sich überlegt hatte, was sie als Nächstes tun würde.

Als würde er ihre Gedanken lesen, sagte Gabe: »Sei froh, dass nicht die ganze Familie mit einer Blaskapelle und einem Feuerwerk an der Gepäckausgabe aufgetaucht ist.« Er sah sie mit hochgezogenen Augenbrauen von der Seite an. »Ich habe ihnen zu verstehen gegeben, dass dir das zu viel sein könnte.«

Er übertrieb, aber nur ein klein wenig. Und genau wie er es immer getan hatte, kannte Gabe sie besser als irgendjemand sonst. Er verstand ihre Vergangenheit, ihre Kindheit und all die Gründe, weshalb es ihr schwerfiel, sich anderen Leuten gegenüber so zu öffnen, wie es seine Familie tat.

Na ja, er verstand das meiste davon. Es gab ein paar Dinge, die sie nie jemandem erzählt hatte.

Obwohl sie wusste, dass ihre Reserviertheit ihn mitunter frustrierte.

Anna warf ihm einen verstohlenen Blick zu, während er ihren Rucksack vom Boden aufhob. Es war vier Jahre her, seit sie Gabe zuletzt gesehen hatte. Jetzt, mit Mitte dreißig, hatte er ein paar Lachfältchen um die Augen und war zwar immer noch schlank, aber ein bisschen fülliger geworden. Aber das machte ihn nur noch attraktiver.

Er wandte sich um und ertappte sie dabei, wie sie ihn anstarrte.

Irgendwo in der Ferne glaubte sie, ein leises Summen zu vernehmen, erst schwach und dann immer lauter. Im ersten Moment dachte Anna, das Förderband drüben bei der Gepäckausgabe hätte sich in Bewegung gesetzt, aber nein. Das kam von ihr selbst – dieses zitternde, kribbelnde Gefühl, das ihre Gliedmaßen jedes Mal erfasste, wenn sie in Gabes Nähe war.

Nach dem flüchtigen Zucken in seinem Augenwinkel zu urteilen, fühlte er es ebenfalls.

Und einfach so wurde sie an jenen Tag zurückversetzt, an dem sie ihn das letzte Mal gesehen hatte, einem Abend Anfang Juni vor vier Jahren. Wie sie beide auf der Eingangsveranda seines Elternhauses standen, die wenigen Holzbohlen, die sie trennten, eine breitere Kluft als der Ozean, den sie soeben überquert hatte. Zu der verdutzten Miene in Gabes Gesicht und der Verletztheit, die sich in seinen Augen spiegelte, als sie von all den Linien zurückgewichen war, die sie um ein Haar überschritten hätten.

Jetzt wich sie wieder zurück, bückte sich, um ihre Jacke aufzuheben und die Taschen zu durchwühlen, als müsste sie auf einmal unbedingt ihren Pass finden. Gabe schnaubte leise, und da war er wieder, dieser Verdruss.

Zum ungefähr millionsten Mal seit jener stürmischen Frühlingsnacht, in der sie das Land verlassen hatte, fragte sie sich, wie Gabe wohl jetzt über ihre letzte Begegnung dachte, nachdem sie so lange fort gewesen war. Ob auch er froh war, dass sie aufgehört hatten, bevor irgendetwas zwischen ihnen passiert war?

Und bedauerte er es andererseits genauso sehr wie sie?

Sie würde ihn niemals fragen.

Sie redeten über alles. Alles, bis auf diesen spannungsgeladenen Draht, der zwischen ihnen knisterte. Das Thema war derartig vom Tisch, dass es nicht einmal mehr im Raum stand. Denn wenn es etwas gab, was ihr mehr bedeutete als alles andere, etwas, das sie mit ihrem Leben beschützen würde, dann war es ihre Freundschaft mit Gabe.

Das war das Einzige im Leben, worauf sie sich immer hatte verlassen können.

TEIL I

1

HERBST, VOR FÜNFZEHN JAHREN

Anna holte zitternd Luft, um den Presslufthammer in ihrer Brust zu beruhigen, während ihre Professorin vorn auf dem Podium eine Liste mit Namen herunterrasselte. Der Typ, der rechts neben ihr saß, warf einen vorwurfsvollen Blick auf ihren abgelaufenen Sneaker, mit dem sie nervös auf den Boden tippte, und Anna presste eine Hand auf ihr Bein, um es ruhig zu halten.

Die Person, deren Namen ihre Professorin gleich aufrufen würde, hatte keine Ahnung, dass Annas Zukunft von ihr abhing. Anna war eine von nur einer Handvoll Highschool-Schülern, die sich für dieses kostenlose Collegeprogramm qualifiziert hatten, und dieses Projekt war ihre Chance auf ein Stipendium, auf ein Leben, in dem sie nicht ständig hinter sich schauen müsste.

Das scharfe Rascheln von Papier in Dr. McGoverns Hand hallte durch den Hörsaal, während ihr Finger über die Liste fuhr, bis sie plötzlich innehielt.

Anna umklammerte den Saum ihres Secondhand-T-Shirts, wartete gespannt auf den Namen ihres neuen Projektpartners.

»Gabriel Weatherall.«

Sofort huschte Annas Blick durch den Raum zu dem hochgewachsenen, dunkelhaarigen Typen, der auf seinem Stuhl herumlungerte und lässig einen Stift zwischen den Fingern drehte.

Er nickte ihr kurz zu und wandte den Blick wieder ab. Keine

Sekunde später schnellte sein Kopf zurück, und er starrte sie mit offenem Mund an, eine verzögerte, beinahe komisch wirkende Reaktion.

Zumindest wäre es komisch gewesen, wenn nicht ihr ganzes Leben auf dem Spiel stünde.

Anna zwang sich, ihm ein freundliches Lächeln zuzuwerfen.

Als er verächtlich die Augenbrauen hob und die Lippen kräuselte, hatte Anna das Gefühl, ihr Stipendium würde in weite Ferne rücken.

Dr. McGovern teilte die restlichen Studenten auf ihrer Liste in Zweiergruppen ein und begann dann mit der Vorlesung, aber Anna bekam kein Wort davon mit. Sie stützte den Ellenbogen auf den Tisch und ließ ihre braunen Haare vors Gesicht fallen, als würde sie die Spitzen nach Spliss absuchen. Möglichst unauffällig schielte sie an ihrem langen Pony vorbei auf Gabes dichtes schwarzes Haar, sein T-Shirt mit dem Logo seiner Studentenverbindung und seine Arme, die er selbstbewusst vor der breiten Brust verschränkte. Die Hälfte der Mädchen im Kurs würde dafür töten, in den nächsten zwei Semestern mit Gabe zusammenzuarbeiten, aber Anna wäre jeder andere lieber gewesen.

Das hier war schon ihr zweiter Kurs mit ihm, aber sie existierte für ihn gar nicht. Sie dagegen wusste ganz genau, wer Gabe war – der Inbegriff von jemandem, der es im Leben leicht hatte. So, wie er sich bewegte und redete, war Entbehrung für ihn ein Fremdwort. Vermutlich hatten seine Eltern ihm vom Tag seiner Geburt an vermittelt, dass er schlau und etwas Besonderes sei. Sein gesamtes Auftreten spiegelte das wider, die Art, wie er sich in eine Diskussion mit einem Professor stürzte, oder sein Umgang mit den Verbindungsstudentinnen, die sich um ihn scharten und denen er gerade genug

Aufmerksamkeit schenkte, um sie bei der Stange zu halten – aber nie genug, um seine Möglichkeiten einzuschränken.

Okay, Gabe *war* schlau, und mehr als einmal hatte sie ihm insgeheim zugestimmt, wenn er im Kurs einen Standpunkt vertrat. Aber er war zu attraktiv, zu arrogant und zu unbeherrscht. Anna brauchte einen Partner, der sich auf den Hosenboden setzte, keine Aufmerksamkeit auf sich zog und wie besessen arbeitete. Oder noch besser, der sich im Hintergrund hielt und sie die Führung übernehmen ließ. Gabe Weatherall würde nichts von alledem tun.

Nach dem Kurs schlenderte Gabe, umringt von den Leuten, mit denen er immer abhing, in Richtung Tür, ohne Anna auch nur eines Blickes zu würdigen. Sie ließ sich Zeit damit, ihre Bücher sorgfältig in ihrem Rucksack zu verstauen. Hoffentlich würde Gabe zu abgelenkt sein, um sich zu erinnern, dass er auf sie warten sollte, und vielleicht könnte sie davonschleichen und ihn dann später wegen des Projekts kontaktieren. Wenn sie zuerst ein paar Recherchen anstellte, könnte sie sich ihre Argumentation zurechtlegen, bevor sie sich persönlich trafen.

Aber als sie den Raum verließ, lehnte Gabe an der Wand, allein, und beobachtete die Tür. Sein Blick fand ihren, und ihr wurde ganz flau im Magen. Seine Augen waren blassblau, fast schon silbern. Solche Augen sollte niemand mit derartig dunklen Haaren haben. Diese Augen starrten sie an wie Gewitterwolken, zwischen denen die Sonne hervorlugte. Warum waren sie ihr bisher nie aufgefallen?

Sie gab sich einen Ruck.

Gewitterwolken? Reiß dich zusammen.

Gabe hob die Hand zu einem halbherzigen Gruß, und Anna verlangsamte ihre Schritte.

»Hi.« Sie blieb vor ihm stehen und zwang ihre Mundwinkel

nach oben. »Anscheinend arbeiten wir bei diesem Projekt zusammen.«

Gabe machte sich nicht die Mühe, ihr Lächeln zu erwidern. Stattdessen musterte er sie von Kopf bis Fuß. »Wie alt bist du?«

Sie presste ihr Notizbuch an die Brust, um ihr XXL-Baumarkt-T-Shirt zu verbergen. Einer der Freunde ihrer Mom hatte es in der Wohnung zurückgelassen, als sie ihn rauswarf. Er war Klempner, und Anna bedauerte, dass er ging. Endlich hatte mal die Heizung funktioniert, ohne dass man mit einer Dose Erbsen dagegen hämmern musste, und außerdem war er einer der wenigen netten gewesen. Das T-Shirt war zu groß, aber genau das gefiel ihr daran. Man konnte sich leichter darin verstecken.

Aber warum hatte sie nicht daran gedacht, dass heute die Projektpartner eingeteilt wurden, und sich ein bisschen mehr Mühe gegeben? In dem T-Shirt ersoff sie förmlich, vor allem, da sie in letzter Zeit noch mehr abgenommen hatte. Und größer als 1,75 Meter zu sein war auch keine Hilfe. Die meiste Zeit betonte ihre Körpergröße nur ihre Unbeholfenheit. Ein Junge auf ihrer Highschool hatte mal gesagt, sie würde ihn an Bambi erinnern, mit ihren knubbeligen Knien und den riesigen braunen Augen. Er hatte wohl gedacht, er würde ihr ein Kompliment machen.

Jetzt half nur, sich selbstbewusst zu geben. Zum Glück war sie in letzter Zeit ziemlich gut darin geworden, etwas vorzutäuschen. Sie räusperte sich. »Freut mich, dich kennenzulernen. Ich bin Anna Campbell.«

Gabe blinzelte. »Bist du ein Erstsemester?«

»Und … wie war noch gleich dein Name?« Anna drückte die Schultern durch und richtete sich zu ihrer vollen Größe auf. Das klappte bei ihrem Job im Lebensmittelladen jedes Mal, wenn sie es mit einem wütenden Kunden zu tun hatte.

Aber verdammt. Gabe war immer noch fünfzehn Zentimeter größer als sie und wirkte kein bisschen eingeschüchtert. Eher belustigt.

»Gabriel Weatherall. Meine Freunde nennen mich Gabe.«

»Okay, Gabriel. Sieht so aus, als würden wir in den nächsten zwei Semestern zusammenarbeiten. Vielleicht sollten wir unsere E-Mail-Adressen austauschen und Zeiten festlegen, wann wir uns treffen.«

Gabriel zögerte lange genug, um sie zu verunsichern. Überlegte er, wie er aus dieser Nummer herauskommen könnte? Schließlich riss er ihr das Notizbuch aus der Hand und schlug eine leere Seite darin auf. Während er seinen Namen, seine E-Mail-Adresse und seine Telefonnummer hinkritzelte, murmelte er: »Am besten zu erreichen bin ich per Textnachricht.«

Er gab ihr das Notizbuch zurück, und sie notierte auf einem anderen Blatt langsam ihre Telefonnummer und E-Mail-Adresse. Er streckte erwartungsvoll die Hand aus, aber Anna zögerte, ihm den Zettel zu geben.

Textnachricht war keine Option. Anna besaß kein Handy, nur ein erbärmliches schnurloses Festnetztelefon, das schon in der Wohnung gewesen war, als sie einzogen. Sie verkrampfte die Zehen in den Sneakers und vergaß ganz, sich selbstbewusst zu geben. »Ich, ähm … E-Mail passt mir eigentlich besser, wenn das okay für dich ist …« Sie hatte auch keinen Computer. Geschweige denn WLAN. Aber sie lebte praktisch in der Bibliothek und konnte den Computerraum dort benutzen.

Gabe nahm das Blatt mit ihren Kontaktdaten und studierte es, als enthielte es irgendeinen Hinweis darauf, wer sie war. »Na klar, egal. Also, wann hast du Zeit?«

Sie presste die Lippen zusammen. Das würde ihm jetzt nicht gefallen. »Unter der Woche kann ich eigentlich nicht. Ich bin nur dienstags zu den Kursen auf dem Campus.«

Gabe fuhr sich mit einer Hand durchs Haar, sodass es seitlich abstand. Wenigstens gehörte er nicht zu den Typen, die sich tonnenweise Gel in die Haare schmierten. »Kein Problem. Ich habe einen Wagen«, sagte er dann. »Wo wohnst du? Ich kann dich in deiner Gegend treffen, oder wir arbeiten bei dir zu Hause.«

Ihr stockte der Atem bei der Vorstellung, dass dieser attraktive, selbstbewusste, offensichtlich wohlhabende Collegetyp in ihre *Wohnung* kam. Er würde denken … Ihre Wangen glühten. Sie konnte sich auch nicht annähernd vorstellen, was er denken würde. Aber das spielte auch keine Rolle, denn das würde niemals passieren. Allerdings würden sie im Laufe der nächsten zwei Semester viel Zeit miteinander verbringen. Daher musste sie ihm zumindest ein klein wenig von sich erzählen, so peinlich es ihr auch war. »Hör zu, ich kann mich unter der Woche nicht treffen. Ich bin den ganzen Tag in der Schule. Und nach der Schule arbeite ich.«

Verwirrung breitete sich auf seinem Gesicht aus. »Du bist den ganzen Tag in der Schule. Schule, so wie …«

»… so wie Highschool.«

»Highschool?« Sein Kopf schnellte zurück, als hätte sie ihm eine verpasst. »Und was hast du dann bei Global Economics verloren? Normalerweise belegen Leute im Abschlussjahr diesen Kurs.« Gabe lachte, wirkte aber eher genervt. »*College*-Abschlussjahr.«

»Ich bin in einem Programm für vielversprechende Highschool-Schüler.« Anna ließ unerwähnt, dass es ein Programm für »einkommensschwache« oder »gefährdete« Schüler war. Sie hasste den Ausdruck »gefährdet«. Sie musste nicht an all die Gefahren erinnert werden, die ihr Leben mit sich brachte. »Das ist echt hart umkämpft. Ich belege schon seit der zehnten Klasse Kurse. Und nach dem Highschool-

Abschluss kann ich mir die Credits für meinen Bachelor anrechnen lassen.«

Ganz zu schweigen davon, dass sie, wenn sie dieses Projekt mit Bravour abschloss, jeder Professor auf dem Radar haben würde, wenn sie sich um Begabtenstipendien bewarb.

Typen wie Gabe mussten sich nicht um Stipendien sorgen.

»Seit der zehnten Klasse«, wiederholte er. »Und jetzt bist du …?«

Sie seufzte. »Jetzt bin ich in der elften. Ich bin sechzehn.« Gabe war in seinem College-Abschlussjahr, vermutlich schon einundzwanzig, daher konnte Anna nachempfinden, wie verblüfft er war, eine Highschool-Schülerin als Partnerin bekommen zu haben. Aber ihm musste auch klar sein, dass Dr. McGovern sie niemals in diesen Kurs gelassen hätte, wenn sie nicht dort hingehörte.

Er drückte sich von der Wand weg und trat einen Schritt auf sie zu. »Echt jetzt? Sechzehn? Das wichtigste Projekt meiner Collegelaufbahn, und meine Partnerin wartet noch darauf, in die Pubertät zu kommen?«

Anna mochte ja erst sechzehn sein, aber ihr taten sämtliche Knochen weh, als wäre sie eine alte Frau. Am Vorabend hatte sie im Lebensmittelladen bis 22.00 Uhr Kartons ausgepackt und war dann bis nach Mitternacht aufgeblieben, um Hausaufgaben zu machen. Und jeder Abend in dieser Woche würde genauso ablaufen. Sie musste nicht hier herumstehen und sich das anhören.

Anna stemmte die Hände in die Hüften und funkelte ihn wütend an. Aus der Nähe waren diese Augen gar nicht so besonders. Sie als silberblau zu bezeichnen war übertrieben. Im Grunde waren sie einfach nur grau. Ein trübes Spülwasser-Grau.

»Hör zu, ich kann das. Ich habe jeden Kurs mit einer Eins

abgeschlossen. Ich arbeite hart. Du musst mich nicht mitziehen. Dir bleibt also noch genug Zeit, um Erstsemester zu schikanieren und Verbindungsstudentinnen mit billigem Bier betrunken zu machen, oder was immer ihr Theta-Chis in eurer Freizeit so macht.«

Kaum hatte sie es ausgesprochen, da bereute sie ihre Worte auch schon.

Gabe wich einen Schritt zurück. »Wow.«

Hätte das hier überhaupt noch schlimmer laufen können? Bestimmt ging er jetzt zu Dr. McGovern und verlangte einen anderen Partner. Dabei hatte sie fast darum betteln müssen, in den Kurs zu kommen, und wenn Gabe sich weigerte, mit ihr zu arbeiten, wäre sie aufgeschmissen.

Gabe runzelte die Stirn. »Tut mir leid, dich zu enttäuschen, aber du irrst sich.« Anna wollte eben eine Entschuldigung stammeln, als sich sein Mund zu einem Lächeln verzog. »Theta-Chis haben zu viel Stil, um Mädchen billiges Bier anzubieten. Im Allgemeinen nehmen wir Cocktails.«

Anna starrte auf ihre Sneakers, um ihr Lächeln zu verbergen.

Gabe seufzte. »Hör zu, wir haben uns jetzt gegenseitig am Hals, dann können wir auch loslegen. Arbeitest du sonntags?«

Sie schüttelte den Kopf.

»Treffen wir uns in der Bibliothek. 12.00 Uhr?«

Sie nickte unsicher, rechnete immer noch damit, dass er versuchen würde, den Partner zu wechseln.

»Ich werde mein Bestes geben, um meinen verkaterten Arsch aus dem Bett zu schwingen.« Er entfernte sich den Flur hinunter, und ohne sich noch einmal umzudrehen, rief er ihr zu: »Versuch, dir bis Sonntag keinen Hausarrest einzuhandeln.«

Während Anna zusah, wie seine hochgewachsene Gestalt

um die Ecke bog, sackte sie an der Wand zusammen. Wie sollten sie beide bloß zusammenarbeiten, ohne sich gegenseitig umzubringen?

Nach den letzten fünf Minuten zu urteilen, würde es ein sehr langes Jahr werden.

2

Am Samstagabend schleppten Gabes Mitbewohner ein paar Mädchen aus der Schwestergruppe ihrer Studentenverbindung an. Sie hingen auf der Eingangsveranda ihres alten Backstein-Verbindungshauses ab, tranken Bier aus Plastikbechern und saugten die vielleicht letzten Strahlen Sommersonnenschein auf, bevor der Herbst hereinbrach.

Normalerweise hätte Gabe sofort mitgemischt – mit Jake und den anderen Jungs dummes Zeug gequatscht und sich beim Bier-Pong die Kante gegeben –, aber es war sein Abschlussjahr und, woran sein Dad ihn gern erinnerte, höchste Zeit, um über die Zukunft nachzudenken. Im Klartext hieß das, rechtzeitig die Bewerbungen für ein Promotionsstudium einzureichen, um sich für die besten Forschungsstellen zu qualifizieren.

Gabe ging zur Haustür hinaus, den Rucksack über die Schulter gehängt, und winkte seinen Freunden auf der Veranda kurz zu. Er war auf halbem Weg über den Rasen, als eine der Verbindungsstudentinnen seinen Namen rief. Er wandte sich um, während sie in ihren hochhackigen Sandaletten die Verandastufen hinunterstöckelte, die blonden Haare über die Schulter nach hinten warf und ihre Sonnenbräune zur Schau stellte, die sie vermutlich den Sommer über am Pool perfektioniert hatte.

»Du willst doch wohl nicht gehen, oder?« Das Mädchen spielte mit einem ihrer baumelnden Ohrringe.

Gabe wanderte mit dem Blick hoch zu ihrem Gesicht und

schenkte ihr ein Grinsen. »Tut mir leid, Süße, ich würde ja gern bleiben und mit dir abhängen, aber ich habe zu arbeiten.«

Hinter dem Mädchen verdrehte Jake die Augen und tat so, als müsse er würgen. Gabe konnte sich denken, worauf sein Kumpel anspielte. Die anderen amüsierten sich nämlich darüber, dass er die Mädchen immer mit »Süße« anredete, wenn er ihren Namen vergessen hatte.

Die Blondine schien das nicht zu stören. Sie grinste ihn an. »Es ist Samstagabend. Du kannst deine Arbeit doch morgen erledigen. Bleib auf einen Drink.« Sie fuhr mit den Fingerspitzen über seinen Unterarm.

Es war ein herrlicher Abend, und die Vorstellung, hier zu bleiben, war ziemlich verlockend. Aber morgen war Sonntag, und er war mit diesem Highschool-Mädchen wegen ihres Projekts verabredet. Er mochte gar nicht daran denken. Und danach stand Familienkram an.

»Sorry, aber ich muss echt los.« Er checkte sie aus dem Augenwinkel ab. »Aber, hey, ich werde mein Bestes tun, um rechtzeitig zurück zu sein und noch mit euch zu feiern.«

Sie warf ihm ein zufriedenes Lächeln zu. »Sehr schön. Ich werde hier sein.«

Er winkte ihr kurz zu und ging dann die Straße hinunter in Richtung Campus.

Als Gabe in der Bibliothek ankam, ging er durch bis zum großen Studiersaal. Eine Gruppe Studenten mit hippen Brillen und Schals, die sie sich um den Hals geschlungen hatten, saß in einer Ecke und diskutierte über die Vorzüge eines aktuellen Bestsellerromans. Drei hagere Typen, vermutlich mit Informatik als Hauptfach, hatten eine andere Ecke in Beschlag genommen und brüteten über einem Programm, das irgendjemand auf seinem Laptop entwickelte.

Ansonsten war nur eine einzige Studentin da. Sie saß mit dem Rücken zum Raum. Ihr langes, dunkles Haar fiel ihr über die Schulter, während sie einen riesigen Stapel Bücher sichtete und etwas in ein Notizbuch kritzelte.

Es war wunderschönes Wetter und noch früh im Semester. Die meisten Studenten hatten Besseres zu tun, als den Samstagabend in der Bibliothek zu verbringen. Wenn seine Bewerbung für ein Promotionsstudium nicht so wichtig wäre, würde man ihn überall antreffen, aber bestimmt nicht hier.

Gabe rieb sich den Nacken und seufzte, als er seinen Laptop aus dem Rucksack zog. Er würde sich für Doktorandenprogramme in Wirtschaftswissenschaften bewerben und zog einige der besten Hochschulen in Betracht – Harvard, MIT, die Universität von Chicago, Stanford. In seinem Studiengang gehörte Gabe zu den Besten. Wenn er es schaffte, seine Promotion in Zusammenarbeit mit den führenden Wirtschaftswissenschaftlern zu veröffentlichen, hätte er anschließend die freie Auswahl bei den Jobangeboten. Aber zuerst musste er in Global Economics bestehen, was auf einmal gar nicht mehr so sicher schien.

Er hatte überlegt, zu Dr. McGovern zu gehen und um einen anderen Partner zu bitten, aber zu jammern war nicht Gabes Stil, und es würde vermutlich auch nichts nützen. Also hatte er sich damit abgefunden und würde sich mit diesem Highschool-Mädchen treffen. *Anna.* Er hatte nicht vor, sie »Süße« zu nennen.

Was er brauchte, war ein Plan. Er würde das Kommando übernehmen und Anna ein paar leichte Aufgaben – grundlegende Recherchen zu Themen, die er auswählte, Tabellen und Diagramme formatieren, solches Zeug – zuweisen und das Projekt in die Richtung steuern, die er wollte. Vielleicht war das sogar von Vorteil. Ein nervöses und eingeschüchtertes

Highschool-Mädchen war bestimmt einfacher zu manipulieren als einer seiner Kommilitonen.

Gabe rieb sich die Schläfen und spürte, wie die Last ein klein wenig von ihm abfiel. Zeit, sich an die Arbeit zu machen. Er wandte sich seinen Bewerbungen zu und begann mit einem Entwurf seines Motivationsschreibens.

Drei Stunden später klappte er den Laptop zu und rekelte sich auf dem Stuhl. Die Computer-Nerds waren längst gegangen, aber das dunkelhaarige Mädchen hielt noch immer den Kopf über ihr Notizbuch gebeugt, und die Anzahl der Bücher auf ihrem Tisch hatte sich verdreifacht.

Draußen vor dem Fenster gingen ein paar Typen in Kapuzenpullis und Jeans vorbei, unterwegs in Richtung Greek Row. Vermutlich Erstsemester auf dem Weg zu Willkommenspartys bei den begehrten Studentenverbindungen. Die Partys seiner Verbindung waren für die nächsten Wochen geplant. Eine Gruppe Mädchen schlenderte vorbei, und ihr Lachen drang durch das offene Fenster herein. Sie trugen Sommerkleider oder Jeans und Tanktops, verschwendeten keinen Gedanken daran, dass die Temperatur nach Mitternacht stark abfallen und sie auf dem Nachhauseweg vor Kälte zittern würden.

Er sah auf seinem Handy nach der Uhrzeit. Die Party im Verbindungshaus würde jetzt erst richtig in Schwung kommen. Vielleicht könnte er doch noch rechtzeitig zurück sein, um mit dieser Blondine abzuhängen.

Gabe packte seine Sachen zusammen und ging in Richtung Tür. Um abzukürzen, ging er hinter dem dunkelhaarigen Mädchen durch. Just in dem Augenblick, als er an ihr vorbei wollte, griff sie nach einem Buch und zerrte es aus der Mitte des Stapels. Der Turm schwankte, kippte um, und sämtliche Bücher landeten auf dem Boden verstreut. Ausgerechnet der dickste Band erwischte seinen Fuß.

»Mann!« Gabe verspürte einen heftigen Schmerz und fasste sich an den Fuß.

»Oh mein Gott, das tut mir leid!« Das Mädchen schlug erschrocken die Hand vor den Mund und kniete sich auf den Boden, um die Bücher einzusammeln.

»Schon gut. Nichts passiert«, sagte er und humpelte hinüber, um ihr zu helfen. Als er sich bückte, erhaschte er einen Blick auf ihr verlegenes Gesicht und erstarrte.

Heilige … ausgerechnet.

Eigentlich hätte er damit rechnen müssen, dass diese Highschool-Anna die Art Mädchen war, das mit Büchern nach ihm warf. Sein Gefühl sagte ihm, dass sie ihm in den nächsten Monaten noch viel Schmerzen bereiten würde.

»Hey, Kleine.«

Annas Kopf schnellte hoch, und sie lief rot an. »Hi.« Sie biss sich auf die Lippe. »Der Name war Anna.«

Er grinste. »Ich weiß.«

Anna räusperte sich und sammelte die restlichen Bücher ein. Er half ihr, und bald hatten sie auf dem Tisch zwei ordentliche Stapel aufgetürmt.

»Was tust du so spät hier?« Gabe drehte das Buch um, das er in den Händen hielt, und betrachtete den Umschlag. *Eine Bank für die Armen der Welt* von Muhammad Yunus.

»Muhammad Yunus, echt jetzt?«

Anna riss ihm das Buch aus der Hand. »Na und?«

Er wusste, dass Muhammad Yunus zu den Pionieren im Bereich Mikrofinanz gehörte – der Praxis, zum Beispiel Kleinkredite für Unternehmensgründer zugänglich zu machen, die von herkömmlichen Finanzinstituten eine Absage bekamen. Für welchen Kurs war das?

Da lagen noch mehr Bücher über Mikrofinanz, und eines hatte den Titel *Die Entstehung von Haiti.*

Moment mal – Haiti? Dr. McGovern hatte jeder Gruppe ein Land zugewiesen, und die Aufgabe bestand darin, eine Strategie zur Verbesserung des Wirtschaftswachstums zu entwickeln.

Anfang der Woche war die E-Mail mit der Länderzuteilung eingetrudelt, und sie hatten Haiti bekommen.

»Das ist alles für *unser* Projekt?«

»Ja.« Sie langte nach dem Buch in seiner Hand, aber er zog den Arm zurück und hielt es außerhalb ihrer Reichweite. »Mein Konzept steht noch nicht ganz.« Sie straffte die Schultern und sah ihm geradewegs in die Augen. »Aber … ich denke, wir sollten den Schwerpunkt auf Mikrofinanz legen.«

»Hmmm …«, murmelte er und zog eine Augenbraue hoch. »Tja, ich weiß nicht so recht.« Er hatte bereits ein paar Ideen für ihr Projekt, und Mikrofinanz stand nicht auf seiner Liste.

Diesmal gelang es ihr, das Buch an sich zu reißen. »Hey, tu es nicht ab, nur weil es nicht deine Idee ist.«

»Es geht nicht darum, wessen Idee es ist …«

»Hör zu«, unterbrach sie ihn, »ich habe mir einen Haufen Projekte aus den vergangenen Jahren angesehen, und bei den meisten wurde der Schwerpunkt auf das nationale Wirtschaftswachstum gelegt – produzierende Unternehmen und Jobs in die Städte zu bringen und so weiter.«

Ja, das ging ungefähr in die Richtung, die er auch überlegt hatte.

Sie schüttelte den Kopf, als könnte sie seine Gedanken lesen. »Aber in einem Land wie Haiti leben viele Menschen in ländlichen Gebieten. Sie haben keinen Zugang zu diesen Jobs, daher werden die ärmsten Leute immer noch zurückgelassen.« Ihre Stimme nahm Fahrt auf. »Wir sollten den Schwerpunkt auf Mikrofinanz legen – Frauen in ländlichen Gebieten zu ermächtigen, ihr Einkommen durch kleine Geschäfte zu steigern. Das wird zu einer besseren Ausbildung ihrer Kinder führen, die dadurch für höhere Jobs qualifiziert sein werden, und eine stabile Mittelschicht aufbauen.« Ihr Blick hielt seinem stand. »Heute Abend wollte ich noch ein paar Bücher durchsehen und dir morgen einen ersten Entwurf zeigen. Aber du verstehst, was ich meine.«

Gabe musterte dieses Mädchen, das plötzlich seine akademische Laufbahn in den Händen hielt, und er musste unwillkürlich an ein verhuschtes Mäuschen denken. Sie war mager – zu mager –, oder vielleicht lag es auch daran, dass sie wieder in einem zu großen T-Shirt und ausgeleierten Jeans, die um ihre Knöchel schlenkerten, förmlich ertrank. Die Schatten unter ihren Augen wirkten ausgeprägter als Anfang der Woche, und ihr dunkles Haar fiel zu lang über ihren Rücken und verlor sich irgendwie am Ende, so wie ihre Stimme, wenn sie redete.

Na ja, so wie ihre Stimme sich verlor … bis sie anfing, von ihrem Projekt zu reden.

Er knetete die schmerzende Stelle in seinem Nacken. Ihr Vorschlag war einleuchtend. Genau genommen war es eine ziemlich gute Idee. Es würde sich von dem unterscheiden, was die anderen Gruppen machten, und sie konnten sich abheben. Von sich aus hätte er diese Richtung nicht eingeschlagen.

Vielleicht war sie gar nicht das nervöse und schüchterne Mäuschen.

Er setzte sich auf einen Stuhl und nahm eines der Bücher in die Hand. »Okay. Erzähl mir mehr darüber, was du denkst.«

Anna lächelte und ließ sich auf den Stuhl neben ihm fallen. »Also …« Sie umriss kurz, was sie bislang gelesen hatte, und zeigte ihm mehrere Seiten mit Notizen. Er stellte Fragen, gab gelegentlich einen Kommentar ab und brachte ein paar eigene Ideen ein, die sie in ihrem Notizbuch ergänzte.

Drei Stunden später hatten sie ein vollständiges Konzept für das Projekt in Annas Notizbuch ausformuliert, mit einer Liste ihrer nächsten Schritte und einem Zeitplan, bis wann sie alles abgeschlossen haben wollten.

Gabe lehnte sich auf seinem Stuhl zurück und studierte Anna mit widerstrebendem Respekt. Sie hatte nicht nur ein paar brauchbare Ideen, sondern war auch gut organisiert.

Sie vereinbarten, sich wie ursprünglich vereinbart am nächsten Tag zu treffen, aber dann würde die Bibliothek nicht so leer sein wie heute Abend, und sie könnten nicht so viel reden, ohne Leute zu stören. Es gab eine Art Studierzimmer im Verbindungshaus, aber er konnte Anna unmöglich an einem Sonntag nach einer großen Party dort hinbringen. Das Haus würde das reinste Chaos sein – leere Schnapsflaschen, Pizzakartons und Leute, die auf den Sofas im Wohnzimmer ihren Rausch ausschliefen. Anna hielt ihn jetzt schon für einen verantwortungslosen Verbindungsstudenten.

Nicht dass es ihn kümmerte, was sie von ihm dachte.

»Wir können im Haus meiner Eltern arbeiten. Sie leben ganz in der Nähe, und mein Dad hat zu Hause ein Arbeitszimmer. Da können wir reden und unser Zeug ausbreiten und werden von niemandem gestört.«

Anna biss sich auf die Lippe. »Bei deinen Eltern zu Hause? Und *sie* werden wir nicht stören?«

Gabe war nie auf die Idee gekommen, dass seine Eltern etwas dagegen haben könnten, wenn er mit einem Kurspartner zum Arbeiten zu ihnen nach Hause fuhr. Er und seine Geschwister waren in dem Haus ihr Leben lang mit einem ständigen Strom von Freunden ein und aus gegangen. Seine Mutter wüsste gar nicht, was sie tun sollte ohne die vielen Besucher, die sie verköstigen und unterhalten konnte. »Natürlich nicht. Ich fahre sowieso jeden Sonntag hin.«

»Wirklich?« Anna riss die Augen auf. »Warum? Macht deine Mutter deine Wäsche?«

Er seufzte. Nach drei Stunden – sehr freundlicher – Zusammenarbeit an ihrem Projekt hatte er gehofft, sie hätte ein bisschen mehr Respekt vor ihm entwickelt. »Ich kümmere mich selbst um meine Wäsche, schönen Dank auch.«

Annas Lippen zuckten, als würde sie ein Grinsen unterdrücken. Machte sie sich etwa über ihn lustig?

»Um genau zu sein, fahre ich zum Abendessen hin.« Gabe stand auf und packte seine Sachen zusammen. »Mein Bruder und meine Schwestern sind meistens auch da. Das Sonntagsdinner ist so eine Art Familienritual.« Er zuckte mit den Schultern. »Was ist mit deinen Eltern? Haben sie nichts dagegen, dass du bis …« Er sah auf sein Handy. »… ein Uhr morgens unterwegs bist?«

Anna starrte auf die Bücher, die sie in den Händen hielt. »Ich wohne mit meiner Mom allein. Und sie arbeitet in der Nachtschicht in einem Pflegeheim, daher …« Sie wandte sich ruckartig von ihm ab und trug die Bücher zu einem Bibliothekswagen.

Gabe runzelte die Stirn. Für ihn und seine Geschwister hatte es strikte Ausgehzeiten gegeben, als sie noch auf der Highschool waren. Und wo war ihr Dad? Er folgte Anna mit einem weiteren Bücherstapel. »Wie kommst du normalerweise nach Hause?«

»Mit dem Bus. Da es Samstagabend ist, müsste er noch fahren.«

Wenn ihre Mom nachts arbeitete, wusste sie vielleicht gar nicht, dass Anna so spät noch unterwegs war, und würde bestimmt nicht wollen, dass ihre Tochter um ein Uhr morgens mit irgendwelchen komischen Typen im Bus fuhr.

»Ich fahre dich.«

Anna protestierte: »Nein, das musst du nicht. Der Bus ist okay, wirklich. Ich nehme ihn ständig.«

»Hör zu, Kleine. Ich weiß, dass du mich für so ein Arschloch von Verbindungsstudenten hältst …«

»Tue ich nicht!«

»… aber ich werde dich nicht um ein Uhr morgens allein mit dem Bus nach Hause fahren lassen, okay?«

Anna zögerte, dann nickte sie. »Okay. Danke.«

Sie gingen durch die Bibliothekstüren hinaus und die Straße hinunter. Die Temperatur war um mindestens zehn Grad gefallen, seit die Sonne untergegangen war, und Anna verschränkte die Arme vor ihrem verwaschenen T-Shirt. Gabe schlüpfte aus seiner Sweatshirt-Jacke und hielt sie ihr hin. Anna sah ihn von der Seite an, dann streckte sie langsam die Hand aus und nahm die Jacke.

»Danke.«

Wortlos gingen sie ein paar Minuten, dann brach Gabe das Schweigen. »Also, wie hast du McGovern dazu gebracht, dich in ihren Kurs zu lassen? Schon klar, du bist die Beste und die Schlaueste und das alles, aber die meisten von uns haben drei Jahre lang Vorbereitungskurse besucht.«

»Ganz einfach.« Anna schenkte ihm ein schiefes Lächeln. »Ich hatte eine Affäre mit ihr.«

Er lachte verblüfft.

Dr. McGovern hatte eine ihrer ehemaligen Doktorandinnen geheiratet, und Gerüchten zufolge hatte die Beziehung bereits begonnen, als die Doktorandin noch Studentin war.

Gabe hätte nicht gedacht, dass Anna etwas auf Klatsch und Tratsch geben, geschweige denn einen Witz darüber reißen würde.

»Dieses karierte Sofa in ihrem Büro ist bequemer, als es aussieht«, fuhr Anna todernst fort.

Gabe schüttelte lachend den Kopf. »Von nun an werde ich diese Frau mit anderen Augen sehen.«

Sie gingen noch eine Minute schweigend weiter, und dann sagte Anna leise: »Ehrlich gesagt habe ich ihr Buch gelesen.«

Gabe blieb stehen. »Jetzt weiß ich, dass du lügst. Ausgeschlossen, dass du *Die neuen Prinzipien der Ökonomie* gelesen hast.«

Dr. McGoverns Buch war legendär unter den Wirtschaftsstudenten. Viele hatten versucht, es zu lesen, so auch Gabe, aber niemand, den er kannte, war über das zweite Kapitel hinausgekommen. Mit 750 Seiten war es weitschweifig, kompliziert, voller obskurer Begriffe und unmöglich zu verstehen. Gabes Exemplar hielt derzeit sein Schlafzimmerfenster offen.

»Doch, und dann bin ich zu ihr gegangen und habe sie gefragt, ob wir darüber reden können. Ich habe *zweieinhalb Stunden* auf diesem Sofa in ihrem Büro gesessen. Und übrigens – es ist *nicht* bequemer, als es aussieht.«

Gabe grinste voller Bewunderung. Sie hatte ihn allein schon dadurch beeindruckt, dass sie dieses grauenhafte Buch gelesen hatte, aber zu McGovern zu gehen, um darüber zu diskutieren, erforderte mehr Mut, als er ihr zugetraut hätte.

»Ich *habe* übrigens einige der Vorbereitungskurse besucht, und als ich sie fragte, ob ich an ihrem Kurs teilnehmen könne, hat sie mir den Wisch sofort unterschrieben.« Anna kicherte, und das erinnerte ihn an seine kleine Schwester, was irgendwie erfrischend war. Anna wirkte so ernst und vernünftig, dass er beinahe vergessen hatte, dass sie noch zur Schule ging. »Glaub mir, eine Affäre mit ihr zu haben wäre leichter gewesen.«

»Das merke ich mir für den Fall, dass ich ein Empfehlungsschreiben für mein Promotionsstudium von ihr brauche«, antwortete er lachend.

Sie erreichten Gabes Wagen, und er öffnete zuerst die Beifahrertür. Anna stieg ein, und sobald er sich auf den Fahrersitz geschwungen hatte, beschrieb sie ihm den Weg zu ihrer Wohngegend und erkundigte sich dann nach seinem Promotionsstudium. Er erzählte ihr von seinen Bewerbungen und dem Motivationsschreiben, das er verfasst hatte. Zum zweiten Mal an diesem Abend verblüffte ihn Anna. Man konnte echt gut mit ihr reden, und sie hatte ein paar clevere Ideen. Die meisten seiner Freunde in der Studentenverbindung hatten Ingenieurwissenschaften oder Informatik als Hauptfach und keine Ahnung von Wirtschaftstheorien. Außerdem hatte er mit den Jungs nicht diese Art Beziehung.

Die zehnminütige Fahrt zu Annas Haus verging rasch. Als sie über die Bloomfield Bridge in den Pittsburgher Stadtteil Lawrenceville fuhren, wurde Gabe bewusst, dass er nur ein paar Meilen entfernt von hier aufgewachsen war, aber noch nie einen Grund gehabt hatte, herzufahren.

Vor dreißig Jahren war Lawrenceville angeblich eine nette Wohngegend mit soliden Backsteinreihenhäusern, aber heutzutage wurde es hauptsächlich im Zusammenhang mit Drogen, Kriminalität und Prostitution genannt. Er bog in ihre Straße, und sie passierten mehr als nur ein paar mit Brettern vernagelte Fenster und halb zerfallene Veranden.

Gabe hielt an, und während Anna aus seiner Sweatshirt-Jacke schlüpfte und sich ihren Rucksack schnappte, betrachtete er ihr Zuhause. Sie lebte in einem großen viktorianischen Haus, das vor Jahren vermutlich das Haus einer wohlhabenden Familie gewesen war. Aber irgendwann wurde es in einzelne Wohnungen aufgeteilt, was die Anzahl verbeulter, an die Backsteinwand geschraubter Briefkästen verriet. Die Veranda hatte seit mindestens drei Jahrzehnten keinen frischen Farbanstrich gesehen, und die Eingangsstufen sahen aus, als würden sie den nächsten Sturm nicht überstehen.

Aber Gabe wollte kein Snob sein. Bestimmt war es von innen sehr hübsch.

Sie verabredeten, dass er Anna am nächsten Tag abholen würde, und sie stieg aus. Er wartete noch, um sicherzugehen, dass sie heil ins Haus kam.

Anna ließ eine besonders morsch wirkende Stufe aus, passierte eine alte Nescafédose, die offenbar als Aschenbecher fungierte, und schob den Schlüssel ins Schloss. Bevor sie hineinging, winkte sie ihm noch einmal zu.

Als sie eben im Begriff war, die Tür hinter sich zu schließen, fuhr Gabe das Beifahrerfenster herunter. »Hey, Kleine.«

Sie riss die Tür noch einmal auf. »Ja?«

Er grinste sie an. »Gute Arbeit heute.«

»Du auch.« Ein Lächeln huschte über ihr Gesicht.

Sobald sie drinnen verschwunden war, fuhr er los, musste immer noch über ihre Geschichte von McGoverns Buch schmunzeln.

Den halben Weg nach Hause hatte er schon hinter sich, als er plötzlich leise fluchte und mit der Hand aufs Lenkrad schlug. Er hatte diese Studentin völlig vergessen, die beim Verbindungshaus auf ihn warten wollte.

3

Keine zwölf Stunden später saß Anna wieder in Gabes Wagen und war auf dem Weg zum Haus seiner Eltern.

Die Gegend war nur eine Viertelstunde von ihrer Wohnung entfernt, aber es war, als würde sie auf einen anderen Planeten reisen. Ihr war schleierhaft, was die Leute mit dem ganzen Platz in diesen riesigen Villen anfingen.

Was musste Gabe nur gedacht haben, als er sie gestern Abend zu Hause absetzte. Sie hätte doch darauf bestehen sollen, den Bus zu nehmen. Aber er schien nicht gewillt, ein Nein zu akzeptieren, was Anna verblüffte. Eigentlich war sie davon ausgegangen, dass er sie möglichst schnell loswerden und zu den Partys oder Klubs zurückkehren wollte, wo er samstagabends vermutlich abhing.

Sie verschränkte die Arme vor der Brust, erinnerte sich an den weichen Stoff seiner Sweatshirt-Jacke und den holzigen Duft, der sie umfing, als sie die Jacke anhatte. Konnte es sein, dass sie sich in Gabe getäuscht hatte? Tatsächlich war dieser Typ, den sie nur Tage zuvor als leichtsinnigen Verbindungsstudenten abgetan hatte, gestern Abend besorgter um ihr Wohlergehen gewesen als irgendjemand sonst in den vergangenen …

Na ja, länger, als sie zurückdenken mochte.

Gabe lenkte den Wagen in eine stille Seitenstraße und dann in eine Auffahrt, wo er neben einem großen, ausladenden Ahornbaum anhielt. Während er seine Bücher einsammelte, schaute Anna sich um.

Gabes Elternhaus war ein dreistöckiger viktorianischer Backsteinbau mit einer imposanten überdachten Veranda vor dem Eingang. In Beeten vor dem Haus wuchsen Pflanzen und Blumen, als hätte jemand wahllos ein paar Handvoll Samen hingeworfen, nur um zu sehen, was aus ihnen entstehen würde. Durch ihre Versuche, die schlaffe Efeupflanze in dem angeschlagenen Terrakottatopf auf dem schmalen Fenstersims ihrer Wohnung wieder aufzupäppeln, wusste Anna, dass jemand viel Zeit und Liebe investiert hatte, um den Garten so mühelos schön aussehen zu lassen.

Sie stieg aus dem Wagen und betrat eine im Fischgrätmuster gepflasterte rote Backsteinauffahrt, die zu einer frei stehenden Garage weiter hinten führte. Ein Basketballkorb hing über dem Garagentor an der Wand, und ein Basketball lag in einem Blumentopf neben der Einfahrt. Das Fahrrad eines kleinen Mädchens lehnte an der Wand, mit hellgelben und weißen Wimpeln an der Lenkstange.

Es dauerte einen Moment, bis Anna diesen Druck deuten konnte, der wie ein schwerer Stein plötzlich auf ihrer Brust lastete.

Sehnsucht.

Wie es wohl gewesen wäre, so aufzuwachsen?

Normalerweise verdrängte sie solche Gefühle. Es tat ihr nicht gut, darüber nachzugrübeln, was andere Leute hatten. Außerdem wusste sie nur zu gut, wie sehr der äußere Schein trügen konnte. Wer ahnte schon, was unter der Oberfläche los war?

Sie stiegen die Verandastufen hinauf und näherten sich der Haustür. Anna bemerkte die ältere Frau auf dem schmalen Rattansofa erst, als die Diamanten an ihrer fleckigen Hand im Sonnenlicht funkelten.

Die Frau blickte auf den Vorgarten und nickte immerzu mit ihrem grauhaarigen Kopf.

»Hi, Grandma.« Gabe beugte sich hinunter, um ihre runzelige Wange zu küssen.

Gabes Großmutter sah ihn mit ausdrucksloser Miene an, dann legte sie den Kopf schief. »Wie hast du mich eben genannt?«

»Ich habe dich Grandma genannt.« Gabe steckte einen Zipfel der Decke fest, die von ihrem Schoß zu rutschen drohte. »Ich bin dein Enkel Gabe.«

Die Frau starrte ihn immer noch an, aber dann zuckte sie fast unmerklich mit den Schultern und schüttelte den Kopf.

»Das hier ist eine Freundin von mir, Anna«, stellte Gabe sie vor. »Sie ist hier, um mit mir an einem Collegeprojekt zu arbeiten. Anna, das ist meine Großmutter, Dorothy.«

»Freut mich, Sie kennenzulernen«, sagte Anna höflich.

Dorothy sah Anna an, nickte mit einem schwachen Lächeln und wandte sich dann wieder dem Garten zu. Sie wippte sanft hin und her, als wäre das Sofa eine Verandaschaukel.

»Wir müssen jetzt lernen«, sagte Gabe zu seiner Grandma. »Aber wir sehen uns später, okay?«

Mit einem Nicken zur Haustür bedeutete er Anna, ihm zu folgen.

»Alzheimer?«, flüsterte Anna, sobald Dorothy außer Hörweite war.

Gabe nickte. »Es fing vor ein paar Jahren an, aber im Laufe der letzten zwölf Monate ist es schlimmer geworden. Früher war sie die energiegeladenste, engagierteste Großmutter, die man sich vorstellen kann, kam immer zu unseren Spielen und Schulaufführungen, und wir Kinder haben ständig, na du weißt schon, die Wochenenden bei ihr verbracht.«

Nein, Anna wusste es nicht. Nicht einmal annähernd. Aber sie nickte trotzdem.

»Und jetzt erkennt sie uns nicht einmal mehr. Für meine Mom ist es besonders schwer.«

»Das tut mir leid«, murmelte Anna und beobachtete Dorothy, die an ihrer Decke herumnestelte. »Das muss sich anfühlen, als hättet ihr sie bereits verloren, obwohl sie noch hier ist.«

Gabe warf ihr einen Seitenblick zu, und Anna errötete. Gott, sie sollte besser die Klappe halten. Anzudeuten, dass seine Großmutter schon tot war, während sie hier vor ihnen saß? Sie hatte sich so lange angestrengt, *nicht* mit Leuten zu reden, dass sie nun nicht wusste, wie das funktionierte.

»Ja.« Gabes silberblaue Augen verdunkelten sich vor Schmerz, während er langsam einatmete. »So fühlt es sich an. Woher hast du das gewusst?«

Weil ich mich jahrelang bei meiner Mutter so gefühlt habe, schoss es ihr durch den Kopf. Aber statt es auszusprechen, zuckte Anna nur mit den Schultern und murmelte: »War nur so 'ne Vermutung.« Wirklich höchste Zeit, die Klappe zu halten.

Aber auf dem Weg zur Haustür blieb Anna noch einmal kurz stehen und warf einen letzten Blick auf Dorothy. Sie hatte mal was über Alzheimer gelesen, als sie den Bus nach Hause verpasst hatte und bis spätabends in der Bibliothek festsaß. Sie schlenderte gern durch die Abteilung mit den medizinischen Büchern und träumte davon, eines Tages Ärztin zu sein. Sollte sie Gabe erzählen, was sie gelesen hatte?

»Kommst du?«, rief er ihr zu.

Anna schüttelte die Idee ab. Gabe wäre wohl kaum begeistert, dass eine Sechzehnjährige glaubte, etwas über den Zustand seiner Großmutter zu wissen.

Gabe öffnete die Haustür und bedeutete Anna mit einer Handbewegung voranzugehen.

Sie trat ein, und ihre schmuddeligen Turnschuhe sanken in einen weichen Teppich, der sich über einen glänzenden Hartholzboden erstreckte. Sie schlüpfte aus den Schuhen und nahm so viel in sich auf, wie sie mit einem beiläufigen Blick konnte. Zu ihrer Linken befand sich ein Wohnzimmer, von dem sie sich tunlichst fernhalten würde. Was sie durch den Türrahmen sah, genügte vollauf, um sie einzuschüchtern – all die makellosen cremefarbenen und blassblauen Leinenstoffe. Andererseits würde sie es vielleicht doch riskieren, wenn sie sich dann die gerahmten Fotografien auf dem Kaminsims genauer ansehen könnte, die einen jüngeren Gabe, und vermutlich seine Geschwister, zeigten. Auch in Gabes Leben *musste* es eine schwierige Phase gegeben haben. Andernfalls war es einfach nicht fair.

Das Zimmer zu ihrer Rechten mit dem riesigen Mahagonischreibtisch und dem großen, glänzenden Computer war vermutlich das Arbeitszimmer seines Dads. Ein Polstersessel samt Leselampe stand in einer Ecke, und ein Regal mit Büchern erstreckte sich über eine ganze Wand. Gabe hatte nicht übertrieben, als er sagte, bei seinen Eltern sei genug Platz zum Arbeiten.

Er führte Anna den Flur hinunter zum hinteren Teil des Hauses in eine helle, sonnige Küche mit weißen Schränken, dunklen Arbeitsflächen und einer Kücheninsel mit Barhockern an drei Seiten. Große Fenster gingen auf den Garten hinaus, und eine Verandatür führte auf eine Terrasse. In einer Ecke versteckt war ein gemütlicher Frühstücksbereich.

Die Küche war ungefähr so groß wie ihre ganze Wohnung, und es war der wärmste, einladendste Ort, an dem Anna je gewesen war. Frische Kräuter und eine bunte Schale mit Obst standen auf der Kücheninsel, Glasscheiben funkelten in den oberen Küchenschränken, in denen ordentliche Stapel mit handgetöpfertem Keramikgeschirr standen, und Leinenvorhänge hingen an den Fenstern.

Eine blonde Frau mittleren Alters stand an dem professionellen Herd und rührte in einem Topf, aus dem es köstlich duftete. Sie schaute hoch, als sie die beiden eintreten hörte, und ein Lächeln breitete sich auf ihrem Gesicht aus. »Gabriel!« Sie wischte sich die Hände an der Schürze ab, die mit den Abdrücken kleiner Kinderhände verziert war, und eilte auf Gabe zu, um ihn zu umarmen.

Gabe erwiderte die Umarmung. »Hi, Mom.«

Noch ein Splitter der Sehnsucht bohrte sich in Annas Herz. Was hätte sie dafür gegeben, nach Hause zu kommen und ihre Mom würde sie so freudig begrüßen.

Gabe ließ seine Mutter los und streifte mit der Hand Annas Schulter. »Mom, das ist Anna.«

Obwohl Gabes Mutter leger gekleidet war, mit einer schwarzen Yogahose, einer türkisfarbenen Trainingsjacke mit durchgehendem Reißverschluss und der Schürze um die Taille, verströmte sie die Eleganz von jemandem, der es gewohnt war, ein angenehmes Leben im Wohlstand zu führen. In ihrem kinnlangen blonden Bob war auch nicht die Spur von Grau zu sehen, und an ihrer schlanken, sportlichen Gestalt nicht ein Pfund zu viel. Ein Goldkettchen baumelte um ihren Hals, und Diamantstecker funkelten in ihren Ohren.

Anna berührte unwillkürlich den Anhänger an ihrem Hals, bevor sie die Strickjacke fester um sich zog, froh, dass sie an diesem Morgen daran gedacht hatte, ihre beste Jeans und ihre hübscheste Jacke anzuziehen. Aber Gabes Mutter verschwendete keinen Blick an Annas Kleidung. Ihre blassblauen Augen fanden Annas, und ihr breites Lächeln strahlte Wärme aus. »Gabriel hat mir von eurem Projekt erzählt. Herzlich willkommen.«

»Danke, dass wir Ihr Arbeitszimmer benutzen dürfen, Mrs. Weatherall«, sagte Anna.

»Oh, bitte nenn mich Elizabeth. Ich freue mich immer,

Gabe und seine Freunde hier zu haben. Du bleibst doch zum Dinner, oder?«

Anna wollte sich am liebsten in der Frühstücksnische zusammenrollen und für immer dort bleiben. Aber sie war nicht in einer Welt aufgewachsen, in der Leute sie zu irgendetwas einluden. War Elizabeth einfach nur höflich?

»Oh … ich möchte Ihnen nicht … zur Last fallen.«

Gabe lächelte. »Bleib zum Dinner. Mom kocht immer genug, um fünfzig Leute zu verköstigen. Und sie liebt es, Gäste zu haben, denn dann müssen sich meine unausstehlichen Geschwister benehmen.«

»Du meinst wohl, dann muss sich mein unausstehlicher *Sohn* benehmen.« Elizabeth verdrehte die Augen, als wäre Anna in den Witz eingeweiht. »Bitte bleib. Wir haben jede Menge Essen, und wir würden sehr gern mehr über dieses Collegeprogramm erfahren, für das du eingeschrieben bist.«

Ein verlockender Duft von Knoblauch und Tomaten waberte aus dem Topf auf dem Herd herüber, und Anna lief das Wasser im Mund zusammen. Zu Hause erwarteten sie nur eine Packung Müsli und ein paar Dosen Thunfisch. Etwas anderes würde es nicht geben, bis sie am Freitag ihren Lohn bekam.

»Sehr gern. Vielen Dank«, stimmte sie deshalb zögernd zu.

Gabe nahm zwei Dosen Limonade aus dem Kühlschrank und reichte eine davon Anna. »Wir sind im Arbeitszimmer. Danke, Mom.«

***

Sie saßen vor dem Computer und gingen die Details ihres Projekts durch, durchforsteten das Internet nach Daten, die ihre Ideen untermauerten, und stritten gelegentlich über einzelne

Punkte. Just in dem Augenblick, in dem Annas Magen knurrte und sie wünschte, sie hätte zu Hause einen Müsliriegel oder irgendetwas anderes gehabt, um es als Proviant in ihrem Rucksack mitzunehmen, kam Elizabeth leise ins Zimmer und stellte ihnen ein Tablett mit Sandwiches und Obst auf den Schreibtisch.

Anna wollte nicht gierig erscheinen, daher legte sie nur zwei Sandwichhälften und eine kleine Handvoll Trauben auf ihren Teller. Aber später, als Gabe das Zimmer verließ, um zur Toilette zu gehen, nahm sie sich noch ein Sandwich, wickelte es in eine Serviette und stopfte es, zusammen mit einem Apfel, ganz unten in ihren Rucksack.

Sie lehnte sich auf ihrem Stuhl zurück und sah sich in dem Zimmer um. An der Wand über dem Computer hing eine altertümliche Landkarte der Vereinigten Staaten, und Annas Blick wanderte zum linken Rand der Karte, fast, aber nicht ganz bis zum Pazifischen Ozean. *Kalifornien.* Jedes Mal, wenn sie an dem Globus im Eingangsbereich der Bibliothek vorbeiging, drehte sie ihn und fuhr mit dem Finger zu dem kleinen schwarzen Punkt, der die Stadt San Francisco kennzeichnete.

Gabes Schritte polterten den Flur hinunter. Anna setzte sich ruckartig wieder aufrecht hin und richtete ihre Aufmerksamkeit auf ihre Unterlagen. »Was meinst du, haben wir für heute genug getan?«, fragte Gabe, nachdem er die Tür hinter sich geschlossen hatte und wieder an seinen Platz zurückkehrte.

In diesem Augenblick wurde die Tür erneut aufgerissen, und ein Mädchen, das ein paar Jahre älter als Anna war, platzte ins Zimmer. »Gabe! Mom hat gesagt, du hast ein *Mädchen* zum Dinner mitgebracht!« Sie entdeckte Anna. »Ups … sorry.«

Überrascht musterte Anna das Mädchen – Kampfstiefel, weit geschnittene Tarnhose und eng anliegendes T-Shirt mit dem Schriftzug *Girls just wanna have fun-damental rights.* Ihr platinblond gefärbter Pixieschnitt war fast so kurz wie Gabes Haar und stand in sorgfältig modellierten Spitzen vom Kopf ab. Ein dicker schwarzer Eyeliner umrandete ihre silberblauen Augen, und Reihen winziger Ohrringe säumten ihre Ohren. Sie musste Gabes Schwester sein. Es war nicht nur die Ähnlichkeit der Augen; sie hatte das gleiche unverschämt gute Aussehen und selbstbewusste Auftreten.

Gabe deutete mit der Hand auf das Mädchen. »Anna, das ist meine Schwester Rachel. Rachel, das ist Anna aus meinem Wirtschaftskurs.«

»Hi.« Anna strich sich eine Haarsträhne hinters Ohr und bereute prompt die nervöse Geste. Sie ließ die Hand in den Schoß sinken.

Anstatt den Gruß zu erwidern, wandte sich Rachel mit lodерndem Blick an Gabe. »Mein Gott, Gabe!« Sie marschierte auf ihn zu und verpasste ihm einen harten Klaps auf den Arm.

»Autsch! Was soll das, Rachel?«

»Was stimmt nicht mit dir? Sie ist doch höchstens, was, vierzehn?! Das ist ein neuer Tiefpunkt, selbst für dich. Sind dir die Mädchen in deinem Alter ausgegangen oder was?«

Anna sah zwischen Rachel und Gabe hin und her. Offenbar hatte Rachel keine Ahnung, dass es hier nur um ein Collegeprojekt ging, und hielt Anna für Gabes neue Freundin. Sie neigte den Kopf und ließ die Haare vors Gesicht fallen, um ihre glühenden Wangen zu verbergen.

Gabe lehnte sich auf seinem Platz zurück und verdrehte die Augen. »Entspann dich, Rachel. Sie ist meine Partnerin bei einem Kursprojekt. Wir haben *gearbeitet,* bis du hereingeplatzt bist und uns gestört hast.«

Rachel trat einen Schritt zurück und überflog die auf dem Schreibtisch verstreuten Unterlagen und die geöffnete Tabellenkalkulation auf dem Computerbildschirm. »Oh.« Sie lächelte verlegen. »Den Teil hat Mom nicht erwähnt.« Sie wandte sich Anna zu und musterte sie eingehend.

Anna wand sich innerlich unter ihrem prüfenden Blick.

»Wie alt bist du?«, wollte Rachel wissen.

»Ich bin …«

»Sie ist sechzehn«, warf Gabe kurz angebunden ein.

»Echt jetzt?« Rachel beäugte Anna misstrauisch. »Bist du eine Art Genie oder so?«

Anna öffnete den Mund, um die Situation zu erklären, aber bevor sie das tun konnte, blaffte Gabe seine Schwester an: »Ja, sie ist ein Wunderkind.« Er fuchtelte mit der Hand in die ungefähre Richtung seiner Schwester und sagte zu Anna: »Rachel studiert im ersten Semester an dem Mädchencollege in Shadyside. Hauptfach Frauenstudien, was sonst. Und in dem einen Monat, seit sie dort ist, hat sie entschieden, dass ich das böse Patriarchat repräsentiere.«

Anna drückte die Schultern durch, entschlossen, die Kontrolle über dieses Gespräch zu übernehmen. Und ohne lange nachzudenken, platzte sie heraus: »Muss es nicht eigentlich Frauencollege heißen? Es ist doch keine Vorschule.«

Rachel schnaubte zufrieden.

Gabe fuhr sich mit der Hand durchs Haar, sodass es seitlich vom Kopf abstand, und wandte sich an seine Schwester. »Rachel, wie du vermutlich erkennen kannst, hegt Anna ebenfalls eine tiefe Verachtung für Verbindungsstudenten und arbeitet nur mit mir zusammen, weil sie hofft, den Kurs dann mit einer Eins abzuschließen. Andernfalls würde sie sich ums Verrecken nicht mit mir abgeben. Ihr zwei habt also viel gemeinsam.«

So sah er das also? Anna zog die Augenbrauen hoch. »Um genau zu sein, helfe *ich ihm,* den Kurs mit einer Eins abzuschließen. Aber alles andere, was er gesagt hat, trifft mehr oder weniger zu.«

Gabe ließ den Kopf nach hinten auf Sessellehne fallen und seufzte, während sich Rachel vor Lachen krümmte.

»Boh, ist das gut«, keuchte sie schließlich. »Seid ihr zwei hier fertig? Anna, komm und setz dich mit mir auf die Veranda. Ich glaube, wir zwei werden gute Freundinnen.«

Gabe winkte resigniert ab, und Anna folgte Rachel in den Flur hinaus. Hinter sich hörte sie Gabe rufen: »Rachel, sie ist auch für dich als Date zu jung, also denk gar nicht erst dran!«

»Halt die Klappe, Gabe!«, rief Rachel zurück.

Anna errötete wieder.

Anna und Rachel saßen auf der Veranda und plauderten über Rachels Hauptfach auf dem College, Annas Pläne, sich im nächsten Jahr zu bewerben, und all die Bücher, die sie beide liebten. In einer anderen Welt wäre Rachel genau die Art Mädchen, mit der sie befreundet wäre. Anna zog die Beine unter sich, während sie über Kurse und Lehrer schwatzten, und gab sich für eine kurze Weile der Illusion hin.

Aber dann erkundigte sich Rachel nach Annas Eltern. Es war die übliche Neugier, woher sie eigentlich kam und was ihre Mom und ihr Dad beruflich machten, aber die Fragen rissen Anna mit einem Ruck aus ihrer Tagträumerei. Genau deshalb mied sie diese Art von Nähe zu anderen. Freunde erwarteten, normale Dinge über dein Leben zu erfahren, und an Annas Leben war nichts normal. Aber Rachel ließ sich von vagen, gemurmelten Antworten und dem Versuch, das Thema zu wechseln, nicht abschrecken. Schließlich flüchtete Anna unter dem Vorwand ins Haus, auf die Toilette zu müssen.

Im Flur stieß sie auf Elizabeth, die ihr offenbar ansah, dass sie sich unbehaglich fühlte, denn sie bat Anna, ihr beim Zubereiten des Salates zu helfen. Anna willigte dankbar ein. Kurz darauf stand sie an der Kücheninsel und schnippelte Karotten und Paprikaschoten, als ein Mann, der Gabes Dad sein musste, zur Hintertür hereinkam und am Herd stehen blieb, um seiner Frau einen Kuss zu geben. Sie plauderten kurz über sein Golfspiel, und dann wandte er sich Anna zu.

»Gabe erwähnte, dass er eine Freundin mitbringt. Ich bin John.« Er streckte die Hand aus, um ihre zu schütteln.

Diese förmliche Begrüßung überraschte Anna, aber sie ließ sofort ihr Messer auf das Schneidebrett fallen und streckte die Hand aus, um Johns festen Händedruck zu erwidern. Sie versuchte, ihn nicht anzustarren, während er es sich auf einem Hocker auf der anderen Seite der Kücheninsel bequem machte.

Gabe hatte erwähnt, dass sein Dad Arzt war, aber John sah eher aus wie ein Arzt in einer Seifenoper und nicht wie einer dieser Ärzte aus dem wirklichen Leben, die ihr schon begegnet waren. Er war ebenso hochgewachsen wie Gabe. Seine blauen Augen waren etwas dunkler als die von Gabe, und feine, silbergraue Strähnen zogen sich durch seine fast schwarzen Haare, aber seine gerade Nase und sein markantes Kinn waren genau wie bei seinem Sohn. Als würde sie Gabe dreißig Jahre in der Zukunft sehen.

John betrachtete sie über die Kücheninsel hinweg, während er sie mit Fragen bombardierte. *Wo gehst du auf die Highschool? Was ist das für ein Collegeprogramm, an dem du teilnimmst? Wie sind deine Noten? Studieneignungstests? An welchen Colleges bewirbst du dich?* Er nickte, während Anna ihre Antworten stammelte. Es fühlte sich an wie ein Vorstellungsgespräch und nicht wie eine Unterhaltung beim Sonntagsdinner. Sie hoffte inständig, dass sie die richtigen Antworten gab.

Nach ein paar nervenaufreibenden Minuten stand John auf, um sich ein Bier aus dem Kühlschrank zu holen, und sagte ihr, das höre sich doch alles sehr gut an. Offenbar hatte sie den Test bestanden. Trotzdem war sie erleichtert, als Gabe in die Küche geschlendert kam, John mit so einer Mischung aus Umarmung und Rückenklopfer begrüßte und die Aufmerksamkeit von ihr ablenkte.

»Wie kommen deine Bewerbungen voran?« John stellte das Bier auf der Kücheninsel ab.

Gabes Lächeln verblasste. »Gut.«

»Dein Motivationsschreiben fertig?«

Gabe trat an den Kühlschrank, öffnete und schloss ihn wieder, ohne etwas herauszunehmen.

»Gabe?«, hakte John nach.

Gabe seufzte. »Hab gestern einen Entwurf geschrieben.«

Anna schälte eine Gurke, während sie ihn beobachtete. Am Vorabend während der Fahrt zu ihr wirkte er geradezu begierig, von seinen Bewerbungen zu erzählen, daher wunderte sie sich, woher dieser plötzliche Stimmungsumschwung rührte.

John nickte. »Vergiss nicht, jemanden drüberlesen zu lassen, bevor du es abschickst.«

Irgendetwas huschte über Gabes Gesicht – Ärger vielleicht? Und dann, fast unmerklich, verdrehte er die Augen. »Natürlich.«

Anna war so beschäftigt damit, sich über diesen Wortwechsel zu wundern, dass sie den hochgewachsenen, kräftigen Mann, der in die Küche kam, erst bemerkte, als er den Raum bereits halb durchquert hatte. Er trug ein mit Farbe bespritztes T-Shirt, eine abgewetzte Carhartt-Arbeitshose und braune Arbeitsstiefel. Annas erster Gedanke war, dass es sich um einen Handwerker handelte, der Arbeiten am Haus durchführte. Aber dann begrüßte er Gabe mit einem Faustschlag gegen den Arm, und als die beiden nebeneinanderstanden, war die Ähnlichkeit nicht zu übersehen.

Gabes Bruder. Er sah unerwartet anders aus, vor allem neben John in seinem Golfhemd und Elizabeth mit den Diamantohrringen. Da fühlte sie sich doch gleich etwas besser in ihrer Jeans und der Strickjacke von Oxfam. Er beugte sich vor, um John mit einer dieser halben Umarmungen zu begrüßen, aber dann wurde es eher eine Art schroffer Rückenklopfer.

»Meinst du, du könntest dich ein bisschen frisch machen, bevor du in die Küche kommst?«, knurrte John so leise, dass sie es fast nicht hörte. »Zieh wenigstens diese dreckigen Stiefel aus.«

Die Brüder wechselten einen Blick, und Gabe schüttelte den Kopf. Elizabeth ging hinüber zu den beiden und drückte Gabes Bruder die Schulter.

Bevor Anna sich auch über diesen Wortwechsel den Kopf zerbrechen konnte, bemerkte der Neuankömmling sie hinter der Kücheninsel. »Hey, ich bin Matt.«

»Anna. Hi. Ich arbeite mit Gabe an einem Kursprojekt.« Sie platzte damit heraus, bevor noch jemand Gabe für einen Perversen hielt, der Teenie-Mädchen abschleppte.

Und Gabe fügte rasch hinzu: »Anna geht in die elfte Klasse. Sie nimmt an einem speziellen Programm teil, bei dem sie schon Collegekurse besucht.«

Matt rümpfte die Nase und schüttelte den Kopf. »Sorry, aber du musst ziemlich schlau sein, um an so einem Programm teilzunehmen. Wie kommt es, dass du den dümmsten Typen im Kurs als Partner am Hals hast?«

Anna zuckte mit den Schultern und biss sich auf die Lippe, um nicht zu grinsen. »Ich habe den kürzesten Strohhalm gezogen.«

Matt lachte, während Gabe sie mit gespielter Empörung ansah und die Hände in einer Geste der Verzweiflung hob.

Ein paar Minuten später kam Rachel in die Küche. Matt zog sie in seine Arme und klemmte sich ihren platinblonden Kopf dann so unter den Arm, dass er sie im Schwitzkasten hatte. »Anna, hast du Rachel schon kennengelernt?«

Rachel rammte Matt den Ellenbogen in die Seite, und er ließ sie stöhnend los.

Gegen die Kücheninsel gelehnt, beobachtete Anna die Sticheleien und Neckereien zwischen den Geschwistern. Sie hatte sich immer einen Bruder oder eine Schwester gewünscht, aber es gab nur sie und ihre Mom. Wie wäre es wohl gewesen, in einer großen Familie aufzuwachsen, in der alle aufeinander aufpassten, anstatt ständig allein zu sein? Wäre dann alles anders gekommen? Oder hätte ihre Mom, mit mehr Kindern, um die sie sich kümmern musste, nur in einer noch verzweifelteren Lage geendet?

Anna spürte eine Bewegung neben sich, und als sie hinuntersah, entdeckte sie ein kleines Mädchen von etwa elf Jahren. Sie hatte Elizabeths blonde Haare und die gleichen blauen Augen wie der Rest der Familie. Vermutlich war sie die Besitzerin des Kinderfahrrads in der Auffahrt. Wie viele Familienmitglieder gab es hier eigentlich noch? Jedes Mal, wenn sie sich umdrehte, schien noch jemand aufzutauchen, als wäre das hier eine dieser riesigen Sitcom-Familien, wo verrückte Dinge passierten, am Ende jeder dreißigminütigen Folge aber immer alles in Ordnung kam.

Und vielleicht gab es ja tatsächlich solche Menschen, bei denen immer alles gut ausging.

»Wer bist du denn?«, wollte das Mädchen wissen.

»Anna. Ich bin eine Freundin von Gabe.«

»Ich bin Leah.« Sie trat einen Schritt zurück und musterte Anna. »Du siehst nicht aus wie Gabes andere Freundinnen.«

Anna wusste nicht, ob sie lachen oder beleidigt sein sollte.

Sie entschied sich für ein schiefes Lächeln. Leah sagte nur die Wahrheit. »Ja, wir sind Lernfreunde.«

Leah nickte, als würde das mehr Sinn ergeben.

»Leah, Schatz, kannst du dir bitte die Hände waschen und den Tisch decken?«, schaltete Elizabeth sich ein. »Das Abendessen ist in zehn Minuten fertig.«

Anna stemmte sich von der Kücheninsel los. »Lass mich dir helfen.« Nachdem Leah sich die Hände gewaschen hatte, folgte Anna ihr mit einem Stapel Teller ins Esszimmer. Anna war dankbar für die kurze Verschnaufpause. In der Küche der Weatheralls hatte es in den vergangenen zehn Minuten mehr Unterhaltung, Gelächter und Lärm gegeben als in ihrer eigenen Wohnung im vergangenen Jahr. Es war überwältigend. Und wundervoll.

Den ganzen Tag über hatte sie sich angestrengt bemüht, das Richtige zu tun und zu sagen, sich schlaue, kreative Ideen für ihr Projekt einfallen zu lassen, mit den Witzen von Gabes Geschwistern mitzuhalten. Und dann noch dieses Verhör durch John. Irgendwie hatte sie in den letzten paar Stunden ein seltsames Bedürfnis entwickelt, Gabe und seine Familie zu beeindrucken, und sie verstand nicht, woher das rührte.

Sie hatte noch nie Wert darauf gelegt, sich einzufügen. Im Allgemeinen hoffte sie einfach, dass niemand auf sie achten würde. Je mehr sie mit dem Hintergrund verschmolz, desto unwahrscheinlicher war es, dass irgendjemand Fragen danach stellte, wer sie war.

Oder in ihrem Leben herumstocherte und herausfand, was sie getan hatte.

4

Plopp. Plopp.

Anna tat ihr Bestes, um sich auf das Wirtschaftsbuch vor sich zu konzentrieren, aber das war unmöglich, während Gabe im Arbeitszimmer auf und ab lief und immer wieder zusammengeknüllte Blätter in Richtung Papierkorb warf.

Plopp.

Anfang der Woche, als sie darüber geredet hatten, wie sie künftig an ihrem Projekt arbeiten würden, hatte Anna vorgeschlagen, sich in der Bibliothek zu treffen. Sie könnten ihre Arbeit erledigen und dann getrennter Wege gehen, ohne dass sie in die Neckereien und Familiengeschichten in seinem Elternhaus hineingezogen wurde. Aber Gabe hatte eingewandt, die Bibliothek sei unpraktisch. Sie würden flüstern müssen, störten möglicherweise andere Studenten und könnten ihre Unterlagen nicht richtig ausbreiten.

Eine verworfene To-do-Liste prallte von der Wand ab und landete mit einem weiteren *Plopp* im Papierkorb. Gabe riss die Arme hoch und hüpfte herum, als hätte er soeben den siegreichen Punkt in einem Championship-Spiel erzielt.

Vielleicht lag er doch richtig mit seinem Einwand, dass sie andere Leute in der Bibliothek stören würden.

»Könntest du dich vielleicht auf das hier konzentrieren?« Anna hob demonstrativ ein Buch hoch, und als Antwort kam eine Handvoll zusammengeknüllter Blätter auf sie zugeflogen.

»Mach dich locker, Kleine«, grinste er. »Wir haben stundenlang gearbeitet.«

Sie schnappte sich die Papierbälle und warf sie zurück. Gabe wich aus, und die Papierknäuel segelten an ihm vorbei. Dann schnellte er herum und griff sich den Papierkorb. Bevor Anna reagieren konnte, kippte er ihn über ihrem Kopf aus. Papierknäuel regneten auf sie herab und landeten in ihrem Schoß.

Ihr blieb der Mund offen stehen. »Oh mein Gott!«

Seine Augen glänzten vor Lachen, und ihr dummes, dummes Herz flatterte.

In der Bibliothek wäre das alles nicht passiert.

Anna stand auf, ließ die Papierkugeln auf den Boden fallen. »Das heißt dann wohl, dass wir fertig sind mit Arbeiten?« Sie schnappte sich den Papierkorb und hockte sich hin, den Blick auf den Teppich geheftet, während sie das Durcheinander einsammelte.

Noch immer lachend, hockte sich Gabe neben sie, um ihr zu helfen. Dabei stieß seine Schulter gegen ihre. Eine leichte Röte stieg ihr in die Wangen. Sein holziger Duft schwebte an ihr vorbei, und sie stopfte die letzten Papiere rasch in den Papierkorb und rappelte sich hoch.

Sie musste sich zusammenreißen und aufhören, sich wie ein dummes, verknalltes Teenie-Mädchen zu benehmen. Gabe war ihr Projektpartner, Punktum. Selbst wenn er der schlaueste Typ war, mit dem sie je zusammengearbeitet hatte, und sie bei ihrem Projekt auf derselben Wellenlänge waren. Oder wenn er über ihre albernen Scherze lachte und Anna tatsächlich witzig zu finden schien. Das hieß nicht, dass sie befreundet waren. Gabe war älter, beliebt, selbstbewusst auf Arten, die sie sich nicht einmal vorstellen konnte. Typen wie Gabe waren nicht mit Mädchen wie Anna befreundet, und sie durfte sich nicht von ihm ablenken lassen. Sie hatte keine zwei Jahre mehr bis zum Abschluss, und sie wäre dumm, das aus den Augen zu verlieren, nur weil ein süßer Typ nett zu ihr war.

Oder weil er die Art Familie hatte, von der sie immer geträumt hatte.

Gabes Mutter lud sie wieder ein, zum Dinner zu bleiben, und Anna wusste, dass sie höflich ablehnen und den nächsten Bus nach Hause nehmen sollte. Aber es duftete so verlockend aus dem Ofen … Sie konnte einfach nicht widerstehen, und schon stand sie wieder in der Küche und lachte mit Gabe und seinen Geschwistern.

Matts Freundin, Julia, war ebenfalls da, schenkte ihr ein herzliches Lächeln und murmelte: »Willkommen im Zirkus, Anna.«

Und Anna fühlte sich auf eine Art wohl und willkommen, die sie nicht erklären konnte, die sie aber nicht mehr erlebt hatte, seit alles zusammengebrochen war.

Aber sie gehörte nicht hierher, und während die Neckereien und das ganz allgemeine Chaos das Dinner über anhielten, breitete sich eine Schwere in ihrer Brust aus. An das hier könnte sie sich gewöhnen. Sie war jedoch klug genug, um zu wissen, dass es eine schreckliche Idee wäre.

Als sie das Geschirr abgeräumt hatten und die Familie sich in kleinere Gesprächskreise aufteilte, schlüpfte Anna aus der Küche und schlich auf Zehenspitzen den Flur hinunter. Draußen auf der Eingangsveranda würde sie ein ruhiges Plätzchen finden. Gabe hatte ihr erzählt, all die Blumen und Pflanzen seien Dorothys Werk, und sie hätte sich trotz ihrer Erkrankung noch lange darum gekümmert. Jetzt hatten John und Elizabeth einen Gärtner beauftragt, der einmal die Woche kam. Aber Dorothy saß nach dem Abendessen noch immer gern dort und starrte auf die Blumen, die sie einst gepflanzt hatte, auch wenn sie sich nun nicht mehr daran erinnern konnte.

Mit diesem Gedanken im Kopf holte Anna ihren Rucksack

aus dem Arbeitszimmer, bevor sie zur Haustür hinausging, um Dorothy zu ihrem üblichen Platz zu folgen. Als sie die ältere Frau vergangene Woche kennenlernte, war ihr etwas eingefallen, über das sie seitdem nachgedacht hatte. Und an diesem Morgen war sie zur Bibliothek geeilt und hatte jetzt eine Art Geschenk für Dorothy dabei.

»Hi.« Anna blieb vor Gabes Grandma stehen und spielte mit dem Tragegurt des Rucksacks.

Dorothy wandte sich mit ausdrucksloser Miene zu Anna um. »Hallo«, murmelte sie und sah dann wieder auf den Vorgarten hinaus.

»Mögen Sie Musik?« Anna ließ sich auf den Stuhl ihr gegenüber sinken.

Dorothy nickte, aber Anna wusste nicht, ob sie die Frage beantwortete oder nur wippte.

Anna wühlte in ihrem Rucksack und fischte ein paar alte Musik-CDs heraus. Sie hielt die Plastikhüllen hoch. »Kennen Sie die hier? Frank Sinatra? Dean Martin? Ella Fitzgerald?«

Dorothy griff nach einer der CDs und fuhr mit dem Finger über die Wange eines lächelnden Dean Martin. Sie nickte matt.

Anna hatte vergangenes Jahr auf dem Nachhauseweg von der Schule auf einem Flohmarkt einen alten Discman gekauft, und er war jeden Penny wert; wenn sie im Pausenraum ihrer Schule die Kopfhörer aufbehielt, konnte sie für den Unterricht lernen, ohne die Kommentare ihrer Mitschüler hören zu müssen – über den Rucksack, den sie seit der Mittelschule hatte, die Schuhe, die vor zwei Jahren aus der Mode gekommen waren, oder ihre Essensgutscheine.

Dieser CD-Player hatte ihr durch viele einsame Stunden geholfen, und niemand konnte einsamer sein als eine alte Dame, die in ihren Erinnerungen gefangen war.

»Möchten Sie es sich anhören?« Anna setzte Dorothy die Kopfhörer auf, wobei sie achtgab, sie nicht in der silbergrauen Dauerwelle zu verheddern.

Dorothy langte an ihre Ohren, um die gepolsterte Abdeckung zu betasten, sagte jedoch nichts.

Anna drückte auf die Playtaste, und die ersten Klänge eines Klaviers perlten durch die winzigen Lautsprecher. Dorothy drückte die Kopfhörer an die Ohren und starrte in den Garten hinaus. Nachdem eine Minute verstrichen war, sah sie Anna mit einem warmen Lächeln an.

Anna war so verblüfft, dass sie sich auf den Stuhl fallen ließ. Dorothy wippte hin und her, aber diesmal schien sie sich zu der Musik zu bewegen. Eine Minute später kam ein Brummeln aus Dorothys Richtung. Ein leises, kehliges Summen. Der Song endete, und der nächste begann. Dorothy summte weiter, und als der Chor des Songs einsetzte, machte sie den Mund auf und sang mit.

Anna schlug vor Freude die Hand vor den Mund. Dorothys Stimme war heiser, vermutlich vom mangelnden Gebrauch, aber ihr Klang war warm, und sie traf genau den richtigen Ton. Ihr ganzes Gesicht veränderte sich, während sie sang, mit geröteten Wangen und glänzenden Augen. Anna presste die Hände an die Schläfen, um das unerwartete Brennen in ihren Augen zu verscheuchen.

Dorothy war mitten in der nächsten Strophe, als Gabes gedämpfte Stimme im Haus Anna mit einem Ruck in die Wirklichkeit zurückholte. »Habt ihr Anna irgendwo gesehen?«

»Eben war sie noch hier«, antwortete Elizabeth. »Hört ihr jemanden singen?«

Schritte näherten sich im Flur. Anna atmete scharf ein und setzte sich aufrechter hin. Dann sah sie Elizabeth hinter der Fliegentür auftauchen, sichtlich überrascht beim Anblick einer singenden Dorothy. Mit offenem Mund stand sie da, die Hand auf die Schürze gelegt. »Ach, du große Güte!«

»Mom? Was ist denn?« Schwere Schritte kamen nun den Flur entlang gepoltert, und Gabe tauchte neben seiner Mutter auf. Als er seine Großmutter singen sah, weiteten sich seine Augen. »Wow.«

Elizabeth schob die Fliegentür auf und trat gefolgt von Gabe schweigend auf die Veranda hinaus. Anna schlug das Herz bis zum Hals, und sie zermarterte sich den Kopf nach einer Erklärung. Aber es gab keine. Sie kannte Gabes Familie überhaupt nicht. Nur weil diese Leute letzte Woche so gastfreundlich gewesen waren, hatte sie noch lange nicht das Recht, sich derart einzumischen. Was hatte sie sich bloß dabei gedacht?

Gabe wandte sich an Anna. »Frank Sinatra?«

Anna wischte die verschwitzten Handflächen an der Jeans ab und hielt mit einer zitternden Hand die CD-Hülle hoch. »Ich dachte, das könnte vielleicht aus ihrer Zeit sein.«

In diesem Augenblick tauchte Rachel im Türrahmen auf. »Wer singt denn da?«, wollte sie wissen. Und dann: *»Grandma?«*

Dorothys Song endete, und für einen Moment herrschte Totenstille auf der Veranda. Nicht einmal ein Wagen fuhr auf der Straße vorbei, und kein Vogel zwitscherte. Anna machte sich möglichst klein in ihrem Stuhl und wünschte, sie wäre unsichtbar. Aber sie steckte fest, und es war allein ihre Schuld.

Dann sah Dorothy Elizabeth genau an, lächelte und sagte: »Erinnerst du dich noch an diesen Song, Lizzie? Dein Daddy und ich haben früher im Wohnzimmer immer dazu getanzt.«

Elizabeth stöhnte leise hinter der Hand, die sie an den Mund presste. Tränen liefen ihr über die Wangen, während sie auf ihre Mutter zustürzte und sich neben sie auf das Zweiersofa setzte. Sie nahm Dorothys Hand und flüsterte: »Ja, ich erinnere mich, Mama.«

Vom Türrahmen aus murmelte Rachel: »Heilige Scheiße!« Dann wandte sie sich um und rannte ins Haus, vermutlich um es dem Rest der Familie zu erzählen.

Anna spürte den Drang zu weinen. Zitternd holte sie Luft, rang um Fassung. Vielleicht lag es an Dorothys Reaktion oder an der Art, wie Gabe sie anstarrte, mit unergründlicher Miene. Sie wünschte, sie könnte die Uhr um zwei Wochen zurückdrehen, bevor Gabe ihr Projektpartner wurde und sie anfing, sich wie diese impulsive Person zu benehmen, die sie nicht wiedererkannte.

»Vielleicht sollten wir ihnen ein paar Minuten geben?« Anna stand auf, stolperte an Gabe vorbei und flüchtete ins Haus. Sie spürte, dass er ihr folgte, und beschleunigte ihre Schritte den Flur hinunter, bis er sie am Ellenbogen festhielt und sanft zu sich herumdrehte.

»Woher wusstest du, dass die Musik ihr Gedächtnis aktivieren würde?«

Nervös verlagerte Anna das Gewicht von einem Fuß auf den anderen und starrte auf seine Hand an ihrem Arm. »I-Ich habe es nicht gewusst.« Krampfhaft kämpfte sie gegen das Zittern in ihrer Stimme an. »Nicht wirklich. Ich habe mal in einem neurowissenschaftlichen Buch gelesen, dass die Rezeptoren des Gehirns, die sich an Musik erinnern und auf sie reagieren, als Letzte verkümmern, wenn jemand Alzheimer hat. Daher dachte ich, vielleicht würden die CDs ihr helfen, Verbindungen herzustellen.« Anna starrte auf ihre Füße. In einer Socke war ein Loch, das sie bislang nicht bemerkt hatte.

»Du hast das so nebenbei in einem Buch über Neurowissenschaften gelesen?«

Aus seinem Mund klang es noch seltsamer. »Ja.«

Gabe schwieg, und als sie aufblickte, sah er sie so seltsam an.

»Was denn?«, fragte sie misstrauisch.

»Nichts. Du bist einfach … unerwartet.«

Anna hatte keine Ahnung, was er damit meinte, und sie hatte zu viel Angst, um zu fragen. Sie eilte ins Arbeitszimmer, um ihre Sachen zusammenzupacken, und als sie es nicht länger hinauszögern konnte, zwang sie sich den Flur hinunter zur Küche, um sich zu verabschieden.

Als sie eintrat, verstummte das Gespräch. Offensichtlich hatte man über sie geredet.

Anna verharrte verlegen im Türrahmen, bis Rachel schließlich das Schweigen brach. »Das war echt cool.«

Leah hüpfte auf und ab. »Du bist genau wie die Wunderheilerin in dem Buch über Helen Keller, das wir gerade in der Schule lesen!«

John nahm Anna beiseite und sagte ihr, sie hätte keine Ahnung, wie viel dieser Moment Elizabeth bedeute und wie dankbar alle seien.

Als Anna und Gabe schließlich aufbrachen, schloss Elizabeth sie fest in die Arme. Dann drückte sie Annas Hand und sagte: »Bitte komm nächste Woche wieder. Du bist hier immer willkommen.«

Anna wurde richtig schwindelig. So lange schon sehnte sie sich nach einem Ort, an dem sie immer willkommen war.

***

Während der Fahrt zu ihr nach Hause schwieg Gabe. Anna starrte aus dem Fenster und kaute an ihrem Daumennagel, während sie sich fragte, was er wohl dachte. Er hielt vor ihrem Haus, und als sie sich bückte, um ihren Rucksack vom Fußraum des Wagens aufzuheben, beäugte sie ihn verstohlen durch die Haare, die ihr über die Augen fielen.

»Danke fürs Bringen.« Sie wandte sich ab, um auszusteigen, zuckte dann aber zusammen, weil er ihren Arm berührte.

»Anna.«

Sie hielt inne, die Hand auf dem Türgriff. »Ja?«

»Danke für das, was du für meine Großmutter getan hast.«

»Danke für …« Was? *Dass du nett zu mir bist? Dass du mir Aufmerksamkeit schenkst?* Gott, was sagte es über sie aus, dass sie so verdammt dankbar für ein kleines bisschen Freundlichkeit war? »Danke, dass du mich mitgenommen hast, um mit deiner Familie abzuhängen. Sie sind wirklich toll.«

»Sie haben ihre guten Momente.« Sein Mund verzog sich zu einem ironischen Lächeln. »Sie sind übrigens ziemlich große Fans von *dir*. Bevor wir gingen, hat Mom noch schnell klargestellt, dass ich mich gar nicht erst blicken lassen soll, wenn ich dich nächsten Sonntag nicht wieder mitbringe.«

Ein Gefühl der Wärme durchfuhr Anna. *Vorsicht,* warnte eine leise Stimme in ihrem Hinterkopf, aber noch bevor das Wort ganz heraus war, machte sie den Mund auf, um zu antworten. »Ich komme nächste Woche sehr gern wieder mit.«

Obwohl sie am Montag bis spätabends im Lebensmittelladen arbeitete, stand Anna am Dienstag früh auf, um Gabe vor ihrem Kurs in der Bibliothek zu treffen. Sie suchten sich eine ruhige Ecke in einem der Aufenthaltsbereiche, um über ihr Projekt zu reden und einen Arbeitsplan für den nächsten Sonntag aufzustellen, an dem sie dann anschließend wieder mit seiner Familie zu Abend essen würde.

Der Sonntag war im Allgemeinen ihr freier Tag vom Lebensmittelladen, der Tag, an dem sie das Lernen für den Unterricht nachholte; mit den Weatheralls abzuhängen überschnitt sich daher mit ihrer anderen Arbeit. Um das zu kompensieren, musste sie den Rest der Woche jeden Tag früh aufstehen und vor der Schule lernen. Aber das nahm sie in Kauf.

Als Anna am Dienstag mit Gabe zum Kurs kam, winkten die Mädchen, bei denen er immer saß, ihn zu sich. Er begann, auf sie zuzugehen, blieb dann jedoch so unvermittelt stehen, dass der Student hinter ihm ins Stolpern geriet und ihn beinahe umgerannt hätte.

Gabes Blick wanderte von dem leeren Platz inmitten der Mädchengruppe zu Anna und wieder zurück.

Anna stand verlegen neben ihm. *Schon klar*. Auch wenn sie bei der Projektarbeit freundlich miteinander umgingen, waren sie nicht wirklich *Freunde*. Vor allem nicht, wenn hübsche Verbindungsstudentinnen mit langen, glänzenden Haaren in der Nähe waren.

Wenn sie ihn auf dem Campus sah, war Gabe stets von durchgestylten, schönen Menschen umgeben, und diese Beschreibung traf eindeutig nicht auf Anna zu. Sie war hochgewachsen, aber mager, praktisch flachbrüstig und hatte stumpfe braune Haare, die sie selbst nachschnitt, wenn sie dazu kam. Ihre hohen Wangenknochen und großen braunen Augen wären vielleicht attraktiv gewesen, wenn sie die Zeit oder das Geld hätte, sie mit Make-up zu betonen. Was sie beides nicht hatte. Und ihre Kleider aus dem Ramschladen konnten nicht mit den trendigen Outfits der Collegemädchen mithalten.

Nicht etwa, dass Gabe sie so ansehen sollte wie den steten Strom wechselnder Mädchen, mit denen er flirtete. *Auf gar keinen Fall.*

Anna murmelte, sie würde ihn später sehen, und flüchtete zu einem freien Platz auf der anderen Seite des Raumes. Nichts davon war wichtig. Wichtig war es nur, ihre Projektaufgabe ordentlich zu machen, mit einer Eins abzuschneiden und einen Schritt näher zu einem Freifahrtschein fürs College und dann fürs Medizinstudium zu kommen. Einen Schritt näher zu einem besseren Leben.

Bevor sie es verhindern konnte, blitzte das Bild einer wackeligen Treppe, die in einen dunklen Keller hinunterführte, in ihrer Erinnerung auf.

Und einen Schritt weiter, das alles hinter sich zu lassen.

Sie würde sich von Gabe nicht von ihrem Ziel ablenken lassen.

Anna setzte sich und wühlte in ihrem Rucksack, tat, als würde sie nach irgendetwas Wichtigem suchen, um nicht in Versuchung zu kommen, ihn über den Raum hinweg anzustarren.

Jemand stieß gegen ihr Bein und riss sie damit aus ihren Gedanken. Als sie von ihrem Rucksack aufsah, entdeckte sie Gabe, der sich grinsend auf den Platz neben ihr schob. Annas Blick huschte durch den Raum zu den schockierten Mienen seiner Freundinnen, und dann schaute sie auf den Tisch hinunter, um ihr Lächeln zu verbergen.

5

Gabe lehnte sich im Sessel zurück und verfolgte mit den Augen den Cursor auf dem Computerbildschirm seines Dads. *Bewerbung, Zeugnisse, Hochschulzugangstest-Ergebnisse, Motivationsschreiben.* Mit einem abschließenden *Klick* schickte er seine letzte Bewerbung für eine Graduate School ab.

Nach der ganzen Energie, die er in diesem Herbst in seine Bewerbungen gesteckt hatte, erwartete er ein Feuerwerk oder einen Tusch oder irgendetwas. Aber nichts. Nur eine automatische Antwort: *Vielen Dank für Ihre Bewerbung. Sie erhalten in Kürze eine Bestätigung per E-Mail.*

Dann eben nicht. Später traf er sich mit Anna, und sie würde die entsprechende Begeisterung an den Tag legen. Komisch, wie sich dieses unbeholfene, schüchterne Mädchen, mit dem er kaum hatte reden können, ohne dass es zum Streit kam, als seine größte Unterstützerin erwiesen hatte, was seine Graduate School betraf. Sie hatte seine Aufsätze gelesen, ein paar ziemlich schlaue Vorschläge gemacht und ihn sogar ermuntert, sich um die eher unwahrscheinlichen Stipendien zu bewerben.

In der ersten Zeit hatten sie jeden Dienstagvormittag und Sonntagnachmittag damit verbracht, an ihrem Projekt zu arbeiten. Doch als es allmählich Gestalt annahm, mussten sie sich im Grunde nicht mehr jede Woche treffen. Aber mit Anna abzuhängen war zu einem Teil seiner Alltagsroutine geworden, und es gefiel ihm, mit ihr über anderes Zeug zu reden.

Seine Freunde konnten nicht verstehen, dass er so viel Zeit mit ihr verbrachte. Die Typen von seiner Studentenverbindung machten sich gern darüber lustig und zogen ihn damit auf, dass er offenbar auf jüngere Frauen stand. Die meiste Zeit ignorierte er die Spötteleien, da er ihnen nicht die Befriedigung verschaffen wollte, dass sie ihn auf die Palme brachten.

Anna ging auf die Highschool, und in seinen Augen würde sie etwas anderes als eine Art kleine Schwester sein. Aber es ging ihm gegen den Strich, dass die meisten Leute nur auf Äußerlichkeiten achteten – das schüchterne, schlecht gekleidete Mädchen, das sein Gesicht gern hinter den langen Haaren versteckte – und sich nicht die Mühe machten, sie kennenzulernen und festzustellen, wie brillant und urkomisch sie war. Er schämte sich, dass er beinahe den gleichen Fehler begangen hätte.

Gabe rollte mit dem Schreibtischsessel nach hinten und ging in die Küche, um sich einen Kaffee aus der Kanne zu holen, die seine Mom vor ihrem Spaziergang im Park aufgesetzt hatte. Er hätte seine Bewerbungen vom Verbindungshaus aus abschicken können, aber die Internetverbindung bei seinen Eltern war zuverlässiger, da sie keine Pornos herunterluden, wie es seine Mitbewohner vermutlich taten. Er lachte leise vor sich hin. Zumindest hoffte er, dass seine Eltern keine Pornos herunterluden.

Er war im Begriff, zurück ins Arbeitszimmer zu gehen, um seine Unterlagen wegzuräumen, als sein Dad zur Hintertür hereinkam. Gabe hatte ihn nicht vor dem Nachmittag zu Hause erwartet.

Sein Dad blieb stehen und war vermutlich ebenso verblüfft, seinen Sohn vor sich zu haben. »Gabe!«, begrüßte er ihn schließlich. »Ich habe deine Mutter erwartet. Dachte, du und Anna würdet erst später vorbeikommen.«

»Ich bin nur hier, um meine Bewerbungen für die Graduate School einzureichen. Ich hole Anna gleich ab.«

Sein Dad zog die Augenbrauen hoch. »Du reichst deine Bewerbungen heute ein?«

Gabe stieß einen Atemzug aus. »Das habe ich bereits. Es ist erledigt.«

»Du hast mir gar nicht gesagt, dass du das heute tun würdest.«

»Nein?« Gabe legte die Stirn in Falten. »Ich dachte, das hätte ich. Letzte Woche, oder ...« Das war gelogen. Er wollte nicht, dass sein Dad ihm bei den Bewerbungen im Nacken saß, daher hatte er an diesem Morgen zu Hause angerufen, um sicherzustellen, dass sein Dad nicht hier war.

»Na dann, gratuliere.« Sein Dad klopfte ihm auf den Rücken. »Und, was ist jetzt der Plan?«

»Was meinst du mit, was ist der Plan? Ich warte ab, ob ich angenommen werde.«

»Und wenn nicht? Was ist mit einem Job? Hast du ein paar Vorstellungsgespräche in Aussicht?«

Gabe machte den Mund auf und wieder zu. Mein Gott. Vor fünf Minuten hatte er die Bewerbungen abgeschickt. Und sein Dad glaubte jetzt schon, dass es nur Absagen hagelte? Oder befürchtete er, wenn er auch nur für eine Minute seinen Griff lockerte, würde Gabe anfangen, Dielenbretter herauszureißen und Trockenbauwände zu installieren, wie es sein Bruder tat? Was sollte Dad zu seinen Golfkumpels sagen, wenn beide Söhne als Arbeiter endeten?

Es war ja nicht so, dass Matt herumlungerte. Er hatte seine eigene Firma, verdiente gutes Geld, und seine Arbeit war stark nachgefragt. Aber dass Matt nicht die medizinische Laufbahn eingeschlagen hatten, darüber war sein Dad nie hinweggekommen.

Zum Entsetzen aller war Matt stattdessen in den Blaumann geschlüpft. Er war im Begriff gewesen, sich für das vormedizinische Studium an der Johns Hopkins einzuschreiben, als er einen Ferienjob annahm, bei dem er für Haussanierungsprojekte in den aufstrebenden Vierteln überall in der Stadt neue Küchenschränke einbaute und historische Zierleisten nachbildete. Er besaß ein echtes Talent dafür, und Gabe konnte sich noch gut daran erinnern, wie glücklich Matt in jenem Sommer gewesen war, ohne den Druck, der auf seinen erstgeborenen Schultern lastete, nur Einsen zu schreiben und die Studieneignungstests mit Bravour zu bestehen.

Sobald Matt entschieden hatte, das College zurückzustellen, um sein Unternehmen zum Erfolg zu führen, hatten sich die Erwartungen auf Gabe verlagert. Auf einmal lag ihm sein Dad beim Abendessen damit in den Ohren, mehr für die Prüfungen zu lernen, und wollte Gespräche darüber führen, wie er seine Zukunft sah. Gabe war sich bewusst, dass ein Wirtschaftsstudium an der hiesigen Universität nicht mit Medizin an der Hopkins konkurrieren konnte, zumindest nicht in den Augen seines Dads. Aber es machte seine Mutter glücklich, dass er in der Nähe blieb, und er war derselben nationalen Studentenverbindung beigetreten, der sein Dad in Yale angehört hatte.

John Weatheralls Traum war es immer gewesen, dass eines seiner Kinder in seine Fußstapfen trat und die medizinische Laufbahn einschlug. Gabe wollte es seinem Dad gern recht machen, aber letzten Endes stellte er fest, dass er es in seinem ersten Studienjahr immer öfter vermied, nach Hause zu fahren, und das Thema wechselte, sobald sein Dad darüber reden wollte, für welches Hauptfach er sich entscheiden sollte.

Und dann hatte dieses »Befriedigend« in organischer Chemie die Sache so ziemlich besiegelt. Gabe hatte noch nie zuvor – oder seitdem – einen Collegekurs schlechter als mit einem »Sehr gut« abgeschlossen. Aber aus irgendeinem Grund wurde sein Gehirn aus diesen Resonanzstrukturen und Reaktionsmechanismen in organischer Chemie einfach nicht schlau.

Es war fast so, als würde er *versuchen,* nicht gut abzuschneiden, stellte sein Dad enttäuscht fest, als die Noten herauskamen.

Da Psychologie nicht zu seinen Fächern gehörte, wusste Gabe nicht, was Freud dazu zu sagen hätte.

Und jetzt kam sein Dad mit derselben alten Leier.

»Es ist noch früh genug, um denen Kurs in organischer Chemie nächstes Semester zu wiederholen. Nur um dir die Option offenzuhalten.«

Gabe wollte nur noch weg und sagte schnell: »Anna wartet, ich muss sie abholen.«

Sein Dad nickte. Wenigstens billigte er Anna. »Klar. Wir können später noch reden.«

Kann's kaum erwarten.

Gabe fuhr zu Annas Haus. Er war früh dran, daher blieb er im Wagen sitzen und wartete. Die Haustür ging auf, und ein Typ mittleren Alters mit fettigen Haaren und stoppeligen Stellen im Gesicht schlenderte heraus. Er steckte sich eine Zigarette an und öffnete eine Dose Bier.

Bier um halb zwölf Uhr vormittags.

Gabe spähte zum Haus. Der Typ war vermutlich ein anderer Mieter und hoffentlich nicht der Freund von Annas Mom oder so.

Der Typ ging wieder hinein, und ein paar Minuten später kam Anna heraus. Sie lief über die Eingangsveranda und riss die Wagentür auf. Die kalte Novemberluft schlug ihm entgegen, als sie auf den Sitz rutschte. »Hi.«

»Hey. Wie war dein Morgen?«

»Gut.« Sie zuckte die Schultern. »Hab gelernt.«

Er wies mit einem Nicken zum Haus. »Wohnst du nur mit deiner Mom dort?«

»Ja.« Sie sah ihn von der Seite an. »Warum?«

»Ich weiß nicht. Du redest nie über deinen Dad.«

Sie wandte den Blick ab. »Ich habe meinen Dad nie kennengelernt.«

Keinen Dad zu haben klang gar nicht so schlimm. Kaum hatte er das gedacht, da fühlte sich Gabe wie das letzte Arschloch. Sein Dad war in Ordnung, und Gabe liebte ihn. Wenn er nur nicht immer so drängen würde.

Anna wandte sich auf ihrem Sitz zu ihm um. »Hey, wie war *dein* Morgen? Hast du deine Bewerbungen abgeschickt?«

Er ließ den Wagen an und beschäftigte sich damit, in alle Spiegel zu sehen. Sein Unmut von vorhin war verflogen. »Ja.«

»Gabe! Das ist toll! Du bist fertig?«

»Ja.«

»Warte nur, bis du bei *allen* angenommen wirst, und dann musst du dich entscheiden, wohin du gehen willst.«

Warum konnte sein Dad nicht so reagieren? Auch wenn Anna fast schon übertrieben optimistisch war, hätte sein Dad zumindest etwas Begeisterung zeigen können.

»Abwarten.« Er fuhr los und richtete seine Aufmerksamkeit auf die Straße. Anna sagte nichts, aber er konnte spüren, dass sie ihn beobachtete.

»Was ist los?«, fragte sie nach ein paar Minuten Schweigen.

»Was meinst du damit? Nichts ist los.«

Sie streckte den Arm aus und pikte mit dem Finger seine Hand, die das Lenkrad umklammert hielt. »Du kannst lockerlassen; der Wagen wird nicht ausscheren.«

An einer roten Ampel brachte Gabe den Wagen mit einem Ruck zum Stehen und wandte sich zu ihr um. »Ich habe heute meine Bewerbungen eingereicht, und weißt du, was Dad als Erstes gesagt hat? *Was, wenn du nicht angenommen wirst?*«

Sie stöhnte auf.

»Und das Zweite, was er gesagt hat? *Medizinstudium.*«

Die Ampel sprang auf Grün. Gabe drückte das Gaspedal durch und schoss auf die Kreuzung.

»Als ich überlegt habe, für welche Programme ich mich bewerben will, hat er darauf bestanden, dass ich es ausschließlich bei den Top-Unis versuchen soll. Keinen sicheren Unis wie die Penn State oder Michigan. Es ist fast, als ob er nicht will, dass ich angenommen werde, denn dann könnte er wieder anfangen, auf ein Medizinstudium zu drängen.«

»Hey.« Sie knuffte ihn in den Arm. »Halt an. Du fährst wie ein Verrückter.«

Gabe riss das Lenkrad nach rechts und hielt am Straßenrand. Er fuhr sich mit einer Hand durchs Haar. »Entschuldige.«

»Weißt du was? Lass uns heute nicht hinfahren. Zu deinen Eltern.«

»Im Ernst?« Er war nicht in der Stimmung für noch ein Gespräch mit seinem Dad. Vermutlich würde er früher oder später irgendetwas Gehässiges sagen und es anschließend bereuen.

»Ja. Kannst du fahren, ohne uns umzubringen? Ich sage dir, wohin.«

Er beäugte sie von der Seite. »Wohin fahren wir?«

»Das wirst du schon sehen.«

Sie dirigierte ihn in Richtung Universität, aber im letzten Moment ließ sie ihn nach rechts auf eine Straße abbiegen, die sich hinter dem Campus entlangschlängelte. Als sie ihn aufforderte zu parken, hielt er vor einem riesigen Kuppelbau aus Glas und Stahl: das Phipps Conservatory, ein Gewächshaus und botanischer Garten.

»Warst du in letzter Zeit mal hier?«, fragte sie, ihre Stimme kribbelnd vor Aufregung.

»Ähmmmm, nicht seit einem Schulausflug in der vierten Klasse.«

»Im Ernst? Du weißt aber schon, dass wir mit unseren Studentenausweisen hier kostenlosen Eintritt haben, oder?«

Ihm war vage bewusst, dass sie Zugang zu allen Museen und so hatten, aber im Allgemeinen hatte er in seiner Freizeit anderes zu tun.

Als sie ausstiegen, pfiff ihm der eisige Wind um die Ohren. Schwer zu glauben, dass sich das Wetter letzte Woche wie Herbst angefühlt hatte. Jetzt wirkten die grauen Wolken am Horizont, als würden sie später vielleicht Schnee bringen. Anna hatte ihre Jacke nur umgehängt, und sie rannten auf den Eingang des Gebäudes zu.

Sie meldeten sich am Besuchertresen an, und dann führte Anna ihn durch einen riesigen Kuppelsaal voller Bäume und Blumen. In der Mitte waren Gartenarbeiter damit beschäftigt, für die Weihnachtsausstellung Bäume zu schmücken und Adventssterne aufzuhängen.

»Du solltest mit deiner Großmutter herkommen. Ich möchte wetten, sie würde es lieben«, dachte Anna laut.

Gabe blieb stehen. Verdammt. Warum war er nicht selbst auf die Idee gekommen? Und ob seine Großmutter das lieben würde. »Das ist eine tolle Idee. Du solltest auch mitkommen.«

»Wirklich?«

Anna und seine Großmutter hatten seit der Sache mit der Musik eine besondere Beziehung entwickelt. Dorothy hatte sich größtenteils wieder in ihre eigene Welt zurückgezogen, aber sie wurde lebhafter, sobald Anna sich zu ihr auf die Veranda setzte.

»Ja, lass uns das nächste Woche tun.«

Sie schenkte ihm dieses Lächeln, das ihr ganzes Gesicht erhellte, und führte ihn durch noch ein paar Säle zu einer Tür mit einem Schild, auf dem *Tropenwald* stand.

In den anderen Räumen war es kühl gewesen, aber der Tropenwald war die reinste Sauna, und Gabe spürte die Feuchtigkeit an seinen vom Wind brennenden Wangen und den noch immer tauben Fingern. Sie schlenderten einen Weg hinunter, der von Palmen und Bananenbäumen, kräftigen orange-violetten Paradiesvogelsträuchern und rosa Bougainvilleen gesäumt war. Als Nächstes überquerten sie auf einer Brücke einen Teich, in dem es von schilfartigen Pflanzen und Koifischen wimmelte, und hinter einer Reetdachhütte, in der man tropische Gewürze bewundern konnte, bogen sie rechts ab.

Für Gabe sah es so aus, als hätten sie das Ende des Rundgangs erreicht, aber dann warf Anna ihm wieder dieses Grinsen zu und bog vom Hauptweg auf einen kleinen Trampelpfad ab, der zu einer Gruppe von Bäumen führte. Sie schob ein paar riesige Blätter beiseite und verschwand dahinter. Neugierig folgte er ihr.

Nachdem er sich durch die Palmwedel gekämpft hatte, erreichte er die andere Seite und blieb wie angewurzelt stehen.

Anna saß auf einer Steinbank inmitten einer kleinen Lichtung, umgeben von tropischen Blumen. Der Lärm der Gebäudetechnik, anderer Besucher, die vorbeigingen, und der Tropenvogel-Geräusche, die über die Lautsprecher kamen, war hier drinnen schwächer. Wenn er nicht wüsste, dass er mitten in der Stadt war, hätte er leicht glauben können, irgendwo tief im Dschungel zu sein.

»Wow.«

»Ich weiß. Das ist mein Lieblingsort. Ich komme gern hierher, um zu lesen.«

Er ließ sich neben ihr auf die Bank sinken. »Danke, dass du deinen Geheimplatz mit mir teilst.«

»Ich kann ihn dir doch anvertrauen, oder?« Sie kniff die Augen zusammen. »Bring keine Mädchen zum Knutschen her, okay?«

Er lachte, denn er hätte es vielleicht in Betracht gezogen. Allerdings war dieser Ort zu besonders, um ihn mit irgendeiner x-beliebigen Person zu teilen, und es hätte sich nicht richtig angefühlt, Anna das anzutun. »Niemals. Versprochen.«

Sie saßen eine Weile in der Wärme und Stille da. Die Anspannung wich aus Gabes Schultern, und er legte den Kopf in den Nacken, schaute hoch zu der riesigen Glasdecke über ihnen. Der Himmel war ein trübes, mattes Grau, aber winzige weiße Schneeflocken wirbelten durch die Luft, schimmernd und funkelnd trafen sie auf das warme Glas und verwandelten sich in Wassertropfen.

Nach ein paar Minuten durchschnitt Annas Stimme die Stille. »Falls du dich damit besser fühlst, ich glaube, du wärst ein grauenhafter Arzt.«

Er schnaubte verblüfft und riss den Kopf zu ihr herum, erwartete, ein scherzhaftes Grinsen in ihrem Gesicht zu sehen. Sie starrte ihn jedoch mit ausdrucksloser Miene an. War das ihr Ernst? Bei Anna konnte man davon ausgehen. Aus irgendeinem Grund erschien ihm ihre Ehrlichkeit zum Schreien komisch.

»Besten Dank. Bin mir nicht sicher, ob ich mich damit besser fühle, aber ich weiß dein Bemühen zu schätzen.« Seine Schultern zuckten, während er versuchte, sich nur mit Not das Lachen zu verkneifen.

»Ich habe das nicht als Beleidigung gemeint!«

»Natürlich nicht.«

»Ehrlich!« Sie stieß ihn mit dem Ellenbogen in die Seite. »Hör auf zu lachen. Arzt zu sein ist eher etwas für introvertierte Menschen. Schon klar, man muss gut mit Kranken umgehen können und das alles, aber ein großer Teil besteht doch darin, den Kopf in Bücher und Patientenakten zu stecken. Ich meine, kannst du dir vorstellen, acht Stunden am Tag im Keller irgendeiner medizinischen Hochschule zu sitzen und Leichen zu sezieren?«

Er schüttelte sich übertrieben.

»Ja, nicht wahr?« Sie fuhr fort. »Ich sehe doch, wie du in unserem Kurs bist. Du bist in deinem Element, wenn du dich in eine angeregte Diskussion stürzen oder über die eine oder andere Theorie streiten kannst. Dr. McGovern sagt irgendetwas Kontroverses, und du wirst ganz kribbelig vor Aufregung. Du gehörst in eine Wirtschafts-Denkfabrik, wo du der Experte sein darfst, der sich brillante Theorien einfallen lässt. Und sich dann mit den anderen Experten streitet.«

Er starrte sie an. *Verdammt.* Sie hatte recht. Und er fühlte sich tatsächlich besser mit diesem Gedanken. Nur weil er nicht tat, was sein Dad wollte, hieß das nicht, dass er nicht das Richtige tat.

Er grinste und knuffte sie in den Arm. »Und was sagt das über dich aus? Du willst Ärztin werden, aber du liebst es zu streiten.«

Sie knuffte ihn zurück. »Ich liebe es nur, mit *dir* zu streiten. Alle anderen denken, dass ich das stille Mädchen bin, das sich vermutlich prächtig mit Leichen verstehen würde.«

Er fing ihren Blick auf, und sie mussten beide lachen. Aber tief in ihm nagte irgendetwas an Gabe. Es war fast, als ob sie wollte, dass die Leute das dachten. Nicht den Teil mit den Leichen natürlich. Aber noch vor ein paar Monaten hatte er keine Ahnung gehabt, dass Anna einer der schlauesten Leute in ihrem Kurs war. Sie war nicht wirklich schüchtern – das hatte sie am ersten Tag unter Beweis gestellt, als sie ihm die Meinung geigte –, aber warum machte sie nicht öfter den Mund auf? Warum war *sie* es nicht, die über Wirtschaftstheorien stritt oder wenigstens die Hand hob, wenn sie die Antwort wusste?

In diesen letzten Monaten hatten sie so viel Zeit zusammen

verbracht, und irgendwann hatte er angefangen, Anna als gute Freundin zu betrachten. In mancher Hinsicht kannte er sie so gut, aber in anderen kannte er sie überhaupt nicht. Ihre Familie zum Beispiel. Sie hatte gesagt, sie hätte ihren Vater nie kennengelernt, aber sie erwähnte auch nur selten ihre Mutter, außer um zu sagen, dass sie im Pflegeheim arbeitete. Und Anna redete eigentlich nie über Freunde oder darüber, dass sie mit Leuten von ihrer Highschool ausging. War sie dort ebenso zurückhaltend wie in ihren Collegekursen?

Er sah in ihre Richtung, und sie schenkte ihm ein schiefes Lächeln. »Letztendlich bin ich doch froh, dass wir zusammen an diesem Projekt arbeiten«, sagte sie.

»Ich auch, Kleine.« Er stupste mit seiner Schulter gegen ihre.

Vielleicht las er zu viel in das alles hinein. Anna war superschlau und auf ihre Arbeit für die Schule fokussiert. Nicht alle Teenie-Mädchen wollten über Freundinnen und Partys plaudern. Da musste er sich nur Rachel ansehen. Sie verbrachte ihre Wochenenden damit, zu politischen Protesten zu gehen und ehrenamtlich in einem Frauenhaus zu arbeiten.

Wenn irgendetwas Wichtiges in Annas Leben los war, dann würde sie es sagen. Inzwischen waren sie gut genug befreundet, dass sie sich ihm öffnen könnte.

6

Ein kalter Wind pfiff durch Annas fadenscheinige Jacke, und sie umklammerte die Mütze auf ihrem Kopf, damit sie nicht fortwehte. Vielleicht würde es später noch schneien. Als sie zu den aschgrauen Wolken am Himmel hochschaute, durchfuhr sie ein leichtes Kribbeln. Ein richtiges Weihnachtsdinner an einem großen Esstisch, während draußen der Schnee rieselte, wäre wie im Film. Eindeutig nichts, was sie aus dem wirklichen Leben kannte.

Als Gabes Mutter sie nach ihren Weihnachtsplänen gefragt hatte, wurde Anna so verlegen, dass sie, ohne nachzudenken, damit herausplatzte, dass sie und ihre Mom einen ruhigen Tag zu Hause verbringen würden. Prompt lud Elizabeth sie beide zum Dinner ein, und Anna wusste nicht, wie sie ablehnen sollte, *wollte* nicht ablehnen, obwohl sie genau das hätte tun sollen.

Die nächste Windböe fegte vorbei, und sie hielt ihre Jacke zu. Die Ärmel rutschten über ihre Handgelenke hoch. Sie würde sich bald eine neue kaufen müssen, und das trübte ihre Weihnachtsstimmung. Jacken waren teuer, selbst bei Oxfam. In dem Moment kam Gabe vorgefahren, und sie schob den Gedanken seufzend beiseite. Anna eilte zu seinem Wagen und sprang auf den Beifahrersitz. Die Wärme des Wagens und seines Grinsens verscheuchte ihre düsteren Gedanken. »Fröhliche Weihnachten!«

»Fröhliche Weihnachten. Kommt deine Mom gleich runter?«

Annas Lächeln schwand. »Oh … ähm … sorry … aber sie kann nicht mitkommen.«

Gabe runzelte fragend die Stirn. »Geht es ihr gut?«

»Ja. Sie …« Anna betrachtete eingehend ihre Hände, während sie die Ausrede herunterrasselte, die sie tagsüber einstudiert hatte. »… musste arbeiten. Jemand im Pflegeheim hat sich krankgemeldet, und sie haben sie gebeten einzuspringen. Ich habe ein schlechtes Gewissen, weil deine Eltern so nett waren, sie einzuladen, und deine Mom extra gekocht hat und das alles.«

»Schon gut. Du weißt doch, dass Mom immer für eine ganze Armee kocht und alle hinterher Reste mitnehmen müssen.« Gabe knuffte sie in den Arm. »Und hey. Ich bin froh, dass du kommst. Sonst würdest du an Weihnachten allein zu Hause sitzen, während deine Mom arbeiten ist.«

»Ja.« Anna zuckte nur mit den Schultern. Sie wollte nicht länger über ihre Mom reden.

Gerade als sie bei den Weatheralls ankamen, begann es kräftig zu schneien. Elizabeth hatte das Haus mit Girlanden und weißen Weihnachtslichtern geschmückt. Drinnen flackerten Kerzen auf dem Kaminsims, und ein drei Meter hoher Weihnachtsbaum nahm eine ganze Ecke des Wohnzimmers ein.

Der Anblick verschlug Anna den Atem. Es war wirklich wie im Film. In dicken Flocken fiel der Schnee draußen vor dem Fenster, glitzerte auf den Zweigen der Bäume und hüllte den Garten in eine weiße Decke.

Die Familie versammelte sich um den riesigen Esstisch der Weatheralls, um mehr Gänge zu essen, als Anna in ihrem ganzen Leben gesehen hatte. Danach spielten sie ausgelassen Scharade, und da es die Weatheralls waren, ging es wettbewerbsintensiver zu als normalerweise bei diesem Spiel.

Anna war glücklich wie noch nie. Nur ein einziges Mal meldete sich eine leise Stimme in ihr zu Wort, verpasste ihrer Freude einen Dämpfer und rief ihr in Erinnerung, dass sie das hier eines Tages bereuen würde. Dass es höllisch wehtun würde, wenn sie wieder ganz allein war. Sie schob die Stimme beiseite. Wenigstens würde sie glückliche Erinnerungen haben, was mehr war, als sie bislang hatte.

Es war fast Mitternacht, als Gabe sie schließlich nach Hause fuhr. Als sie bei ihr vor dem Haus hielten, lachten sie noch immer über die Scharaderunde. Anna wollte sich gerade bei Gabe für ein wundervolles Weihnachten bedanken, da sah sie jemanden auf der Eingangsveranda sitzen, und ihr Lachen erstarb.

Ein Mann lümmelte auf dem abgewetzten Sofa, das irgendjemand offenbar zu einem Verandasofa umfunktioniert hatte, die Füße auf eine Plastikkiste gelegt. Anna sah, wie er einen langen Zug an seiner Zigarette nahm und langsam ausatmete. Der aufsteigende Rauch schimmerte in dem bernsteinfarbenen Verandalicht.

Annas Magen verkrampfte sich bei seinem Anblick: Don, ihr Vermieter, der in der Erdgeschosswohnung lebte. Sie tat ihr Bestes, um ihm aus dem Weg zu gehen. Ein paarmal war sie sogar über die Feuertreppe hinter dem Gebäude nach draußen gelangt, als sie seine Stimme im Hausflur hörte.

Anna lächelte Gabe zu und hob ihren Rucksack auf. Wenn sie sich beeilte, könnte sie ins Haus flüchten, bevor Gabe diesen Kerl bemerkte. Aber als sie die Wagentür öffnete, stand Don auf, zog sein Pittsburgh-Steelers-Sweatshirt über den Bauch und öffnete eine Dose Bier.

»Ich bringe dich rein«, murmelte Gabe und langte zum Türgriff.

»Oh, äh, das musst du nicht«, stammelte Anna. »Das ist nur unser Vermieter. Er ist harmlos.«

»Schon gut. Ich bringe dich«, wiederholte Gabe mit entschiedener Stimme, und Anna wusste, dass Widerspruch zwecklos war.

Resigniert stieg sie aus und schlurfte die Verandastufen hoch, Gabe dicht an ihrer Seite. Sie zog den Kopf ein und nickte Don zu. Vielleicht hatten die Feiertage sein Herz genug erwärmt, dass er sie in Ruhe ließ.

Aber das war wohl zu viel verlangt. Don verstellte ihnen den Weg. »Hey, Genie, wo steckt deine Mutter?«, grunzte er mit rauchgeschwängerter Stimme.

Anna sah ihn eindringlich an. »Sie arbeitet.«

Don kratzte sich den Bauch und nahm einen Schluck aus seiner Dose Iron City. »Wäre besser für sie, denn sie hat mich diesen Monat schon wieder um die Miete geprellt.«

Anna warf einen verstohlenen Blick auf Gabe, der den Wortwechsel mit zusammengekniffenen Augen verfolgte.

»Ich …« Sie drückte die Schultern durch und schlug den Ton an, der bei wütenden Kunden im Lebensmittelladen meistens funktionierte. »War sicher nur ein Versehen. Wir zahlen den Rest bis Ende der Woche.«

Anna wollte rasch an Don vorbeischlüpfen, aber bevor sie die Tür erreichte, schnellte seine Hand vor und packte ihren Oberarm. Anna zuckte zusammen und versuchte sich zu befreien. Aber trotz des Schmerzes, der ihr in die Schulter schoss, war ihr erster Gedanke: *Oh, mein Gott, das hier passiert vor Gabe.*

Im Bruchteil einer Sekunde war Gabe zwischen ihnen und stieß Don von ihr weg.

»Fass sie nicht an.«

Don wich einen Schritt zurück. Sein Blick wanderte über

Gabes Patagonia-Jacke, die hochwertige Levi's und die trendigen Turnschuhe. Dann wandte er sich grinsend an Anna. »Schau an, da hat sich jemand einen reichen Collegefreund geangelt. Du hast dich ja schon immer für was Besseres als alle anderen hier gehalten. Ich will den Rest der Miete. Jetzt. Hundert Mäuse.«

Er hielt die schmuddelige Pfote auf, als könne sie das Geld einfach aus ihrer Tasche ziehen und ihm geben.

Sie hatte keine hundert Dollar, und ihren Lohn bekam sie erst in ein paar Tagen. Sie rieb sich die Stelle, an der Don sie am Arm gepackt hatte, und spähte aus den Augenwinkeln zu Gabe. Sie würde alles tun, um dieses Gespräch nicht vor ihm zu führen. »Sie bekommen es Freitag.«

»Das ist zu spät. Ich will es morgen, oder ich setze eure Ärsche auf die Straße.«

»Aber ... es ist Weihnachten«, stammelte Anna, um Zeit zu gewinnen. »Die Banken haben geschlossen. Sie können uns doch sicher noch einen Tag mehr geben ...« Oder *drei*. Aber darüber würde sie sich später den Kopf zerbrechen, wenn Gabe nicht mehr neben ihr stand und alles mit anhörte.

»Kannst du vergessen«, lautete Dons Antwort.

Gabe griff in seine Jacke und zückte die Brieftasche. »Wie viel, haben Sie gesagt? Einhundert?«

»Nein.« Tief beschämt packte Anna Gabes Arm und versuchte, seine Brieftasche wegzuschieben. »Gabe, ich brauche dein Geld nicht. Ich komme hier schon klar.«

Aber Don griff bereits nach den Scheinen. Er nahm das Geld, zählte es theatralisch nach und stopfte es in seine Tasche. »Das dürfte den Rest von dem abdecken, was ihr mir diesen Monat schuldet. Und kommt nächsten Monat nicht wieder in Verzug.«

Gabe schob Anna zur Haustür, und sie ließ es zu, denn was

sonst könnte sie tun? Don das Geld entwinden und Gabe zurückgeben?

»Das hättest du nicht tun müssen«, zischte sie, froh über ihre Wut, denn das war das Einzige, was sie vom Weinen abhielt. Sie steckte den Schlüssel ins Schloss. »Er hat nur geblufft, um sich vor dir aufzuplustern. Ich hatte das im Griff.«

Anna drückte die Haustür auf, und der schale Geruch von Zigarettenrauch schlug ihnen entgegen. Und noch ein anderer Geruch, stark und säuerlich. Ihre Brust schnürte sich zu, während sie sich vorstellte, wie das Gebäude auf Gabe wirken musste. Vergilbte, abblätternde Tapeten klebten im Hausflur, bildeten hier und da aufgeplatzte Blasen an den Wänden wie bei einem Ausschlag. Wasserflecken an der Decke erinnerten an den Winter, als die Rohre einfroren und schließlich platzten, und eine einzelne Glühbirne hing über ihnen an einem Kabel und warf gespenstische Schatten an die Wände.

Sie stapfte die Treppe hoch, dicht gefolgt von Gabe, und blieb auf dem Treppenabsatz stehen. »Ich zahle es dir am Freitag zurück«, murmelte sie.

»Das Geld ist mir egal. Ich will nur nicht, dass dieser Typ dich belästigt.«

Anna funkelte ihn wütend an. »*Ich hatte das im Griff.*« Sie war unhöflich, aber sie konnte nicht anders. Unhöflich zu sein bewahrte sie vor Demütigung.

Bevor Gabe etwas erwidern konnte, wandte sie sich ab und marschierte zu ihrer Wohnungstür. Sie fummelte an dem Schloss herum – es klemmte, aber sie würde sich nicht bei ihrem Vermieter beschweren – und ignorierte Gabe, während er sich neben ihr mit der Schulter an die Wand lehnte.

»Hör zu«, sagte er. »Vielleicht wärst du allein klargekommen. Aber das *musstest* du nicht.«

Anna konzentrierte sich darauf, den Schlüssel ins Schloss

zu manövrieren, den Kopf schräg gelegt, damit er nicht sehen konnte, wie sich ihre Augen mit Tränen füllten. Sie musste sich zusammenreißen. Wenn sie jetzt losheulte, würde sie vermutlich auch noch den letzten Rest ihrer Würde verlieren. Außerdem fing Gabe dann womöglich an, Fragen zu stellen, die sie ihm jetzt nicht beantworten konnte.

Sie rüttelte an dem Schlüssel, und endlich ließ er sich drehen. Anna drückte die Tür einen Spalt auf und wandte sich um. »Danke für ein wundervolles Weihnachten«, sagte sie zu Gabe und fügte hinzu: »Und für deine Hilfe mit dem Vermieter. Gute Nacht.«

Aber Gabe fasste das offenbar nicht als sein Stichwort auf, zu gehen. »Ich lasse dich ungern mit diesem Idioten da unten allein. Hat er das schon mal gemacht?«

»Was gemacht?«

»Dich so grob angefasst?«

Anna schloss die Augen. Das hier war ein Albtraum.

»Also ja?« Gabe trat einen Schritt auf die Tür zu, und Anna umklammerte den Griff in ihrem Rücken, hoffte, dass er nicht hineinsehen konnte. »Mein Gott, Anna. Weiß deine Mom davon?«

»Was? Nein. Der Vermieter *fasst mich nicht grob an.* Er ist …« Er ist was? Gab es denn eine vernünftige Erklärung für diese Szene, die Gabe nicht auf die Idee brachte, die Cops zu rufen? »Er ist betrunken, und es ist Weihnachten.«

Gabe blinzelte sie an. »Das ergibt doch überhaupt keinen Sinn.«

»Ich meine, *normalerweise* ist er nicht betrunken. Vermutlich hatte er in Feiertagslaune ein paar zu viel. Mich hat das auch überrascht.«

Er sah nicht so aus, als würde er ihr auch nur ein Wort glauben, und Annas Frustration wuchs. In den letzten paar Jahren war sie zu einer Expertin darin geworden, Aufmerksamkeit von sich abzulenken. Warum musste ausgerechnet Gabe derjenige sein, der sie durchschaute?

»Vielleicht sollte ich besser bleiben, bis deine Mom nach Hause kommt?« Er beugte sich hinunter, schaute ihr in die Augen. »Wir können ihr sagen, was passiert ist.«

»Nein!« Sie bereute den verzweifelten Ton in ihrer Stimme, als Gabe verblüfft einen Schritt zurückwich. Aber sie konnte ihn auf gar keinen Fall in die Wohnung lassen. »Mom kommt erst spät nach Hause, und ich bin echt müde. Ehrlich, der Vermieter ist harmlos. Ich werde die Tür verriegeln, nur zur Sicherheit.«

Als Gabe zögerte, zwang sie sich zu einer scheinbar gelassenen Miene.

Bitte. Bitte geh.

Wenn er sich weigerte, wüsste sie nicht, was sie tun würde. Schließlich nickte er, und Erleichterung durchflutete sie.

»Du rufst mich an, wenn du irgendetwas brauchst?«

»Natürlich.« Anna nickte. »Danke noch mal. Für alles.«

Bevor er es sich anders überlegen konnte, schlüpfte sie hinein und schloss die Tür. Durch das billige Aluminium hörte sie, wie er ein paar Schritte tat und dann stehen blieb. Anna rasselte mit der Sicherheitskette und ließ den Türriegel extra schwungvoll einrasten, damit das Geräusch bis in den Hausflur drang. Dann legte sie ein Ohr an die Tür und lauschte auf seine Schritte, die langsam die Treppe hinunter verhallten.

Seufzend warf sie ihre Jacke über einen Stuhl und schlüpfte in den dicken Wollpullover und die braunen Großvaterpantoffeln, die sie den ganzen Winter über trug, um die Heizkosten niedrig zu halten. Dann knipste sie das Licht an und ließ den Blick durch ihre schäbige Wohnung schweifen. Von innen sah sie nicht viel besser aus als von außen. Sie versuchte, sie sauber und in Ordnung zu halten, aber an dem abgelaufenen braunen Teppichboden, den dunkelbraunen Küchenschränken, die mit vierzig Jahre altem billigem Lack beschichtet waren, oder den gelben Zigarettenrauchflecken an den Wänden konnte sie nichts ändern.

Sie wand sich innerlich bei der Vorstellung, dass Gabe dort saß, fröstelnd auf dem klobigen karierten Sofa, einem Relikt aus den Achtzigerjahren, während er darauf wartete, dass ihre Mom nach Hause kam. Was würde er denken, wenn er diese Wohnung mit dem warmen, einladenden Haus verglich, aus dem sie eben gekommen waren? Und was würde er tun, wenn ihre Mom nie auftauchte?

7

Ein paar Wochen später trat Gabe in die Eingangsdiele seines Elternhauses und kickte seine Schuhe von sich, als die Stimme seines Dads aus dem Wohnzimmer driftete. »Und denk dran, früh genug mit dem Lernen für den Medizin-Zulassungstest anzufangen, damit du ihn im Frühjahr ablegen kannst.«

»Okay«, antwortete Anna. »Das ergibt Sinn.«

Gabe trat in den Türrahmen des Wohnzimmers und sah seinen Dad und Anna zusammen auf dem Sofa sitzen, John vorgebeugt, während Anna etwas in ein Notizbuch schrieb. Seine Mom hatte Gabe zum Laden geschickt, weil ihr Zwiebeln für das Abendessen fehlten, und offenbar war Anna mit seinem Dad ins Gespräch gekommen, während sie auf ihn wartete.

»Und sobald die Online-Anmeldung geöffnet wird, reichst du deine Bewerbung ein«, fuhr John fort.

»Verstanden.« Anna nickte und notierte sich auch das.

»Als Nächstes … Oh, hallo, Gabe. Ich habe dich gar nicht hereinkommen hören.« Sein Dad nahm ihn mit einem Nicken zur Kenntnis.

»Wie läuft's?« Gabe lehnte mit der Schulter am Türrahmen.

»Anna und ich unterhalten uns gerade übers Medizinstudium. Wusstest du, dass sie sich nach dem College für einen Studienplatz in Medizin bewerben will?«

Natürlich wusste Gabe Bescheid. Er hatte in den vergangenen fünf Monaten mindestens zwei Tage die Woche mit ihr verbracht, und es war ein Riesenthema für sie. »Ja, ich meine so etwas gehört zu haben«, antwortete Gabe, außerstande, die Spur von Sarkasmus aus seiner Stimme herauszuhalten.

Aber es spielte keine Rolle, denn das hier war Johns absolutes Lieblingsthema, und er hatte sich bereits wieder Anna zugewandt.

»Wie ich eben sagen wollte, als Nächstes wirst du die Unterlagen für die Zweitbewerbung erhalten.«

Anna warf Gabe ein sanftes Lächeln zu, um ihm zu verstehen zu geben, dass *sie* ihn durchaus gehört hatte. Dann fügte sie Johns Information zu der Liste in ihrem Notizbuch hinzu. Sie tat es nur seinem Dad zuliebe. Gabe wusste, dass sie das Bewerbungsverfahren fürs Medizinstudium bereits eingehend recherchiert hatte. Aber als John nur eine Minute später anbot, ein paar Bewerbungsfragen mit ihr durchzugehen, weiteten sich ihre Augen hoffnungsvoll. Vielleicht war sie doch nicht nur höflich. »Wirklich? Das würden Sie für mich tun?«, fragte sie fast atemlos.

»Natürlich.« Sein Dad schenkte ihr ein Lächeln. »Ich halte dich für sehr vielversprechend.«

Anna biss sich auf die Lippe und blinzelte. »Das wäre fantastisch.«

John nickte. »Komm nächsten Sonntag etwas früher, dann reden wir darüber.« Er stand auf und schaute zu Gabe. »Dann lasse ich euch zwei jetzt an eurem Projekt arbeiten.«

Anna erhob sich ebenfalls, ihr Notizbuch an die Brust gedrückt. »Vielen Dank. Das bedeutet ...« Sie hielt einen Moment inne und starrte auf ihre gestreiften Socken. »Das bedeutet mir sehr viel.«

John ging hinaus, und während Anna ihre Sachen zusammenpackte, legte sie die Stirn in Falten. »Meinst du, dein Dad hat das ernst gemeint? Dass er mir Tipps geben will?«

Gabe sah sie verblüfft an. »Sonst hätte es nicht angeboten.«

Wenn überhaupt, dann war sein Dad bei diesem Thema ein bisschen *zu* hilfsbereit. Aber Gabe bedauerte diesen Gedanken sofort. Anna hatte keinen Dad, und ihre Mom arbeitete offenbar wie besessen, um die Rechnungen zu bezahlen. Anna hatte vermutlich keine Erwachsenen in ihrem Leben, die ihr bei Bewerbungen halfen oder – danach zu urteilen, wie oft er sie um Mitternacht in der Bibliothek hatte lernen sehen – ihr überhaupt viel Aufmerksamkeit schenkten.

Gabe schwor sich, seinen Dad beiseitezunehmen und sich bei ihm dafür zu bedanken, dass er Anna half. Das war wirklich nett von ihm. Vielleicht würde er auch den Vorfall mit ihrem Vermieter an Weihnachten erwähnen. Er hätte gern die Meinung seines Dads dazu gehört. In den vergangenen Wochen, seit es passiert war, hatte die Erinnerung, wie dieser Typ Anna am Arm packte, Gabes Herz jedes Mal zum Rasen gebracht.

»Hey, Anna«, sagte Gabe jetzt, während er ihr über den Flur in das Arbeitszimmer seines Dads folgte. »Kann ich dich etwas fragen?«

»Ja?« Sie warf ihren Rucksack auf den Sessel.

»Der erste Februar steht ins Haus. Ich weiß, eure Miete ist bald fällig, und ich habe mich gefragt, ob der Vermieter dir wieder Ärger macht.«

Anna erstarrte, und ihr Gesicht lief purpurrot an. »Nein.« Sie wandte sich von ihm ab, zog ihr Wirtschaftsbuch aus dem Rucksack und knallte es auf den Schreibtisch. »Don hatte an Weihnachten getrunken. Ich habe dir doch erklärt, dass er normalerweise nicht so ist.«

»Aber was ist mit der Miete in diesem Monat? Brauchst du vielleicht Hil…«

Bevor er den Satz auch nur zu Ende führen konnte, schüttelte sie energisch mit dem Kopf. »*Nein.*«

»Okay, aber falls doch …« Er hatte reichlich Ersparnisse vom letzten Sommer, als er in der Baufirma seines Bruders gejobbt hatte. Wenn es half, dass der Vermieter Anna in Ruhe ließ, würde er es ihr bereitwillig geben.

»Wir kommen klar.«

»Bist du sicher? Denn …«

Anna schnellte zu ihm herum, die Hände in die Hüften gestemmt. »Im Ernst, Gabe. Ich weiß deine Besorgnis zu schätzen. Aber ich versichere dir, es war alles nur ein Missverständnis. Meine Mom hat sich darum gekümmert, und jetzt ist alles gut.«

»Hat sie das wirklich?« Gabe forschte in ihrem Gesicht. »Das heißt, du hast ihr erzählt, wie er dich auf der Eingangsveranda in die Enge getrieben hat? Und …« – er erschauderte – »… dich gepackt hat?«

Anna blickte über seine Schulter ins Leere. »Ja«, seufzte sie schließlich. »Ich habe es ihr erzählt.«

»Wie hat sie reagiert?«

»Sie hat mit ihm geredet.« Anna winkte ab. »Er wird uns keinen Ärger mehr machen.«

Gabe war nicht überzeugt. Er hatte den unheimlichen Blick in Dons Augen gesehen, den spöttischen Ton in seiner Stimme gehört, und nichts davon ließ sich durch ein paar zusätzliche Weihnachtscocktails erklären. Der Typ war ein gemeiner Säufer und im nüchternen Zustand vermutlich genauso ungenießbar. Gabe hasste die Vorstellung, was passieren würde, wenn Anna und ihre Mom mit der Miete wieder in Verzug kommen sollten. »Ihr habt ganz bestimmt genug für den nächsten Monat?«

»Gabe«, schlug Anna einen besänftigenden Ton an. »Ich weiß deine Besorgnis zu schätzen, aber …« Sie sah sich in dem geräumigen Arbeitszimmer seines Dads um. »Du hast mit Sicherheit noch nie von einem Lohnscheck zum nächsten gelebt oder weißt, wie das ist. Aber für uns ist das *normal.*« Ihr schoss erneut das Blut in die Wangen, und Gabe begriff, wie viel Überwindung es sie gekostet haben musste, das zuzugeben. »Wir schaffen es immer, und wir sind nicht darauf angewiesen, dass andere Leute uns unter die Arme greifen. Meine Mom und ich kommen klar. Bitte lass es gut sein, ja?«

Gabe sah, wie sie die Hände an die glühenden Wangen presste. Anna und ihre Mom überlebten schon weitaus länger als die wenigen Monate, die er zu ihrem Leben gehörte, und vielleicht hatte sie recht. Sie mussten nicht von ihm gerettet werden. Schließlich nickte er. »Okay.« Er würde ihre Wünsche respektieren und es gut sein lassen. Vorläufig. Aber Gabe versprach, es für immer gut sein zu lassen. Von jetzt an würde er Don im Auge behalten, und wenn dieser Idiot auch nur in Annas Nähe kam, würde er dazwischengehen.

Er traute diesem Typen kein bisschen über den Weg.

8

Ein paar Sonntagnachmittage später schlenderte Anna in die Küche der Weatheralls, um ihre Hilfe beim Zubereiten des Abendessens anzubieten, und traf Elizabeth in einen Stapel Rezeptbücher vertieft an.

Elizabeth sah mit gefurchter Stirn auf. »Kannst du glauben, dass Leah mir *eben* gesagt hat, dass sie für das Frühlingsfest in der Schule morgen Kekse mitbringen soll?«

Anna schauderte übertrieben. »Morgen? Das nenne ich kurzfristig.«

»Allerdings«, lachte Elizabeth. »Jetzt bin ich auf der Suche nach einem Rezept, um rasch irgendetwas hinzuzaubern.« Natürlich wäre es Elizabeth nicht im Traum eingefallen, ihrer Tochter gekaufte Plätzchen mitzugeben, auch wenn die Zeit drängte.

»Wie kann ich helfen?« Anna rutschte auf den nächstbesten Hocker und nahm ein Kochbuch in die Hand, bestrebt, sich nützlich zu machen. Elizabeth war in den vergangenen Monaten so gastfreundlich gewesen, hatte Anna jeden Sonntag zum Abendessen eingeladen, und abgesehen von ein bisschen Hilfe beim Gemüseschnippeln hatte es bislang hatte keine Möglichkeit gegeben, sich erkenntlich zu zeigen. Und selbst damit tat sie wohl eher sich selbst als Elizabeth einen Gefallen, da es fast keinen Ort gab, an dem Anna ihre Zeit lieber verbringen würde als in dieser warmen, einladenden Küche.

»Seid ihr denn fertig mit Lernen?«

Anna zeigte zur Hintertür. »Matt hat Gabe nach draußen gezerrt, um in der Auffahrt Basketball zu spielen.«

»Wenn das so ist.« Elizabeth schlug eines der Rezeptbücher auf und schob es Anna hin. »Wenn du diesen Teig zusammenrühren könntest, dann kann ich in der Zwischenzeit das Abendessen in Angriff nehmen.«

In Annas Welt kamen Kekse bestenfalls in einer Packung aus dem Discounter vor, daher las sie sich das abgegriffene, butterfleckige Rezept immer wieder durch und maß jede Zutat zweimal ab. Schließlich hatte sie eine Schüssel mit Teig, den sie ausrollte und zu Blumen und Küken ausstach, während sie mit Elizabeth plauderte.

»Nächste Woche ist Ostersonntag«, rief Elizabeth ihr in Erinnerung, während sie Kräuter hackte. »Ich habe gehofft, deine Mutter könnte zum Essen zu uns kommen. Denkst du, sie könnte es einrichten?«

»Hmhm.« Anna starrte auf ihren Plätzchenteig, konzentrierte sich darauf, die Figuren mit bunten Zuckerstreuseln zu verzieren. Eigentlich sollte die Einladung sie nicht überraschen. Immerhin hatten sie ihre Mom auch schon zu Weihnachten eingeladen. »Ich befürchte, dass sie arbeiten muss. An den Feiertagen ist im Pflegeheim immer viel zu tun.« Wie lange würden sie ihr diese Ausrede noch abkaufen?

Elizabeth nickte. »Vielleicht könntest du sie bitten, einen Blick in ihren Kalender zu werfen, ob sie es an einem anderen Tag schaffen könnte? Wir würden sie wirklich gern kennenlernen. Jeder Sonntag ist uns recht.«

Die Vorstellung, dass ihre Mom am Esstisch der Weatheralls saß und lachte und diese Familie kennenlernte, die ihr so wichtig geworden war, erfüllte Annas Herz mit einem gewaltigen Schmerz.

Ihre Mutter würde niemals zum Dinner herkommen.

Und bald würde das Projekt mit Gabe abgeschlossen sein, und auch Annas Einladungen zum Abendessen wären Vergangenheit. Sie hasste schon den Gedanken, aber es war besser so.

Jedes Mal, wenn sie in dieses Haus kam, sich mit an den Tisch setzte, sich gestattete, ein wenig Nähe zu einem Mitglied der Familie aufzubauen, setzte sie ihre Zukunft aufs Spiel. Je mehr sie das hier in die Länge zog und bei den Weatheralls abhing, als hätte sie deren Freundlichkeit verdient, desto mehr wollten sie über ihr Leben und ihre Mom erfahren. Und desto mehr Fragen stellten sie.

Fragen mit Antworten, die ihr Leben ruinieren könnten.

Zum Glück piepste in genau diesem Moment die Zeitschaltuhr am Herd und erinnerte Anna daran, dass der erste Schwung Plätzchen fertig war. Mit einem erleichterten Seufzer eilte sie an den Herd. Sie zog ein Backblech heraus und stellte es auf den Tresen, wobei sie mit dem Ellenbogen eine Dose mit Streuzucker zur Seite schob.

»Die sehen köstlich aus«, bemerkte Elizabeth lächelnd.

Anna trat einen Schritt zurück und betrachtete die goldgelben Plätzchen, auf denen rosa und gelbe Zuckerstreusel schimmerten. Sie hatte einen Notendurchschnitt von 1,0 und über ein Dutzend Collegepunkte aufzuweisen, aber nun platzte sie fast vor Stolz, weil Leah wunderschöne Kekse für das Schulfest haben würde.

Kurz darauf kam Gabe zur Hintertür herein, um sich die Hände zu waschen, rasch gefolgt von Rachel und Leah. Anna rollte noch mehr Teig aus, während sie hoffte, dass Elizabeth jetzt, wo die Familie hereintröpfelte, die Einladung für ihre Mom vergessen würde.

Rachel lehnte sich gegen die Arbeitsplatte und bestaunte Annas Plätzchen. »Die sehen hübsch aus«, sagte sie, nahm eine noch nicht abgekühlte Blume und warf sie von einer

Hand in die andere. Sie nahm einen Bissen, aber noch bevor sie zu kauen begann, stieß sie ein würgendes Geräusch aus und stürzte zur Spüle.

Die Hände auf die Arbeitsplatte gestützt, keuchte und hustete Rachel, während sie den Keks ausspuckte. Dann schnappte sich ein Blatt Küchenpapier, um an ihrer Zunge herumzuschrubben.

Anna riss entsetzt die Augen auf. »Oh, mein Gott! Geht es dir gut? Hast du dir den Mund verbrannt?«

Elizabeth sah sie missbilligend an. »Also wirklich, Rachel. Muss das sein?«

Rachel stand mit dem Gesicht zur Spüle da, mit bebenden Schultern, und Anna war besorgt, dass sie tatsächlich verletzt war. Aber bevor sie hinüberlaufen konnte, um nachzusehen, wandte sich Rachel um und ließ sich seitlich gegen den Tresen fallen. Allmählich dämmerte es Anna, dass Rachels Schultern vor Lachen bebten.

Anna sah mit verwirrter Miene zu Gabe, der mit den Achseln zuckte.

»Was ist …?«, keuchte Rachel und verstummte, weil sie schon wieder hysterisch lachen musste. Sie holte einmal tief Luft und nahm einen neuen Anlauf. »Was ist da drin?«

Anna betrachtete das Blech, auf dem ihre wunderschönen Kekse abkühlten. »Was meinst du damit?«

Gabe trat hinzu, nahm einen Keks in die Hand und begutachtete ihn. Er führte ihn langsam an den Mund und nahm zögernd einen Bissen. Gabes Würge-Nummer war nicht ganz so theatralisch wie Rachels, aber auch er schnappte sich prompt ein Blatt Küchenpapier, um alles auszuspucken.

»Was ist denn mit den Keksen?« Das Blut schoss ihr in die Wangen.

Gabe presste die Lippen zusammen und besaß immerhin so

viel Anstand, sie nicht auszulachen. »Kann es sein, dass du Salz und Zucker verwechselt hast?«

»Nein!« Anna ging in Gedanken die Zutaten durch, die sie in Glasbehältern in der Speisekammer gefunden hatte. Das weiße Pulver in dem großen Behälter war eindeutig Mehl gewesen, und das weiße sandige Zeug in einem kleineren Behälter neben dem Mehl war Zucker gewesen. Oder nicht? Es sah aus wie Zucker. Aber jetzt, wo sie darüber nachdachte, hatte sie es nicht gekostet oder in die anderen Behälter geschaut. Und was verstand sie schon vom Backen? Sie schlug entsetzt die Hand vor den Mund.

Gabe verlor den Kampf, sich das Lachen zu verbeißen, und schloss sich Rachel an. Anna versuchte, das Brennen in ihren Augen wegzublinzeln.

»Okay, genug gelacht«, sprach Elizabeth ein Machtwort. Sie ging durch die Küche auf Anna zu und legte ihr tröstend den Arm um die Schultern. »Schon gut. Mach dir keinen Kopf deswegen.«

»Es tut mir so leid«, murmelte Anna. So viele Zutaten vergeudet, ganz zu schweigen davon, dass sie Elizabeth keine Hilfe gewesen war. Sie wusste, dass es albern war, wegen versalzener Kekse so aufgelöst zu sein, aber sie war am Boden zerstört. »Ich hätte sagen müssen, dass ich nicht backen kann. Aber …« Anna wischte sich über ihre tränennassen Wangen »… ich wollte helfen.«

»Es ist meine Schuld. Ich habe dir nicht gesagt, dass Salz- und Zuckerbehälter gleich aussehen.« Elizabeth drückte ihre Schulter. »Bitte fühl dich nicht schlecht deswegen; das hätte jedem passieren können.«

Leah rannte durch die Küche und schlang die Arme um Annas Taille. »Sei nicht traurig, Anna. Ich helfe dir, neue zu backen.«

Anna lachte unter Tränen. »Wirklich?«

Elizabeth nickte. »Das ist eine tolle Idee. Wir lassen Gabe und Rachel dieses ganze Chaos hier aufräumen und das Abendessen fertig machen …« Sie warf den beiden einen Blick zu, der keinen Widerspruch duldete. »… und wir drei halten in der Zwischenzeit eine Backlehrstunde ab.«

Anna wich einen Schritt zurück, um Elizabeth in die Augen zu sehen. »Ich will Ihnen nicht noch mehr zur Last fallen.«

»Du fällst uns nicht zur Last. Wir würden das sehr gern tun, stimmt's, Leah?«

Leah nickte begeistert. »Das wird Spaß machen!«

Anna wusch sich die Hände, und sie machten sich daran, Backbleche einzufetten und Zutaten für einen neuen Schwung Kekse abzumessen. Und es *machte* Spaß. Mit Elizabeth, die ihr Tipps gab, in der Küche abzuhängen, während Leah ihr half, Kekse zu verzieren, machte mehr Spaß, als sie seit langer Zeit gehabt hatte. Es erinnerte sie daran, wie es mit ihr und ihrer Mom früher gewesen war, als es nur sie beide gab.

Damals hatte sie nicht geahnt, wie sehr sich das Leben von einem Augenblick zum nächsten ändern konnte.

Anna ließ den Blick durch die Küche schweifen, entschlossen, jeden Moment zu genießen, solange sie es noch konnte.

9

Eines Nachmittags Ende April hielt Gabe mit seinem Wagen vor Annas Haus, schaltete den Motor aus und ließ den Blick über die Eingangsveranda schweifen. Jedes Mal, wenn er Anna abholte, hielt er Ausschau nach diesem Don. Ein- oder zweimal hatte er den Typen gesehen, wie er auf den Verandastufen hockte und rauchte. Aber Anna kam immer schnell zum Wagen gelaufen, ohne Don eines Blickes zu würdigen, und angeblich hatte er sie seit Weihnachten nicht mehr belästigt.

In ein paar Monaten würde Gabe nicht mehr hier sein, um auf Anna aufzupassen, daher hoffte er, dass ihre Mutter die Situation ein für alle Mal geklärt hatte.

Es war eine seltsame Vorstellung, dass er sie nicht mehr alle paar Tage sehen und sie irgendwie zu seinem Leben gehören würde. Sechs Monate zuvor war Gabe entsetzt gewesen, dass Anna seine Projektpartnerin sein sollte, und jetzt graute ihm vor dem Ende ihrer gemeinsamen Zeit, in der sie über Wirtschaftstheorien diskutierten und sich darum stritten, wer an der Reihe war, eine Tabellenkalkulation zu analysieren. Anfang des Monats hatte er seine Anmeldeunterlagen an die Universität von Chicago geschickt. Im Herbst würde er das kombinierte Masters-PhD-Programm beginnen und als Doktorand für einen der angesehensten Professoren auf diesem Fachgebiet arbeiten. Aber manchmal fragte er sich, ob er dort jemanden finden würde, mit dem er so gut zusammenarbeiten konnte wie mit Anna.

Mit diesem Gedanken im Kopf schaute er wieder zur Eingangsveranda. Anna kam nicht wie sonst sofort herausgeeilt, deshalb stieg Gabe aus. Er lief die Verandastufen hoch, blieb jedoch abrupt stehen, als er einen Streit hörte, der aus dem Inneren des Gebäudes drang.

Jemand schrie, und es klang sehr nach Anna.

Gabe war mit einem Satz an der Haustür, stieß sie mit der Schulter auf und wäre beinahe über ein Buch auf dem Boden gestolpert. Die Tür knallte mit einem lauten Rums gegen die Wand.

Anna und der Vermieter sahen nicht einmal in seine Richtung.

»Sie *wissen*, dass alles drin war!«, brüllte Anna in dem Augenblick, als Gabe hereinplatzte. Sie stand am anderen Ende des Flurs, die Hände in die Hüften gestemmt, eine mörderische Miene im Gesicht.

Don stützte sich mit dem Arm an der Wand ab und versperrte ihr den Weg zur Tür. »Ich *weiß*, dass nur zweihundert Dollar in dem Umschlag waren. Das heißt, dass du mir noch zweihundert schuldest.« Don schwankte auf sie zu, und Anna wich zurück.

Gabe stürmte den Flur hinunter und schob sich an Don vorbei zu Anna. »*Hey*. Was ist hier los?«

Anna funkelte Don noch immer wütend an. »Ich habe gesehen, wie Sie den Umschlag aufgemacht und das Geld gezählt haben!«

»Nein, ich habe nur reingeschaut.« Dons Stimme hatte eindeutig einen lallenden Unterton. »Hab es erst gezählt, als ich vorhin nach Hause kam. Und da hab ich gemerkt, dass ein Teil fehlt.«

»Sie lügen! Das Geld fehlt, weil *Sie es genommen haben!*«

»Ach ja? Und wie willst du das beweisen?« Don zog an seiner Zigarette und blies Anna den Rauch entgegen.

Sie hielt eine Hand abwehrend vor den Körper und die andere an den Mund gepresst. Die Tränen, die über ihre Wangen zu kullern drohten, brannten Gabe ein Loch in die Eingeweide.

»Anna.« Er wollte nach ihrem Arm greifen.

Sie starrte Don an, als hätte sie Gabe gar nicht gehört. »Ich habe Ihnen – wir haben Ihnen alles gegeben, was wir hatten. Es war die vollständige Summe. Ich – wir können Ihnen nicht noch mehr bezahlen.«

Gabe wandte sich an Don. »Geht es wieder um die Miete?«

»So ist es.« Und dann war es, als würde eine Glühbirne in Dons Kopf angehen. »Hast du Geld dabei?«

Jetzt endlich reagierte Anna auf Gabes Anwesenheit und schnellte herum. »Wag es bloß nicht, ihm Geld zu geben! Ich habe ihn bereits bezahlt! Er lügt!«

Gabe beäugte Don, ziemlich sicher, dass er wieder betrunken war. Er sollte den Typen einfach bezahlen, damit er Anna in Ruhe ließ. Aber Anna würde ihn umbringen, wenn er seine Brieftasche zückte. Er schüttelte den Kopf. »Hören Sie, wenn Annas Mom nach Hause kommt, wird sie das mit Ihnen klären.«

»Aber sicher doch. Wo steckt denn deine Mom, Genie?«

»Sie ist arbeiten.«

»Und wenn sie mit einem gottverdammten Zirkus durchgebrannt ist. Ich will mein Geld. Und du hast diesen Monat nicht alles bezahlt.«

»Doch, habe ich!«

»Sieht so aus, als gäbe es drei Möglichkeiten.« Don zählte an seinen dicken Fingern ab. »Erstens, du gibst mir das Geld, das du mir schuldest. Zweitens, ich setze deinen Arsch auf die Straße. Oder drittens …« Er hielt einen Moment inne, während sich ein Grinsen auf seinem geröteten Gesicht ausbreitete.

Gabe ahnte, was jetzt kommen würde. Er packte Anna am Ellenbogen und zog sie zur Tür. »Anna, lass uns gehen.«

Don langte nach Anna, verfehlte sie jedoch und stolperte nach vorn. Der Typ war nicht nur betrunken – er war sternhagelvoll. »Oder drittens«, lallte er, »du arbeitest es ab. Komm heute Abend bei mir vorbei, dann zeige ich dir, wie du dir das Geld verdienst. Hoffentlich hat deine Mutter dir ihre Tricks beigebracht.«

Ohne zu überlegen, schnellte Gabe herum und stieß Don gegen die Wand. Die Zigarette flog ihm aus dem Mund und rollte über den Boden.

»Was bist du, ein gottverdammter Perverser?« Gabe rammte seinen Unterarm gegen Dons Brust, drückte ihn gegen die Wand. »Sie ist sechzehn!«

»Gabe. Hör auf!« Anna zerrte an seinem Arm, aber er schüttelte sie ab und rührte sich nicht vom Fleck.

»Lass mich los!«, brüllte Don und versuchte sich zu befreien. Er war mindestens fünfzig Pfund schwerer als Gabe, aber Gabe überragte ihn um gut zwanzig Zentimeter und war weitaus besser in Form.

»Halt dich verdammt noch mal fern von ihr«, warnte Gabe ihn leise, während er noch fester zudrückte.

»Gabe, hör auf.« Anna zog noch einmal an seinem Arm. »Gabe! *Bitte.*«

Irgendetwas an der Art, wie sie »bitte« sagte, sorgte dafür, dass er den Kopf zu ihr umwandte.

»Bitte. Lass uns einfach gehen«, flüsterte sie, ihre Miene resignierter, als er sie je zuvor gesehen hatte. Irgendetwas regte sich in seiner Brust, und er nickte.

Mit einem letzten harten Schubs stemmte sich Gabe von Don los und nahm Annas Arm. »Komm.« Er führte sie den Flur hinunter und zur Tür hinaus.

Don schnappte sich seine Zigarette und folgte ihnen stolpernd bis zum Verandageländer. »Du solltest mir besser mein Geld geben, sonst werde ich kommen und es mir holen.« Der drohende Ton in seiner Stimme war nicht zu überhören.

Sie stiegen in den Wagen. Gabe startete den Motor und fuhr los. Ein paar Blocks von Annas Haus entfernt lenkte er den Wagen an den Straßenrand und hielt an.

»Anna.« Er sah sie an.

Sie saß da, die Arme verschränkt, die knochigen Schultern hochgezogen bis zu den Ohren.

»Anna«, nahm er einen neuen Anlauf, sanfter diesmal. »Ich weiß, deine Mom arbeitet viel, aber warum kümmert sie sich nicht um dieses Zeug? Du bist noch ein Kind. Das hier sollte nicht dein Problem sein.«

»Ich bin *kein* Kind«, zischte sie.

»Du bist sechzehn. Du solltest dich nicht mit dem Scheiß dieses Typen herumschlagen müssen.«

»Der Scheiß dieses Typen ist nicht einmal *annähernd* so schlimm wie das, womit ich mich die meiste Zeit meines Lebens herumgeschlagen habe.« Endlich sah sie ihn an. »Ich war *nie* ein Kind.«

Er forschte in ihrem Gesicht nach einem Hinweis darauf, was er offenbar nicht mitbekam. »Worum geht es hier eigentlich?«

Irgendetwas Schreckliches quälte sie doch offenbar. Aber sie wandte sich ab und starrte aus dem Beifahrerfenster. »Nichts. Egal.«

Worum es auch ging, er hasste es, dass sie sich allein damit herumschlagen musste. »Hey.« Er streckte eine Hand nach ihrer aus.

Anna behauptete, kein Kind zu sein, aber in diesem Moment sah sie wie ein verlorenes kleines Mädchen aus. Sie war so mager, dass ihre Klamotten um ihren Körper schlotterten, und in ihren Augen lag Angst.

Es tat ihm leid, dass er sie vorhin so fest gepackt und von Don weggezerrt hatte. Er hätte sie verletzen können.

Anna entzog ihm ihre Hand. »Können wir bitte aufhören, darüber zu reden? Ich komme damit klar, okay? Lass uns über unser Projekt reden.«

»Unser Projekt interessiert mich einen Dreck.«

»Aber mich schon! Unser Projekt zu Ende zu bringen ist *alles,* was mich interessiert. Lass es einfach gut sein.«

Gabe machte den Mund auf, um zu widersprechen, schloss ihn aber sofort wieder. Sie funkelte ihn wütend an, die Arme verschränkt, und er kannte sie gut genug, um zu wissen, dass er im Moment nichts ausrichten würde. Er schüttelte den Kopf und ließ den Motor an. Auf der Fahrt zum Haus seiner Eltern sagte Anna kein Wort mehr.

Sobald sie im Arbeitszimmer waren, schaltete Anna wortlos den Computer ein und ging ihre Präsentation durch. Sie diskutierten über ein paar kleinere Veränderungen im Aufbau, aber ihre Stimme klang monoton und emotionslos, als ob es sie nicht wirklich kümmerte. Sobald sie fertig waren, flüchtete sie aus dem Zimmer, um mit Rachel zu reden, und er ging in die Küche, um seiner Mom mit dem Abendessen zu helfen.

Gabe fuhr Anna nach Hause und stellte erleichtert fest, dass der Vermieter sich nicht blicken ließ. Trotzdem bestand Gabe darauf, sie zu ihrer Wohnung zu bringen, und nahm ihr das Versprechen ab, die Tür zu verriegeln und mit ihrer Mom über den Vorfall zu reden. Aber er bezweifelte, dass es viel brachte. Bislang hatte ihre Mom ja offenbar nichts bewirken können, und er fragte sich allmählich, ob an Annas Geschichte irgendetwas nicht stimmte.

In den vergangenen zwei Semestern hatte er mit Anna mehr Zeit verbracht als mit irgendeinem seiner anderen Freunde, aber er wusste noch immer nicht viel über ihr Leben. Es war offensichtlich, dass sie arm war. Abgesehen von den Zusammenstößen mit dem Vermieter wegen der Miete waren da dieses schäbige Wohnhaus und die Tatsache, dass sie fast jeden Abend im Lebensmittelladen arbeitete.

Seine Familie hatte Annas Mutter nie kennengelernt. Seine Mutter hatte sie noch ein paarmal eingeladen, aber Anna fand immer Ausreden. Schon seltsam, dass es ihre Mutter nicht zu kümmern schien, wenn ihre sechzehnjährige Tochter die halbe Nacht außer Haus war, oder dass sie den Collegetypen, mit dem Anna so viel Zeit verbrachte, nie kennenlernen wollte.

Und dann war da diese Sache mit dem Vermieter. Die Art, wie er Anna schikanierte und belästigte, war schon beunruhigend genug, aber die Drohungen und widerwärtigen sexuellen Andeutungen schienen regelrecht gefährlich.

Während Gabe nach Hause fuhr, fragte er sich, ob er vorhin vielleicht die Cops hätte rufen sollen. Schließlich war der Vermieter betrunken gewesen und hatte Anna, eine Minderjährige, bedroht. Aber das Wort des Vermieters würde gegen ihres stehen, und es war kein wirkliches Verbrechen begangen worden. Gabe wollte den Typen nicht noch mehr provozieren, sonst hätte er Anna womöglich auf dem Schirm, wenn sie das nächste Mal spätabends allein nach Hause kam.

Nein, er brauchte keine Cops, die sowieso nichts tun würden.

Er brauchte Antworten. Solche, die ihm helfen würden, dafür zu sorgen, dass Anna in Sicherheit war und dass jemand auf sie aufpasste, wenn er demnächst an der Uni sein würde.

***

Am nächsten Morgen parkte Gabe seinen Wagen vor dem Pflegeheim, in dem Annas Mutter angeblich arbeitete. Sie hatte es nur ein einziges Mal erwähnt, als seine Mom wissen wollte, ob es womöglich dasselbe Heim war, das sie kurz für seine Großmutter in Erwägung gezogen hatten. Aus irgendeinem Grund war es ihm wichtig erschienen, den Namen in seinem Gedächtnis abzuspeichern.

Und jetzt war er hier.

Gabe ging durch die Glastür in den Eingangsbereich und lächelte die Frau am Empfang an. Er schätzte sie auf Mitte fünfzig, mit kurzem, grau meliertem Haar, einer praktischen Kakihose und hellblauen Strickjacke. Als er sich näherte, legte sie das Telefon ab und strich sich das Haar glatt. Er setzte sein unwiderstehlichstes Lächeln auf.

»Ich möchte wetten, die Leute sagen Ihnen ständig, dass die Farbe Ihrer Strickjacke Ihre Augen betont«, zwitscherte Gabe und lehnte sich mit der Hüfte gegen den Tresen. Er wand sich innerlich wegen seiner schamlosen Schmeichelei. Aber verzweifelte Zeiten …

Die Frau machte ein Geräusch, das man nur als mädchenhaftes Kichern bezeichnen konnte, und Gabes Lächeln wurde breiter.

»Ich habe mich gefragt, ob Sie mir vielleicht helfen könnten.«

»Ich werd's auf jeden Fall versuchen, Süßer.«

»Ich bin auf der Suche nach einer Frau, die hier arbeitet. Ich glaube, sie ist Altenpflegerin. Nachname Campbell?«

»Campbell?« Eine Furche zeigte sich zwischen ihren Augenbrauen. »Sind Sie sicher? Ich kenne keine Pflegerin namens Campbell. Ist sie neu?«

Gabe hatte keine Ahnung.

»Lassen Sie mich rasch im Personal-Telefonverzeichnis

nachsehen. Vielleicht fällt sie mir nur gerade nicht ein.« Sie holte einen Ordner unter dem Tresen hervor und fuhr mit dem Finger über eine Namensliste. »Hmmm, Augenblick ... Callahan ... Cataldo ... Nein, niemand mit dem Namen Campbell.«

Damit hatte er nicht gerechnet. »Sind Sie sicher?«

»Sorry, Süßer. Sie steht nicht auf der Liste.« Sie klopfte auf den Ordner.

»Ich war mir ganz sicher, dass ich hier richtig bin«, murmelte Gabe.

»Wie ist denn ihr Vorname? Oder vielleicht ist sie unter ihrem Mädchennamen aufgeführt?«

Er hatte keine Ahnung. Vielleicht hätte er diese Aktion besser durchdenken sollen, statt ohne genauere Informationen hier aufzumarschieren. Aber so verschlossen und geheimnistuerisch wie Anna war, blieb ihm ja kaum eine andere Wahl.

Das Lächeln der Frau wechselte von kokett zu mitleidig. »Darf ich Sie fragen, warum Sie nach einer Frau suchen, deren Namen Sie nicht einmal kennen?«

»Sie ist die Mutter einer Freundin. Vielleicht hat eine der Pflegerinnen erwähnt, dass sie eine Tochter namens Anna hat. Sechzehn Jahre alt?« Der Griff nach dem sprichwörtlichen Strohhalm.

Die Frau schüttelte den Kopf. »Tut mir leid. Da klingelt bei mir nichts.«

Gabe seufzte. »Trotzdem vielen Dank.« Frustriert wandte er sich zum Gehen. Vielleicht hatte Annas Mutter tatsächlich einen anderen Nachnamen. Oder vielleicht arbeitete sie gar nicht dort. Hier würde er jedenfalls nicht weiterkommen, ohne vorher mehr Informationen aus Anna herauszulocken.

Als sich Gabe bereits in Richtung Ausgang entfernte, rief ihn die Frau vom Empfang plötzlich. Er schnellte herum, und sie zeigte auf eine Frau mittleren Alters in der typischen Arbeitskleidung einer Pflegerin, die einen alten Mann in einem Rollstuhl schob.

»Vielleicht kann Barbara Ihnen weiterhelfen. Sie arbeitet seit fast zwanzig Jahren hier und kennt jeden.«

Sofort eilte Gabe zurück.

Die Frau hinter der Anmeldung zeigte auf Gabe. »Der junge Mann hier ist auf der Suche nach der Mutter einer Freundin. Nachname Campbell. Hat eine Tochter namens …« Sie brach ab und sah ihn an.

»Anna.«

Barbara runzelte die Stirn. »Sie meinen nicht zufällig Deb Campbell, oder?«

Das könnte sie sein! Gespannt beugte er sich vor. »Hat sie eine Tochter?«

Barbara nickte und rieb sich das Kinn. »Deb hat eine Tochter namens Anna.«

Gabe stieß den Atem aus, den er angehalten hatte. »Arbeitet sie heute?«

Barbara schüttelte den Kopf. »Tut mir leid, aber Sie müssen da was verwechseln. Deb arbeitet schon seit fünf oder sechs Jahren nicht mehr hier. Ihre Tochter, Anna, war damals so etwa zehn.«

»Fünf oder sechs *Jahre?*«

Barbara nickte.

Gabe war sich sicher, dass Anna dieses Pflegeheim genannt hatte, aber vielleicht hatte er sich verhört. »Wissen Sie denn zufällig, in welchem Pflegeheim sie jetzt arbeitet?«

Barbara wirkte plötzlich verlegen. »Sie konnte keinen Job als Pflegehelferin mehr bekommen, nachdem …« Sie sah auf den Patienten im Rollstuhl und dann zu der Frau hinter der Anmeldung.

»Nachdem was?«

Barbara war diese Situation sichtlich unangenehm.

»Bitte ...«, drängte Gabe. »Ich muss sie unbedingt finden.«

Sie zögerte noch einen Moment, dann seufzte sie kopfschüttelnd. »Es ist wohl kein Geheimnis. Und es ist lange her. Deb konnte keinen anderen Job als Pflegerin bekommen, nachdem sie gefeuert wurde, weil sie die Schmerzmedikamente einiger Patienten gestohlen hatte.«

Das verschlug Gabe die Sprache, und Barbara fuhr fort: »Wir kennen uns schon seit der Schule. Die Sache mit den Pillen war nicht das erste Mal. Sie hatte ein Drogenproblem. Ich habe versucht, sie zu einem Entzugsprogramm zu überreden, aber ein Mensch muss sich ändern wollen, wissen Sie?«

Gabe nickte, während er noch immer versuchte, das alles zu verdauen. Annas Mom war früher medikamentenabhängig gewesen. Oder sie war es vielleicht noch immer, und Anna hatte es die ganze Zeit verheimlicht. Sein Magen verkrampfte sich bei der Vorstellung, dass sie jeden Tag zu dieser Situation nach Hause fuhr. Sich mit alldem allein herumschlug. Er wünschte, sie hätte ihm genug vertraut, um mit ihm zu reden.

»Wir sind noch eine Weile in Kontakt geblieben.« Barbara starrte mit leerem Blick in die Ferne. »Aber das Letzte, was ich hörte, war, dass Deb weggezogen sei. Angeblich an die Westküste. Nach Kalifornien vielleicht. Das ist schon eine Weile her. Aber ich habe gehofft, dass sie irgendwo einen Neuanfang schafft.« Sie hielt einen Moment inne, forschte in Gabes Gesicht. »Hat ihre Tochter Probleme?«

Annas Mom war in *Kalifornien?* Wie konnte das sein?

Aber plötzlich ergab alles Sinn. Es erklärte, warum ihre Mom nie da war, warum sie es Anna überließ, sich mit dem Vermieter herumzuschlagen, warum es sie nicht scherte, dass ihre Tochter bis ein Uhr morgens mit irgendeinem Collegetypen in der Bibliothek abhing. Annas Mom war abgehauen. Das erklärte auch, warum Anna ein Geheimnis um ihr Leben machte. Einen drogenabhängigen Elternteil zu haben war eine Sache, aber sich ohne Eltern durchzuschlagen war eine Katastrophe. Lebte Anna dort ganz allein? Wer bezahlte die Miete und die Rechnungen?

Barbara räusperte sich und riss ihn aus seinen Grübeleien. Sie hatte ihn gerade gefragt, ob Anna Probleme hätte. *Ja.* Aber er hatte keine Ahnung, wie viele oder was für Geheimnisse sie noch vor ihm verbarg.

»Oh, nein. Anna hat keine Probleme. Ich hatte nur gehofft, mit ihrer Mutter reden zu können, weil …« Er schenkte Barbara sein charmantestes Lächeln und tischte ihr die erstbeste Geschichte auf, die ihm einfiel. »Es ist albern. Anna hat bald Geburtstag, und wir haben eine Überraschung für sie geplant.« Er zwang sich zu einem Lachen. »Danke für die Information. Ich sollte besser gehen. Meine Vorlesung fängt bald an.«

Barbara schien sich damit zufriedenzugeben und nickte. »Hey, wenn Sie mit Deb reden, sagen Sie ihr, sie soll mich anrufen. Ich würde gern hören, wie es ihr geht.«

»Klar, mache ich. Und danke noch mal.«

Gabe durchquerte den Eingangsbereich. Er schaute über die Schulter zurück und winkte Barbara, bemüht, einen beiläufigen Eindruck zu erwecken, und hätte um ein Haar eine Topfpflanze umgerannt. Im letzten Moment konnte er noch ausweichen, warf Barbara ein Grinsen zu und eilte dann schnell zur Tür hinaus.

10

Sobald Anna ihre stockfinstere Wohnung betrat, wusste sie, dass der Strom wieder abgestellt worden war. Sie fluchte, stolperte im Dunkeln umher und stieß sich den Kopf am Küchenschrank, als sie unter der Spüle nach einer Kerze suchte.

Kaum hatte sie die Kerze angezündet und auf den Couchtisch gestellt, da klopfte es an der Tür. *War das etwa Don*, dachte sie beklommen. Aber sie hatte ihm das Geld vorbeigebracht, das sie ihm angeblich noch schuldete, dabei *wusste* sie genau, dass er log. Aber sie konnte es nicht beweisen, und eine Zeit lang keinen Strom zu haben war nichts, verglichen damit, auf der Straße zu landen. Wo sollte sie dann hin?

Anna holte einmal tief Luft. Don war vermutlich zu Hause und freute sich hämisch über seinen Geldregen. Er würde sie für ein paar Wochen in Ruhe lassen, zumindest bis die Miete wieder fällig war.

Es klopfte erneut, und Annas Brust schnürte sich schmerzhaft zu. Bevor sie es verhindern konnte, huschten ihre Gedanken zu ihrer Mutter.

Nein. Das konnte unmöglich ihre Mutter sein. Nach all der Zeit … Vermutlich war es nur Mrs. Janiszewski, die ältere Dame von oben. Manchmal half Anna ihr mit Dingen aus, und Mrs. Janiszewski brachte gern ein paar Kekse vorbei, um sich zu bedanken. Kekse wären jetzt super, sonst müsste sie heute wohl hungern. Der Großteil ihres Essensgeldes war in diesem Monat an Don geflossen.

Zögernd öffnete Anna die Tür auf – und erstarrte.

Es war nicht Mrs. Janiszewski.

Gabes Silhouette zeichnete sich vor dem schwach beleuchteten Flur ab. Das trübe Neonlicht ließ sein dunkles Haar bläulich schwarz schimmern.

»Gabe! Wie bist du ins Haus gekommen?« Sie lehnte sich gegen den Türrahmen und zog die Tür bis zu ihrer Schulter zu.

»Jemand hatte wieder ein Buch in die Haustür geklemmt«, knurrte er. »Ich würde dir ja raten, mit dem Vermieter darüber zu reden, weil das nicht sicher ist, aber mein Gefühl sagt mir, dass ihn das einen Dreck kümmert. Kann ich reinkommen?«

»Ähm …« *Oh, mein Gott.* Anna warf einen Blick hinter sich. Die einsame Kerze flackerte auf dem Tisch. Sie wollte *nicht,* dass er hereinkam, schon gar nicht jetzt. »Es ist gerade ungünstig.«

»Es ist gerade perfekt«, entgegnete Gabe kurz angebunden, und bevor sie ihn aufhalten konnte, drängte er an ihr vorbei in die Wohnung.

Sie holte einmal tief Luft, und das Rumoren in ihrem Magen hatte nichts damit zu tun, dass sie nichts gegessen hatte.

Gabe stand in der Mitte des Wohnzimmers, blinzelnd, um seine Augen an die Dunkelheit zu gewöhnen. Wenigstens verhinderte der abgestellte Strom, dass Gabe sah, in was für einem Loch sie hauste.

»Warum ist es hier drin so dunkel?« Gabe marschierte zur Wand und tastete nach einem Lichtschalter. Er knipste ihn ein und aus, aber es tat sich nichts. Dann versuchte er es mit einer Lampe auf dem Beistelltisch. »Warum gibt hier keinen Strom?«

»In ein paar Tagen wird er wieder da sein.« *Oder nächsten Monat.* Gott sei Dank war es Frühling, sonst würde sie erfrieren.

»Warum jetzt nicht?«

Anna verschränkte die Arme vor der Brust und funkelte ihn

trotzig an. Er hatte kein Recht, hier aufzukreuzen und sie einem Verhör zu unterziehen.

Gabe fing ihren Blick auf und starrte wütend zurück, bis sie – *zum Teufel mit ihm* – den Kopf schließlich abwandte. »Ich konnte die Rechnung nicht bezahlen, okay? Ich musste dem Vermieter das Geld geben, das ich ihm angeblich schuldete, sonst hätte er mich rausgeschmissen.«

»*Dich* rausgeschmissen? Und was ist mit deiner Mom?«

Richtig. »Uns rausgeschmissen, meine ich natürlich.«

»Aha.« Gabe schlenderte hinüber zum Schlafzimmer, blieb im Türrahmen stehen und spähte in das Dunkel. »Und im Moment ist sie arbeiten?«

»Ja«, antwortete Anna argwöhnisch.

»Im Pflegeheim?«

»Jaaaa ...«

»Wirklich?« Gabe schnellte herum und sah sie wieder an. »Das ist witzig, denn ich bin hingefahren, und sie haben mir gesagt, sie würde schon seit Jahren nicht mehr dort arbeiten.«

Plötzlich drehte sich alles in ihrem Kopf, und sie umklammerte die Sofalehne, um nicht umzukippen. »Du hast *was* getan?«

»Wo ist deine Mutter?«, fragte Gabe leise.

»Sie ist ... Das geht dich gar nichts an ...«, stammelte Anna. *»Du hast kein Recht, in meinem Leben herumzuschnüffeln!«*

»Anna. Wo ist sie?« Gabes Stimme war jetzt sanft, was es irgendwie noch schlimmer machte.

Sie senkte den Blick. *Er wusste es.* Leugnen war zwecklos. »Ich weiß es nicht, okay?«

»Was soll das heißen, du weißt es nicht?«, fragte er unbeirrt.

Sollte sie es etwa buchstabieren, damit er kapierte? In einer Geste der Verzweiflung hob sie die Hände. »Sie ist gegangen.

Abgehauen. Das Letzte, was ich hörte, war, dass sie in Kalifornien lebt.«

»Wann ist sie gegangen?«

»Vor einer Weile.« Anna presste die Hände an die Schläfen, ihr Kopf hämmerte wie verrückt. *Das konnte doch alles nicht wahr sein.*

Gabe stand da, die Arme verschränkt, weigerte sich, lockerzulassen.

Sie seufzte. »Vor zwei Jahren.«

Gabe wich einen Schritt zurück. »Das heißt, du lebst *seit zwei Jahren* ganz allein hier?«

Anna zuckte mit den Schultern.

»Und die Miete und Rechnungen und alles?«

»Ich arbeite im Lebensmittelladen, seit ich dreizehn war. Sie bezahlen mich schwarz.«

»Mein Gott, Anna.«

Es war nicht so, dass sie eine Wahl hatte. Warum sah er sie an, als wäre das hier ihre Schuld? »Was kümmert dich das überhaupt? Wir werden unser Projekt mit einer Eins abschließen. Du musst dir über mein verkorkstes Leben keine Sorgen machen. Es hat meine Arbeit für die Schule bis jetzt nicht beeinträchtigt.«

Gabe kniff die Augen zusammen. »Ich bin nicht besorgt wegen einer *Note*.«

»Was ist dann dein Problem?« Ihre Stimme wurde lauter.

»Da bin ich mir gerade nicht sicher.«

Anna schlug mit der flachen Hand auf die Sofalehne. »Dann hör auf damit! Mein Leben geht dich nichts an!«

»Es geht mich etwas an, wenn ein betrunkener Typ dich bedroht und ich dazwischengehen und ihn dazu bringen muss, sich zu verziehen.«

»Niemand hat dich darum gebeten!«

Gabe lief im Wohnzimmer auf und ab. »Weißt du, für ein so cleveres Mädchen verhältst du dich manchmal verdammt dumm.«

»Weil ich nicht will, dass du hinter meinem Rücken herumschnüffelst und Staub aufwirbelst! Wenn irgendjemand herausfindet, dass meine Mom …« Anna senkte ihre Stimme. Die Wände in dem alten Gebäude waren nicht besonders dick. »Hör zu, meine Mom ist gegangen, und ich lebe allein. Was meinst du, wie das enden wird? Wo denkst du, dass *ich* enden werde?«

Er blieb abrupt stehen. »Keine Ahnung, Anna. Aber so kannst du nicht weiterleben.«

Sie starrte ihn ungläubig an. War er wirklich so realitätsfremd? »Ist das dein Ernst? Was schlägst du denn vor? Was sind meine Alternativen, Gabe?«

»Hast du keine anderen Verwandten?«

Annas Gedanken wanderten zurück zu dem Tag, als sie beide in dem Kurs als Partner eingeteilt wurden und sie ihn für einen verwöhnten reichen Schnösel hielt, der nicht wusste, was Entbehrung bedeutet. »Meine Mom ist von ihrer gewalttätigen Familie weggelaufen, als sie sechzehn war. Und was meinen Dad angeht …« Sie lachte, denn allein schon der Gedanke, einen Dad zu haben, war absurd. »Na ja, du kannst es dir aussuchen. Er könnte ein verheirateter Arzt sein, mit dem meine Mom eine Affäre hatte, als sie im Pflegeheim gearbeitet hat. Oder vielleicht einer der vielen nichtsnutzigen Freunde, die in ihrem Leben gekommen und gegangen sind. Oder ich könnte das Kind ihres Drogendealers sein. Wer zum Teufel weiß das schon?«

Gabe überlegte einen Moment. »Ich würde auf den Arzt tippen.«

»Echt jetzt? Besten Dank auch. Das ist sehr hilfreich.«

Sie funkelten sich in dem schwachen Lichtschein der Kerze

wütend an, bis Gabe sich die Kerze vom Tisch schnappte und in die Küche marschierte. Er riss die Kühlschranktür auf. Anna überlegte, ihn anzubrüllen, dass er das gefälligst lassen sollte, aber es war zwecklos. Sie stand hilflos da, während Gabe in den leeren Kühlschrank spähte und dann ein paar Küchenschränke voller nicht zusammenpassender Teller und verbeulter Töpfe auf- und wieder zumachte.

Er hielt inne, als er eine einsame Dose Erbsen und eine No-Name-Packung Käsemakkaroni fand. »Du hast keinen Strom. Und ist das hier alles an Essen im Haus?«

Sie presste die Lippen zusammen und starrte auf die flackernde Kerze, die sich im Fenster spiegelte.

»Und dann ist da noch dein Vermieter. Wer weiß, was eines Abends passieren könnte, wenn du ganz allein spät nach Hause kommst? Du bist hier nicht sicher.«

»Ich werde jede Menge Essen haben, wenn ich in ein paar Tagen bezahlt werde.« Das stimmte nicht wirklich. Sie musste das meiste Geld, das sie verdiente, für die nächste Monatsmiete sparen. Und für die Stromrechnung. Sie verdrängte den Gedanken. »Und das mit dem Strom ist nur vorübergehend.«

»Und was ist mit dem Vermieter?«

»Mit dem komme ich schon klar.«

»Wie willst du das denn anstellen? Indem du ihn jedes Mal bezahlst, wenn er mehr Geld verlangt? Oder indem du ihm die ›Gefallen‹ tust, die er anstelle von Geld will?« Angewidert malte er Anführungszeichen in die Luft.

Wie konnte er es wagen, diesen spöttischen Ton anzuschlagen, wenn er keine Ahnung hatte, was es brauchte, um zu überleben? *Nicht die geringste Ahnung!*

»Vielleicht! Was immer notwendig ist!« Wenn ihre Stimme noch lauter wurde, könnten die Nachbarn sie hören, aber das war ihr inzwischen egal. Es wäre nicht das erste Mal, dass die

Nachbarn Streit aus ihrer Wohnung hörten. Im Allgemeinen stellten sie dann einfach ihren Fernseher lauter.

»Ich habe noch ein Jahr vor mir. *Ein Jahr*. Und dann bin ich fast achtzehn und fertig mit der Highschool. Wenn ich dieses eine Jahr durchhalte, dann kann ich ein Vollstipendium bis zum Collegeabschluss bekommen. Das hier ist meine einzige Chance.« Ihre Stimme wurde kalt, während sie ihn mit zusammengekniffenen Augen ansah. »Aber wie solltest du auch wissen, wie sich das anfühlt. Du musstest noch nie für etwas arbeiten. Also halt mir keine Vorträge über *mein* Leben, wenn dir deine Eltern alles auf einem Silbertablett servieren.«

Gabe taumelte nach hinten. »Wow.«

Sie hatte ihre Wut nicht länger unter Kontrolle. »Du kannst jetzt aufhören, mich wie dein gottverdammtes Sozialprojekt zu behandeln. Ich brauche dich nicht. Ich passe schon mein ganzes Leben lang selbst auf mich auf.«

»Machst du Witze?« Gabes Stimme wurde ebenfalls lauter. »Meinst du, ich hänge nur mit dir ab, weil du irgendein ›Projekt‹ für mich bist?«

»Keine Ahnung. Ist mir auch egal. Lass mich einfach in Ruhe.«

»Anna …«

Sie fuchtelte mit den Armen herum und schrie: »Verschwinde auf der Stelle, oder ich schwöre bei Gott, ich rufe die Polizei!«

Das war natürlich gelogen. Sie konnte die Polizei nicht rufen, die würden sie als Erstes nach ihrer Mom fragen. Das musste Gabe eigentlich auch klar sein, aber er schwieg. Er stand nur da, die eine Hand zur Faust geballt. Dann knallte er die Kerze auf den Couchtisch, stürmte aus der Wohnung und zog die Tür hinter sich zu.

Anna ließ sich aufs Sofa sinken, ihr knurrender Magen war

vergessen. Das Pochen in ihrem Kopf hatte sich zu einer ausgewachsenen Migräne entwickelt, während sie allmählich verstand, was da gerade passiert war. Jetzt wusste Gabe nicht nur, dass sie über ihre Mutter gelogen hatte; sie hatte auch keine Ahnung, was er mit dieser Information anfangen würde.

Wenn er irgendetwas Dummes tat, wie zum Beispiel, sie beim Jugendamt zu melden, weil er dachte, die würden sich gut um sie kümmern? Er hatte ja keine Ahnung, dass er damit ihr Leben ruinieren würde. Nach dem Gesetz war sie noch immer minderjährig, und sie käme in eine Pflegefamilie, die sie nicht kannte und der sie nicht vertrauen konnte. Aber das war noch nicht einmal das Schlimmste.

Viel schlimmer war, wenn irgendjemand anfing, in der Vergangenheit ihrer Mom herumzustochern. In Annas Vergangenheit.

Schreckliche Geheimnisse kämen ans Licht.

Eine halbe Stunde später saß Anna noch immer auf dem Sofa und starrte auf die flackernde Kerze. Ihr schwirrte der Kopf, und sie zuckte erschrocken zusammen, als jemand gegen die Tür hämmerte. Hatte Gabe etwa schon die Polizei gerufen? Oder hatte sich ein Nachbar wegen des Geschreis vorhin bei ihrem Vermieter beschwert?

Sie konnte sich hier nirgendwo verstecken. Außerdem hatte sie die Tür nicht verriegelt. Wer immer es war, könnte einfach hereinspazieren. Mit zitternden Händen drückte sie sich vom Sofa hoch, ging auf wackeligen Beinen zur Tür und öffnete sie langsam.

Gabe stand im Hausflur, bepackt mit zwei Einkaufstüten.

Sie machte sich auf noch einen Streit mit ihm gefasst, aber Gabe drückte ihr nur die Tüten in die Arme, wandte sich ab und ging ohne ein Wort.

Anna verharrte im Türrahmen, während seine Schritte die Treppe hinunterpolterten und unten die Haustür zuknallte. Dann schloss und verriegelte sie ihre Wohnungstür. Sie ließ sich wieder aufs Sofa sinken und packte im matten Kerzenschimmer die Tüten aus. Ein Laib Brot. Eine Packung Cracker. Drei Gläser Erdnussbutter. Ungefähr ein Dutzend Dosen Eintopf, Bohnen und Gemüse. Ein Beutel Äpfel.

Anna lehnte sich gegen die Sofakissen zurück und starrte auf das Essen, das sich auf ihrem Couchtisch türmte, ohne sich darum zu scheren, die Tränen wegzuwischen, die ihr über die Wangen strömten.

11

Am nächsten Tag wartete Gabe an ihrem üblichen Tisch in der Bibliothek auf Anna. Er ging ein paar Notizen durch, ohne sie wirklich anzusehen, während er immer wieder auf seinem Handy nach der Uhrzeit sah. Als es Zeit wurde, zum Kurs zu gehen, war Anna immer noch nicht aufgetaucht. Die Sorge um sie begann, ihm Löcher in die Eingeweide zu brennen. Sie ging nicht an ihr Telefon, und er konnte unmöglich sagen, ob es womöglich daran lag, dass sie kein Guthaben mehr hatte.

Anna würde niemals eine Woche vor der Abgabe ihres Projekts den Kurs versäumen. Er sah zu, wie die anderen Studenten nach und nach im Kursraum eintrudelten, aber von ihr weiterhin keine Spur. Als Dr. McGovern nach vorn ging, um mit dem Kurs zu beginnen, rutschte Gabe nervös auf seinem Platz hin und her, beschwor Anna im Stillen, zu erscheinen.

Das Mädchen auf dem Platz neben ihm warf ihm einen seltsamen Blick zu, daher holte er einmal tief Luft und versuchte, sich auf die Vorlesung zu konzentrieren.

Nach einer gefühlten Ewigkeit hörte Dr. McGovern auf zu schwafeln und rief eine fünfminütige Pause aus. Gabe schlug sein Notizbuch zu, schnappte sich seinen Rucksack und war als Erster zur Tür hinaus. Er zückte sein Handy und wählte noch einmal Annas Nummer.

Keine Antwort.

Er sah über seine Schulter zu dem Kursraum, zu dem er zurückkehren sollte, und ging stattdessen zum Ausgang des

Gebäudes. Und dann, auf dem Fußweg draußen, blieb er abrupt stehen, sodass er fast mit der Person zusammenstieß, die er gesucht hatte.

»Anna«, keuchte er, während er nach Luft schnappte.

»Hi.« Ihre riesigen braunen Augen, von dunklen Ringen überschattet, erinnerten ihn an ein verängstigtes Waldtier. »Warum bist du nicht im Kurs?«

»Warum bist *du* es nicht?« Er hob die Hände zu einer fragenden Geste. »Du bist auch vorher nicht zum Lernen aufgetaucht.«

»Ja. Ich, ähm. Tut mir leid.« Anna trat mit ihrem abgewetzten Tennisschuh nach einem Stein auf dem Weg. »Ich habe etwas Zeit zum Nachdenken gebraucht.«

»Und du bist nicht auf die Idee gekommen, mich anzurufen und mir Bescheid zu geben?« Er verschränkte die Arme vor der Brust. »Damit ich mir keine Sorgen um dich mache?«

Anna riss den Kopf hoch, als hätten seine Worte sie überrascht. »Ich dachte, du wärst sauer auf mich, weil ich dich angelogen habe. Und wegen all dem, was ich gestern Abend zu dir gesagt habe.«

»Nur fürs Protokoll, ich bin sauer.« Er nahm ihr übel, dass sie ihn angelogen hatte und ihm nicht genug vertraute, um ihm die Wahrheit zu sagen. Aber er konnte sie irgendwie auch verstehen. »Aber das heißt nicht, dass ich mir keine Sorgen um dich mache.«

Anna trat einen Schritt näher. »Ich hätte dir sagen sollen, dass ich nicht kommen würde. Ehrlich gesagt, bin ich …« Sie steckte die Hände in die Taschen ihres Kapuzenpullis.

»Du bist was?«

Anna presste die Lippen zusammen. Als sie sprach, war ihre Stimme kaum mehr als ein Flüstern. »Ich bin es einfach nicht gewohnt, dass sich jemand Sorgen um mich macht.«

Der letzte Rest von Gabes Ärger verpuffte. »Verdammt«, brummte er fast unhörbar.

»Also, was machen wir jetzt, wo du …« Anna hielt den Kopf gesenkt. »Wo du über mich Bescheid weißt.«

»Können wir uns setzen und reden?« Er ließ den Blick über den Innenhof schweifen. Eine niedrige Steinmauer säumte das andere Ende des Rasens, weit weg von den Fußwegen, die kreuz und quer über den Campus verliefen. Dort drüben würde sie niemand stören.

Sie nickte und folgte ihm über das Gras. Sie stellten ihre Rucksäcke ab und setzten sich einander zugewandt auf die Mauer. Anna starrte auf ihren Schoß, ließ die Haare vors Gesicht fallen, um sich wie so oft dahinter zu verstecken.

Aber Gabe beugte sich vor, um ihre Augen sehen zu können. »Anna, deine Situation ist weitaus heftiger, als ich dachte. Ich muss verstehen, was wirklich los ist.«

Anna rieb sich die Stirn, als habe sie Kopfschmerzen. Für jemanden, der so verschlossen war, konnte man sie viel zu leicht durchschauen. Es war offensichtlich, dass sie überlegte, wie viel sie preisgeben sollte.

»Ich brauche die *wahre* Geschichte«, sagte er, bevor sie sich nur eine neue fiktive Version ihres Lebens ausdachte, ähnlich der, die sie ihm seit Monaten auftischte.

Anna ließ die Schultern sacken. »Sie ist kein schlechter Mensch, weißt du.«

»Deine Mom?«

»Ja. Ein paar Kinder in der Schule haben sie Junkie genannt, Fixerin, solches Zeug. Ich habe sie immer flüstern hören, wenn ich durch die Flure gegangen bin.« Sie spielte mit dem Goldkettchen an ihrem Hals. Er hatte sie noch nie nach der Bedeutung dieser Kette gefragt, aber in diesem Augenblick konnte er es sich denken.

Anna ließ die Hände in den Schoß sinken. »Aber das Schlimmste war die Art, *wie* sie es sagten, als wären meine Mom und ich Monster.«

Teenager konnten so grausam sein. Gabe hatte nicht zu denen gehört, die auf der Highschool andere Kinder schikanierten, aber rückblickend betrachtet, hatte er vermutlich auch nicht genug getan, um Kinder wie Anna zu verteidigen.

»Aber sie war kein Monster. Sie *ist* keines«, fuhr Anna fort. »Sie hat eine Sucht. Das ist eine Krankheit. Ihre Eltern, das waren Monster. Es ist kein Wunder, dass Mom so geworden ist. Sie hatte diese ganzen Narben auf den Armen, und eines Tages hat sie mir erzählt, wenn ihre Eltern wütend auf sie waren, hätten sie sie immer mit Zigaretten verbrannt. So etwas hat meine Mom mir nie angetan.«

Gabe schloss entsetzt die Augen. Kaum vorstellbar, was ihre Mutter als Kind durchmachen musste. Und irgendwann wurde das Maßstab in Annas Kindheit: *Wenigstens wurde ich nicht mit Zigaretten verbrannt*. Ihre Mom war abgehauen, hatte sie im Stich gelassen, und Anna nahm sie noch immer in Schutz.

»Wie war es denn so, als sie noch da war? War sie die ganze Zeit high ...« Er brach ab, suchte verzweifelt nach den richtigen Worten. Das Letzte, was Anna brauchte, war jemand, der ihr das Gefühl gab, ein beschissenes Leben zu haben. »Du musst darauf nicht antworten. Es spielt keine Rolle.«

Anna schwieg so lange, dass er sich schon fragte, ob sie ihn überhaupt gehört hatte. Schließlich hob sie den Kopf und sah ihn an. »Nein. Sie war nicht die ganze Zeit high. Nicht am Anfang. Nachdem sie von ihren schrecklichen Eltern weggelaufen war, arbeitete sie hart, um ihr Leben auf die Reihe zu kriegen. Sie schloss die Highschool ab und machte eine Ausbildung als Altenpflegerin. Und dann wurde sie mit mir schwanger. Mein Dad ließ sich nie blicken. Aber sie war eine gute Mom. Ehrlich, das *war* sie.« Ihre Augen flehten ihn an. »Auch wenn es im Moment nicht so aussieht. Und ich weiß, dass sie mich liebt.«

Er war verblüfft, dass sie in der Gegenwart redete. Diese Gewissheit in ihrem Gesicht war wie ein Messer, das in seinem Herz herumgedreht wurde, und er brachte es nicht über sich, Bedenken zu äußern. »Natürlich tut sie das«, sagte er stattdessen. Er wollte, dass es die Wahrheit war, wollte es für Anna.

»Ich habe viele glückliche Erinnerungen an sie. Sie hat mir vor dem Schlafengehen immer vorgelesen.« Anna starrte über den Campus hinaus. »Es gab Geburtstagspartys mit einem Kuchen mit Zuckerstreuseln. Sie ist mit mir in den Zoo gegangen …« Sie umfasste wieder den Anhänger, den sie um den Hals trug, und Gabe konnte erkennen, dass er wie ein Halbkreis geformt war, mit irgendeiner Art Blumenmuster, das in die Oberfläche eingraviert war. »Meine Mom hat mir das hier geschenkt, und sie hat die andere Hälfte. Sie nimmt sie nie ab. Sie passen zusammen wie Puzzleteile.«

Wie gern würde er sie jetzt in den Arm nehmen, wusste aber nicht, ob das seltsam wäre, daher entschied er, sich stattdessen zur Seite zu neigen, bis seine Schulter ihre berührte.

»Ich weiß nicht, wann genau sie mit den Drogen angefangen hat. In der ersten Zeit war ich vermutlich zu jung, um es zu merken.« Sie schüttelte kurz den Kopf. »Ich war vielleicht in der dritten oder vierten Klasse, als sie sich den Rücken verletzte, während sie einem Patienten aus dem Rollstuhl half, aber dem Pflegeheim war das egal. Sie feuerten sie einfach, weil sie nicht arbeiten konnte.«

Gabe blinzelte. Anna schien nicht zu wissen, dass ihre Mom gefeuert worden war, weil sie Bewohnern im Pflegeheim Schmerzmedikamente gestohlen hatte. Er brachte es nicht fertig, sie noch mehr zu verletzen, indem er ihr das jetzt sagte.

»Sie hatte diesen Typen, Rob, der ihr Pillen für ihren schlimmen Rücken brachte. Aber sie konnte ihn nicht immer bezahlen, daher tat sie manchmal Dinge für ihn. Gefallen, oder … du weißt schon.« Eine Röte breitete sich von ihren Wangen bis zum Ausschnitt ihres T-Shirts aus. »Dann haben sie den Fernseher richtig laut aufgedreht und sind ins Schlafzimmer verschwunden.« Sie verlagerte ihre Haltung auf der Mauer, bis sie von ihm abgewandt saß. »Sie war verzweifelt vor Schmerzen. Und es war ja nicht so, dass es haufenweise Leute gab, die sich darum rissen, einer armen, alleinerziehenden, oxysüchtigen Mutter zu helfen. Sie ist kein schlechter Mensch.«

Gabe fasste sie sanft an der Schulter – Gott, sie war so mager – und drehte sie behutsam wieder zu sich herum. »Anna, ich verurteile sie nicht, okay?«

»Gabe, wie kannst du sie nicht verurteilen? Du kommst aus dieser perfekten Familie, und deine Eltern sind wundervoll. Wenn sie wüssten …« Sie schloss die Augen und schüttelte den Kopf. »Wenn sie das alles wüssten … Ich würde es ihnen nicht verdenken, wenn sie mich nie wieder in ihrem Haus haben wollten.«

Er verstärkte den Griff um ihre Schulter. »Anna, das kann nicht dein Ernst sein. Du hast in deinem Leben so viel Mist erlebt. Niemand gibt dir die Schuld daran.« Sein Körper fühlte sich schwer an vom Gewicht all dessen, was sie durchgemacht hatte. Er konnte sich nicht annähernd vorstellen, wie es erst jemandem gehen musste, der das selbst erlebt hatte. »Ich habe großen Respekt davor, wie du es geschafft hast, alles so lange zusammenzuhalten. Nichts, was du mir sagst, könnte irgendetwas an meinen Gefühlen ändern.«

Sie lehnte sich zurück und sah ihn von der Seite an, als ob sie ihm das so gern glauben wollte. »Das meinst du doch nicht ernst.«

Gabe versuchte, ihre Miene zu deuten. »Verheimlichst du mir noch etwas?«

Sie drehte rasch den Kopf weg. »Nein.«

Aber Gabe war nicht überzeugt. Annas Hände zitterten, und sie konnte ihm nicht in die Augen schauen. »Du kannst mir vertrauen. Hat es irgendetwas mit deiner Mom zu tun?« Sein Herz krampfte sich zusammen. »Oder mit deinem Vermieter?«

Anna schüttelte den Kopf. »Nein, ich habe Don nicht mehr gesehen.«

Gabe glaubte, die warme Bierfahne noch immer zu riechen, die ihm ins Gesicht wehte, als er den Kerl gegen die Wand geschubst hatte, weg von Anna. »Du weißt aber schon, dass das nur eine Frage der Zeit ist, oder? Er wird dich nicht in Ruhe lassen. Schon gar nicht, wenn er weiß, dass du allein in der Wohnung lebst.«

»Er weiß es nicht.«

Auch davon war Gabe nicht überzeugt.

Anna holte tief Luft und atmete langsam wieder aus. »Die Sache ist die …« Schließlich fing sie seinen Blick auf. »Rob war nicht der einzige Typ, der vorbeikam. Es gab einen ganzen Haufen Freunde. Sie brachten Geld und Drogen mit. Diese Typen waren ziemlich grob, und es gab ein paar heftige Schlägereien, wenn sie high waren. Oder meine Mom verlor das Bewusstsein, und dann war ich mit diesen seltsamen Männern allein in der Wohnung.«

Gabe konnte buchstäblich hören, wie das Blut in seinen Adern pochte und durch seinen Kopf rauschte. »Haben sie dich … wurdest du …« Kalter Schweiß rann ihm den Rücken hinunter, während er nach Worten suchte.

Anna musste ungefähr so alt wie seine kleine Schwester gewesen sein. Bei der Vorstellung, dass sie ein Mädchen wie

Leah mit solch widerlichen Kerlen, wie Annas Mutter sie vermutlich nach Hause gebracht hatte, allein gelassen wurde, hätte er am liebsten diese Steinmauer eingetreten.

»Nein.« Anna schüttelte den Kopf. »Nein, Gabe, ich erzähle dir das nicht, damit du denkst …« Sie hielt inne, presste die Hände an die Schläfen. »Ich erzähle es dir, weil ich will, dass du verstehst, dass ich mit Typen wie Don klarkomme. Ich passe schon lange selbst auf mich auf. Ich weiß, dass meine Wohngegend nicht die sicherste ist …«

Sie brach abrupt ab, als zwei Mädchen aus dem Kurs vorbeischlenderten. Sie winkten Gabe im Vorübergehen zu. Er nickte kurz und wandte schnell den Blick ab, damit sie nicht stehen blieben, um Hallo zu sagen. Er konnte jetzt auf keinen Fall über Zeug wie Semesterpartys reden oder worüber sie sonst noch plaudern wollten. Verglichen mit dem Leben, das Anna geführt hatte, fühlte sich dieser ganze Collegekram, der so viel von seiner Zeit und Energie in Anspruch genommen hatte, auf einmal unglaublich oberflächlich und dumm an.

Anna sah den Mädchen nach, bis sie im Gebäude verschwunden waren, und fuhr dann fort. »Gabe, ich habe mir das alles genau zurechtgelegt. Ich weiß, wie ich abends nach Hause komme, welche Straßen ich nehme und wem ich besser aus dem Weg gehe. Ich trage Pfefferspray bei mir. Mein Vermieter ist im Allgemeinen zu betrunken, um auch nur geradeaus zu gehen. Er ist harmlos, und ich komme mit ihm klar.«

Gabe starrte sie an, während sie auf der Mauer saß, den Kopf gesenkt, sodass ihr wieder die Haare vors Gesicht fielen. Sie hatte nicht übertrieben, als sie ihm sagte, sie sei nie ein Kind gewesen. Anna machte auf den ersten Blick vielleicht einen sanftmütigen und zaghaften Eindruck, aber sie war die stärkste Person, die er kannte. Er bezweifelte nicht eine Sekunde, dass sie mit alledem klarkam. Aber *verdammt*. Er wollte nicht, dass sie noch länger damit klarkommen musste. Jedenfalls nicht allein.

»Hast du irgendeine Ahnung, warum deine Mom gegangen ist?«

»Ich …« Annas Schultern spannten sich an. Sie umfasste ihre Halskette und wandte den Kopf zur Seite.

Er spürte instinktiv, dass sie ihm *nicht* die ganze Geschichte erzählte. »Anna?«, hakte Gabe sanft nach. »Du kannst mit mir reden.«

Anna strich das Haar hinters Ohr, und Gabe erhaschte einen Blick auf den Schmerz in ihren Augen. Als sie schließlich sprach, war ihre Stimme heiser und zitternd. »Irgendwann hat sie nicht mehr nur Pillen genommen«, sagte Anna schaudernd. »Unser ganzes Geld ging für Drogen drauf, und wir waren völlig pleite. Meine Mom hatte einen Freund, der ihr half, die Miete zu bezahlen und ein bisschen Essen zu kaufen. Aber das hatte immer einen Preis …« Anna schlang die Arme um sich, als würden diese mageren Gliedmaßen sie vor dem Schmerz schützen.

Gabe rutschte näher heran. Sie befanden sich gegenüber der Fakultät für Wirtschaftswissenschaften, und überall auf dem Campus liefen Leute herum, die er kannte. Jemand von seiner Studentenverbindung könnte vorbeischlendern und sie beide zusammen sehen. Er könnte später dafür gehänselt werden, aber das war Gabe egal. Er legte den Arm um Annas Schultern und zog sie an seine Seite.

Sie lehnte sich an ihn, und ihr Körper entspannte sich.

»Eines Abends kam ich nach Hause und …« Ihre Stimme verlor sich. »Und meine Mom hatte eine Tasche gepackt und sagte, sie würde nach Kalifornien gehen. Sie hätte dort einen Job, eine Gelegenheit, genug Geld zu verdienen, damit wir nicht mehr auf Typen wie ihn angewiesen sein würden.« Anna holte einmal tief Luft und atmete langsam aus. »Sie sagte, sie würde nach Kalifornien gehen, um für uns zu sorgen, aber dass sie zurückkommen würde.«

Gabe konnte sich nur vorstellen, was für eine Art von Job Annas Mom nach Kalifornien gelockt hatte. Altenpflegerinnen waren sicher nicht so gut bezahlt. Und wenn sie Drogendealer in ihr Haus ließ, während ihre minderjährige Tochter da war, dann mochte er wetten, dass sie auch einen Job annehmen würde, der irgendetwas Illegales beinhaltete.

Anna fuhr fort. »Ein paar Wochen vergingen, aber sie kam nie nach Hause. Sie rief ein paarmal an, versprach, Geld zu schicken, das nie ankam. Und dann …« Ihr Kopf sackte nach vorn, als wäre die Last, ihn zu halten, auf einmal zu viel. »Und dann hörten die Anrufe auf.«

»Meinst du, sie ist …« Gabe brach abrupt ab. *Sie ist was?* Er hatte keine Ahnung, wie er die Frage formulieren sollte. Oder was er überhaupt fragte. *Tot? Im Gefängnis? Noch immer in Kalifornien, ohne dich?* Es gab kein Szenario, bei dem ihm nicht das Herz brach. Schließlich entschied er sich für: »Hast du irgendeine Ahnung, was mit ihr passiert ist?«

»Nein.« Anna rieb mit den Händen über ihre nassen Wangen. »Ich überprüfe ständig die Straf- und Sterberegister. Es gab nie irgendeine Spur von ihr. Aber ich kann keine Vermisstenanzeige aufgeben, bevor ich achtzehn bin, sonst könnte irgendjemand das mit mir herausfinden.« Sie zitterte, als würde sie frösteln. »Wenn das passiert, dann stecken sie mich in eine Pflegefamilie.«

Gabe wusste, dass Pflegeeltern mitunter einen schlechten Ruf hatten, aber es musste doch auch jede Menge nette Familien dort draußen geben. Und Annas Situation in dieser heruntergekommenen Wohnung mit einem gefährlichen Vermieter im Erdgeschoss konnte keine bessere Option sein.

»Sie könnte immer noch zurückkommen«, beharrte Anna mit zitternder Stimme. Eine Träne kullerte ihr über die Wange. »Ich muss nur noch ein bisschen länger durchhalten.«

Gabe wurde schwer ums Herz. Trotz allem, was sie durchgemacht hatte, glaubte Anna noch immer, dass ihre Mom nach Hause kommen würde. Ihr zuliebe wollte er, dass diese Geschichte ein glückliches Ende nahm. Aber er glaubte nicht eine Sekunde daran.

Gabe zog sie fester an seine Seite, und irgendetwas flackerte in seiner Brust auf, eine Entschlossenheit und der Instinkt, dieses geheimnisvolle Mädchen, das ihm so wichtig geworden war, zu beschützen. Als sie noch einen zitternden Atemzug tat, wusste er, dass sie versuchte, sich zusammenzureißen und stark zu sein, wie üblich. Er wollte ihr sagen, dass es okay war, zu weinen. Dass sie nicht mehr allein war.

Aber im Moment zögerte er noch. Bevor er irgendwelche Versprechen machte, musste er sich überlegen, was er überhaupt tun konnte. Denn trotz ihres Beharrens, dass sie alles im Griff hatte, brachte ihn der Gedanke fast um, dass sie Pfefferspray bei sich tragen und ihre Route genau planen musste, um den Widerlingen in ihrer Wohngegend aus dem Weg zu gehen. Dass nie jemand wartete, um sicherzugehen, dass sie es nach Hause geschafft hatte. Dass sie nur Haut und Knochen war, weil sie entscheiden musste, ob sie die Miete bezahlte oder etwas zu essen kaufte.

In ein paar Monaten würde er mit seinem Promotionsstudium beginnen, und er konnte unmöglich gehen, bevor er dafür gesorgt hatte, dass sie endgültig in Sicherheit war.

12

Anna lehnte sich an Gabe, atmete seinen vertrauten holzigen Duft ein. Wenn sie doch einfach so sitzen bleiben könnte, in seinen Arm geschmiegt, dann wäre alles gut.

Seine Stimme vibrierte an ihrer Wange. »Es tut mir unendlich leid, Anna. Ich hatte ja keine Ahnung.«

»Die hat niemand. Woher auch?«

»Vermisst du sie?«

Ihr Atem stockte, und Tränen brannten in ihren Augen. Anna vermisste ihre Mom zu jeder Minute des Tages. Den Klang ihrer Stimme, ihr Lächeln, die Art, wie sie alberne Witze von Bewohnern des Pflegeheims nacherzählte, um Anna zum Lachen zu bringen. Selbst nachdem ihre Mom begonnen hatte, Drogen zu nehmen, gab es gute Zeiten, zumindest am Anfang. Einmal, als Anna krank war und nicht zur Schule gehen konnte, hatten sie beide stundenlang auf dem Sofa gesessen, Eis gegessen und alte Filme geschaut. Oder ihre abendlichen Spaziergänge über die Bahngleise, um Steine in den Fluss zu werfen.

Anna langte zu dem Anhänger an ihrem Hals.

Sie würde den Geburtstag nie vergessen, an dem Mom ihr diese Halskette schenkte. Mom hatte gesagt, sie und Anna würden für immer zusammengehören, genau wie die beiden Hälften des Anhängers. Manchmal war diese Halskette das Einzige, was die Dunkelheit in diesen kalten Nächten allein in der Wohnung in Schach hielt. »Ja, ich vermisse sie.« Sie wachte noch immer jeden Morgen mit der Hoffnung auf, dass nun vielleicht der Tag gekommen war, an dem ihre Mutter vor der Tür stehen würde. Und jeden Abend, bevor sie zu Bett ging, dachte sie: *Vielleicht kommt sie ja morgen zurück.*

Aber ein Jahr verstrich, dann zwei. Jeden Tag quälte sie die Frage, was mit dem wichtigsten Menschen in ihrem Leben – der einzigen Familie, die sie je gehabt hatte – passiert war. Ob ihre Mom irgendwo dort draußen war, verletzt oder verängstigt.

Als die Sucht überhandnahm, hatten sich ihre Rollen irgendwann umgekehrt. Anna kümmerte sich um ihre Mom, half ihr ins Bett, ließ ihr ein Bad ein. Sie konnte sich daran erinnern, wie sie die Handtasche ihrer Mom nach vergessenem Kleingeld durchwühlte, um im Supermarkt ein paar Dosen Eintopf kaufen zu können. Annas Mom wollte nie viel essen, aber Anna setzte sich mit ihr aufs Sofa und ermunterte sie sanft, wenigstens ein paar Bissen zu sich zu nehmen. Selbst wenn ihre Mom völlig zugedröhnt war, murmelte sie oft, wie dankbar sie für Anna sei und was sie nur ohne sie tun würde.

»Ich werde sie finden«, erklärte Anna. »Sie braucht mich.«

Gabe schüttelte frustriert den Kopf. »Und was ist damit, was *du* brauchst? Du redest ständig davon, dass nichts von alledem ihre Schuld sei. Aber du lebst seit zwei Jahren ganz allein. Wessen Schuld ist es denn dann?«

Meine. Es ist meine Schuld.

Anna presste die Lippen zusammen, um die Worte nicht laut auszusprechen. Am liebsten hätte sie die Augen geschlossen und an seiner Brust geflennt wie ein kleines Mädchen. Ihn diese Last, die sie schon so lange mit sich herumschleppte, für eine Weile tragen lassen.

Aber das wäre viel zu gefährlich, und so dumm war Anna nicht. Sie hatte ohnehin schon zu viel preisgegeben. Wenn er wüsste, wie wenig sie seine Anteilnahme, seine Besorgnis verdient hatte … Sie schüttelte den Kopf und löste sich widerstrebend von ihm, rutschte von der Mauer und stellte sich vor ihn hin. »Du musst mir vertrauen, dass ich mein Leben im Griff habe. Du wirst doch niemandem etwas verraten, oder?«

»Ich …« Er wand sich, wich ihrem Blick aus.

»Gabe. Bitte.« Sie hasste es, dass sie ihn anflehte, dass ihre Zukunft in seinen Händen lag. »Du weißt, wie hart ich immer gearbeitet habe. Wenn ich so weitermachen kann wie bisher, dann habe ich gute Chancen auf ein Collegestipendium. In gut einem Jahr kann ich dann ins Studentenwohnheim ziehen. Aber wenn irgendjemand das mit mir jetzt herausfindet, wer weiß, wohin sie mich dann schicken?«

»Schon, Anna. Aber …«

»Gabe, ich weiß, du willst mich nur beschützen, aber ich schwöre dir, dass ich alles im Griff habe. Versprich es mir. *Bitte.*«

Gabe zögerte, rieb sich den Nacken. Er öffnete den Mund, um etwas zu sagen, schloss ihn aber sofort wieder.

Anna hatte das Gefühl, die Kontrolle zu verlieren, und das machte ihr schreckliche Angst.

Schließlich fuhr er sich seufzend mit einer Hand durchs Haar. »Anna, wir sind noch nicht fertig mit dem Thema. Du denkst, dein Vermieter blufft nur, aber nach meinen Zusammenstößen mit diesem Typen sehe ich das anders.«

»Ich werde besser aufpassen. Versprochen.«

Gabe sprang von der Mauer. »Hör zu, der Kurs ist mittlerweile vorbei, aber wie wär's, wenn wir zu meinen Eltern fahren, unserem Projekt den letzten Schliff geben und einen Happen essen.«

Erleichtert ließ sie die Schultern sinken. Das war genau das, was sie brauchten. Zu ihrer alten Routine zurückkehren und das alles hier vergessen. »Gute Idee.«

Er bedeutete ihr mit einer Handbewegung voranzugehen, in Richtung des Verbindungshauses, wo er immer seinen Wagen parkte.

Anna ging ein paar Schritte den Weg entlang, aber dann blieb sie abrupt stehen und wandte sich zu ihm um. »Gabe?«

»Ja?« Er neigte abwartend den Kopf zur Seite.

»Danke.«

Er schenkte ihr ein Lächeln und nickte. Anna ging weiter. Gabe war der beste Freund, den sie je gehabt hatte. Sie konnte sich darauf verlassen, dass er dieses Geheimnis für sich behalten würde.

An jenem Nachmittag arbeiteten sie zum letzten Mal an ihrem Projekt. Jetzt mussten sie es nur noch in der darauffolgenden Woche im Kurs präsentieren. Aber Anna hatte es nicht eilig, das Projekt abzuschließen, daher trödelte sie in Johns Arbeitszimmer herum und ging die kleinsten Details noch einmal durch. Und da Gabe noch eine letzte Durchsicht – ihre dritte – vorgeschlagen hatte, schien er es auch nicht eilig zu haben.

Als sie endgültig nichts mehr fanden, was sie noch verbessern könnten, ging Gabe in die Küche, um ihnen ein paar Sandwiches zu machen, und Anna ließ sich in den Lesesessel in der Ecke fallen. Sie sah sich in dem Zimmer um, das ihr in den letzten Monaten so vertraut geworden war. Vielleicht saß sie heute zum letzten Mal hier. Ihr Projekt war abgeschlossen, und es gab keinen Grund mehr, herzukommen. In ein paar Monaten würde Gabe an die Uni nach Chicago gehen, und sie würde sich auf ihre Studieneignungstests und Collegebewerbungen konzentrieren. Ganz zu schweigen von der Arbeit im Lebensmittelladen, um weiterhin jeden Monat genug Geld für die Miete und die Rechnungen zusammenzubekommen. Wie erdrückt von dieser Last, sackte sie noch tiefer in den Sessel.

Die Arbeit an dem Projekt hatte sich als unerwartete Fluchtmöglichkeit aus ihrem richtigen Leben entpuppt, aber das war jetzt vorbei. Vor ihr lag ein langes Jahr ohne Dienstagvormittage, um mit Gabe an dem Projekt zu arbeiten, und das allwöchentliche Sonntagsdinner bei den Weatheralls.

Sie hatte so viel Zeit ihres Lebens allein verbracht, aber bis zu diesem Augenblick war ihr nicht klar gewesen, wie einsam sie tatsächlich gewesen war.

Anna war so tief in ihre Gedanken versunken, dass ihr erst nach einer Weile bewusst wurde, wie ungewöhnlich lang Gabe brauchte. Vielleicht waren seine Mom und sein Dad durch die Hintertür nach Hause gekommen, und sie standen jetzt alle zusammen schwatzend in der Küche. Anna seufzte und stemmte sich aus dem Sessel hoch, um Hallo zu sagen. *Genug in Selbstmitleid gesuhlt für heute.* Sie war entschlossen, diese letzten paar Tage mit den Weatheralls zu genießen. Für Traurigkeit blieb ihr später noch genug Zeit.

Anna verließ das Arbeitszimmer und ging den Flur hinunter in Richtung Küche, als sie das leise Timbre von Gabes Stimme hörte, die ihr entgegendriftete, gefolgt von Johns und Elizabeths Gemurmel. Offenbar hatte sie richtig vermutet. Als Anna die Wörter »besorgt« von Elizabeth und »Ärger« von John aufschnappte, blieb sie abrupt stehen. Worüber sie auch redeten, es klang ernst, und Anna ging der Gedanke durch den Kopf, dass sie sie vielleicht nicht stören sollte.

Sie wollte eben kehrtmachen, um zurück zum Arbeitszimmer zu gehen, als sie Gabe ihren Namen sagen hörte.

Anna hielt erschrocken die Luft an. Die drei redeten über *sie*. Sie schlich auf Strümpfen näher zur Küchentür.

»Gabe sollte es ihr sagen«, erklang Elizabeths Stimme.

»Da stimme ich dir zu«, ergänzte John. »Es wird leichter sein, wenn es von ihm kommt.«

»So kann es nicht weitergehen«, hallte Elizabeths Stimme in den Flur hinaus.

Anna stöhnte auf und schlug erschrocken die Hand vor den Mund. Sie wusste genau, worum es hier ging. Man wollte sie in einen Hinterhalt locken. Sie hatte Gabe vertraut, und er hatte prompt alles seinen Eltern erzählt. Anna starrte zu Boden. Tränen traten ihr in die Augen. Der Verrat war fast ebenso schmerzhaft wie die Erkenntnis, dass sie im Begriff war, alles zu verlieren, wofür sie so hart gearbeitet hatte.

»Sicher, in mancher Hinsicht wird es eine Erleichterung für sie sein«, fuhr Elizabeth fort.

Eine Erleichterung? Oh, Gott. Hier war er. Der Moment, in dem sie anfingen, über Jugendämter und Pflegefamilien zu reden, als wäre nichts dabei, als wäre sie dort sicher.

Als wäre das nicht das Ende von allem.

Gabe zu vertrauen war der größte Fehler ihres Lebens gewesen. Überhaupt irgendeinem von ihnen zu vertrauen. Und das Schlimmste daran war, dass sie es im Grunde die ganze Zeit gewusst hatte.

Anna machte auf dem Absatz kehrt und eilte so leise wie möglich den Flur hinunter zum Arbeitszimmer. Dort hielt sie einen Moment inne und nahm ein letztes Mal alles in sich auf. Auf dem Computerbildschirm war noch immer die Präsentation geöffnet, an der sie und Gabe bis vor wenigen Augenblicken gearbeitet hatten.

All die Opfer, die sie gebracht hatte, die unzähligen Arbeitsstunden, die sie in dieses Projekt gesteckt hatte in der Annahme, es könnte das Ticket zu ihrer Zukunft, zu Stipendien und einer Chance auf ein besseres Leben sein. Ein Leben wie das der Weatheralls.

Welche Ironie, dass ausgerechnet diese Familie alles zunichtemachte.

Sie würde nicht mehr da sein, um diese Präsentation zu halten. Sie würde den Kurs nicht bestehen, und all die Mühen, die durchgearbeiteten Nächte, die Stunden, die sie im Magazin der Bibliothek geschlafen hatte, waren umsonst gewesen. Nicht nur der Kurs in Global Economics, sondern alles, wofür sie in den vergangenen Jahren so hart gearbeitet hatte. Wenn sie jetzt weglief, würde sie obdachlos sein, eine Ausreißerin, eine Schulabbrecherin. Welches College würde so jemanden nehmen?

Aber wenn sie blieb, wäre es auch vorbei. Man würde sie wegbringen und in ein Heim stecken oder von einer Pflegefamilie zur nächsten weiterschieben. Sie wäre eine Nummer in einem System, das sich um arme Leute wie Anna oder ihre Mom nicht scherte. Denn andernfalls wäre schon längst jemand eingeschritten, um ihnen zu helfen.

Aber als wäre das nicht schon schlimm genug, dämmerte es Anna plötzlich. Was, wenn die Cops kamen und anfingen, Fragen zu stellen? Irgendjemand könnte imstande sein, die Spuren bis zu jenem Nachmittag zurückzuverfolgen …

Anna schüttelte den Kopf, als könnte sie den Gedanken damit verscheuchen. *Wenn sie herausfinden, was ich getan habe, dann werden sie mich an weitaus schlimmere Orte schicken als in eine Pflegefamilie*. Es würde vorbei sein, ganz gleich, für welchen Weg sie sich entschied. Aber wenn sie jetzt weglief, dann bliebe ihr vielleicht eine kleine Chance.

Anna schnappte sich den Rucksack und warf ihn sich über die Schulter. Ihre Hände zitterten, und ihre Beine drohten nachzugeben, aber sie musste weiterlaufen, in Bewegung bleiben.

Genau wie du es immer getan hast.

So leise wie möglich öffnete Anna die Haustür und verließ das Haus der Weatheralls. Für immer.

Draußen auf der Straße sprintete Anna los, bog um die nächste Ecke und schlüpfte in eine Seitenstraße, in der sie vermutlich weniger leicht aufzuspüren war, sollten sie kommen und nach ihr suchen. Sie lief weiter, ohne Ziel, rannte durch das Labyrinth von Nebenstraßen, bis ihre Lungen brannten und ihre Waden um Schonung flehten. Keuchend und stolpernd blieb sie schließlich stehen und sackte vor einer Garage zusammen. Für ein paar Augenblicke konnte sie nichts anderes tun, als sich an die Backsteinwand zu lehnen und nach Luft zu schnappen. Schließlich, als sich ihr Herzschlag allmählich wieder zu einem normalen Rhythmus verlangsamte, setzte sie sich auf die Bordsteinkante und zwang sich nachdenken.

In ihre Wohnung konnte sie nicht zurück. Dort würde man zuerst nach ihr suchen. Vermutlich hatten die Weatheralls ihr Verschwinden bereits bemerkt und waren schon auf dem Weg dorthin.

Anna schlang die Arme um ihren Oberkörper, sie fröstelte trotz des Schweißes, der ihr nach dem schnellen Laufen noch immer über den Rücken lief. Die Wohnung war zwar alt und schäbig, aber das einzige Zuhause, das sie je gekannt hatte. All ihre Sachen waren dort. Das meiste davon war wertlos – ihre Mom hatte alles Wertvolle schon vor Jahren verkauft –, aber was noch da war, gehörte ihr. Ihre Lieblingsbücher, ihr CD-Player, der Stoffhase, den sie als kleines Mädchen immer mit ins Bett genommen hatte. Und die Fotos von ihrer Mom. Nicht viele, aber ein paar, die irgendjemand vor langer Zeit aufgenommen hatte, bevor Anna geboren war.

Könnte sie es riskieren, nach Hause zu schleichen, um die Sachen zu holen?

Es war zu gefährlich. Sie musste alles zurücklassen. Zum Glück hatte sie schon vor langer Zeit gelernt, ihr Herz nicht zu sehr an materielle Dinge zu hängen.

Wenn sie dasselbe Prinzip doch nur auf Menschen hätte anwenden können, dann würde sie jetzt nicht in diesem Schlamassel stecken.

Konzentrier dich. Wohin kannst du gehen?

Sie hatte niemanden. *Niemanden.*

Bis auf …

Anna griff nach dem Anhänger an ihrem Hals.

Sie nahm ihren Rucksack, der neben ihr am Straßenrand stand, und wühlte in der Seitentasche, bis sie ein kleines, zusammengefaltetes Blatt Papier fand. In der ersten Zeit war es weiß gewesen, aber da es jetzt schon seit Jahren in ihrem Rucksack steckte, war das Papier inzwischen zu einem trüben Grau verfärbt und an den Rändern ausgefranst. Die Adresse war aber noch lesbar. Außerdem hatte sie sich ihr schon vor langer Zeit ins Gedächtnis eingeprägt.

1908 Capp Street, San Francisco, Kalifornien

13

Es gibt einen Nachtbus nach Chicago, der geht in ungefähr zwei Stunden.« Die Angestellte hinter dem Schalter tippte irgendetwas in ihren Computer. »Wollen Sie den nehmen?«

Anna warf einen Blick über die Schulter. Sie wollte den Bus nehmen, der sie am schnellsten aus der Stadt wegbrachte, egal wohin. Aber Chicago klang gut, da könnte sie sich leicht ein Ticket nach San Francisco kaufen. Sie griff nach dem abgewetzten Stoffbeutel, den sie ständig bei sich trug – das war sicherer, als ihn zu Hause zu lassen, wo der Vermieter ihn finden könnte. Er enthielt exakt 518,92 Dollar. Alles, was sie besaß. Sie hatte vorgehabt, am nächsten Tag ihre Miete zu bezahlen, aber Don würde sein Geld diese Woche nicht bekommen. Vielleicht nie wieder.

»*Ich nehme ihn.*« Klang sie zu eifrig? Würde die Frau sich fragen, ob sie alt genug war, um allein zu reisen? Anna richtete sich zu ihrer vollen Größe auf, schenkte der Frau ihr selbstbewusstestes Lächeln und schob ihren Universitätsausweis über den Tresen. »Hier ist mein Ausweis.« Niemand würde davon ausgehen, dass eine Collegestudentin unter achtzehn war.

Die Frau sah sie kaum an, als sie den Ausweis nahm und die Daten in den Computer eingab. Während sie beschäftigt war, wandte Anna sich um und ließ den Blick noch einmal durch die Halle des Busbahnhofs schweifen. Eine junge Mutter saß neben dem Snackautomaten und sah auf ihr Handy, während ihr Kind versuchte, die Schubladen des Automaten zu öffnen, um an die Süßigkeiten zu kommen. Ein Obdachloser schlief auf einer Bank neben einem Einkaufswagen, der mit seinen Habseligkeiten bepackt war. Und in einer Kabine auf der anderen Seite der Halle blätterte ein Wachmann in einer Zeitschrift. Niemand schien auch nur im Geringsten interessiert an ihr, und das war genau das, was Anna wollte.

Noch zwei Stunden, und sie würde endgültig weg von hier sein.

Während Anna ihr Ticket von der Angestellten entgegennahm, begann ihr Magen zu knurren. Sie trat an den Snackautomaten, und die junge Mutter streckte eine Hand nach ihrem Kind aus.

»Komm, Schatz. Machen wir dem Mädchen mal Platz.«

Das Kind, ein Junge von etwa drei oder vier Jahren, wandte sich an seine Mutter. »Krieg ich M&Ms?«, bettelte er, sein kleines Gesicht voller Hoffnung.

Seine Mutter stand auf, hob ihn hoch und setzte ihn sich auf die Hüfte. »Jetzt nicht, Schatz.« Sie seufzte und fuhr sich mit der Hand über ihre rot umrandeten, müde wirkenden Augen. »Dafür habe ich kein Geld.« Sie schüttelte den Kopf, und das hässliche Neonlicht über ihr schien die Sorgenfalten um ihren Mund zu vertiefen. »Es tut mir leid«, flüsterte sie, setzte den Jungen etwas anders hin und strich ihm eine Haarlocke aus dem Gesicht. »Wenn wir zu Grandma kommen, hat sie vielleicht etwas Süßes für dich.« Ihre Stimme klang besänftigend, aber ihre Miene war angespannt und unsicher.

Annas Blick huschte kurz hinunter zu den abgewetzten Schuhen der Frau, den abgetragenen grauen Jogginganzug hinauf zu dem Kind in ihren Armen. Anstatt in den von Anna erwarteten Wutanfall auszubrechen, lehnte der Junge fast schon resigniert den Kopf an die Schulter seiner Mutter. »Ist schon gut, Mommy.«

Annas Herz krampfte sich zusammen. Irgendetwas an dieser Szene war ihr schmerzlich vertraut. Die todmüde Mutter, die versuchte, alles zusammenzuhalten, das Kind, das seine Mutter beschwichtigte, damit sie nicht so traurig aussah. Anna griff nach dem Anhänger an ihrem Hals. *Vor zehn Jahren hätten das meine Mom und ich sein können.* Genau wie dieser kleine Junge hatte auch Anna gewusst, dass ihre Mom es schwer hatte, dass jeder einzelne Tag ein Kampf war. Anna hatte alles getan, was sie konnte, um ihnen beiden das Leben zu erleichtern, aber es war nicht genug gewesen.

Aber jetzt hatte Anna vielleicht eine Chance, ihre Mutter zu finden und alles in Ordnung zu bringen. So stellte sie es sich zumindest gern vor. Es war weniger schmerzlich als die Alternative.

Anna berührte wieder den Beutel mit ihrem Geld. Sie brauchte jeden Cent davon. Aber sie war seit Jahren immer irgendwie über die Runden gekommen, und ein paar Dollar mehr oder weniger würden keinen allzu großen Unterschied machen. »Darf ich Ihrem Sohn etwas Süßes kaufen?«, murmelte sie der Frau zu, und der Junge horchte auf.

Die Frau sah sie erstaunt an. »Oh, Sie müssen nicht …«

»Bitte?«, beharrte Anna. Sie wandte sich zu dem Snackautomaten um, warf etwas Geld ein und kaufte die M&Ms, einen Snickers-Riegel und eine Tüte Chips. »Hier«, sagte sie und reichte die beiden Schokoladensüßigkeiten der Frau. Und dann, bevor sie es sich anders überlegen konnte, drückte Anna der Frau einen Fünfdollarschein in die Hand, stopfte die Tüte Chips in ihre Jackentasche und flüchtete quer durch den Wartesaal.

Auf der gegenüberliegenden Seite fand sie einen Platz, aß ihre Chips und lehnte sich auf dem billigen Vinylstuhl zurück. Bald übermannte sie die Müdigkeit, und Anna schloss die Augen.

Als sie gerade dabei war einzunicken, schreckte das schrille

Klingeln eines Telefons sie. Anna setzte sich aufrechter, schaute in Richtung des Klingelns.

Der Wachmann warf sein *People*-Magazin beiseite und nahm den Hörer eines altmodischen schwarzen Telefons ab. Anna war zu weit entfernt, um das Gesprochene verstehen zu können, aber sie sah, wie er erst einmal und dann noch einmal nickte. Und dann hob er auf einmal den Blick und richtete ihn auf Anna. Das Herz rutschte ihr in die Hose, und sie versuchte sich auf ihrem Stuhl klein zu machen, als könnte er sie dann übersehen.

Der Wachmann nickte als Antwort auf das, was die Person am anderen Ende der Leitung sagte, dann legte er den Hörer langsam wieder auf, während er sie weiterhin beobachtete.

Anna stand auf und eilte einen Flur hinunter, wo ein Schild zu den Toiletten zeigte. Sobald sie sicher auf der Damentoilette war, verschränkte sie die Arme vor der Brust und lehnte sich gegen die hintere Wand. Wusste dieser Wachmann, wer sie war? War das der Grund, weshalb er sie so gebannt angestarrt hatte? Oder war sie nur paranoid?

Die Toilettentür schwang auf, und Anna zuckte zusammen. Aber es war nur die Mutter mit dem Jungen, denen sie vorhin begegnet war. Die Frau lächelte ihr zu und schob ihren Jungen in eine Kabine.

»Entschuldigen Sie«, wandte sich Anna an die Frau. »Haben Sie zufällig diesen Wachmann vor der Toilette gesehen, als Sie eben hereingekommen sind?«

Die Frau wirkte überrascht, dann wurde ihre Miene sanfter, und Anna glaubte, Verständnis darin zu sehen. Vermutlich wusste sie, dass man immer wachsam bleiben musste, wenn man auf sich gestellt war. »Eben war er noch in seiner Kabine.« Die Frau öffnete die Toilettentür und spähte den Flur hinunter. »Da ist niemand.«

Anna atmete tief aus. »Danke.« Vermutlich war sie wirklich nur paranoid. Dieser Anruf hätte von jedem sein können. Vielleicht wollte die Frau des Wachmanns, dass er auf dem Nachhauseweg eine Packung Milch mitbrachte. Es gab keinen Grund zu der Annahme, dass sie auf seinem Radar war. Anna sah auf ihre Armbanduhr. Noch dreißig Minuten, dann würde sie in einem Bus nach Chicago sitzen. Und von dort nach San Francisco, wo niemand je auf die Idee kommen würde, nach ihr zu suchen.

Anna verließ die Toilette und ging den Flur hinunter. Am Eingang zum Wartebereich spähte sie um die Ecke zur Wachkabine. Der Wachmann saß dort, lässig auf seinem Stuhl zurückgelehnt, und las wieder in seiner Zeitschrift. Annas Schultern entspannten sich.

Ich bin eindeutig paranoid.

Sie blieb an dem Snackautomaten stehen, um sich für die Busfahrt eine Flasche Wasser zu kaufen. Als sie sie eben in ihren Rucksack stopfte, spürte sie, wie jemand sein Gewicht hinter ihr verlagerte. Bevor sie reagieren konnte, packte die Person sie am Arm und drehte sie herum.

14

Autsch! Lassen Sie mich los!«, brüllte Anna und versuchte sich zu befreien. Ihre dünne Jacke dämpfte die eiserne Umklammerung ihres Arms nicht, und auf einmal wurde sie durch den Raum geschleift. »Hilfe!«, schrie sie, während sie sich heftiger zur Wehr setzte, um ihren Angreifer abzuschütteln. Sie schnellte herum, um ihn besser sehen zu können, und sah eine goldene Armbinde an einem marineblauen Ärmel aufblitzen.

Der Wachmann hatte *doch* die ganze Zeit auf sie gewartet.

Er ragte über ihr auf, ein Meter achtzig an Muskeln, und für einen Moment fragte sich Anna, ob er ihr den Arm ausrenken würde, während er sie zu der Wachkabine zerrte. Sie änderte ihre Taktik und warf sie sich mit ihrem ganzen Gewicht gegen ihn, rammte ihm einen Ellenbogen in den Brustkorb. Der Wachmann stöhnte auf, und für eine Sekunde lockerte sich sein Griff. Anna nutzte die Chance und riss sich los. Sie schnellte herum und verpasste ihm einen Tritt gegen das Schienbein.

»Verdammt!«, brüllte der Wachmann, und bevor sie wusste, wie ihr geschah, stürzte er sich mit einem Satz auf sie. Sie wurde zur Seite geschleudert, und ihre Schulter schlug mit einem knackenden Geräusch auf dem Betonboden auf. Die Luft wich aus ihrer Lunge, und sie presste panisch die Hände auf den Boden, wollte sich hochstemmen. Aber der Wachmann war bereits auf ihr und drückte sie zu Boden.

Sie rang verzweifelt nach Luft. »Lassen Sie mich los. Bitte, lassen Sie mich los.« Das war zu viel. Sein Gewicht auf ihr. Dieses Gefühl von Hilflosigkeit. Es war allzu vertraut. Sie konnte die Treppe vor sich sehen, die vor all den Jahren in diesen Keller hinunterführte, glaubte die Feuchtigkeit zu spüren, die durch den offenen Eingang an ihre fiebrige Haut drang. »Bitte.«

Ich kriege keine Luft.

»Hey!« Eine scharfe Stimme hallte von irgendwoher durch den Raum, riss sie mit einem Ruck in die Gegenwart zurück. Bevor sie sich's versah, war Gabe da, zerrte den Wachmann von ihr weg und zog sie auf die Füße. »Geht es dir gut?«

»Nein.« Sie taumelte nach hinten, weg von ihm, am ganzen Körper zitternd. »Nein, es geht mir nicht gut. Hast du ihn mir auf den Hals gehetzt?« Sie rang nach Luft und stützte sich Halt suchend auf einen Stuhl, aber durch die Bewegung schoss ein Schmerz durch ihre Schulter.

»Anna.« Gabe trat langsam auf sie zu. »Was hast du dir dabei gedacht, einfach so wegzulaufen?«

Anna richtete sich abrupt auf. Das Brennen in ihren Gliedmaßen von dem brutalen Zugriff des Wachmanns entfachte ein Feuer, das sich in ihrem ganzen Körper ausbreitete. Wut. Wilde, lodernde Wut. »*Was hast du dir dabei gedacht, meine Geheimnisse vor deiner Familie auszuplaudern?*«

»Das musste ich tun. Du weißt, dass ich das musste.«

»Du musstest *gar nichts* tun.« Tränen stiegen in ihr auf, schürten die Flammen der Wut nur noch mehr. Sie wischte sich mit einer Hand über die Wangen, holte einmal tief Luft und sah Gabe direkt in die Augen. »Ich hasse dich, Gabe. Ich hasse dich, und ich werde dir das hier niemals verzeihen.«

Zu ihrer großen Befriedigung zuckte Gabe zusammen.

Gut so. Sie wollte ihn verletzen. Sie wollte in seine Brust greifen und ihm das Herz herausreißen, so, wie er es mit ihrem getan hatte. Aber dafür müsste er sich Sorgen um sie machen. Und niemand, der sich aufrichtig sorgte, hätte sie so verraten können.

Der Wachmann wollte sie erneut packen. »Hören Sie, ich weiß ja nicht, was hier los ist, aber man hat mir gesagt, die Vormunde dieses Mädchens würden kommen, um es abzuholen.«

»Wagen Sie es nicht, mich anzufassen«, zischte Anna.

»Sie werden jeden Augenblick hier sein.« Gabe trat vor den Wachmann hin. »Sie parken nur noch den Wagen.«

»Anna!«, rief in diesem Moment eine vertraute weibliche Stimme vom anderen Ende der Halle.

Als Anna den Kopf hob, sah sie John und Elizabeth herbeieilen.

»Schatz, geht es dir gut?« Bevor Anna wusste, was sie denken sollte, zog Elizabeth sie in ihre Arme.

Nur für einen Moment schloss Anna die Augen und gab sich dem Gefühl hin. Sie war so müde. *So müde.* Aber dann schoss wieder ein stechender Schmerz durch ihre Schulter, und Anna wurde daran erinnert, weshalb sie hier waren. Sie riss sich los. »Ich werde wieder weglaufen. Ihr müsst mich einsperren, bis ich achtzehn bin. Aber ich werde immer wieder weglaufen.«

»Anna, hör einfach zu, okay?«

Gabe hob beschwichtigend die Hand, aber die Geste bewirkte das Gegenteil. Anna funkelte ihn wütend an.

Der Wachmann wandte sich an John. »Sie beide sind die Vormunde?«

John nickte. »Die sind wir.«

»Und sie würden die junge Dame jetzt mitnehmen?« Ein Hauch von Zweifel huschte über das Gesicht des Wachmanns, und Anna spürte Panik aufsteigen. Der Obhut der Weatheralls übergeben zu werden erschien ihr auf einmal nicht annähernd so schlimm, wie bei diesem Typen bleiben zu müssen. Was, wenn er sie noch einmal packte? Was, wenn sie nicht entkommen konnte? Er könnte darauf bestehen, sie zur Polizei zu schleifen, um die Sache zu klären. Man könnte sie sogar einsperren, bis sie achtzehn war.

Oder länger.

Sie durfte auf keinen Fall zulassen, dass die Cops anfingen herumzuschnüffeln.

Aber bevor Anna sich noch weiter in irgendwelche Horrorszenarien hineinsteigern konnte, schüttelte John dem Wachmann die Hand. »Vielen Dank für Ihre Hilfe. Meine Frau und ich sind Ihnen sehr verbunden. Ab hier können wir übernehmen.«

Wären diese Worte von jemand anderem gekommen, hätten sie möglicherweise nicht diese durchschlagende Wirkung. Aber bei einem Mann wie John – hochgewachsen, distinguiert und gewohnt, genau das zu bekommen, was er wollte – widersprach niemand so einfach. Schon gar nicht der Wachmann, der sich noch immer das Bein an der Stelle hielt, an der Anna ihn getreten hatte. Vermutlich war ihm sogar daran gelegen, dass dieses Mädchen nicht länger sein Problem war.

»Na schön«, willigte der Wachmann tatsächlich ein und hob die Hände, als hätte es einen kleinen Unfall mit Giftstoffen gegeben, denen er sich freiwillig nicht nähern würde. »Viel Glück mit ihr.« Er wandte sich ab und stapfte zurück zu seiner Wachkabine.

»Liebes«, sagte Elizabeth mitfühlend.

Elizabeths Stimme war sanft, dennoch versteifte Anna sich. So redeten Leute nur, wenn sie im Begriff waren, jemandem etwas zu sagen, was der Betreffende nicht hören wollte.

»Gabe hat uns erzählt, dass deine Mutter dich verlassen hat und du allein lebst.«

Anna presste die Lippen zusammen und nickte, traute ihrer Stimme nicht.

»Wir machen uns große Sorgen um dich.« Elizabeth legte eine Hand auf Annas Arm. »Ganz abgesehen davon, dass du als junges Mädchen ganz allein lebst, hattest du offenbar auch ein paar Probleme mit dem Vermieter.«

Anna zog ihren Arm weg. »Gabe weiß gar nichts. Ich hatte alles im Griff, bis er daherkam.«

»Anna«, knurrte Gabe, lehnte sich an die Wand und verschränkte die Arme vor der Brust. »Kannst du bitte einfach *zuhören?*«

Sie warf ihm einen giftigen Blick zu.

»Du bist ein kluges Mädchen«, sagte John leise. »Und dir ist klar, dass du so nicht weiterleben kannst.«

»Ihr seid nicht meine Eltern. Ihr habt nicht darüber zu entscheiden, was mit mir passiert.«

»Leider sieht es nicht so aus, als wären deine Eltern verfügbar, um diese Entscheidungen zu treffen«, stellte John sachlich fest.

Zu Annas Beschämung füllten sich ihre Augen erneut mit Tränen.

»John«, schalt ihn Elizabeth und stieß ihn mit dem Ellenbogen in die Seite. »Das ist nicht hilfreich.«

Gabe stemmte sich von der Wand los. »Kann ich eine Minute mit Anna haben«, verlangte er mit energischer Stimme. Es war nicht wirklich eine Frage, und der autoritäre Ton seines Dads reichte nicht an Gabes heran.

Würde Anna ihn in diesem Moment nicht so sehr hassen, hätte er sie tatsächlich beeindruckt.

John und Elizabeth wechselten einen Blick, und dann nickte Elizabeth. »Wir sind dort drüben.«

Gabe wartete, bis die beiden auf einer Bank neben dem

Snackautomaten Platz genommen hatten, dann zeigte er auf den nächstgelegenen Vinylstuhl. »Setz dich.«

»Sag du mir nicht, was ich zu tun habe.«

Gabe seufzte entnervt, schloss für einen Moment die Augen und fuhr sich mit der Hand durchs Haar. »Na schön. *Bitte* setz dich.«

»Meinetwegen.« Anna ließ sich auf den Stuhl fallen, und Gabe setzte sich auf den neben ihr, so nah, dass sie nur die Hand ausstrecken müsste, um diesem wunderschönen Gesicht einen Kinnhaken zu verpassen.

Gabe verlagerte seine Haltung so, dass er ihr zugewandt dasaß. »Wo wolltest du denn hin?«

»Das geht dich gar nichts an.«

»Na schön, dann eben anders«, sagte er. Und bevor sie es verhindern konnte, langte Gabe an ihr vorbei und zog das Busticket aus der Seitentasche ihres Rucksacks. Er drehte es in den Händen. »Chicago? Was zum Teufel gibt es in Chicago?«

Anna wollte ihm das Ticket entreißen, aber er hielt es außerhalb ihrer Reichweite. Aber wozu strengte sie sich überhaupt an? Den Bus konnte sie sowieso vergessen. Aber dieses dämliche Stück Papier in Gabes Händen schien ihre letzte Hoffnung gewesen zu sein. Anna ließ die Schultern sacken. »Ich wollte meine Mom suchen.«

Gabe sah verblüfft auf. »Deine Mom ist in Chicago? Ich dachte, sie sei in Kalifornien.«

»Das ist sie ja auch. Glaube ich. Ach, keine Ahnung.« Anna sah auf ihre Hände. »Ich denke, sie könnte in San Francisco sein.«

»Du wolltest also mit dem Bus nach Chicago und von dort nach San Francisco?«

Sie nickte.

»Und was dann? Durch die Stadt schlendern und ihr hoffentlich zufällig über den Weg laufen?«

Anna riss den Kopf hoch. »Nein! Ich bin doch nicht dämlich. Ich habe eine Adresse.«

Gabe runzelte skeptisch die Stirn. »Wirklich?«

Anna zog den Rucksack auf ihren Schoß und nahm den abgegriffenen Zettel aus der Seitentasche. »Sie hat mich manchmal angerufen. In der ersten Zeit, nachdem sie gegangen war. Die Rufnummer wurde auf dem schnurlosen Telefon angezeigt. Ich habe sie gespeichert und dann eine Rückwärtssuche durchgeführt. Die Anrufe kamen von einem Haus im Mission District in San Francisco.«

Gabe nahm den Zettel, faltete ihn auseinander und strich ihn glatt. »Capp Street.«

Anna nickte. Wie oft hatte sie diese Adresse gegoogelt, auf den kleinen Punkt auf der Karte gestarrt und sich gefragt, ob er den Ort anzeigte, an dem ihre Mutter lebte. Er befand sich exakt 2576 Meilen von ihrem Wohnhaus in Pittsburgh entfernt.

»Und was hast du gehofft, würde passieren, wenn du sie gefunden hast?«, fragte Gabe, während er den Zettel wieder zusammenfaltete und ihr zurückgab.

»Ein paar Antworten darauf zu kriegen, wo sie gewesen ist und warum sie verschwunden ist.« Anna biss sich auf die Lippe. Das klang richtig. Sie wollte Antworten. Aber sie wollte noch so viel mehr als das. »Ich habe gehofft …«

Ich habe gehofft, ich könnte den Schlamassel in Ordnung bringen, den ich angerichtet habe, und alles wiedergutmachen.

Aber statt es auszusprechen, zuckte sie nur mit den Schultern. »Keine Ahnung. Wenn sie immer noch Drogen nimmt, könnte ich ihr vielleicht helfen. Sie überreden, nach Hause zu kommen.«

Vielleicht war sie ja doch ein Dummkopf. Die Skepsis, die über Gabes Gesicht huschte, deutete auf jeden Fall darauf hin. Wahrscheinlich vermutete er dasselbe wie alle anderen – dass ihre Mom ein Junkie und es nicht wert war, gerettet zu werden. Aber Gabe kannte sie nicht so wie Anna.

Und er wusste nicht, dass ihre Mom niemals hätte verschwinden müssen, wenn Anna nicht gewesen wäre.

»Hör zu, meine Mom ist nach Kalifornien gegangen, weil sie etwas in Aussicht hatte, das uns ein besseres Leben bieten würde. Ich weiß nicht, was danach passiert ist, aber ich muss einfach daran glauben, dass sie noch immer dort draußen ist. Dass es noch immer eine Chance für mich gibt, sie zurückzubekommen.« Sie stützte sich auf die Armlehne des Stuhls. »Wenn deine Mom verschwunden wäre? Was würdest *du* tun?«

Sie wusste, dass er seine Mom bis ans Ende der Welt verfolgen würde.

»Okay.« Gabe fuhr sich wieder mit einer Hand durchs Haar. »Aber angenommen, du hättest sie dort nicht gefunden? Was dann?«

»Ich ...« Anna wandte den Blick ab.

»So weit hast du nicht gedacht, stimmt's?«

Annas Gesicht lief rot an, denn das hatte sie tatsächlich nicht. Oder vielleicht hatte sie es sogar und den Gedanken, dass ihre Mutter nicht dort sein könnte, schnell wieder verscheucht. Schließlich hatte sie sich jahrelang auf diese Adresse fixiert, dieses Haus in der Capp Street in San Francisco.

Aber sie schuldete Gabe keine Erklärung. Er hatte sie verraten, und er würde es wieder tun. Anna sprang auf. »Wenn du mich bitte entschuldigst, ich muss wirklich zur Toilette.«

Gabe besaß allen Ernstes die Frechheit zu lachen. »Netter Versuch, Kleine.« Er hielt sie am Handgelenk fest und zog sie zurück auf den Stuhl. »Im Moment lasse ich dich nicht aus den Augen.«

Anna riss ihre Hand aus seiner Umklammerung. »Du kannst mich nicht ewig gegen meinen Willen festhalten.«

»Anna, das will ich doch gar nicht.« Er sah sie mit ernster Miene an. »Ich versuche dir zu sagen, dass du nicht in eine Pflegefamilie musst. Meine Eltern wollen, dass du bei ihnen einziehst.«

Anna umklammerte mit beiden Händen Armlehnen ihres Stuhls, plötzlich brauchte sie einen Anker. »Sie … was?«, stieß sie mühsam hervor.

»Sie haben jede Menge Platz, und du kannst weiterhin zu deinen Collegekursen gehen. Nichts müsste sich ändern, außer dass du bei ihnen in Sicherheit wärst.«

»Sie wollen, dass ich bei ihnen einziehe«, wiederholte Anna. Nicht in einer Million Jahren wäre ihr das in den Sinn gekommen. »Ich …« Sie hatte keine Ahnung, was sie sagen sollte, und das Schweigen dehnte sich in dem Raum zwischen ihnen aus.

Anna schaute hinüber zu Elizabeth und John und dann wieder zurück zu Gabe. »Warum sollten sie das wollen?«, brachte sie schließlich flüsternd zustande.

Gabes Miene wurde sanfter. »Sie sorgen sich um dich, Kleine. Wir alle sorgen uns um dich.« Er schenkte ihr ein ironisches Lächeln. »Nicht dass du es irgendeinem von uns im Moment sehr leicht machst.«

Anna versuchte, den Kloß in ihrer Kehle hinunterzuschlucken. Sie wollte noch nie etwas so gern glauben wie das, was Gabe gerade gesagt hatte. Genau danach hatte sie sich in diesem vergangenen Jahr so oft gesehnt. Eine Familie wie Gabes. Ein richtiges Zuhause.

Es sollte sich anfühlen, als hätte sie im Lotto gewonnen.

Nur dass es sich eher anfühlte, als würde sie am Rand einer Klippe stehen.

Denn die Weatheralls waren nicht wirklich ihre Familie, und Anna wusste, dass sie sich besser nicht in diese Fantasie hineinsteigern sollte. Sie hatte überlebt, indem sie gelernt hatte, sich niemals auf irgendjemanden außer sich selbst zu verlassen, und als sie so töricht gewesen war, eine Person in ihr Leben zu lassen, nun ja, man konnte ja sehen, wohin sie das gebracht hatte.

Anna sah Gabe an. Er dachte, er würde sie beschützen. Aber während sie eine Hand auf ihre schmerzende Schulter presste, konnte sie den Wachmann noch immer spüren, der sie auf den Betonboden drückte, sie unter sich festhielt, als wäre sie ein wildes Tier. Anna wippte auf ihrem Stuhl nach vorn, versuchte, das Bild aus ihrem Kopf zu verscheuchen. Aber jetzt war es dort eingebrannt, und das würde sie Gabe niemals verzeihen.

Ihre Lebenssituation in dieser Wohnung war alles andere als perfekt, aber es war ihre. Sie hatte sich das Recht verdient, zu entscheiden, was mit ihr passierte. Und Gabe hatte ihr das genommen, als er sie an seine Eltern verriet.

»Anna, zieh bei ihnen ein.« Gabe beugte sich vor. »Du musst nicht immer alles allein schaffen. Ich weiß, du denkst, das musst du, aber so ist es nicht. Du kannst ihnen vertrauen. Und ich weiß, dass du im Moment sauer auf mich bist. Aber du kannst auch mir vertrauen.«

Der Blick aus diesen silberblauen Augen bohrte sich durch ihre Abwehr. Anna rutschte auf ihrem Stuhl nach hinten, um zu entkommen. *Du kannst auch mir vertrauen.* Er hatte leicht reden. Er war in einer liebevollen Familie aufgewachsen, die ihn anhimmelte. Aber sie war eine Streunerin, die so lange dort herumgehangen hatte, dass sie irgendwann Mitleid bekommen und angefangen hatten, sie durchzufüttern.

Sie wollten sie nicht wirklich. Und warum sollten sie auch? Sie hatte ihre eigene Mutter vertrieben.

Gabe sah sie so forschend an, dass sie sich nackt fühlte. Sie wand sich, sah zu der Wand über seiner Schulter. Anna würde ihm oder seiner Familie nie wieder vertrauen. Aber wenn sie jetzt nicht mit ihnen mitging, dann würden die Sozialarbeiter auftauchen und die Cops rufen. Was, wenn sie die Verbindung zwischen ihrer Mom und diesem Typen herstellten?

Was, wenn sie dahinterkamen, dass Anna an jenem Tag dabei gewesen war?

Sie zuckte zusammen, als Gabe die Hand ausstreckte und ihren Arm berührte. »Das ist deine beste Option, Kleine.«

Anna wusste, dass er recht hatte. Sie hatte nicht genug Geld, um immer weiter zu fliehen, und dummerweise hatte sie Gabe erzählt, wo er sie suchen müsste. Die Tränen, die sie lange zurückgehalten hatte, bahnten sich ihren Weg. »Ich kann nicht glauben, dass du mich so verraten hast«, zischte Anna, während sie sich mit einer Hand über ihre nassen Wangen fuhr. »Das werde ich dir niemals verzeihen, Gabe. *Niemals.*«

Gabe beugte sich vor und sah ihr direkt ins Gesicht. »Es ist mir egal, ob du mir verzeihst. Mir ist nur wichtig, dass du in Sicherheit bist.«

Und das war's. Das Spiel war gelaufen.

Er streckte die Hand aus. »Wollen wir gehen und mit meinen Eltern reden? Einen Plan fassen, um deine Sachen zu holen?«

Zum ersten Mal drang die Realität, bei John und Elizabeth einzuziehen, wirklich zu ihr durch. Jetzt, wo sie es nicht nach San Francisco schaffen würde – es könnte noch *Jahre* dauern, bis ihr das gelang –, war ihre heruntergekommene Wohnung der einzige Ort, der sie noch mit ihrer Mom verband.

Anna zuckte vor Gabes ausgestreckter Hand zurück. »Was ist mit meiner Mom?«

Gabe legte den Kopf auf die Seite, forschte in ihrem Gesicht. »Anna, du kannst nicht einfach einen Bus nach San Francisco nehmen. Das weißt du, oder?«

Er bemitleidete sie. »Natürlich weiß ich das. Aber …« Anna spielte mit dem Riemen des Rucksacks. »Aber was, wenn sie zurückkommt?« Sie hasste die Atemlosigkeit in ihrer Stimme, die Art, wie sie diesen Funken Hoffnung verriet.

Er sah sie von der Seite an, und verdammt, sie wusste, was er dachte. Ihre Mom war seit zwei Jahren fort. Er glaubte nicht, dass sie je wieder zurückkommen würde. *Aber er weiß es nicht mit Sicherheit.*

Ihre Mom hatte gesagt, sie würde zurückkommen.

Ich gehe nur für eine kleine Weile fort. Ich werde diesen Job erledigen und so viel Geld verdienen, dass uns niemand je wieder wehtun kann. Keine Sorge, Liebes. Ich werde für uns beide sorgen.

Sie war noch immer irgendwo dort draußen. Wenn nicht, würde Anna es wissen. Sie würde es fühlen.

»Wie soll meine Mom mich je finden? Es ist ja nicht so, dass ich eine Nachsendeanschrift bei dem Vermieter hinterlassen kann.«

»Also …« Er zog das Wort in die Länge, und sie wusste, dass er Nachsicht mit ihr übte.

Sie spürte, wie ihre Wangen zu glühen begannen. Seine Mutter hatte ihn nie verlassen müssen, daher wusste er nicht, wie es war, ständig darauf zu warten, dass sie zurückkam. Sich damit zu quälen, was ihr passiert sein könnte.

Gabe trommelte mit den Fingerspitzen auf die Stuhllehne. »Was ist mit einem Nachbarn im Gebäude?«

»Mrs. Janiszewski. Sie wohnt oben.«

»Okay, wir werden die Telefonnummer meiner Eltern bei Mrs. Janiszewski hinterlassen, wenn wir deine Sachen holen.«

Und das war's. Einfach so war über ihr Leben entschieden worden. Jahrelang hatte sie sich verzweifelt danach gesehnt, aus dieser heruntergekommenen Wohnung und von diesem grässlichen Vermieter wegzukommen. Aber es hätte zu ihren eigenen Bedingungen passieren sollen. Nicht zu Gabes. So wenig in ihrem Leben hatte sie selbst unter Kontrolle, und er hatte ihr auch das genommen. Wenn sie nicht bei Gabes Eltern einzog, würden sie das Jugendamt verständigen. Man würde sie von einer Stelle zur nächsten schieben wie ein lästiges Gepäckstück, das niemand wollte.

Anna wusste, wenn sie vor der Wahl stand, entweder bei den Weatheralls einzuziehen oder im System zu landen, müsste sie schön blöd sein, sich nicht für die Weatheralls zu entscheiden. Wenigstens würde sie weiterhin zu ihren Kursen gehen können, und in einem Jahr konnte sie auf dem College und endgültig weg von hier sein. Und dann könnte sie es vielleicht *wirklich* nach San Francisco schaffen, um ihre Mom zu finden und diesen Schlamassel in Ordnung zu bringen, den sie angerichtet hatte.

Sie würde bei den Weatheralls einziehen, aber sie würde Gabe niemals verzeihen oder seinen Leuten je wieder vertrauen. Denn sie war schlau genug, um zu wissen, dass diese Familie sie mehr verletzen könnte als jeder noch so schmierige Vermieter.

15

Gabe saß in einem blauen Leinensessel neben dem Kamin im Wohnzimmer seiner Eltern und tat so, als wäre er in irgendein Buch vertieft, das er sich aus dem Regal geschnappt hatte. In Wahrheit beobachtete er, wie Anna die Seiten eines ausgefransten Lederalbums umblätterte und wie seine Großmutter dann mit einem runzeligen Finger auf eine sepiafarbene Fotografie zeigte, während ein Lächeln die Falten um ihren Mund vertiefte.

»Benjamin«, sagte Dorothy, ihre Stimme heiser vom mangelnden Gebrauch.

»Die Art, wie Sie ihn auf diesem Foto angrinsen, sagt mir, dass er Ihr Lieblingsbruder war.« Anna strich die leicht wellige Fotografie glatt.

Gabe konnte aus seiner Position erkennen, dass es das Bild von dem kleinen Mädchen in Matrosenkleid und Kniestrümpfen neben einem Jungen in Tweedanzug und dazu passender Mütze war. Er hatte dieses Foto im Laufe der Jahre bestimmt ein Dutzend Mal betrachtet, aber er war nie auf die Idee gekommen, sich hinzusetzen und seine Großmutter danach zu fragen. Aber Anna hatte es getan. Sie hatte Dorothy nach jedem Foto in dem Album gefragt und in wenigen Monaten mehr über die Geschichte der älteren Frau erfahren als er in seinem ganzen Leben.

Dass Anna sich die Zeit genommen hatte, herauszufinden, wie sie in die Welt seiner Großmutter eintauchen konnte, erfüllte ihn immer noch mit Respekt. Aber er bezweifelte, dass es an dem lag, was sie in dem Buch über Neurowissenschaften gelesen hatte.

Vielleicht war es einfach Annas Art.

Als sie vor ein paar Monaten bei seinen Eltern eingezogen war, hatte Anna ein paar alte Fotoalben ausgegraben, und sie und Dorothy arbeiteten sie langsam durch und setzten die Geschichten aus Dorothys Kindheit zusammen. Auch wenn seine Großmutter ihre Familie in der Gegenwart nur noch selten erkannte, hatte Anna festgestellt, dass sie klare Erinnerungen an Leute aus ihrer Vergangenheit hatte. Und obwohl Dorothy nicht viel sprach, gelang es Anna, irgendwie mit ihr zu kommunizieren.

Dorothy begann, an ihrem Rock zu zupfen, ein Zeichen, dass sie allmählich müde wurde und sich bald wieder in ihre eigene Welt zurückziehen würde. Anna registrierte das sofort und klappte das Fotoalbum zu. »Wir machen später weiter, okay?«

Dorothy tätschelte Annas Bein, und die Reihe schimmernder Diamanten an ihrer wettergegerbten, sommersprossigen Hand funkelte. Das tat sie oft in letzter Zeit: Annas Bein tätscheln, ihre Hand drücken, ihr das Haar aus dem Gesicht streichen. Dorothy fasste Zuneigung zu Anna, auch wenn sie nicht wusste, wer Anna war. Und die Sehnsucht in Annas Gesicht verriet, dass sie genauso empfand.

Gabe wandte sich wieder seinem Buch zu, verblüfft von der Emotion in seiner Brust. Es war eine solche Erleichterung, Anna so ungezwungen und entspannt – ja sogar glücklich – zu sehen anstatt abgekämpft, wie sie es meistens gewesen war, seit er sie kennengelernt hatte. In den vergangenen Monaten hatte sie etwas zugenommen, die dunklen Ringe unter ihren Augen waren verschwunden, und sie lächelte häufiger.

Zumindest lächelte sie die anderen häufiger an.

Für ihn hatte Anna nichts als Schweigen, finstere Blicke und unverhohlene Feindseligkeit. In gewisser Weise konnte Gabe das verstehen. Schließlich war er es gewesen, der das Streichholz angezündet und ihr altes Leben in Brand gesteckt hatte. Trotz eindeutiger gegenteiliger Beweise glaubte Anna noch immer, dass sie die Sache mit ihrem Vermieter im Griff gehabt hatte, und sie ließ nicht mit sich reden. Sie hatte sich geschworen, Gabe niemals zu verzeihen, und an diesem Schwur hielt sie eisern fest. Er war seit zehn Minuten im selben Raum mit ihr, und sie hatte ihn nicht einmal zur Kenntnis genommen.

Aber noch gab er nicht auf.

»Hey, Kleine, wie läuft dein Sommerkurs?«, fragte er und legte sein Buch beiseite. Er hatte im vergangenen Frühjahr seinen Abschluss gemacht und würde in wenigen Wochen mit dem Promotionsstudium beginnen, aber Anna hatte noch ein paar Prüfungen vor sich. Normalerweise hätte sie mit ihm darüber geredet, ihn um Rat zu ihrer Semesterarbeit gefragt oder so. Aber stattdessen herrschte Funkstille.

»Was kümmert dich das?« Anna verschränkte die Arme und giftete ihn an.

Grinsend stand er auf und ging auf sie zu. »Du solltest besser aufpassen mit diesen Grimassen. Dein Gesicht könnte so einfrieren. Und dann wird es dir leidtun.«

Annas Lippen verzogen sich zu einem halben Lächeln, und Gabe verspürte einen Anflug von Triumph. Es war mit Abstand die vielversprechendste Reaktion, die er ihr den ganzen Sommer über entlocken konnte. Rasch schlug sie die Hand vor den Mund, aber es war zu spät. Er hatte einen winzigen Spalt in ihre Abwehr gemeißelt. Theatralisch rollte und dehnte er seine Schultern, als hätte er sie soeben beim Armdrücken besiegt. »Ich wusste, dass du meine Witze vermisst hast.«

»Lass mich in Ruhe!« Anna verdrehte die Augen, und schon war wieder diese Wand zwischen ihnen.

Gabe betrachtete sie noch einen Moment, dann ließ er sich in den Sessel ihr gegenüber am Couchtisch fallen. »Anna, hör zu. Ich will mit dir über etwas reden. Ich habe mit der Studienberaterin an meiner Uni gesprochen, und sie hat mir vorgeschlagen, in diesem Herbst an der Hastings-Konferenz zu Wirtschaft und sozialer Gerechtigkeit teilzunehmen.« Tatsächlich hatte seine Studienberaterin ihm vorgeschlagen, an einer von mehreren zur Auswahl stehenden Konferenzen teilzunehmen. Er hatte sich aus einem ganz bestimmten Grund für diese entschieden.

Anna zuckte mit den Schultern. »Okay.« Ihre Stimme triefte von *Warum erzählst du mir das?* Niemand konnte Groll hegen wie sie. Er würde sie dafür bewundern, wenn sich dieser Groll nicht gegen ihn richten würde. Und wenn er ihre Freundschaft nicht so vermissen würde.

»Die Konferenz ist in San Francisco.«

Annas Kopf schnellte hoch. Damit hatte er ihre Aufmerksamkeit. »Wirklich?«, fragte sie atemlos.

»Ja. Deshalb dachte ich, du könntest mir vielleicht diese Adresse geben, die du von deiner Mom hast. Dann schaue ich mich dort mal um.«

In einem einzigen Moment zog ein Regenbogen von Emotionen über ihr Gesicht: Schock, Angst und schließlich Hoffnung. »Im Ernst? Das ist kein Witz? Du würdest das wirklich für mich tun?« Ihre Schultern wanderten hoch bis zu ihren Ohren, und sie umklammerte nervös eine Hand mit der anderen.

Warum wirkte sie so überrascht? Verstand Anna denn nicht, dass er ihr Geheimnis nur deshalb preisgegeben hatte, weil er sich um sie sorgte? »Natürlich würde ich das, Anna«, knurrte er. »Glaubst du etwa, ich nehme dich auf die Schippe?«

Anna blinzelte. »Nein. Ich …« Sie ließ die Schultern hängen. »Entschuldige. Ich weiß, dass du das nicht tun würdest. Ich kann es nur nicht glauben. Ich dachte, es würde noch Jahre dauern, bis ich dort hinfahren könnte, um sie ausfindig zu machen.«

Gabe rieb sich den Nacken. Er hatte durchaus seine Bedenken wegen dieser Sache. Anna war so einfühlsam gegenüber anderen Leuten, aber sobald es um ihre Mom ging, schien sie alles auszublenden. Aus Gabes Sicht hatte die Frau ihr Kind im Stich gelassen – Punktum. Was immer sie vorhatte, als sie nach Kalifornien abgehauen war, zu einem besseren Leben für Anna hatte es nicht geführt. Gabe bezweifelte, dass bei seinen Erkundigungen auch nur annähernd so etwas wie gute Nachrichten herauskommen würden. Aber Anna war jetzt siebzehn, und in weniger als einem Jahr würde sie die Highschool abschließen. Vielleicht war es besser für sie, die Wahrheit zu erfahren, damit sie im Leben endlich nach vorn blicken konnte.

»Zwischen den Sitzungen gibt es bestimmt mal eine längere Pause«, sagte er zu ihr. »Ich rufe dich an, sobald ich dort bin.«

»Danke, Gabe. Wirklich. Das bedeutet mir sehr viel.« Und dann schenkte sie ihm seit Monaten das erste richtige Lächeln.

Gabe erhob sich von einem der vielen Plastikklappstühle, die im Konferenzsaal des Hotels aufgereiht waren, und sah auf seinen Terminplan. Er hatte eine zweistündige Pause, bevor es um sechs mit dem offiziellen Dinner losging, und die Empfangsangestellte hatte ihm gesagt, vom Stadtzentrum von San Francisco zum Mission District seien es etwa dreißig Minuten zu Fuß. Das Zeitfenster dürfte also groß genug sein.

Warum war er auf einmal so nervös deswegen? Vielleicht war es der Blick in Annas Augen, voller Erwartung und Hoffnung, als sie ihm die Adresse überreicht hatte, fein säuberlich auf eine Karteikarte übertragen, zusammen mit den Worten *Deborah Campbell*. Den Namen ihrer Mutter kannte er bereits von seinem Besuch im Pflegeheim vergangenes Frühjahr. Damals hatte er eine tickende Zeitbombe zutage gefördert. Gabe hoffte, dass die Ergebnisse diesmal anders ausfielen.

Dreißig Minuten später ging er die Mission Street hinunter, in einer Gegend, in der die Gentrifizierung in vollem Gange zu sein schien. Moderne Eigentumswohnungen und hippe Cafés säumten den Gehsteig, daneben mexikanische Restaurants und Vintage-Boutiquen, die aussahen, als seien sie schon dort gewesen, als die Kleider darin neu waren. Ob Annas Mutter wohl genau diese Straße entlangspazierte, sich Tacos bei dem Imbiss mit den bunten Wandmalereien holte und sich Secondhandkleider in dem Laden namens Yesterday's News kaufte?

Gabe rechnete nicht wirklich damit, Annas Mutter unter der Adresse auf der Karte zu finden. Aber was auch immer er herausfand, würde Anna hoffentlich helfen, irgendeine Art Abschluss zu finden. An der Kreuzung Mission und 19th Street bog Gabe nach links ab und ging den Block hinunter, bis er zu einem metallenen Laternenpfahl kam, an dem ein schwarz-weißes Straßenschild mit den Worten *Capp St* befestigt war.

Er überprüfte noch einmal die Adresse und sah dann an den Gebäuden hoch. Auf dieser Seite des Blocks war eine kleine Bodega mit Früchten und Schnittblumen, die in Kübeln auf dem Gehsteig feilgeboten wurden. Auf der roten Markise über dem Laden stand in verblasster Schrift *1906*. Die Adresse, die Anna ihm gegeben hatte – *1908* – müsste also gleich um die Ecke sein.

Er ging an der Bodega vorbei, bog in die Capp Street ein und blieb abrupt auf dem Gehweg stehen. Vor ihm erhob sich ein provisorischer Metallzaun, der ein dreistöckiges graues Haus absperrte, das allem Anschein nach leer stand. Gabe trat näher, hakte die Finger in den Maschendraht und betrachtete das Gebäude. Die Stuckfassade des im spanischen Stil errichteten Hauses schien in einem akzeptablen Zustand zu sein, aber sie war so ungefähr das Einzige, auf das diese Beschreibung zutraf. Das Garagentor hing schief, die meisten Fenster waren mit Sperrholzplatten vernagelt, und eine Reihe von Rissen zog sich durch die Betonstufen, die zu dem zersplitterten Holzrahmen und der ausgeblichenen Eingangstür führten.

Just in dem Moment schwang die Tür auf, und ein gepflegt aussehender Mann mittleren Alters in blau kariertem Button-up-Hemd und einer maßgeschneiderten grauen Hose schlenderte heraus. Gabe blinzelte. Er wusste nicht, was er erwartet hatte, aber so jemanden nicht. Der Mann schloss die Tür ab und ging dann vorsichtig die Stufen hinunter.

»Entschuldigung«, rief Gabe, als sich der Mann dem Gehweg näherte.

Der Mann sah auf und richtete den Blick auf Gabe. »Kann ich Ihnen helfen?«

»Das hoffe ich.« Gabe räusperte sich. »Sind Sie der Besitzer dieses Hauses? Ich bin auf der Suche nach, ähm, einer Freundin, die möglicherweise hier gewohnt hat.«

Jetzt war es an dem Mann, verblüfft auszusehen. »Sie hatten eine Freundin, die in diesem Haus gelebt hat? Ehrlich gesagt, fällt es mir schwer, das zu glauben.«

Gabe schob die Hände in die Taschen seiner eleganten Anzughose, und ihm wurde bewusst, dass er ja für die Wirtschaftskonferenz gekleidet war und nicht, um bei leer stehenden Häusern herumzuschnüffeln. Er suchte nach einer überzeugenden Erklärung und entschied sich kurzerhand für die Wahrheit. »Um genau zu sein, bin ich auf der Suche nach der Mutter einer Freundin. Sie ist vor ein paar Jahren verschwunden, und meine Freundin glaubt, dass das hier ihre letzte bekannte Adresse ist. Ich war zufällig in der Stadt und habe ihr gesagt, ich würde vorbeischauen.«

»Ah.« Der Mann nickte, als ob das schon weitaus logischer klang. Er ging ein paar Schritte nach links und drückte das Gatter in dem Zaun auf. »Kommen Sie herein.« Er winkte Gabe durch die Öffnung auf die andere Seite und streckte die Hand aus. »Ich bin Cliff Desmond.«

»Gabe Weatherall.«

»Ich bin nicht der Besitzer; ich bin der Makler«, erklärte Cliff. »Dieses Haus soll verkauft werden, und morgen ist die Vertragsunterzeichnung. Ich mache nur einen letzten Rundgang.«

Gabes Blick wanderte zum Haus zurück. »Wie lange ist es schon in diesem Zustand?«

»Das kann ich nicht genau sagen.« Cliff zuckte mit den Schultern. »Offensichtlich hat sich seit Jahren niemand darum gekümmert oder die Rechnungen bezahlt. Ich wurde eingeschaltet, nachdem meine Kundin es bei einer Zwangsversteigerung von der Stadt erworben hat. Sie hat es ein knappes Jahr behalten, aber dann machten die steigenden Immobilienpreise einen raschen Wiederverkauf zu verlockend.«

»Und wer kauft es morgen?«

»Ein örtliches Bauunternehmen.«

»Sie werden es sanieren?«

»Ich glaube, sie wollen es abreißen und luxuriöse Eigentumswohnungen bauen.«

Gabe war nicht überrascht. »Ich habe gehört, dass das in San Francisco in letzter Zeit häufig vorkommt.«

»Oh, ja.« Cliff ließ eine Reihe weißer Zähne aufblitzen. »Ich kann mich nicht beklagen. Ist gut fürs Geschäft.«

»Gibt es irgendeine Möglichkeit, etwas über die Bewohner herauszufinden, die hier gelebt haben, bevor die Stadt das Haus übernommen hat?«

»Soweit ich weiß, lebten hier Hausbesetzer. Und so sieht es auch da drin aus.«

»Das stimmt«, ertönte eine Stimme hinter ihnen. »Hausbesetzer.«

Als Gabe sich umwandte, sah er einen kleinen grauhaarigen Mann, der eben noch den Gehweg vor der Bodega gefegt hatte. »Ja? Wissen Sie mehr darüber?«

Der Mann stützte sich auf seinen Besen. »Nur, dass dieses Gebäude früher ein Crackhaus war.«

Gabe runzelte die Stirn.

Der Ladeninhaber schüttelte sichtlich angewidert den Kopf. »Junkies und Prostituierte sind dort ein und aus gegangen. Haben mich beklaut und sich auf offener Straße eine Überdosis gespritzt.« Er machte eine wegwerfende Handbewegung. »Ein Glück, dass wir die los sind.«

»Nach dem Zustand des Hauses zu urteilen, kann ich das bestätigen«, fügte Cliff hinzu. »Es tut mir leid, was das vielleicht für Ihre Freundin bedeutet.«

Im Gegensatz zu dem Ladeninhaber schwang Bedauern in Cliffs Stimme. Gabe warf ihm einen dankbaren Blick zu.

Der Ladeninhaber knallte seinen Besen auf den Gehsteig. »Ich will nicht behaupten, dass ich begeistert von dem Lärm und den Baufahrzeugen sein werde, aber ein Bauunternehmen, das dieses Haus abreißt und brandneue Wohnungen errichtet, ist das Beste, was diesem Viertel passieren konnte. Wir haben hier in der Gegend junge Familien, Kinder. Es war nicht sicher.«

»Kannten Sie zufällig welche von den Leuten, die dort ein und aus gingen?« Gabe wühlte in seiner Tasche und zückte das Foto, das Anna ihm gegeben hatte. Es hatte einen verblassten, gelblichen Schimmer, und die junge Frau darauf trug eine Acid-Wash-Jeansjacke und eine Achtzigerjahre-Dauerwelle. Das Bild war vermutlich noch vor Annas Geburt entstanden. Gabe wusste, wie unwahrscheinlich es war, dass Deb Campbell der Person auf dem Foto nach zwei Jahrzehnten und einem extrem harten Leben noch ähnelte, aber es war alles, was er hatte. »Ihr Name ist Deb.«

Der Ladeninhaber würdigte das Foto kaum eines Blickes. »Ich habe auf diese Leute nur geachtet, wenn sie in einem Streifenwagen weggebracht wurden. Oder in einem Krankenwagen auf dem Weg ins Leichenschauhaus.«

Gabe atmete scharf ein, aber bevor er etwas erwidern konnte, schaltete Cliff sich ein. »Vielen Dank für Ihre Hilfe.« Er schenkte dem Ladeninhaber ein knappes Lächeln und kehrte ihm dann den Rücken. »Hören Sie, junger Mann, ich kenne ja nicht den Hintergrund, aber Sie sind offenbar ein prima Kerl, wenn Sie eigens hierherkommen, um nach der Mutter Ihrer Freundin zu suchen.«

»Danke.« Gabe ließ die Schultern hängen. »Sie hatte gehofft, endlich ein paar Antworten zu bekommen.«

»Und? Bekommt sie die?«

»Nein.« Gabe seufzte. »Ich denke, das hier wird nur noch viel mehr Fragen aufwerfen.«

Cliff zeigte zu den bröckelnden Stufen. »Falls es hilft, können Sie sich gern in dem Haus umsehen. Da sind noch ein paar persönliche Gegenstände, die die Leute zurückgelassen haben, und das Bauunternehmen will sie definitiv nicht. Sie haben für übermorgen einen Müllcontainer bestellt.«

»Wirklich? Kann man es denn gefahrlos betreten?«

»Na ja …« Cliff hob die Hand. »Ich muss Sie warnen, dass es kein schöner Anblick ist. Aber aus baulicher Sicht ist es okay. Kommen Sie.«

In dem Haus war es dunkel, da nur schmale Lichtstreifen durch die Ritzen der Bretter vor den Fenstern drangen. Ein verbrannter Geruch lag in der Luft, kein Zigarettenrauch, irgendetwas Schärferes. Der Ladeninhaber hatte es ein Crackhaus genannt. Vielleicht war es das, was Gabe roch. Als er weiter hineinging, schlug ihm ein säuerlicher Geruch entgegen, als hätte jemand Milch auf den fleckigen, durchhängenden alten Sofas im Wohnzimmer verschüttet und sie dann Wochen – oder vielleicht Jahre – dort belassen.

Gabe konnte sehen, dass das Haus früher einmal wunderschön gewesen war, mit den original Hartholzböden und Zierleisten um die Türeingänge, aber er war vermutlich noch zur Grundschule gegangen, als hier jemand zuletzt geputzt hatte.

Cliff führte ihn eine schmale Treppe hinauf und zeigte ihm drei Schlafzimmer, jedes mit ein paar Holzmöbeln an den Wänden und Matratzen mit schmuddeligem Bettzeug auf dem Boden. Kleider quollen aus Kommoden, Essensverpackungen, Bierflaschen und anderer Müll lagen überall verstreut. Er und Cliff betraten das erste Schlafzimmer und machten einen weiten Bogen um die Matratze. Gabe ging zu dem Schreibtisch unter dem Fenster, während Cliff sich die Kommode vornahm.

»Wie hieß noch gleich die Mutter Ihrer Freundin?« Cliff blätterte durch einen Papierstapel auf der Kommode.

»Deborah Campbell.«

»Hier sind ein paar Quittungen, alte Rechnungen, aber nichts mit diesem Namen.«

Während Cliff den Deckel eines Schuhkartons anhob, durchstöberte Gabe die Schreibtischschubladen. Es war nicht viel darin bis auf noch mehr Papiere, eine Handvoll staubige

Büroklammern und ein paar eingetrocknete Stifte. Dieses ganze Zeug könnte seit Jahrzehnten dort liegen. Er sah auf das Datum einer Rechnung – *1990*. Lange bevor Annas Mom hier gewesen sein könnte.

Er und Cliff gingen weiter ins nächste Schlafzimmer, wo sich Cliff wieder der Kommode widmete und Gabe den Schreibtisch durchwühlte. Wieder nur Müll, den das Bauunternehmen ohne Zögern in einem Abfallcontainer entsorgen würde. Aber Gabe wollte noch nicht aufgeben. Er packte den Griff der untersten Schublade, riss sie auf und zuckte stöhnend zurück. »Mein Gott!«

Cliff schnellte herum. »Was denn?«

Gabe beäugte die verbogenen, geschwärzten Löffel, die leeren Plastikbeutel und die unverpackten Nadeln, die auf dem Boden der Schublade lagen. »Puh. Hier hat sich wohl öfter jemand einen Schuss gesetzt.«

Cliff nickte. »Im Badezimmer ist noch mehr von dem Zeug.«

Gabe ließ den Kopf hängen. »Ich weiß gar nicht, wonach ich hier eigentlich suche. Es ist ja nicht gerade so, als würde eine Frau, die ihre Tochter im Stich gelassen hat, um an einem solchen Ort zu leben, an Familienfotos oder, keine Ahnung, einem Tagebuch oder so festgehalten haben.« Er knallte die Schreibtischschublade zu. »Wenn Annas Mom tatsächlich hier war, dann vermutlich wegen Drogen oder …« Gabes Blick huschte zu der Matratze auf dem Boden. Anna zuliebe mochte er gar nicht darüber nachdenken.

Sie warfen einen flüchtigen Blick in das letzte Schlafzimmer, fanden aber nicht viel anderes als noch mehr alte Kleider, schmutzige Bettwäsche und Müll.

Als sie wieder draußen auf der Straße standen, reichte Gabe Cliff die Hand. »Vielen Dank, dass ich mich dort umsehen durfte.«

Cliff schüttelte ihm die Hand. »Tut mir leid, dass es nichts gebracht hat.«

Gabe zuckte mit den Schultern. »Nichts ist immer noch mehr Information, als wir bislang hatten.«

Cliff klopfte ihm auf die Schulter. »Ihre Freundin kann sich glücklich schätzen, Sie zu haben.«

Gabe ging die 19th Street wieder hinunter und bog an der Ecke in die Mission Street ab, wo er unter dem Schild eines Pfandleihhauses an einer Backsteinwand kurz stehen blieb und durchatmete. »Verdammt«, murmelte er und fuhr sich durchs Haar. »Was soll ich ihr bloß sagen?«

Anna war so hoffnungsvoll gewesen. Aber sie musste die ganze Zeit gewusst haben, dass es ein weit hergeholter Versuch war.

Er fischte sein Telefon aus der Tasche und drückte auf die Kurzwahltaste mit Annas neuer Handynummer. Sie nahm beim ersten Klingeln ab. »Hallo?«

Als er den gespannten Ton in ihrer Stimme hörte, versetzte ihm das einen Stich. Hatte sie etwa neben dem Telefon gesessen und auf seinen Anruf gewartet? »Hey, Kleine. Hier ist Gabe.«

»Hi. Wie geht's?«

Der Wind frischte auf, und Gabe schob die freie Hand in die Tasche. »Jemand hat vergessen, San Francisco zu sagen, dass streng genommen immer noch Sommer ist.«

»Du Ärmster«, witzelte sie, und Gabe konnte praktisch vor sich sehen, wie Anna die Augen verdrehte. Er musste unwillkürlich grinsen.

»Wie läuft die Konferenz?«, fragte Anna.

»Anna.« Gabe trat von einem Fuß auf den anderen. »Ich bin zur Capp Street gegangen, um nach deiner Mom zu suchen.«

»Und?« Ihre Stimme war kaum mehr als ein Flüstern.

Gabe holte einmal tief Luft, bereit, ihr alles zu erzählen: das verwahrloste Haus, der Müll, die Drogenutensilien. Aber als er den Mund aufmachte, konnte er die Worte nicht über die Lippen bringen. Wenn Annas Mutter tatsächlich in diesem Haus gelebt hatte, dann war sie aller Wahrscheinlichkeit nach tief in illegale Aktivitäten verstrickt gewesen. Der Ladeninhaber hatte angedeutet, dass viele der Leute, die dort lebten, im Gefängnis landeten … oder im Leichenschauhaus. Aber das war alles Spekulation. Tatsächlich gab es keinen Beweis dafür, dass Deb Campbell je in diesem Haus oder auch nur in dieser Stadt gewesen war. Eine Google-Suche nach einer Telefonnummer war keine exakte Wissenschaft.

Anna hatte so viel durchgemacht. Nicht zu wissen, was mit ihrer Mutter passiert war, würde nur dazu führen, dass sie sich das Schlimmste ausmalte.

»Es tut mir leid, Anna«, sagte Gabe sanft. »Das Haus wurde an ein Bauunternehmen verkauft. Es steht leer. Dort lebt niemand mehr.«

»Oh …« Sie klang enttäuscht. »Okay.«

»Es tut mir leid«, sagte er noch einmal.

»Na ja, war da …?« Anna brach ab und seufzte. »Egal.«

»Was wolltest du fragen?«

»War da irgendjemand, den du nach ihr hättest fragen können? Vielleicht ein Nachbar, der sie gekannt hat? Hast du irgendjemandem ihr Foto gezeigt?«

Gabe stemmte sich von der Wand los und ging den Gehweg hinunter, vorbei an dem Pfandleihhaus und dann wieder zurück bis zur Ecke. »Ich habe mit einem Typen in einem kleinen Lebensmittelladen in der Nähe geredet, aber er konnte sich nicht an sie erinnern.« Das war nicht einmal gelogen. Der Ladeninhaber *hatte* sich nicht an Annas Mutter erinnert. »Offenbar steht das Haus schon seit Jahren leer.« Auch das war keine Lüge.

Im Vorbeigehen schaute Gabe in das Schaufenster des

Pfandleihhauses: ein paar Akustikgitarren, ein Spiegeltablett voller Armbanduhren, ein Haufen alter Schmuck, alles aufgereiht unter einem blinkenden Neonschild, das *Cash für Gold* versprach.

Anna schwieg so lange, dass Gabe sich zu fragen begann, ob die Verbindung vielleicht abgerissen war. »Anna? Bist du noch dran?«

Schließlich holte sie hörbar Luft. »Wir wussten, dass die Chance gering war.«

»Das stimmt. Trotzdem, es tut mir leid.«

Ein blaues Samttablett, auf dem Goldschmuck glitzerte, sprang ihm ins Auge.

»Danke, dass du es versucht hast, Gabe«, sagte Anna.

»Bedank dich nicht. Ich habe ja nichts getan.«

»Doch, hast du. Du hast keine Ahnung, wie viel mir das bedeutet.« Ihre Stimme stockte, dann räusperte sie sich.

Im nächsten Moment schlug Gabe das Herz bis zum Hals. Denn dort, im Schaufenster des Pfandleihhauses, lag eine Halskette, die schmerzlich vertraut aussah. Er trat näher. *Ist das möglich?* Der Anhänger hatte die gleiche halbmondartige Form, mit einem ähnlichen Muster, das in die Oberfläche eingraviert war. Aber das Fenster war zu schmutzig, um es genau zu erkennen.

»Anna«, sagte Gabe, um einen gefassten Ton bemüht, »ich sollte jetzt wirklich zurück zu der Konferenz.«

»Natürlich. Danke noch mal, Gabe.«

Sobald sie aufgelegt hatten, riss Gabe die Tür zu dem Pfandleihhaus auf und trat ein.

Eine grauhaarige ältere Frau in einem 49ers-Sweatshirt sah auf. »Kann ich Ihnen behilflich sein?«

»Ja, bitte.« Gabe wies mit einer Handbewegung zum Schaufenster. »Dort ist eine Halskette, die ich gern sehen würde.«

Die Frau nahm das Samttablett mit dem Schmuck aus dem Schaufenster und stellte es auf den Tresen. »So, bitte sehr. Für welches Teil interessieren Sie sich?«

Gabe streckte die Hand aus und hob die kleine goldene Halskette behutsam hoch. Mit hämmerndem Herzen legte er den Anhänger in seine hohle Hand, um ihn besser betrachten zu können. *Er muss es sein.* Es gab keine andere Erklärung. Es konnte unmöglich ein Zufall sein, dass in einem Pfandleihhaus um die Ecke von dort, wo Annas Mutter gelebt haben könnte, ein Gegenstück der Halskette lag, die Anna an jedem Tag ihres Lebens trug.

»Sie ist hübsch, nicht wahr? Echtes Gold«, hob die Frau hervor.

Gabe glitt mit einem Finger über den Anhänger. Eine Art Blume war in die Oberfläche eingraviert, und er war sich ziemlich sicher, dass das Muster genau zu den Linien auf Annas Anhänger passte. Zusammen würden die beiden Anhänger einen Kreis bilden.

»Wissen Sie, woher die Kette stammt? Wer sie Ihnen verkauft hat?«

Die Frau schüttelte den Kopf. »Ich stelle keine Fragen.«

Wie war diese Kette in einem Pfandleihhaus gelandet?

Aber Gabe hatte das Gefühl, dass er die Antwort bereits kannte. Er dachte an die Drogenutensilien in der Schreibtischschublade. Leute würden alles tun, wenn sie verzweifelt genug waren. Selbst ihr kostbarstes Schmuckstück verkaufen.

Das eine, das genau zu dem ihrer Tochter passt.

Gabes Faust schloss sich um die Halskette. »Wie viel wollen Sie dafür?«

Die Frau beäugte seine teure Kleidung. »Einhundert Dollar.«

»Ich gebe Ihnen fünfzig.«

»In Ordnung.«

Die Tatsache, dass sie sein lächerlich niedriges Angebot so bereitwillig akzeptierte, machte es noch schlimmer. Wie wenig musste diese Halskette Annas Mutter bedeutet haben, dass sie sie für fast nichts verkauft hatte?

Die Frau zückte einen Quittungsblock, kritzelte ein paar Anmerkungen zu der Halskette und den Preis darauf und riss das Blatt ab. Sie steckte die Quittung in eine kleine Samtschatulle und legte die Halskette obenauf.

Einen Augenblick später stand Gabe wieder draußen auf dem Gehweg, die billige Muschelschatulle in der Hand. Er sollte Anna anrufen und es ihr erzählen. Aber irgendetwas hielt ihn zurück. Wie oft hatte er zugesehen, wie sie diesen Anhänger umfasste und mit dem Daumen über die gravierte Oberfläche rieb? Im Allgemeinen tat sie es, wenn sie nervös oder aufgewühlt war. Der Anhänger spendete ihr offenbar Trost. Er war die Verbindung zu ihrer Mutter.

Aber wie könnte er sie anrufen und ihr sagen, dass ihre Mutter ihre Hälfte in einem Pfandleihhaus versetzt hatte? Dass Deb Campbell die Kette so wenig bedeutete, während Anna so sehr daran hing? Er konnte ihr das auf keinen Fall am Telefon beibringen.

Gabe steckte die Schatulle ein und ging die Mission Street hoch, zurück zu seinem Hotel. Anfang dieses Monats hatte er mit seinem Studium an der UC begonnen, und er würde erst in den Winterferien wieder nach Hause kommen. Aber bis dahin waren es nur noch ein paar Monate. Es wäre besser, die Halskette mitzubringen und sie Anna persönlich zu übergeben. Und dann konnte er ihr alles sagen, was er über ihre Mom in Erfahrung gebracht hatte.

16

Anna klopfte mit dem Bleistift auf ihr Analysis-Buch und starrte auf die Uhr. Gabes Flugzeug aus Chicago war an diesem Morgen gelandet, und er würde über die Winterferien eine ganze Woche zu Hause sein. Noch eine Periodenrechnung und dann würde sie ihn zum ersten Mal sehen, seit er für sein Promotionsstudium fortgegangen war. Sie hatte sich in diesem Herbst ein Handy zugelegt, und sie schrieben sich ständig, im Allgemeinen beiläufige Bemerkungen zu ihrem Tag oder Geschichten, um einander zum Lachen zu bringen. Zeug, über das sie im vergangenen Jahr oft geredet hatten, während sie an ihrem Projekt arbeiteten. Es war fast, als ob er immer noch hier wäre.

Fast.

Anna wühlte in ihrem Rucksack, als würde sie nach einem anderen Stift suchen, und klickte unauffällig ihr Handy an, um ihre gestrige Korrespondenz noch einmal zu lesen.

Anna: Habe deiner Mutter geholfen, dein altes Schlafzimmer zu entrümpeln und für deinen Besuch herzurichten. Unter dem Bett lagen ein Stapel alte Victoria's-Secret-Kataloge und eine halb volle Flasche Jim Beam, Überbleibsel deiner verkommenen Jugend. Freu dich: Ich konnte alles wegwerfen, bevor deine Mutter es gesehen hat. Sie hält dich also immer noch für einen braven Jungen. Gern geschehen.

Gabe: Danke für deine Fürsorge, Kleine. Aber den Jim Beam hättest du aufheben sollen. Man weiß nie, wann man so was braucht.

Anna: Keine Sorge, ich habe jede Menge Schätze beiseitegeschafft ... zum Beispiel dein Schulfoto aus der siebten Klasse, das ich in einer Schublade gefunden habe – das, auf dem du eine Zahnspange und eine Vokuhila-Frisur trägst –, nur für den Fall, dass ich dich irgendwann erpressen muss.

Gabe: Zum Glück hast du nicht die Fotos aus der neunten Klasse gefunden, als ich diese Overall-ohne-Hemd-Phase hatte.

Anna: Doch, habe ich. Matt und Rachel liefern sich bereits einen Bieterkrieg.

Gabe: Verdammt. Ich bin ein Semester weg, und schon wendest du dich gegen mich.

Als Anna den Kopf hob, sah sie, dass ihr Analysis-Lehrer ihr einen strengen Blick zuwarf. Sie presste die Lippen zusammen, um sich das Grinsen zu verkneifen, stopfte das Telefon ganz unten in den Rucksack und gab ihr Bestes, um so auszusehen, als würde sie sich auf den Unterricht konzentrieren.

Als Gabe seinen Eltern damals erzählte, dass sie allein lebte, hatte Anna sich so verraten gefühlt, dass sie sich geschworen hatte, nie wieder ein Wort mit ihm zu wechseln. Aber sie musste zugeben, dass es letztendlich ziemlich ... okay gewesen war, bei John und Elizabeth einzuziehen. Zum ersten Mal ging sie abends schlafen, ohne sich den Kopf darüber zu zerbrechen, wie sie die Miete bezahlen oder das Geld für die Stromrechnung zusammenkratzen sollte. Sie lauschte nicht mehr auf seltsame Geräusche draußen oder stand im Dunkeln auf, um die Schlösser noch einmal zu überprüfen. Und sie hatte ihre Stunden im Lebensmittelladen reduzieren können, um sich mehr auf die Schule zu konzentrieren.

Endgültig verziehen hatte sie Gabe jedoch, als er sich bei diesem Haus in San Francisco umschaute. Sie würde nie den Klang seiner Stimme vergessen, als er ihr von dem leer stehenden Haus erzählte, das bald abgerissen werden sollte. Im ersten Moment stockte ihr der Atem, als ihr klar wurde, dass sich die Adresse, an die sie sich jahrelang geklammert hatte, als Sackgasse entpuppte. Aber dann hörte sie wieder Gabes Stimme, die ihr sagte, dass es ihm leidtäte. Und es klang ehrlich.

Zum ersten Mal hatte sie das Gefühl, dass sich noch jemand darum sorgte, was mit ihrer Mom passiert war, und dass sie nicht allein war.

Das hatte ihr viel bedeutet. Wie könnte sie danach noch wütend auf ihn sein?

Und heute würde er da sein, wenn sie aus der Schule nach Hause kam. Anna wollte ihm ungefähr eine Million Dinge erzählen, Geschichten, die sie sich für die Zeit aufgehoben hatte, wenn sie ihn persönlich sah. Außerdem hatte sie eine wichtige Entscheidung fürs College im nächsten Jahr getroffen, und wenn es irgendjemanden gab, dem sie davon erzählen wollte, dann war es Gabe.

Ihre Neuigkeit würde ihn vermutlich nicht überraschen. Gabes Trip zu dem Haus in der Capp Street hatte ihr gezeigt, dass er verstand, warum sie das tun musste.

Endlich läutete die Schulglocke. Anna sprang auf und stürzte zur Tür hinaus, ohne auch nur ihre Jacke anzuziehen.

Als Anna quer über den Rasen zum Bus rannte, knirschte das gefrorene Gras unter ihren Schuhen, und die ersten Schneeflocken des Jahres tanzten um sie herum.

Sobald Anna die Haustür öffnete, hörte sie Gabes Stimme vom anderen Ende des Hauses. Anna rannte in die Küche und blieb schlitternd stehen. Ihr Herz hämmerte, als sie ihn mit Elizabeth und Leah an der Kücheninsel sitzen sah.

Gabe sah auf und entdeckte sie. »Anna!« Er sprang von seinem Hocker, stürzte auf den Türeingang zu und zog Anna in seine Arme. Sie erwiderte die Umarmung und entspannte sich, während die Sehnsucht der letzten vier Monate, in denen sie ihn vermisst hatte, von ihr abfiel.

»Wir haben uns viel zu erzählen, Kleine«, sagte Gabe und trat einen Schritt zurück, damit er ihr in die Augen sehen konnte.

Anna lächelte. »Ich will alles über dein Studium hören.«

Er nickte. »Und ich brauche ein Update zu deinen Collegebewerbungen. Aber es gibt noch etwas anderes, worüber ich mit dir reden will. Es ist wichtig …«

Der Rest seines Satzes wurde von einer Stimme draußen im Flur unterbrochen. »Ihr könnt die Party jetzt steigen lassen. Ich bin da.« Rachel warf sich im Türrahmen in Pose, ein breites Grinsen im Gesicht. »Hey, großer Bruder. Willkommen zu Hause.«

»Jetzt könnt ihr die Party steigen lassen. *Ich* bin da.« Matt tauchte hinter Rachel im Türrahmen auf und stieß sie scherzhaft mit der Schulter an.

Rachel rächte sich, indem sie ihm den Ellenbogen in die Seite rammte, und Matt langte nach ihr. Aber Rachel duckte sich weg und hob eine Hand. »Augenblick! Warum malträtieren wir beide uns, wenn wir uns stattdessen Gabe vornehmen können?«

Matt legte den Kopf schief und rieb sich in theatralischer Denkerpose das Kinn. »Guter Punkt, Schwesterherz.«

Anna sprang aus dem Weg, als Matt und Rachel Gabe umringten und zum Spaß mit den Fäusten auf ihn eintrommelten.

»Arrgh! Hilf mir, Anna! Leah!« Er streckte die Hand aus.

Anna warf einen Blick auf Leah. »Sollen wir?«

Leah seufzte wie eine alte Frau, die sich seit fünfzig Jahren mit diesem Unfug herumschlagen muss. »Ich denke schon.«

Anna und Leah packten Gabe an je einer Hand und taten, als würden sie ihn in Sicherheit ziehen. In dem Wirrwarr von Armen und Beinen und Geschwistern stolperte er über irgendetwas und taumelte gegen Anna. Sein holziger Duft – der ihr im Laufe des vergangenen Jahres so vertraut geworden war und der noch immer dem alten Sweatshirt anhaftete, das sie aus seinem Zimmer oben stibitzt hatte – umfing sie. Für einen Moment drohten ihre Beine nachzugeben, und das nicht von der Wucht, mit der sie umgehauen wurde. Anna hielt den Kopf gesenkt, lugte jedoch zu ihm hoch und sah, wie die Wiedersehensfreude seine silbrig blauen Augen strahlen ließ.

Natürlich hatte sie schon immer gewusst, wie attraktiv Gabe war. Aber im Gegensatz zum Rest der weiblichen Bevölkerung war sie im Allgemeinen immun dagegen. Er wiederum hatte sich nie angestrengt, sie zu beeindrucken, wie er es bei Mädchen in seinem Alter tat. Deshalb hatte er auch keinen Grund gehabt, seine nervigen Angewohnheiten vor ihr zu verbergen. Zum Beispiel dieses ständige Klicken mit dem Stift, wenn er über ein Problem nachgrübelte. Oder wenn er im Auto total schief bei den Songs aus dem Radio mitsang. Und seit sie sich schlapp gelacht hatte über die Geschichte, wie er als Fünftklässler in seine Babysitterin verknallt war, sah sie ihn sowieso mit anderen Augen.

Aber hin und wieder – wenn er sie vom Fahrersitz aus anlächelte oder sich in seinem Sessel streckte und sich die Muskeln unter seinem T-Shirt spannten – verschlug es ihr schlichtweg den Atem, wie gut er aussah.

Anna ging zur Kücheninsel, während das Geschwisterchaos immer noch um sie herumwirbelte, konzentrierte sie sich darauf, eine Tasse Tee zuzubereiten und sie dann zur Frühstücksnische zu tragen, wo Dorothy gern saß, wenn das Wetter zu kalt für die Veranda war.

Als Anna den fertigen Tee vor Dorothy auf den Tisch stellte, tätschelte die ihr die Hand. Die ruhige Energie der alten Dame erdete Anna jedes Mal, wenn sie aufgewühlt war. Sie wäre im Traum nicht darauf gekommen, dass sie sich irgendwann mit einer Achtzigjährigen anfreunden könnte. Anna hatte ihre Großmütter nie kennengelernt oder auch nur Zeit mit jemandem verbracht, der so viel älter war als sie. Und nun war sie fasziniert von dem langen Leben, das Dorothy schon hinter sich hatte.

Als sie aufblickte, sah sie, wie Gabe ihr gegenüber in die Frühstücksnische rutschte. »Hi, Grandma.« Er wandte sich an Anna. »Also, was ist mit dem College, Kleine?«

Auf der anderen Seite des Raumes hüpfte Leah auf und ab und klatschte in die Hände. »Sag's ihm, Anna!«

Gabe stupste Annas Hand an. »Sag's mir.«

»Also …« Anna sah auf den Tisch. Dr. McGovern hatte ihr eine tolle Empfehlung geschrieben, und die Universität hatte ihr ein Vollstipendium für ein Medizinstudium angeboten. Das Schreiben war Anfang der Woche eingegangen, und alle hatten sich so für sie gefreut.

Natürlich waren sie davon ausgegangen, dass sie das Angebot annehmen und in Pittsburgh bleiben würde.

Aber Anna hatte ihnen nicht von dem anderen Schreiben erzählt.

Dem Angebot, das sie tatsächlich annehmen wollte.

Sie würden vielleicht enttäuscht sein – insbesondere John. Viele seiner Kollegen im Krankenhaus waren Professoren an der hiesigen Fakultät. Die Weatheralls würden es also vielleicht nicht verstehen.

Aber Gabe schon. Das hatte er unter Beweis gestellt, als er in die Capp Street gegangen war, um nach ihrer Mom zu suchen. Dennoch konnte sie es ihm jetzt, im Beisein der anderen, noch nicht erzählen.

»Ähm.« Anna studierte eingehend die Holzmaserung des Tisches. »Ich wurde an der Uni angenommen, und sie haben mir ein Vollstipendium angeboten.«

»*Wow!*« Gabes Mund verzog sich zu einem Lächeln. »Das sind super Neuigkeiten. Und es ist eine tolle Uni, stimmt's?«

Anna nickte matt.

Rachel schob sich neben Gabe in die Nische. »Sie geben ihr ein Stipendium für Bücher, außerdem kostenlose Unterkunft und Verpflegung.« Sie strahlte Anna stolz an. »Sie wollen sie *wirklich*.«

Elizabeth gesellte sich zu ihnen und tätschelte Annas Hand. »Wir würden uns natürlich freuen, wenn Anna weiterhin hier wohnte, statt ins Wohnheim zu ziehen.«

Anna ließ den Blick um den Tisch wandern zu allen, die in dieser kleinen Nische beisammensaßen, lachten und miteinander rangelten. Und dann huschte er zu Dorothy, deren Hand auf ihrer ruhte. Was, wenn sie Elizabeths Angebot annahm? Was, wenn sie Ja sagte und tatsächlich einfach … hierblieb?

Gabe zwinkerte ihr zu. »Anna muss im Wohnheim wohnen; wie soll sie sich denn sonst betrinken und von Verbindungspartys nach Hause stolpern?«

Anna kehrte langsam in die Wirklichkeit zurück. Natürlich konnte sie nicht bei den Weatheralls bleiben. Diese Menschen hatten schon jetzt zu viel für sie getan. Und außerdem hatte sie einen Plan, an den sie sich halten musste.

»Ja, ich kann es kaum erwarten«, erwiderte Anna energisch. »Ich liebe es, in muffigen Partykellern herumzustehen und billiges lauwarmes Bier aus einem Plastikbecher zu trinken.«

Gabe prustete lachend los und schüttelte den Kopf. »Diese Verbindungstypen sind hoffentlich so stilvoll, dir einen Cocktail anzubieten.« Und dann wurde seine Miene ernster. »Herzlichen Glückwunsch. Du hast es geschafft, Kleine.«

Anna schluckte schwer und erinnerte sich an die Zeit zurück, als ihr ein Studium auf dem College wie ein fast unerreichbarer Traum erschien. Jetzt war es zum Greifen nah. Es gab so vieles, was sie Gabe sagen wollte, darüber, wie viel es ihr bedeutete, dieses vergangene Jahr mit ihm und seiner Familie gehabt zu haben.

Vor allem, da sie von hier fortging und nicht wusste, wann sie wiederkommen würde.

17

Als Anna am nächsten Morgen aufwachte, war es im ganzen Haus still. Sie ging in die Küche, setzte eine Kanne Kaffee auf und nahm einen Becher aus dem Küchenschrank. In dem Moment ging die Hintertür auf, und Gabe kam hereingeschlendert. Er sah aus wie ein Model für Sportklamotten. Vom Schwitzen kräuselte sich sein Haar an den Schläfen, und als er seine Laufjacke auszog und auf die Bank neben der Tür warf, klebte sein feuchtes T-Shirt an seiner feuchten Brust.

Anna schluckte.

Anna zog sich hinter die Kücheninsel zurück, um ihre Kordel-Pyjamahose und das mit Farbe bespritzte T-Shirt zu verbergen, das sie an dem Tag getragen hatte, an dem sie sich kennenlernten. Aber er schien gar nicht auf ihr Erscheinungsbild zu achten, während er ihr ein Grinsen zuwarf und sich selbst einen Kaffeebecher nahm. Natürlich achtete er nicht darauf. In seinen Augen war sie ja wie eine kleine Schwester.

»Joggen gewesen?«, stellte sie das Offensichtliche fest.

»Du hast keine Ahnung, wie mild das Wetter in Pittsburgh im Vergleich zu Chicago ist.«

Anna sah ihre Gelegenheit und ergriff sie. »Woher sollte ich das auch wissen, ich bin ja nur ein einziges Mal aus Pittsburgh herausgekommen, bei einem Schulausflug nach West Virginia.« Sie ließ unerwähnt, dass sie noch nie so kurz davor gewesen war, die Stadt wirklich zu verlassen, wie bei ihrem gescheiterten Fluchtversuch an die Westküste im vergangenen Frühjahr. Den er und ein Wachmann, der locker als Defensive End bei den Steelers Karriere machen könnte, vereitelt hatten.

»Das wirst du schon noch.« Die letzten Tropfen sickerten in die Kaffeekanne, und Gabe schenkte einen Becher ein, gab etwas Milch dazu und reichte ihn Anna. »Willst du immer noch irgendwann für eine dieser internationalen Hilfsorganisationen arbeiten? Das Rote Kreuz oder Ärzte ohne Grenzen oder so?«

Anna nahm einen Schluck von ihrem Kaffee. Er war so, wie sie ihn mochte. Gabe erinnerte sich also noch daran von ihren frühmorgendlichen Treffen, bei denen sie an ihrem Projekt gearbeitet hatten. »Auf jeden Fall. Aber …« Sie zögerte. »Gabe, ich werde schon früher eine Gelegenheit bekommen, zu reisen.«

»Ach ja?« Gabe nahm den anderen Becher und füllte ihn. »Gibt es einen Schulausflug?«

»Nein. Aber es gibt … ein College.« Anna stellte ihren Becher ab und sah ihm in die Augen. »Gabe, ich habe mich bei der UCSF beworben. Und ich wurde angenommen.«

Ganz langsam stellte er seinen Kaffeebecher ebenfalls ab. »UCSF. Du meinst … die Universität von Kalifornien? In San Francisco?«

»Genau die!« Sie sagte es, als hätte er in einer Gameshow die richtige Antwort gewusst, und zeigte wie ein Showmaster auf ihn – aber der Witz ging völlig daneben.

»Warum?«

»Warum … was?«

»Warum willst du dahin?«

Wenn sie ihn nicht kennen würde, hätte sie denken können, seine Miene sei gleichgültig. Aber sie kannte ihn. Und da war dieses leichte Zucken an seinem Kinn. Das hier war nicht ganz die Reaktion, die sie erwartet hatte. »Weil es eine gute Gelegenheit ist, und sie haben mir ebenfalls ein Vollstipendium angeboten.«

»Hier könnte Dad dich besser unterstützen, und die Uni ist super.«

»Schon … ja.« Annas Hände umklammerten ihren Becher. »Aber es ist ein gutes Programm. Und ich weiß, dass ich es schaffen kann.«

Gabe stemmte sich vom Tresen los und verschränkte die Arme vor der Brust. »Das heißt, du hast eine Zulassung für eine tolle Uni, in einer Stadt, in der du Leute hast, die sich um dich kümmern, und du willst über zweitausend Meilen weit weg, wo du auf dich allein gestellt bist. Ich frage dich noch einmal: Warum?«

»Ich bin nicht auf mich allein gestellt«, protestierte Anna. »Und das Programm ist nicht weniger angesehen. Es ist nur anders.« Sie schlang die Arme um den Oberkörper. Hatte sie sich so sehr in Gabe getäuscht, als sie dachte, er würde sie bei dieser Sache unterstützen? *Und als er sich im Herbst nach ihrer Mom erkundigte, war das nur gewesen, damit sie endlich Ruhe gab?* »Und vielleicht will ich endlich etwas von der Welt sehen. Hast du je darüber nachgedacht? Nein, das hast du nicht. Du bist ja zu beschäftigt damit, mir vorzuschreiben, was ich mit meinem Leben anfangen soll, ohne mich zuerst nach meiner Meinung zu fragen.« Anna schleuderte ihm einen wütenden Blick entgegen. »*Wieder einmal.*«

Gabe starrte sie unverwandt an, so lange, dass sie irgendwann verlegen von einem Fuß auf den anderen trat. Schließlich seufzte er kopfschüttelnd. »Anna, deine Mutter hat dich verlassen. Du wirst sie in San Francisco nicht finden.«

Annas Körper begann zu glühen. »Das ist nicht der Grund, weshalb ich mich für die UCSF entschieden habe …« Aber sie log, und natürlich wusste er es.

»Natürlich ist das der Grund.« Er seufzte. »Hör zu, ich versuche nicht, dir vorzuschreiben, was du mit deinem Leben anfangen sollst.«

»Was du nicht sagst.«

»Ich versuche, dich davon abzuhalten, einen Fehler zu begehen, weil du dort hinfährst, um etwas zu finden, was du nicht finden wirst.« Gabe fuhr sich mit einer Hand durch sein verschwitztes Haar. »Anna, ich muss dir etwas sagen. Ich habe dir nicht die ganze Geschichte darüber erzählt, was passiert ist, als ich zu der Adresse gegangen bin, die du mir gegeben hast.«

Annas Herz hämmerte in ihrer Brust.

»Als ich mit diesem Ladeninhaber gesprochen habe, sagte er mir, bevor das Haus geräumt wurde, sei es …« Er verstummte und wandte den Blick ab.

»Was?« Annas Hände begannen zu zittern. »Sag's mir.«

»Es war eine … Er sagte, es sei im Grunde eine Absteige für Junkies und Prostituierte gewesen. Ich bin dort hineingegangen, Anna.« Seine Miene verdüsterte sich. »Es war … übel.«

»Warum hast du mir das nicht erzählt?«, flüsterte Anna.

»Ich wollte es dir nicht am Telefon sagen. Und wir wissen nicht wirklich, ob deine Mom dort gelebt hat. Wir wissen *gar nichts* darüber, was mit ihr passiert ist, nachdem sie gegangen ist, außer dass sie dich von einer Nummer angerufen hat, die vielleicht, vielleicht auch nicht, zu diesem …« – er suchte nach Worten – »… diesem Haus in der Capp Street gehört hat.«

Anna umklammerte die Halskette an ihrer Kehle. Ein Reflex. »Es ist kein Geheimnis, dass meine Mom süchtig war.«

Gabes Blick huschte zu ihrer Hand, die mit dem Daumen über das eingravierte Muster rieb. Sie ließ die Hand in den Schoß sinken.

»Ich weiß«, sagte er. »Und das ist genau der Grund, weshalb ich besorgt bin. *Ob* sie nun in diesem Haus gelebt hat … oder auch nicht … ich will nicht, dass du eine Superchance sausen lässt, um etwas nachzujagen, was vielleicht nur in deinem Kopf existiert.«

Wie könnte sie es ihm erklären? Das hier war sein Zuhause. Es hatte nie auch nur eine Minute gegeben, in der er nicht hierher gehört hatte. Die Weatheralls hatten sie aufgenommen, weil sie sonst nirgendwo hingehen könnte. Anna starrte auf ihren Kaffeebecher. Ihre Mom war irgendwo dort draußen, und nachdem sie sich all die Jahre damit gequält hatte, was mit ihr passiert sein mochte, war Anna jetzt endlich in einer Position, um es herauszufinden. In der sie ihre Mom vielleicht, nur vielleicht, zurückbekommen könnte.

»Wenn meine Mom tatsächlich in diesem Haus gelebt hat, wenn sie in Gefahr ist, wenn sie noch immer Drogen nimmt … dann ist das erst recht ein Grund für mich, dort hinzugehen«, murmelte Anna. »Um ihr zu helfen.«

Gabe sah sie von der Seite an. »Dafür müsstest du sie erst einmal finden. Wie willst du das anstellen? Und du weißt, dass man nur jemandem helfen kann, der sich auch helfen lassen will.«

Anna riss den Kopf hoch. »Vielleicht solltest du deinen eigenen Rat beherzigen.«

»Was soll das denn heißen?«

»Es heißt … wer hat dich um Hilfe gebeten?«

Gabe zuckte zusammen. »Damit schienst du kein Problem zu haben, als ich durch ganz San Francisco gelaufen bin, um mich in Crackhäusern umzusehen. Aber auf einmal willst du meinen Rat nicht.«

Anna stockte der Atem. *Crackhäuser*. Tief in ihm war es das, was er von ihrer Mom dachte. Von den Kindern auf der Schule hatte sie erwartet, dass sie solch abscheuliche, verächtliche Ausdrücke verwenden würden. Aber niemals von Gabe.

Und doch hätte sie wissen sollen, dass jemand wie er, mit einer Familie wie den Weatheralls, es niemals wirklich verstehen könnte. »Ich wollte deine *Unterstützung,* Gabe. Aber offensichtlich war es falsch von mir, darauf zu hoffen.«

»Wenn du auch nur einen einzigen guten Grund hättest, auf die UCSF zu gehen, hättest du meine Unterstützung.«

Als ob ihre Mutter kein ausreichend guter Grund wäre. Nicht wenn sie ein schmuddeliges, verkommenes Leben führte, wie Gabe offenbar vermutete. Anna schüttelte den Kopf. »Weißt du was? Du klingst genau wie dein Dad.«

»Wie meinst du das?«

»Es ist nicht so, dass *ich* vorhabe, in ein Crackhaus zu ziehen, Gabe. Ich habe ein Vollstipendium für die UCSF. Das ist ein gutes Programm. Aber das ist nicht genug. Es liegt jenseits deiner Vorstellungskraft, warum ich den perfekten Weg, den du für mich vorgezeichnet hast, nicht einschlagen will.«

Die Röte vom Joggen wich aus seinem Gesicht. »Nach allem, was ich dir über meine Beziehung zu meinem Dad erzählt habe, kann ich nicht glauben, dass du das zu mir sagst.«

»Nach allem, was ich dir über meine Mom erzählt habe, kann ich nicht glauben, dass du willst, dass ich sie abschreibe, als ob sie meine Anteilnahme oder Besorgnis nicht verdient hat.«

»Verdammt, Anna.« Gabe schlug mit der flachen Hand auf den Tisch, sodass sie zusammenzuckte. »Ich will doch gar nicht, dass du sie abschreibst. Ich will, dass du *dir* und deiner Zukunft den Vorrang vor dieser Person gibst, die sich einen Dreck um dich geschert hat, die nicht einmal bei dir geblieben ist.«

Anna stöhnte auf. Gabe stemmte sich leise fluchend von der Kücheninsel los. Er machte den Mund auf, um etwas zu sagen, aber bevor er es tun konnte, hob sie zitternd die Hand, um ihn davon abzuhalten.

»Vielleicht geht es gar nicht wirklich um meine Mom.« Anna versuchte angestrengt, einen ruhigen Ton zu bewahren, ballte die Hand an ihrer Brust zur Faust. »Vielleicht will ich einfach einen Neuanfang.« Sie schob ihren Kaffeebecher beiseite und rutschte von ihrem Hocker. »Vielleicht will ich verdammt noch mal einfach weg von hier, und die UCSF ist meine Chance.« Sie drängte an ihm vorbei, aber anstatt sie gehen zu lassen, hielt er sie am Arm fest.

»Anna, warte.«

Sein vertrauter Duft, noch verstärkt vom Joggen, driftete zu ihr herüber und versetzte ihrem Herzen einen weiteren Stich. Sie riss sich los, bevor sie irgendetwas Dummes tun konnte, wie sich an ihn zu schmiegen. »Lass mich in Ruhe, Gabe.«

Er wich zurück. »Okay, na schön. Wir können später darüber reden …«

»Nein.« Sie holte tief Luft. »Ich will überhaupt nicht mit dir reden. *Nie wieder*. Das hier …« Sie zeigte zwischen ihnen hin und her. »… das hier ist vorbei.«

Mit diesen Worten wandte Anna sich ab und flüchtete aus dem Zimmer.

Diesmal ließ Gabe sie gehen, und sie war froh darüber. Denn er würde es niemals verstehen. Und sie könnte ihm niemals erzählen, warum alles ihre Schuld war.

Wie eine einzige Entscheidung, die Anna an einem verhängnisvollen Tag getroffen hatte, ihre Mutter vertrieben hatte.

Gabe war der Ansicht, sie sollte nach vorn blicken. Und solange sie ihn weiterhin in ihr Leben ließ, würde er nicht lockerlassen. Es bewies nur, dass es die richtige Entscheidung war, zum Studium nach San Francisco zu gehen. Denn sie gehörte nicht hierher.

Und sie würde es niemals tun.

18

Oben in seinem Zimmer öffnete Gabe seinen Koffer und fischte die Samtschatulle mit der Halskette heraus, die er in dem Pfandleihhaus in San Francisco gekauft hatte. Er starrte auf das eingravierte Blumenmuster. Seit Anna am Vortag von der Schule nach Hause gekommen war, hatte er unauffällig versucht, sich den Anhänger an ihrem Hals genauer anzusehen. Ohne jeden Zweifel war es das Gegenstück zu diesem hier. Ob ihr überhaupt bewusst war, dass sie jedes Mal, wenn sie von ihrer Mom sprach, automatisch danach griff?

Gabe hatte vorgehabt, mit Anna später irgendwo einen Kaffee trinken zu gehen und ihr die zweite Halskette zu geben. Er hatte sich geschworen, mit allem, was er auf seinem Trip nach San Francisco in Erfahrung gebracht hatte, reinen Tisch zu machen, vom Durchsuchen des leer stehenden Hauses bis zu seiner Entdeckung in dem Pfandleihhaus. Sie würde verletzt sein, am Boden zerstört. Aber Gabe hatte gehofft, dann könnte sie endlich nach vorn blicken und eine Art Schlussstrich ziehen.

Diese Vorstellung erschien ihm jetzt lächerlich.

Dass Anna einen Schlussstrich zog, war in etwa so wahrscheinlich, wie er sich dem Wunsch seines Dads fügen und Arzt werden würde. Er hatte es nicht glauben können, als sie angefangen hatte, davon zu reden, nach San Francisco zu ziehen. Im ersten Moment hatte sie zu behaupten versucht, es hätte nichts mit ihrer Mom zu tun, aber ganz offensichtlich hatte es *alles* mit ihr zu tun. Anna glaubte allen Ernstes, sie würde ihre Mom finden und … er stieß ein ungläubiges Lachen aus.

Und sie retten.

Die Frau, die ihre vierzehn Jahre alte Tochter allein zurückgelassen hatte, ohne mit der Wimper zu zucken. Diese dämliche Halskette war nur noch ein weiterer Beweis für den Verrat ihrer Mom. Sie hatte Annas Liebe im Pfandleihhaus versetzt, um sich zuzudröhnen.

Aber Anna würde es nicht so sehen.

Gabe schüttelte den Kopf. Er konnte ihr die Halskette nicht geben. Vielleicht hatte sie recht, und er versuchte, jemandem zu helfen, der sich nicht helfen lassen wollte. Aber selbst wenn sie ihn hasste, selbst wenn sie nie wieder ein Wort mit ihm wechselte, wusste Gabe, dass er das Richtige tat.

Diese Halskette war ein hieb- und stichfester Beweis dafür, dass ihre Mutter tatsächlich in diesem Haus in San Francisco und Anna die ganze Zeit auf der richtigen Spur gewesen war. Wenn eine gegoogelte Telefonnummer genügte, um sie dazu zu bringen, ein super College sausen zu lassen, den Menschen, die sich wirklich um sie sorgten, Adieu zu sagen und ans andere Ende des Landes zu ziehen … was würde es dann in ihr auslösen, wenn sie von dieser Halskette erfuhr? Wie lange würde sie dem Geist ihrer Mutter noch nachjagen?

Und was würde sie auf diesem Weg alles opfern?

19

DREI JAHRE SPÄTER

Anna, hey, warte mal«, rief eine tiefe Männerstimme, als Anna nach ihrem Biologie-Aufbaukurs zur Tür hinausging.

Annas Laborpartnerin und Mitbewohnerin, Sofia, spähte kurz über die Schulter und stieß Anna dann mit dem Ellenbogen in die Seite. Als Anna sich umwandte, sah sie ihren Kommilitonen, Sam Briggs, näher kommen. Er blieb ein paar Schritte vor ihr stehen, und Anna musste den Kopf in den Nacken legen, um ihm in die Augen sehen zu können. Sam war hochgewachsen – weit über einen Meter achtzig, danach zu urteilen, wie er über ihr aufragte – und breitschultrig, mit dunkler Haut und ebensolchen Augen.

»Gute Arbeit da drinnen«, grinste Sam, wobei er eine Reihe absolut gerader weißer Zähne aufblitzen ließ. Anna wusste, dass er von dem Laborexperiment sprach, das sie vorhin im Kurs vorgeführt hatte.

»Danke.« Sie erwiderte sein Lächeln selbstbewusst. Jetzt, wo sie im letzten Jahr ihres Bachelorstudiums an der UCSF war und jeden Tag ihre Zulassungsschreiben fürs Masterstudium erwartete, hielt Anna sich nicht mit Bescheidenheit auf. Sie und Sam kämpften in ihren gemeinsamen Kursen oft um den Spitzenplatz, und auch wenn ihre Rivalität freundschaftlicher Art war, musste sie zugeben, dass sie es genoss, ihm eine Nasenlänge voraus zu sein.

»Also«, sagte Sam und verlagerte seinen Rucksack von einer Schulter auf die andere, »besteht vielleicht die Chance, dass du diesen Samstag Zeit hast? Ich dachte, vielleicht könnten wir zusammen abhängen und ausnahmsweise über etwas *anderes* als Zellteilung reden?«

Sofias Ellenbogen bohrte sich wieder in Annas Seite.

»Ähm.« Anna biss sich auf die Lippe. »Ich muss in meinem Arbeitsplan nachsehen.«

»Okay, cool. Schick mir eine Nachricht«, sagte Sam und hob die Hand zum Gruß. »Bis später.«

Sobald er um die Ecke verschwunden war, wandte sich Sofia an Anna. »Wusste ich doch, dass er auf dich steht!« Sie zog die Augenbrauen hoch. »Und? Triffst du dich mit ihm?«

Anna zögerte, und dann verzogen sich ihre Lippen zu einem Lächeln. »Vielleicht.«

Sam war groß und muskulös, mit attraktiven Gesichtszügen, die selbst ihre Professorinnen nervös werden ließen, wenn er eine Frage im Kurs korrekt beantwortete, was meistens der Fall war. Er war offensichtlich klug und hatte sich größtenteils bei denselben Unis beworben wie Anna. Aber es war nicht nur ihr Arbeitsplan, der sie davon abhielt, mit ihm auszugehen. Sam hatte etwas an sich – eine Selbstsicherheit, die an Großspurigkeit grenzte –, was sie an jemanden erinnerte. Jemanden, den sie in den letzten drei Jahren zu vergessen versucht hatte.

Anna folgte Sofia aus dem Kursgebäude, bis sie an der Kreuzung zweier Wege, die im Zickzack über den Campus verliefen, stehen blieben. Hier trennten sich für gewöhnlich ihre Wege nach dem Biologie-Aufbaukurs.

»Wir sehen uns zum Abendessen, okay?«, sagte Sofia. »Heute ist Taco-Dienstag.«

»Klaro.« San Francisco war berühmt für sein mexikanisches Essen, und sie und Sofia hatten sich vorgenommen, möglichst viele mexikanische Restaurants in der Stadt auszuprobieren. Angefangen hatte es damit, dass Sofia während eines Laborexperiments im Biologiekurs gestand, wie sehr sie die Kochkünste ihrer Mutter zu Hause in Texas vermisste. Von da an wurde der Taco-Dienstag zu einem allwöchentlichen Ritual. »Du bist dran mit Aussuchen«, rief Anna ihr in Erinnerung.

»Irgendwas im Mission District.« Sofia verdrehte die Augen, aber ihr Lachen verriet, dass sie einen Witz machte. »Wo das doch deine *Lieblings*gegend ist.«

Es stimmte, dass Anna sich im Allgemeinen für das Mission District entschied, wenn sie an der Reihe war, ein Restaurant auszuwählen. Dort gab es einfach das beste mexikanische Essen in der Stadt. Und die beste Möglichkeit, Leute zu beobachten. Vor allem, wenn man nach einer ganz bestimmten Person Ausschau hielt.

Aber davon wusste Sofia nichts.

»Perfekt.« Anna nickte. »Dann treffen wir uns um sechs zu Hause.«

Sofia ging den Weg zu ihrem nächsten Kurs hinunter, und Anna entfernte sich in Richtung Bibliothek. Sie hatte noch keine zehn Schritte gemacht, als sie Sofias Stimme rufen hörte. »Hey.«

Anna wandte sich um. »Was denn?«

»Du solltest dich mit Sam treffen. Er ist ein Hauptgewinn.«

Anna lachte. Sie winkte noch einmal kurz und ging dann weiter. Sofia war eine gute Freundin, aber Anna wusste nicht, wie sie erklären sollte, weshalb es ihr widerstrebte, mit Sam auszugehen. Keiner ihrer Kommilitonen wusste von Gabe oder den Weatheralls. Anna hatte allen erzählt, ihre Mom sei gestorben und sie selbst bei einer entfernten Verwandten aufgewachsen. Das war leichter, als die Wahrheit zu erklären.

Etwa auf halbem Weg zur Bibliothek summte ihr Handy

wegen einer eingehenden Textnachricht. Sie fischte das Telefon aus ihrer Tasche und schaute auf das Display. *Sam Briggs* lautete der Name über der Nachricht.

Hast du wegen Samstag schon in deinem Arbeitsplan nachgesehen? Wie wär's, wenn ich dich um sieben abhole?

Anna lächelte. Woher nahm Sam nur dieses Selbstbewusstsein? Aber sie musste zugeben, dass sein Interesse an ihr schmeichelhaft war. Er *war* ein Hauptgewinn, und sie wäre dumm, ihn abzuweisen, nur weil er sie an Gabe erinnerte.

Selbst nach all diesen Jahren der Funkstille.

Anna stand noch immer mit dem Rest der Weatheralls in Kontakt, und sie wusste, dass Gabe an der Universität von Chicago an seiner Dissertation arbeitete. Aber sie hatten seit ihrem letzten Highschool-Jahr nicht mehr miteinander geredet. Nicht, seit er sich geweigert hatte, ihre Entscheidung, an die UCSF zu gehen und nach ihrer Mom zu suchen, zu unterstützen.

Aber Sam war nicht Gabe, und sie war kein Teenager mit einer unerwiderten Schwärmerei. *Sam wird dich nicht wie ein Kind behandeln oder so tun, als wüsste er, was das Beste für dich ist, oder dir sagen, was du zu tun hast. Er wird dein Vertrauen nicht verraten.* Und falls doch, dann würde es sie nicht überrumpeln, denn sie würde ihr Herz niemals zu sehr an irgendjemanden hängen. Diese Lektion hatte Anna schon vor langer Zeit gelernt.

Bevor sie noch länger darüber nachdenken konnte, begann Anna zu tippen.

Anna: Hast du heute Abend Zeit, essen zu gehen? Wie wär's mit mexikanisch?

Sam: Sehr gern. Dann bis heute Abend.

Anna lächelte und steckte das Handy wieder ein. Sie freute sich darauf, mit ihm abzuhängen. Und Sofia würde dabei ein guter Puffer sein.

Aber jetzt musste sie erst einmal für die anstehende Prüfung lernen.

Als sie die Stufen zur Bibliothek hochging, meldete sich ihr Handy erneut. Diesmal war es nicht nur das kurze Vibrieren wegen einer Textnachricht, sondern mehrere lange Signale, die einen eingehenden Anruf bedeuteten. Rief Sam sie an? Vermutlich wollte er die Adresse des Restaurants wissen.

Aber als Anna die Nummer auf dem Display sah, blieb sie abrupt auf den Stufen stehen und umklammerte das Geländer, um nicht den Halt zu verlieren. Das war die letzte Nummer, die zu sehen sie erwartet hatte.

Zwar hatte sie seinen Namen gelöscht, es aber nicht über sich gebracht, ihn auch noch zu blockieren. Und sosehr sie auch zu vergessen versucht hatte – diese Nummer würde sie überall erkennen. Er hatte ihr noch monatelang geschrieben, nachdem sie aufgehört hatte, mit ihm zu reden, aber da sie nie geantwortet hatte, gab er schließlich auf. Jetzt schickte er ihr nur eine einzige Nachricht im Jahr, zu ihrem Geburtstag im Juni.

Ich hoffe, du verbringst einen wundervollen Geburtstag. Ich vermisse dich. Noch immer.

Aber jetzt rief er sie an irgendeinem x-beliebigen Dienstag im September an.

Vielleicht hatte er die Taste aus Versehen aktiviert, als er sich, mit dem Telefon in der Gesäßtasche, hingesetzt hatte. Sie sollte den Anruf auf die Mailbox gehen lassen und sich nicht weiter darum kümmern. Aber sie stand da und starrte auf diese Nummer, die auf ihrem Handy aufleuchtete. In Wahrheit vermisste sie ihn nämlich auch. Und die Aussicht, seine Stimme zu hören, ließ ihr Herz Purzelbäume schlagen.

Als sie eben auf Annehmen drücken wollte, hörte es auf zu klingeln. Seufzend ließ Anna die Hand sinken.

Ein Teil von ihr wünschte, sie hätte den Anruf angenommen, nur um ihm sagen zu können, wie gut es ihr ging und wie sehr er sich getäuscht hatte. Sie liebte ihr Studium, hatte Freundinnen wie Sofia und tolle Professoren. Sie war sogar eingeladen worden, in den Semesterferien zusammen mit einigen Dozenten und anderen Studenten als Freiwillige an internationalen Hilfseinsätzen teilzunehmen. Sie würden in Teile der Welt reisen, wo medizinische Versorgung dringend benötigt wurde, und provisorische Frauengesundheitszentren aufbauen, um Untersuchungen und eine medizinische Grundversorgung anzubieten. Es war eine fantastische Gelegenheit, um Erfahrungen zu sammeln, und eine Ehre, als Studentin dazu eingeladen zu sein.

Da die UCSF Annas Kurse aus der Highschool akzeptiert hatte, konnte sie ein Jahr des Bachelorstudiums überspringen. Das hieß, sie würde bereits im nächsten Jahr mit dem Masterstudium beginnen.

San Francisco war die richtige Entscheidung, wollte sie sagen. Auch wenn sie ihre Mom noch immer nicht gefunden hatte. In San Francisco wusste niemand, dass sie durch einen Glücksfall knapp der Obdachlosigkeit entkommen war. Niemand wusste irgendetwas anderes als das, was sie die Menschen wissen lassen wollte.

Aber was hätte es für einen Sinn, Gabe irgendetwas von alledem zu erzählen? Ihre Freundschaft hatte vor langer Zeit geendet, und sie hatte die Zeit hinter sich gelassen. Anna schaffte es, sich das einzureden, bis sie die Stufen zu den breiten hölzernen Eingangstüren der Bibliothek hochgestiegen war. Und dann, kurz bevor sie hineinging, klingelte ihr Handy wieder.

Sie nahm beim ersten Klingeln ab. »Hallo?«, fragte Anna zögernd.

»Hey, Klei–« Gabe räusperte sich. »Äh, ich meine, Anna. Hier ist Gabe.«

»Hi.« Klang sie so atemlos, wie sie sich fühlte?

»Erstaunlich, dass du Anrufe von Fremden annimmst.«

»Ich wusste, dass du es bist.«

»Okay, dann wundere ich mich, dass du mich nicht aus deinen Kontakten gelöscht hast.«

Anna presste die Lippen zusammen. Sie würde nicht zugeben, dass sie ihn zwar gelöscht hatte, seine Nummer aber noch immer erkannte. Oder was seine vertraute Stimme bei ihr auslöste. Sie richtete sich auf. »Rufst du aus einem bestimmten Grund an?«

»Ehrlich gesagt, ja.« Sie konnte hören, wie er scharf Luft holte. »Anna, es ist wegen Grandma. Sie ist heute Morgen gestorben.«

»Oh.« Annas Augen füllten sich mit Tränen. »Das tut mir so leid.« Mit Dorothy war es seit Langem bergab gegangen, und im Laufe der letzten Jahre hatte sie sich völlig in ihre eigene Welt zurückgezogen. Nicht einmal Annas Anrufe hatten sie noch aus sich herausholen können. Die Familie hatte die ältere Frau vor einer Weile in einem Hospiz untergebracht, daher kam diese Nachricht nicht gänzlich unerwartet. Aber trotzdem wurde Anna von der Realität dieser Tatsache erschüttert. Sie unterdrückte einen Schluchzer.

»Die Beisetzung ist am Samstag«, fuhr Gabe fort. »Ich habe gehofft, du könntest kommen.«

Anna lehnte sich gegen die Backsteinwand, dankbar für etwas so Solides, das sie stützte. Sie wollte Dorothy die letzte Ehre erweisen und da sein, um Elizabeth und dem Rest der Familie beizustehen. Aber ihre Gefühle angesichts der Aussicht, an den Schauplatz ihres alten Lebens zurückzukehren, waren nicht nur gemischt, sondern zu einer breiigen Masse vermengt. »Ähm …« Sie versuchte, Zeit zu gewinnen.

»Bitte. Es würde meiner Mom viel bedeuten.« Gabe zögerte einen Moment. »Und mir auch. Ich meine, nicht dass du auf diesen letzten Punkt irgendetwas gibst.«

Anna stemmte sich von der Wand los. »Natürlich gebe ich etwas darauf, Gabe. Das habe ich immer getan. Du warst es schließlich, der …« Sie beendete den Satz nicht. Dorothy war eben erst verstorben, und jetzt war nicht der richtige Zeitpunkt für so ein Gespräch. »Egal.«

»Hör zu, Kleine …«, sagte er.

Verdammt, sie hasste es, wie sehr ihr gefiel, diesen albernen Spitznamen aus seinem Mund zu hören.

»… Leah hat dein altes Zimmer hergerichtet. Komm zu Grandmas Beerdigung, bleib übers Wochenende, und dann kannst du mir persönlich die Meinung geigen. Um der alten Zeiten willen.«

Anna wischte mit der Hand über ihre nassen Wangen. »So gesehen …«

»Bis bald, Anna«, verabschiedete er sich.

Anna war nicht vorbereitet auf die Welle der Emotionen, die sie überkam, als sie die Weatheralls wiedersah. Sie traf mit einem Taxi vom Flughafen eben noch rechtzeitig zum Abendessen am Freitagabend ein. Als Anna in dieses alte, vertraute Chaos in der Küche trat, umringten die anderen sie und machten einen solchen Wirbel, dass ein Fremder, der durchs Fenster hineingesehen hätte, vielleicht gedacht hätte, sie sei eben aus dem Krieg zurückgekehrt. Was hatte sie sich nur dabei gedacht, so lange wegzubleiben?

Nachdem Rachel sie umarmt und Matt sie in die Luft gehoben hatte, wollte John alles übers Medizinstudium hören. Dann meldete sich Leah, die inzwischen fast so groß wie Anna war, zu Wort, um ihr alles vom bevorstehenden Abschlussball zu erzählen.

Schließlich wandte sich Anna zu Gabe um, der sich am Herd im Hintergrund gehalten hatte, um die Kochtöpfe zu beaufsichtigen.

»Hey, Kleine.« Er wischte sich die Hände an der alten Schürze seiner Mom ab, die er sich um die Taille gebunden hatte.

»Hi.« Ihre Augen begegneten seinen silberblauen, die so sehr dem Nebel ähnelten, der bei ihren frühmorgendlichen Joggingrunden über der Bucht von San Francisco hereinzog. Sie war dazu übergegangen, im Golden Gate Park zu joggen, nachdem die Erinnerung an diese Augen allzu schmerzlich geworden war.

»Ich freue mich so, dass du kommen konntest«, sagte er.

Anna holte zitternd Luft. »Das mit deiner Grandma tut mir sehr leid.« Sie sah hinüber zur Frühstücksnische, wo Dorothy immer gesessen hatte. »Sie war eine wunderbare Frau.«

»Das war sie.« Gabe nickte betrübt. »Und sie dachte dasselbe von dir.«

Anna presste sich die Hand an den Mund, um einen Schluchzer zu unterdrücken, überwältigt von den Erinnerungen, die sie in dieser Küche umfingen. In drei Sekunden war Gabe bei ihr, und in der vierten lag sie in seinen Armen, in seinen vertrauten Duft gehüllt. Sie schmiegte sich an ihn, presste die Wange an seine starke Brust. Und so ungern sie es zugab und nicht wollte, dass es nicht wahr war, es fühlte sich doch an, als ob sie endlich zu Hause war.

Anna strich über den Rock ihres schwarzen Kreppkleids in einem halbherzigen Versuch, die Falten zu glätten, die es auf dem Weg vom Bestattungsinstitut zur Kirche und dann zum Friedhof bei diesem für die Jahreszeit ungewöhnlich warmen Wetter geworfen hatte. Es schien nur richtig, dass Dorothys Beisetzung auf einen wunderschönen Herbsttag fiel, während die Vögel in den Bäumen zwitscherten und die letzten Sommerblumen im Garten blühten. Das Wetter glich jenem Tag Ende September, als sie Dorothy zum ersten Mal begegnet war, und als der Geruch von geschnittenem Gras herüberwehte, während Dorothys Sarg in die Erde hinabgelassen wurde, traten Anna erneut Tränen in die Augen.

Zurück im Haus der Weatheralls, schlenderte sie zwischen den Trauergästen umher und schnappte Gesprächsfetzen über Dorothys ehrenamtliche Arbeit für Kandidaten in der Kommunalpolitik und als Sopran in ihrem Kirchenchor auf. Anna wäre gern stehen geblieben, um zuzuhören, aber zwischen Dorothys Familienangehörigen und Freunden war sie eine Fremde. Wusste irgendjemand überhaupt von diesem Kind, das die Weatheralls für ein Jahr aufgenommen hatten, nachdem seine eigene Mutter abgehauen war?

Unter dem Vorwand, ein paar gebrauchte Weingläser wegzuräumen, flüchtete Anna in die Küche, wo sie auf Elizabeth stieß, würdevoll und elegant in einem schwarzen Wollkleid, das blonde Haar zu einem französischen Twist hochgesteckt. Ein flüchtiger Beobachter hätte vielleicht gesagt, dass sie sich gut hielt. Aber Anna bemerkte die Laufmasche in der Strumpfhose und den fehlenden Ohrring am linken Ohr. Ihre Besorgnis nahm zu, als sie sah, wie Elizabeth vor der offenen Kühlschranktür stand und mit leerem Blick auf den Inhalt starrte. Anna ging zu ihr, nahm Elizabeths Hand von der Kühlschranktür und schloss sie sanft.

Elizabeth blinzelte. »Oh, Anna, Liebes. Ich habe dich gar nicht hereinkommen hören.«

»Kann ich dir irgendetwas bringen? Etwas zu essen vielleicht?«

Aber Elizabeth schüttelte den Kopf. »Nein danke. Ich bin nur ein bisschen müde.«

»Das verstehe ich.« Anna legte den Arm um Elizabeth und führte sie zu einem Hocker an der Kücheninsel. »Wie wär's, wenn du dich ein bisschen ausruhst?«

Elizabeth nahm Platz und klopfte auf den Hocker neben sich. »Bitte setz dich zu mir. Ich bin so froh, dass du nach Hause kommen konntest.«

Anna schenkte Elizabeth ein trauriges Lächeln. »Ich auch. Dorothy war eine wundervolle Frau. Ich bin so dankbar, dass ich sie kennenlernen durfte.«

»Sie hat dich über alles geliebt.«

Und einfach so brannten Annas Augen wieder, und sie hob rasch die Hand, um die Tränen wegzuwischen. Irgendwo hatte sie gelesen, dass man sich bei einem Trauerfall niemals auf die Menschen stützen sollte, die dem Verstorbenen am nächsten gestanden hatten. Und wenn ihr dieser Verlust auch noch so sehr zusetzte, sie hatte nicht zu Dorothys engstem Kreis gehört.

Daher musste ihr Schmerz warten, bis sie nach oben in ihr Zimmer flüchten konnte oder, noch besser, im Flugzeug zurück nach San Francisco saß. Und dann konnte sie über den Verlust eines Menschen trauern, bei dem sie ein echtes Gefühl von Zugehörigkeit verspürt hatte. Bei dem sie sich … geborgen gefühlt hatte.

Dorothy hatte nichts von Annas Vergangenheit gewusst oder irgendetwas auf ihre Herkunft gegeben. Sie hatte Anna ihre Erinnerungen anvertraut und nie versucht, dieses ihr eigentlich fremde Mädchen zu ändern … oder zu retten. In mancher Hinsicht erinnerten diese Momente mit Dorothy sie an die frühen Zeiten mit ihrer Mom, bevor sie wieder anfing, Drogen zu nehmen. Bevor alles zusammenbrach.

»Ich habe sie auch sehr geliebt«, brachte Anna flüsternd zustande.

Elizabeth lächelte traurig und strich Anna eine Haarlocke hinters Ohr. *Genau wie es Dorothy immer getan hat.* Annas Herz krampfte sich zusammen.

»Ich wollte das eigentlich erst später tun«, sagte Elizabeth und rutschte von ihrem Hocker, »aber da du jetzt gerade hier bist … Es gibt etwas, das ich dir geben möchte.« Sie öffnete eine Schublade in dem Schrank auf der anderen Seite des Raumes und entnahm ihr eine kleine Samtschatulle. Dann setzte sie sich wieder und stellte die Schatulle vor Anna auf die Arbeitsplatte.

Anna konnte sich nicht annähernd vorstellen, was das sein mochte. Oder warum Elizabeth es ihr ausgerechnet heute geben wollte. Vorsichtig nahm Anna die Schatulle in die Hand und klappte den Deckel hoch.

Ordentlich in das mit schwarzem Samt ausgelegte Innere gesteckt, funkelte ein Diamantring im Deckenlicht. Anna erkannte ihn auf Anhieb. Diesen Ring hatte Dorothy stets an der rechten Hand getragen. Durch alte Fotos hatte Anna erfahren, dass er ein Geschenk von Dorothys Ehemann zum ersten Jahrestag ihrer Hochzeit gewesen war.

Anna legte die Schatulle zurück auf die Arbeitsplatte. »Ich verstehe nicht.« Elizabeth hatte gesagt, sie wolle ihr etwas geben. Sie hatte doch sicher nicht diesen Ring gemeint?

Aber Elizabeth zeigte auf die Schatulle. »Sie hätte gewollt, dass du ihn bekommst.«

Ein Teil von Anna wollte dieses wundervolle antike

Schmuckstück in die Hand nehmen, es an ihre Brust drücken und für immer behalten. Stattdessen schüttelte sie den Kopf. Anna kannte sich mit Schmuck nicht aus, aber der Ring musste ein Vermögen gekostet haben.

»Elizabeth, das kann ich unmöglich annehmen.«

»Natürlich kannst du das.« Elizabeth nahm die Schatulle in die Hand und hielt sie Anna hin. »Du hast keine Ahnung, wie viel es mir bedeutet hat, dass du Zeit mit ihr verbracht und sie zu uns zurückgeholt hast, als sie immer weiter wegzudriften schien.« Ihre Stimme brach, und zum ungefähr hundertsten Mal an diesem Tag spürte Anna, wie ihr die Tränen in die Augen traten.

Anna nahm den Ring in die Hand, betrachtete ihn lange Zeit, und auf einmal flutete alles zurück: die Berührung einer gebrechlichen, vom Alter fleckigen Hand, die sich auf ihre legte, der Geruch von Flieder, der über die Eingangsveranda driftete, die Stimmen von Frank Sinatra und Dean Martin. Diese Augenblicke hatten ihr alles bedeutet.

Aber dann bemerkte Anna die dunklen Ringe unter Elizabeths Augen und die Furchen der Trauer, die ihren Mund umgaben. Elizabeth hatte eben erst ihre Mutter nach langer, schwerer Krankheit verloren. Sie war erschöpft und verletzlich, und, was das Wichtigste war, sie dachte nicht klar. Wenn Anna diesen Ring annahm, dann würde sie ihn nie ansehen können, ohne sich zu fragen, ob Elizabeth es vielleicht bereute, ihn weggegeben zu haben.

»Vielen Dank, dass Sie an mich gedacht haben, aber wirklich, ich kann ihn nicht annehmen.«

»Nimm den Ring, Anna«, ertönte Gabes Stimme von der anderen Seite des Raumes.

Anna zuckte zusammen, und als sie herumschnellte, sah sie ihn im Türeingang stehen, die Arme vor der Brust verschränkt.

Er wies mit dem Kinn auf die Schatulle. »Sie hätte wirklich gewollt, dass du ihn bekommst.«

Anna schüttelte wieder den Kopf. Dieser Ring war ein kostbares Familienerbstück, und sie gehörte nicht zur Familie. Ihre Hand flog automatisch zu dem goldenen Anhänger an ihrem Hals. Er war vielleicht bescheidener als ein antiker Diamantring, aber die andere Hälfte war irgendwo dort draußen. Sie hatte es noch nicht aufgegeben, diese Kette – oder ihre Mom – zu finden.

»Danke, aber ich kann ihn nicht annehmen, Elizabeth. Das hier ist ein ganz besonderer Ring, und Sie sollten ihn einer Ihrer Töchter geben.«

Elizabeth machte den Mund auf, um zu protestieren, aber Anna klappte die Schatulle entschieden zu. »Bitte. Geben Sie ihn Leah oder Rachel.«

Elizabeth nahm die Schatulle seufzend in die Hand. »Vielleicht war jetzt nicht der beste Zeitpunkt, um darüber zu diskutieren. Ich werde ihn im Safe aufbewahren für den Fall, dass du es dir anders überlegst.«

»Das werde ich nicht.«

»Anna.« Ein missbilligender Ton lag in Gabes Stimme, und Anna signalisierte ihm mit einem strengen Blick, dass sie nicht darüber streiten würde. Er glaubte stets zu wissen, was das Beste für sie war. Aber nur, weil sie in seinen Augen immer noch ein Kind war, musste er damit nicht richtigliegen.

»Entschuldigt mich«, sagte Anna, rutschte vom Hocker und flüchtete ins Wohnzimmer, bevor Gabe noch etwas entgegnen konnte.

Anna ging um den Couchtisch, rückte die Tabletts mit Appetithappen zurecht, fegte Krümel in ihre Hand und tat ihr Bestes, um sich zu beschäftigen.

Aus dem Augenwinkel beobachtete Anna, wie eine Frau

etwa in Elizabeths Alter ein junges Mädchen begrüßte. Die beiden ähnelten einander, vermutlich Mutter und Tochter oder Tante und Nichte. Während die beiden einander umarmten, schoss Anna der Gedanke durch den Kopf, dass es niemanden in ihrem Leben gab, der ihr optisch ähnelte oder sich an eine Geschichte aus ihrer Kindheit erinnerte. Niemanden, der sie länger als ein paar Jahre kannte. Ein Teil von ihr wusste, dass es sinnlos war, nach all den Jahren noch immer diese Traurigkeit wegen ihrer Mom zu verspüren, aber sie konnte nicht anders.

Früh an diesem Morgen, als alle anderen vermutlich noch schliefen, war Anna aus dem Bett und in Leggings und Sneakers geschlüpft. Falls irgendjemand von der Familie gesehen hätte, wie sie auf Zehenspitzen zur Haustür hinausschlich, hätte sie gesagt, sie wolle eine Runde spazieren gehen. Stattdessen war sie hinunter zur Forbes Avenue geeilt und hatte den Bus nach Lawrenceville genommen. Sie war durch ihre alte Wohngegend geschlendert, neugierig, aber auch gefasst auf den Ansturm von Erinnerungen. Die alte Familienapotheke war jetzt eine Drogeriefiliale, und der Lebensmittelladen, in dem sie früher gejobbt hatte, war an ein Hipster-Pärchen verkauft worden, das im hinteren Bereich eine Smoothie-Bar eingerichtet hatte.

Anna wusste nicht, was sie erwartet hatte, als sie den Weg zu ihrem alten Wohnhaus einschlug, stellte jedoch überrascht fest, dass es unbewohnt und mit Brettern vernagelt war. Mrs. Janiszewski war bei Annas Auszug in den Achtzigern gewesen. Vielleicht war sie in ein Pflegeheim gezogen, oder sie war gestorben. Und Don, ihr Vermieter – saß vermutlich im Gefängnis, falls es Gerechtigkeit auf dieser Welt gab. Offenbar sollte das Haus abgerissen werden – etwas Besseres konnte diesem aus Schwarzschimmel und Asbest bestehenden

Brandrisiko nicht geschehen –, aber es war auch eine weitere Verbindung zu ihrer Mom, der sich langsam auflöste. Mit jedem Jahr, das verstrich, schwand die Chance, sie doch noch zu finden.

Drei Jahre in San Francisco hatten keine einzige Spur von ihr zutage gefördert, obwohl Anna noch in der Stunde, in der damals ihr Flugzeug in der Stadt gelandet war, zur Polizei ging, um eine Vermisstenanzeige aufzugeben. Sie hatte alles versucht, in der Capp Street an Türen geklopft und war zu Obdachlosenunterkünften gegangen und hatte das Foto ihrer Mom verteilt. Wie oft hatte sie auf der Straße in die Gesichter von Fremden gestarrt und nach einer Ähnlichkeit gesucht? Wie vielen Frauen mittleren Alters war sie in Geschäfte gefolgt?

»Hey.« Gabes Stimme riss sie aus ihren Gedanken, und als sie sich umdrehte, stand er genau vor ihr. »Können wir reden?«

»Gabe, ich nehme den Ring nicht.«

Er hob die Hände, als wolle er zeigen, dass sie leer waren. »Ich bin nicht deswegen hier. Ich kümmere mich hochoffiziell um meine eigenen Angelegenheiten.«

»Das sieht dir gar nicht ähnlich«, sagte sie spöttisch.

Er grinste verlegen, nahm sie am Ellenbogen und zog sie in eine ruhige Ecke. »Ich will über dich und mich reden.«

Anna wich einen Schritt zurück. »Vielleicht wäre es schlauer, über den Ring zu sprechen.«

»Anna.« Seine Miene wurde ernst. »Es ist drei Jahre her, seit wir zuletzt geredet haben. Ich möchte dir sagen, dass es mir leidtut. Und ich habe mich getäuscht bezüglich deiner Entscheidung damals. Dad hat mir erzählt, dass die UCSF genau das Richtige für dich ist.«

Anna nickte.

»Es tut mir leid, dass ich dich nicht dabei unterstützt habe oder dir den Raum gelassen habe, selbst zu entscheiden, was das Beste für dich ist.« Sein Gesicht verdüsterte sich, als er sich mit einer Hand über die Stirn fuhr. »Ich habe es in den vergangenen drei Jahren so oft bereut.«

Als sie die Traurigkeit in seinem Gesicht sah, erinnerte sich Anna an seine Nachrichten. *Ich vermisse dich. Noch immer.* Warum hatte sie ihm nie zurückgeschrieben? Jetzt, wo er vor ihr stand, schien das alles so kleinlich. »Es tut mir leid, dass ich nie geantwortet habe.«

Gabe neigte den Kopf, um sie anzusehen. »Ich würde sehr gern mehr über dein Studium hören. Von dir, diesmal.«

Anna hatte nichts gefunden, was auch nur annähernd so war wie die Freundschaft, die sie mit Gabe während dieser Zeit auf der Highschool verbunden hatte, als sie beide über ihr Projekt stritten und lachten. Vielleicht hatte sie überreagiert, als sie ihn aus ihrem Leben ausschloss. Hätten sie sonst diese letzten drei Jahre als Freunde verbracht anstatt mit Funkstille?

»Ich würde dir sehr gern davon erzählen.«

»Wirklich?« Ein Lächeln erhellte sein Gesicht, brachte seine Augen zum Strahlen. »Und deine Mom? Hast du irgendetwas über sie herausgekriegt?«

Anna schüttelte den Kopf, die Bilder von diesem Morgen noch frisch im Gedächtnis. Das mit Brettern vernagelte Haus, die vertrauten Straßen. »Nein«, murmelte sie. »Habe ich nicht.«

»Das tut mir leid.«

Sie hatte drei Jahre lang gesucht und nichts erreicht. Und jetzt, mit zwanzig, lebte sie seit mehr oder weniger sechs Jahren allein. Ihre Mom war nicht mehr da. Warum kümmerte sie das noch immer so sehr? Warum konnte sie nicht loslassen? Ihren Freunden auf der Uni hatte sie erzählt, ihre Mom sei gestorben. Und so war es vermutlich auch. Aber bis sie mit Sicherheit wusste, was passiert war, würde sie nie wirklich nach vorn blicken können.

»Anna? Willst du darüber reden?«

Bis sie mit Sicherheit wusste, was passiert war, würde sie immer das vierzehn Jahre alte Kind sein, das seine Mutter vertrieben hatte.

Anna zwang sich zu einem Lächeln. »Nein, das gehört alles der Vergangenheit an. Um genau zu sein, denke ich, wir sollten uns darauf verständigen, nie wieder über meine Mom zu reden.«

Gabe runzelte die Stirn. Für einen Moment sah er aus, als wollte er etwas sagen, aber dann überlegte er es sich offenbar anders. »Okay. Ich kümmere mich um meine eigenen Angelegenheiten«, antwortete er schließlich, als müsse er sich selbst überzeugen. »Wir reden nicht über deine Mom, aber wir *reden* wieder, okay?« Gabe schenkte ihr dieses charmante Lächeln, dem sie nie hatte widerstehen können.

Annas Herz zog sich schmerzhaft zusammen. War er der wahre Grund, warum sie zögerte, mit Sam auszugehen? »Ja«, antwortete sie schließlich. »Wir reden wieder.« Aber Gabe erneut in ihr Leben zu lassen hieß nicht, dass sie ihm je wieder etwas anvertrauen würde. Bestimmt nicht ihre Geheimnisse. Und – sie holte zitternd Luft – schon gar nicht ihr Herz.

20

DREI JAHRE SPÄTER

Als Gabes Taxi vorfuhr, war das Haus erhellt wie zu Weihnachten und die Party bereits in vollem Gange. Überall parkten Autos und verstopften die Auffahrt, daher musste das Taxi ihn vorn an der Straße absetzen.

Seine Eltern hatten alle, die zu Matts und Julias Hochzeit früher angereist waren, eingeladen, auf ein paar Cocktails vorbeizuschauen, und es sah aus, als ob die meisten Gäste das Angebot angenommen hatten.

Als Trauzeuge seines Bruders hätte Gabe an diesem Tag eigentlich früher kommen sollen, um bei den Partyvorbereitungen zu helfen, aber sein Flug von DC war gestrichen worden. Es ärgerte ihn, dass er für das große Ereignis spät dran war. Schließlich hatte er die Stelle als leitender Forschungsstipendiat am Hastings Institute auch deshalb angenommen, um näher bei seiner Familie zu sein.

Er war bereits im Begriff gewesen, nicht länger auf einen Flug zu warten, sondern mit dem Wagen die vier Stunden nach Pittsburgh zu fahren, als ihm Anna eine Nachricht schickte.

Anna: Wartest du immer noch am Reagan?

Gabe: Japp.

Anna: Kein Glück beim Flirten mit der Gate-Angestellten, damit sie dich in einem früheren Flug unterbringt?

Gabe: *Die* Angestellte ist schätzungsweise Mitte sechzig und männlich.

Anna: Das nennt man Pech. Aber keine Sorge, Rachel und ich haben alles im Griff. Sie poliert im Moment das Silberbesteck, und ich fahre gleich zu diesem Weinladen am anderen Ende der Stadt, um eine Kiste mit dem Lieblings-Cabernet deines Dads zu holen.

Gabe: Würde es ihn umbringen, einen stinknormalen Merlot zu servieren?

Anna: Das Risiko besteht.

Gabe: Bin froh, dass du da bist, Kleine.

Anna: Entspann dich und trink was in der Lounge. Wir sehen uns bald.

Beim Anblick ihrer Worte auf seinem Telefon musste Gabe lächeln. Er konnte fast ihre Stimme hören, dieser ironische, neckende Ton. Seine Bemerkung hatte er durchaus ernst gemeint: Er *war* froh, dass sie bei seinen Eltern zu Hause war, und das nicht nur, weil sie einen Ruhepol inmitten des Hochzeitschaos darstellte. Es war sieben Jahre her, seit er und Anna für ihr Kursprojekt als Partner eingeteilt worden waren, und er hatte nie wieder eine Freundin wie sie gehabt. Mit ihr konnte er reden, sie brachte ihn zum Lachen, verstand ihn wie niemand sonst und ließ ihm nichts durchgehen. Sie war fast wie eine Schwester für ihn. Und das war eine ziemlich hohe Messlatte angesichts der Tatsache, wie nahe er Matt, Leah und Rachel stand.

Und doch hatte er sie seit Jahren nicht gesehen. Er arbeitete viele Stunden in seinem neuen Job in DC, und Anna studierte im dritten Jahr Medizin in Stanford. Ihre Gespräche fanden spätabends statt, am Telefon, kurz bevor er sich schlafen legte und sie eine Pause vom Lernen machte. Er hatte sie seit Grandmas Beerdigung nicht mehr getroffen. In den Semesterferien nahm sie als Freiwillige an medizinischen Hilfseinsätzen teil und war nicht wieder nach Pittsburgh zurückgekommen. Für kurze Zeit war er besorgt gewesen, sie könnte es selbst zu der Hochzeit nicht nach Hause schaffen.

Manchmal fragte sich Gabe, ob Anna sich absichtlich von seiner Familie abkapselte und ihre Freiwilligenarbeit auch eine Ausflucht war, um Feiertage und Familienereignisse zu vermeiden. Vielleicht ging sie allem aus dem Weg, was sie an ihre Kindheit erinnerte. Er hoffte nur, das traf nicht auch auf seine Familie zu.

»Das macht dann vierzig Dollar.« Die Stimme des Taxifahrers riss ihn aus seinen Gedanken.

Gabe reichte ihm einen Fünfziger, stieg aus und trat auf den nassen Gehsteig. Während er die Auffahrt zu seinem Elternhaus entlangging, senkte sich die Dunkelheit über den Garten, und die Straßenlaternen leuchteten flackernd auf. Etwa auf halbem Weg zum Haus verlangsamte Gabe seine Schritte, als er jemanden allein auf der Verandaschaukel sitzen sah, den Rücken gegen die Armlehne gestützt, von der Auffahrt abgewandt. Er blieb stehen und blinzelte, versuchte, im schwindenden Licht auszumachen, wer es war. Es sah nach einer Frau aus, etwa in seinem Alter, aber sie kam ihm nicht bekannt vor.

Sie hatte ein Bein unter sich angezogen und ließ das andere über den Rand der Schaukel baumeln, während sie sich mit dem nackten Fuß immer wieder vom Boden abstieß. Das sanfte Schaukeln sorgte dafür, dass ihr Kleid über ihren Schenkel hochrutschte und ein langes, schlankes Bein entblößte. Dann verlagerte sie ihr Gewicht, und ein Vorhang aus dichtem, welligem Haar fiel über ihre Schulter.

Ihn überkam der seltsame Drang, mit den Händen durch diese Haare zu fahren.

War es vielleicht eine Freundin von Julia? Waren sie sich bei irgendeinem anderen Ereignis schon einmal begegnet? Er hatte sich noch nie von einer Fremden so aus dem Gleichgewicht geworfen gefühlt, schon gar nicht einer, die er kaum sehen konnte.

Gabe schüttelte den Kopf. *Vermutlich bin ich nur müde.* Es war ein langer Tag gewesen, und er hatte noch Stunden vor sich, in denen er sich unter die Partygäste mischen musste.

Er rückte seine Krawatte zurecht und ging weiter die Auffahrt hoch. Als er die Verandastufen erreichte, blieb er stehen. »Hallo?«, murmelte er.

Als seine Stimme die Stille durchschnitt, wandte sich die Frau zu ihm um. Und die Erkenntnis, wer sie war, traf ihn wie ein Blitz aus heiterem Himmel.

»Anna?«, stieß er mühsam hervor.

Sie stand auf und machte vor Freude große Augen. »Gabe!« Ein strahlendes Lächeln erhellte ihr Gesicht. »Ich war mir nicht sicher, wann du kommst.«

Für einen Moment konnte er sie nur sprachlos anstarren. Irgendwie fühlte er sich, als würde er Anna zum allerersten Mal richtig ansehen. Wie war es möglich, dass sie genau dieselbe und doch völlig anders war? Noch vor wenigen Sekunden hatte er an den unsicheren Teenager gedacht, der für ihn wie eine Schwester war. Aber das hier war kein unsicherer Teenager mehr und auch eindeutig *nicht* seine Schwester.

Er versuchte, derartige Gedanken dorthin zu verbannen, wo auch immer sie hergekommen waren.

»Ich, ähm, habe es doch geschafft, einen Platz auf einem früheren Flug zu kriegen. Anna, du siehst …« Er verstummte.

Anna schaute an ihrem Kleid hinunter und strich eine Falte aus dem Rock. »Was?« Sie biss sich auf die Lippe und suchte verloren nach Worten.

Du siehst … wunderschön aus. Gabe schüttelte den Kopf, um wieder Herr seiner fünf Sinne zu werden. Das hier war Anna. *Reiß dich zusammen.*

»Du siehst gut aus«, sagte Gabe schließlich lahm. Er konnte den Blick nicht von ihr abwenden.

»Danke.« Sie lächelte und strich eine Locke ihrer glänzenden Haare hinters Ohr. Für eine Sekunde stockte ihm der Atem.

Dann wurde Annas Grinsen breiter. »Und du siehst so furchtbar aus wie immer.«

Er verkniff sich ein Lachen, und die Welt drehte sich wieder normal. »Ich warte noch immer darauf, in mein Aussehen hineinzuwachsen«, sagte er mit theatralischem Schulterzucken.

Anna lehnte sich gegen das Verandageländer und schüttelte gespielt bekümmert den Kopf. »Tja. Ich hatte immer gehofft, du würdest eine Persönlichkeit entwickeln, die das wettmacht, was dir an Aussehen fehlt.«

Lachend sprang Gabe die Verandastufen hoch und zog sie in seine Arme. »Ich freue mich auch, dich zu sehen, Kleine.«

Das ganze Hochzeitswochenende warf Gabe immer wieder einen verstohlenen Blick auf Anna, wenn sie nicht hinsah. Beim Probedinner am nächsten Abend sah sie ebenso hinreißend aus wie bei der Cocktailparty, diesmal in einem roséfarbenen Sommerkleid und Riemchensandaletten. Aber es war nicht nur die Kleidung. Am Hochzeitsmorgen in der Küche seiner Eltern brachte sie ihn sogar in einer karierten Pyjamahose und einem ihrer uralten T-Shirts aus dem Konzept. Als ihm bewusst wurde, dass er sie anstarrte, flüchtete er aus der Küche und ging duschen.

Bis er wieder herunterkam, waren Anna und seine Schwestern bereits zu der Hochzeit aufgebrochen, und er sah die drei erst kurz vor der Zeremonie wieder, als er damit beschäftigt war, sicherzustellen, dass sein Bruder und die anderen Trauzeugen des Bräutigams die richtigen Plätze eingenommen hatten und der fünfjährige Ringträger die Ringe nicht versehentlich in die Toilette fallen ließ.

Matts und Julias Hochzeit fand in einer alten steinernen Scheune statt, einem Ständerbau mit hohen Decken, rustikalen Kiefernböden und riesigen Scheunentoren, die die frühsommerliche Brise hereinließen. Die Zeremonie begann, und Gabe schluckte schwer beim Anblick von Matts Miene, als Julia zum Traualtar schritt. Julia war wunderschön in ihrem Brautkleid, mit ihren langen, dunklen Haaren, die zu einem kunstvollen Twist hochgesteckt waren, aber Matt lächelte so völlig hingerissen, dass Gabe vermutete, sie hätte auch eine Papiertüte tragen können, und Matt wäre es gar nicht aufgefallen. In dem Augenblick, in dem Julia auf ihn zutrat, schmunzelte sie Matt an, als würden die beiden irgendeinen Insiderwitz teilen.

Sein älterer Bruder lebte ihm vor, was es bedeutete, wenn die Lebenspartnerin auch die beste Freundin war.

Gabes Blick wanderte über die Reihen der Hochzeitsgäste. Er fand Anna, und als hätte sie gespürt, dass er sie ansah, erwiderte sie seinen Blick. Sie schaute ihn direkt an, und sämtliche Luft wich aus seiner Lunge. Eine Sekunde verstrich, dann noch eine, und es fühlte sich an, als würde eine Herde Pferde langsam durch seine Brust galoppieren.

Zum Glück trat in diesem Moment der Standesbeamte vor,

um mit der Zeremonie zu beginnen, und der Bann war gebrochen. Gabe tat einen so scharfen Atemzug, dass der Trauzeuge zu seiner Linken ihn seltsam ansah.

Für den Rest der Zeremonie hielt er den Blick auf Matt und Julia geheftet, während sie sich das Jawort gaben und die Ringe tauschten. Nach den Fotos und dem Dinner tanzte Gabe mit seiner Mutter und machte seine Runde bei den ganzen älteren Damen, die kicherten und die Hand ans Herz pressten, als er sie auf die Tanzfläche führte. Als Nächstes löste er einen von Julias jugendlichen Cousins ab, der mit Leah tanzte. Inzwischen selbst ein Teenager, tat Leah, als wäre Gabe ihr peinlich, obwohl er wusste, dass sie insgeheim überglücklich war, ihn zu Hause zu haben.

Schließlich gelang es ihm davonzuschleichen, um sich ein Bier zu holen und eine Minute für sich zu haben. Er lehnte sich mit der Schulter an einen der Holzpfosten, die das jahrhundertealte Dach trugen. Auf der Tanzfläche tanzten Matt und Leah einen Shimmy zu einem alten Achtzigerjahre-Song, und drüben an der Bar kippten Rachel und ihre neue Freundin – eine Frau namens Aaliyah, die sie vom Jurastudium kannte – irgendetwas flammend Rotes aus Schnapsgläsern in sich hinein.

Dann entdeckte er auch seine Mom und seinen Dad auf der Tanzfläche und musste grinsen. Seine Mom blieb immer wieder stehen, um sich vor Lachen über die grauenhaften Tanzschritte seines Dads zu krümmen. Je mehr sie lachte, desto schlimmer wurden die Schritte seines Dads, bis sie schließlich beide vor Lachen nicht mehr weitertanzen konnten. Man erlebte seinen Dad nur selten so ausgelassen und albern, aber Gabe wusste, dass seine Mom der eine Mensch war, der das in ihm zum Vorschein bringen konnte.

Gabe ging der Gedanke durch den Kopf, dass seine Eltern

ihm stets ein Beispiel für eine solide, glückliche Beziehung gewesen waren. Was sagte es über ihn aus, dass er achtundzwanzig Jahre alt geworden war, ohne so etwas auch nur annähernd gefunden zu haben?

Als der Song endete, kam sein Dad auf ihn zu und schlug ihm beherzt auf den Rücken. »Tolle Rede vorhin.«

Ein Gefühl von Wärme breitete sich in Gabes Brust aus. Er hatte wochenlang an dieser Rede gefeilt und merkte an den vielen Lachern, dass er einen vollen Erfolg gelandet hatte. Und als er am Ende zu dem sentimentalen Teil überging, floss tatsächlich die eine oder andere Träne. Aber manchmal war er eben immer noch dieser kleine Junge, der die Anerkennung seines Dads wollte. »Danke. Das bedeutet mir viel.«

»Dein Bruder wirkt glücklich.«

»Oh, ja.« Gabe fragte sich, was sein Dad dabei empfand. Mehr als zehn Jahre nachdem Matt das Medizinstudium hatte sausen lassen, war es schwer vorstellbar, dass er irgendetwas anderes machte, als Häuser zu bauen. Aber trauerte sein Dad noch immer um das, was hätte sein können? Er schien milder geworden zu sein, seit Anna mit ihrem Traum, Ärztin zu werden, die Lücke füllte.

Gabe nahm noch einen Schluck von seinem Bier und suchte die Menge mit den Augen ab, bis er Anna fand. Sie saß allein an einem Tisch ein paar Schritte von der Tanzfläche entfernt, war mit den Füßen aus ihren High Heels geschlüpft und wackelte mit den Zehen, als wären sie »endlich frei«.

Verdammt, sie hatte sich in den wenigen Stunden, die er nicht auf sie geachtet hatte, immer noch nicht in einen unbeholfenen Teenager zurückverwandelt. Er wünschte, das hätte sie getan, denn diese Gefühle, die er für sie empfand, verwirrten ihn … das alles war seltsam … aber auch ein klein wenig faszinierend.

»Sieh zu, dass du wieder auf die Tanzfläche gehst.« Sein Dad wies mit einem Nicken in Annas Richtung, und Gabe spürte, wie sein Gesicht zu glühen begann. Ahnte sein Dad, dass er diese Gefühle für Anna hatte? War es so offensichtlich?

Nein, sagte sich Gabe. Sein Dad hatte schon immer Beschützerinstinkte für Anna gehabt, und vermutlich hatte er sie allein dasitzen sehen. Er hätte dasselbe für Leah getan.

Die letzten Akkorde eines Popsongs verhallten, und die ersten Klänge einer langsamen Ballade drifteten durch den Saal. Sein Dad schlug ihm noch einmal auf den Rücken und ging zurück zu seiner Ehefrau.

Gabes Körper bewegte sich in Annas Richtung, noch bevor sein Gehirn wirklich registrierte, was er tat. Er war nur ungefähr zwanzig Schritte weit gegangen, als er zwischen zwei Tischen abrupt stehen blieb. Ein anderer von Julias Cousins – Kyle oder Cal oder so ähnlich – war vor Annas Stuhl getreten, beugte sich zu ihr hinunter und sagte irgendetwas, was sie zum Lachen brachte. Dann streckte Wie immer-er-hieß die Hand aus. Anna ergriff sie, und Kyle-oder-Cal führte sie auf die Tanzfläche. Er beugte sich vor, um ihr etwas ins Ohr zu flüstern, und sie lachte wieder.

Gabe hatte Julias Cousin am Abend der Cocktailparty kurz kennengelernt. Er nahm an, dass der Typ, objektiv betrachtet, gut aussah, wenn man auf geschniegelte, blonde Lacrosse-Spieler stand. Kyle-oder-Cal hatte Gabe erzählt, dass er auf die UCLA ging und seinen MBA machte, um später im Unternehmen seines Vaters zu arbeiten. Gabe versuchte sich zu erinnern, was für eine Art Firma es war – Wirtschaftsprüfung vielleicht? Der Typ schien ein bisschen langweilig für jemand so Interessantes wie Anna.

Gabe stand etwas verloren zwischen den Tischen und rang mit den Gefühlen, die in ihm brodelten. Dann war er eben vielleicht ein klein wenig eifersüchtig. Er hatte Anna noch nie zuvor mit einem Typen gesehen. Hatte sie sich nie auch nur mit einem vorgestellt. Vermutlich war sie auf dem College und beim Medizinstudium mit Typen zusammen gewesen, aber es war ein Thema, über das sie bei ihren Telefonaten und Textnachrichten nie wirklich redeten.

Und zusätzlich zu der Eifersucht verspürte er auch ein klein wenig Erleichterung. Was hatte er sich bloß dabei gedacht, dort hinüberzugehen, um sie vor seiner ganzen Familie zu einem Slow Dance aufzufordern? Nur weil er diesen Moment vorübergehender Unzurechnungsfähigkeit bezüglich Anna hatte, hieß das nicht, dass er dem nachgeben sollte.

In diesem Augenblick rempelte ihn jemand von hinten an. Als er herumschnellte, sah er eine hübsche, dunkelhaarige Frau, die die Hände ausstreckte und Halt suchend an seinen Arm klammerte. Die Frau stellte sich als Julias Freundin Nadia vom College vor, und dann beugte sie sich noch ein bisschen näher vor, um ihm zu seiner Rede als Trauzeuge zu gratulieren.

Gabe sah hinüber zu Anna. Sie hatte die Arme noch immer um Wie-hieß-er-gleich-wieder geschlungen und wiegte sich im Takt. Er zwang sich, zu Nadia zurückzusehen, nahm ihre dunklen Augen und vollen Lippen wahr.

Gabe verbrachte den Rest des Hochzeitsempfangs damit, mit Nadia zu tanzen und *nicht* zu beobachten, wie Anna und Kyle-oder-Cal in einer dunklen Ecke miteinander plauderten. Matt und Julia brachen in ihre Flitterwochen auf, und die Gäste verabschiedeten sich allmählich. Gabe nahm Nadias Hand, während sie zur Tür hinausschlüpften, und blieb dann kurz stehen, damit sie in ihrer Handtasche nach ihren Wagenschlüsseln kramen konnte. In diesem Augenblick drückte Anna die Tür auf und trat ins Freie.

»Gabe! Rachel und ich haben dich gesucht. Kommst du mit uns oder fährst du mit deinen Eltern?«

Wo steckte denn Wie-hieß-er-gleich-wieder? Wenn er Anna nicht um ihre Nummer gebeten hatte, war er ein Idiot. In diesem Augenblick fand Nadia ihre Wagenschlüssel und schlüpfte an seine Seite.

»Schon gut.« Gabe räusperte sich. »Ich habe eine Mitfahrgelegenheit.«

Annas Blick huschte von Gabe zu Nadia und wieder zurück. »Oh. Okay.« Selbst in dem düsteren Licht konnte Gabe sehen, dass Annas Wangen eine Spur rosiger wurden. Sie lächelte mit schmalen Lippen. »Viel Spaß.« Sie nickte Nadia zu und ging dann ohne ein weiteres Wort den erhellten Weg hinunter zum Parkplatz.

Er sah ihr noch einen Moment nach, bevor er sich wieder der Frau an seiner Seite zuwandte. Es war besser so.

21

DREI JAHRE SPÄTER

Als Anna die Treppe von ihrer Wohnung im ersten Stock hinunterstieg und die Haustür aufriss, traf es sie wie ein Stromstoß mitten ins Herz. Denn dort auf der Eingangsstufe, auf lässige Weise unglaublich attraktiv in Jeans und einem Button-up-Hemd mit hochgekrempelten Ärmeln, stand Gabe.

Er grinste zu ihr hinunter, und Anna passte vor Aufregung nicht auf. Sie stolperte über die Fußmatte und verlor das Gleichgewicht. Gabe streckte die Arme aus, um sie aufzufangen, und im nächsten Atemzug lag sie an seiner Brust. In diesen vertrauten Gabe-Duft gehüllt, atmete sie zitternd aus.

»Hey«, begrüßte er sie grinsend. »Ist eine Weile her, aber du musst dich mir nicht gleich vor die Füße werfen.«

Drei Jahre. Es war fast drei Jahre her, seit sie Gabe bei Matts und Julias Hochzeit gesehen hatte. Nicht eine Sache an ihm hatte sich verändert, offenbar. Gott, sie hatte ihn vermisst. Ihr war gar nicht bewusst gewesen, wie sehr, bis er auf ihrer Türschwelle stand und seine üblichen Witze riss.

Sie waren sich nicht etwa aus dem Weg gegangen. Aber als leitender Forschungsstipendiat am Hastings Institute war Gabe die Karriereleiter stetig hochgeklettert und flog rund um die Welt zu Kongressen oder um auf Konferenzen seine Forschungsergebnisse zu präsentieren. Und Anna arbeitete Doppelschichten als Assistenzärztin in der Geburtshilfeabteilung der UCSF. Sie hatte kaum Zeit gehabt, sich die Haare zu waschen, geschweige denn einen Besuch an der Ostküste ins Auge zu fassen.

Aber jetzt, wo Gabe mit diesem vertrauten schiefen Grinsen vor ihr stand, fiel ihr kein einziger Grund ein, warum sie so lange gewartet hatten. Er hatte ein paarmal vorgeschlagen, sich zu treffen, aber sie war einfach zu beschäftigt gewesen. Und dann rief er vor einer Woche an und schlug einen Last-Minute-Trip zu ihrem Geburtstag vor. Anna hatte ausnahmsweise ein paar Tage am Stück frei, also stimmte sie zu.

Und jetzt … stand er vor ihr.

Anna packte ihn am Arm und zog ihn ins Haus. »Komm rein. Bist du müde vom Flug?«

»Nein, alles gut. Bin das Reisen gewohnt.« Er folgte ihr die Treppe hoch in ihre Wohnung. »Nette Bude.« Gabe drehte sich langsam einmal im Kreis, um die glänzenden Holzböden und dreieinhalb Meter hohen Decken in Augenschein zu nehmen. »Das ist alles original, oder?« Er streckte die Hand aus und betastete bewundernd die Zierleisten rund um die Tür.

»Ja. Das Haus wurde 1880 erbaut.« Während Anna versuchte, den Raum mit Gabes Augen zu sehen, durchfuhr sie die Erinnerung an ein anderes Mal, als er ihr in einem Wohnhaus die Treppe hinauf in eine Wohnung gefolgt war. Damals hatte sie sich so geschämt, als er sah, wo sie lebte.

Es schien eine halbe Ewigkeit her zu sein.

Jetzt teilte Anna sich diese helle, freundliche Wohnung in der mittleren Etage eines dreistöckigen viktorianischen Hauses mit einer anderen Assistenzärztin. Aufgrund der unregelmäßigen Arbeitszeiten sah Anna ihre Mitbewohnerin außerhalb der Arbeit nicht sehr oft, aber sie legten Wert darauf, zusammen zu Abend zu essen, wenn sie es irgendwie einrichten konnten, und Anna betrachtete sie als Freundin. Die Wohnung war hauptsächlich mit den zurückgelassenen Möbeln der Assistenzärzte eingerichtet, die vor ihnen hier gewohnt hatten, aber Anna hatte blühende Zimmerpflanzen ins Erkerfenster gestellt, die sie jeden Morgen, wenn sie dort saß und ihren Kaffee trank, an Dorothy erinnerten.

Sie sah zu, wie Gabe seine Reisetasche neben dem Sofa auf den Boden stellte. Schwer zu glauben, dass er jetzt schon seit zehn Jahren zu ihrem Leben gehörte. Auch wenn sie ihn seit einer gefühlten Ewigkeit nicht gesehen hatte, telefonierten sie oft, während sie zu Fuß zur Nachtschicht ins Krankenhaus ging und er – drei Stunden später an der Ostküste – kurz davor war, ins Bett zu gehen. Sie redeten offen über alles, was in ihrem Leben los war, und trotz der Entfernung fühlte es sich an, als hätte sich nichts zwischen ihnen verändert.

Gabe sah von seiner Reisetasche auf, und in seinem Blick lag etwas, das Anna nicht deuten konnte, aber sie spürte erneut dieses starke Kribbeln wie bei einem Stromschlag.

Als hätte sich fast nichts zwischen uns verändert.

Manchmal fragte sie sich, ob sie je über diese intensiven Blicke reden würden, die sie bei Matts und Julias Hochzeit getauscht hatten.

Diese langen Blicke … so wie in diesem Moment.

Gabe fuhr sich mit einer Hand durchs Haar, sodass es auf diese vertraute Art abstand, und Anna schlug das Herz bis zum Hals. Natürlich hatte es den einen oder anderen Mann in ihrem Leben gegeben, aber keiner hatte diese Gefühle in ihr ausgelöst, wie es Gabe jedes Mal, wenn sie in seiner Nähe war, tat.

Spürte er das auch? Oder bildete sie sich das nur ein?

Vermutlich schon, denn im nächsten Augenblick hatte er ihr den Rücken zugewandt und zog eine Jacke aus seiner Reisetasche. »Wollen wir einen Happen essen gehen? Ich habe gehört, das mexikanische Essen hier soll toll sein.«

Anna schnappte sich ihre Jacke von dem Haken neben der Tür, und Gabe folgte ihr auf die Straße hinaus und den Block hinunter.

Ihre Wohnung lag nördlich des Golden Gate Park Panhandle, in einer netten Gegend, in der junge Familien und Paare lebten, die auf dem schmalen Grasstreifen auf der anderen Straßenseite ihre Hunde ausführten. Sie war nur etwa anderthalb Meilen vom Medizinischen Zentrum der UCLA entfernt, und Anna ging oft zu Fuß zur Arbeit.

Wenn sie Nachtschicht hatte, ging sie im Allgemeinen erst nach Einbruch der Dunkelheit los, und das war der Zeitpunkt, zu dem Gabe meistens anrief. Er sprach es nicht aus, aber sie wusste, dass er sich Sorgen machte, wenn sie allein zu Fuß unterwegs war. Nach zehn Jahren war Gabe noch immer besorgt um sie, aber zumindest sagte er ihr nicht mehr, was sie zu tun hatte. Vielleicht war ihm endlich klar geworden, dass sie kein Kind mehr war.

Anna sah ihn verstohlen von der Seite an, dachte an diese langen Blicke, und plötzlich wurde ihr bewusst, wie sehr sie hoffte, dass sie in seinen Augen kein Kind mehr war.

Unterwegs erzählte Anna ihm von den verschiedenen Wohngegenden und wies ihn auf Sehenswürdigkeiten hin – die Ecke Haight und Ashbury, das Castro Theater. Bald hatten sie den Dolores Park durchquert und kamen an der 19th Street wieder heraus. »Das ist die beste Gegend für mexikanisches Essen«, sagte Anna und führte Gabe ins Herz des Mission District.

Sie waren fast bei dem Restaurant angelangt, das Anna ausgewählt hatte, als Gabe unvermittelt stehen blieb. »Alles okay?«, fragte Anna irritiert.

Gabe blickte in eine Seitenstraße und zu dem Schild an der nächsten Ecke. *Capp Street*. Die Bodega existierte immer noch, aber eine brandneue Markise flatterte sanft in der Brise. Vermutlich um den allgemeinen Aufschwung der Gegend zu betonen, seit die »Crackhäuser« verschwunden und die Bauunternehmen angerückt waren.

Anna lebte jetzt schon seit Jahren in der Bay Area. Ein modernes Chrom-und-Glas-Loftgebäude erhob sich dort, wo früher das alte Haus in der Capp Street gestanden hatte. Schon so oft war Anna hier vorbeigegangen, dass sie gar nicht mehr daran dachte.

Aber Gabe erinnerte sich offenbar. Für eine Sekunde zögerte er, und Anna dachte schon, er würde abbiegen und die Seitenstraße hinuntergehen. Stattdessen schenkte er ihr ein etwas zu strahlendes Lächeln, gefolgt von einem übertriebenen Schulterzucken. »Alles gut.«

Sie redeten nie über Annas Suche nach ihrer Mom. Sie hatte ihn gebeten, das Thema nicht mehr zur Sprache zu bringen, und er respektierte ihren Wunsch. Aber vergessen hatte er es eindeutig nicht.

Sie gingen weiter die Mission Street hinunter, vorbei an den Läden, und dann stockte Gabe wieder. Anna folgte seinem Blick ins Schaufenster eines Pfandleihhauses. Sie betrachtete die Auslage, konnte sich aber nicht denken, was seine Aufmerksamkeit geweckt hatte. Ein paar E-Gitarren? Eine Reihe goldener Uhren? Eine Samtschatulle mit altem Schmuck? »Was denn?«

Er schüttelte den Kopf. »Nichts.«

Anna studierte Gabes Gesicht. Die winzigen Fältchen um seine Augen hatten sich vertieft, und sein Kiefer war angespannt. »Bist du sicher, dass du nicht zu müde von deinem Flug bist? Vielleicht hätten wir uns etwas nach Hause liefern lassen sollen.«

Gabe wandte sich vom Schaufenster des Pfandleihhauses ab. »Es geht mir gut.« Er hakte sie unter und schenkte ihr noch ein breites Lächeln. »Kann es kaum erwarten, diese Tacos zu probieren, von denen du mir erzählt hast.«

22

Also«, verkündete Gabe, während er es sich an einem Tisch im Freien in der Mission Street bequem machte, »ich habe mir einen Mietwagen genommen, damit wir wie Touristen herumfahren und uns ein paar Sehenswürdigkeiten ansehen können.« Er hielt den Blick auf Anna geheftet, um nicht in Versuchung zu kommen, den Block hinunter zu dem Pfandleihhaus zu starren. »Damit *du* so tun kannst, als wärst du ein Tourist. Ich bin tatsächlich einer«, fügte er hinzu.

Anna lachte. »Ich im Grunde auch. Das gebe ich zwar nur ungern zu, aber ich habe noch nicht sonderlich viele Erkundungstouren unternommen. Man besichtigt die Sehenswürdigkeiten in der eigenen Stadt immer erst dann, wenn jemand von auswärts kommt und man einen Grund dafür hat.«

»Ich bin jederzeit gern dein Grund.«

»Vielleicht revanchiere ich mich irgendwann und komme nach DC.«

Gabe fragte sich, ob sie das wirklich ernst meinte. Okay, sie hatte viel um die Ohren. Eine Stelle als Assistenzärztin in der Geburtshilfe war kein Kinderspiel, nicht einmal für jemand so Brillantes wie Anna. Aber manchmal fühlten sich ihre Ausreden an wie, na ja, Ausreden. »Du bist jederzeit willkommen.«

Sie fuhr mit dem Finger über eine Kerbe in dem abgenutzten Cafétisch, und es klang fast wie ein Eingeständnis, als sie leise sagte: »Keine Ahnung, warum wir immer so viel Zeit verstreichen lassen, ohne uns zu sehen.«

Tatsächlich? Er hatte mindestens ein halbes Dutzend Mal

angeboten hierherzufliegen, bevor sie endlich zugestimmt hatte. Im Grunde lief es immer gleich ab. Jedes Mal, wenn er Anna allzu nahekam, fuhr rasselnd eine Wand herunter, wie einer dieser Rollläden, um Einbrecher von einem Geschäft fernzuhalten.

Und dann dieses Tabu, über ihre Mom zu reden. Das Thema saß wie ein riesiger Elefant mit am Tisch, und die gottverdammte Capp Street war nur einen Steinwurf entfernt. Darüber sollten sie reden. Er wollte wissen, ob sie irgendetwas über ihre Mom gefunden hatte. Er wollte wissen, wie sie sich damit fühlte. Er wollte sie in die Arme nehmen, um sie vor jedem Schmerz zu schützen, den ihre Mom ihr vielleicht noch immer bereitete.

Er *hasste* es, ausgeschlossen zu sein.

Und er hasste es, Geheimnisse vor ihr zu haben. Diese Halskette aus dem Pfandleihhaus lag schon so viele Jahre ganz unten in seiner Sockenschublade. Aber Anna hatte einmal ganze drei Jahre gar nicht mit ihm geredet, und das war eine schreckliche Zeit gewesen. Wenn er ihr von der Halskette erzählte, würde sie dann überhaupt je wieder mit ihm reden?

Aber wenn er es ihr nicht erzählte, wie viel mehr würde es sie dann verletzen, wenn sie es irgendwann doch herausfand? Sie hatte es verdient, die Wahrheit zu erfahren, aber wenn sie nicht mit ihm über ihre Mom reden wollte, wie sollte er dann wissen, ob sie die Wahrheit überhaupt erfahren wollte.

Gabe starrte über den Tisch hinweg in das Gesicht, das ihm seit dem Moment, in dem sie ihre Haustür geöffnet hatte, weiche Knie bescherte. Und das hatte nichts damit zu tun, wie sie gestolpert und in seine Arme gefallen war. In den vergangenen paar Jahren hatte er sich einzureden versucht, dass seine Gefühle für sie bei der Hochzeit seines Bruders nur ein Produkt seiner Fantasie gewesen waren. Aber in dem Augenblick, in dem er sie wiedersah, wusste er es. Und er wusste, dass sie es ebenfalls fühlte.

Eine Strähne ihrer dunklen, welligen Haare fiel ihr über die Wange, und bevor er sich besinnen konnte, streckte Gabe die Hand aus und strich sie ihr hinters Ohr. Sie hob den Kopf, und ihr Lächeln schwand langsam. Als ihre Blicke sich trafen, knisterte es sofort wieder auf vertraute Weise zwischen ihnen. Gabe wandte rasch den Blick ab, beschäftigte sich damit, das Besteck neben seinem Teller zu arrangieren.

Bis ich ihr die Wahrheit sage, stecke ich hier fest und tue so, als ob das alles nicht passiert.

Und wenn ich es ihr sage, werde ich sie verlieren.

Gabe räusperte sich. »Du solltest besser bald nach DC kommen, denn ich bin nur noch ein paar Monate dort.«

Anna zog die Augenbrauen hoch. »Wohin gehst du?«

»Ich habe ein Jobangebot an der Universität von Pittsburgh. Eine befristete Professur mit Aussicht auf Festanstellung im Fachbereich Wirtschaft.«

»Gabe!« Ein Grinsen breitete sich über ihrem Gesicht aus. »Das ist ja wundervoll. Deine Eltern müssen so glücklich sein.«

»Ich bin auch ziemlich glücklich. So nah bei meiner Familie zu sein …« Er brach ab.

Damals auf dem College, während die anderen Typen ihren Kater von den Samstagabendpartys ausschliefen, fuhr er zum Sonntagsdinner zu seinen Eltern nach Hause. Und er hätte es auch gar nicht anders gewollt. Er hatte ein Jahrzehnt weit weg von ihnen verbracht, um seine Karriere aufzubauen, aber jetzt konnte er zu seinen eigenen Bedingungen arbeiten, und eine davon war, nach Hause zurückzukehren.

Anna beugte sich vor. »Sie haben dir immer alles bedeutet.«

Wenn das irgendjemand verstehen konnte, dann Anna. Sie

war ein Teil dieser Familie, auch wenn sie es nicht immer zu glauben schien.

Anna erhob ihr Wasserglas zu einem Toast. »Herzlichen Glückwunsch zum neuen Job, Dr. Weatherall. Wenn du an Professor McGoverns Seite arbeitest, kommst du vielleicht endlich dazu, ihr einschläferndes Buch zu lesen.«

Gabe lachte bei der Erinnerung an jenes Gespräch mit Anna damals, bei ihrem Projekt. Es schien gar nicht so lange her zu sein. Anna hatte ihn damals erstaunt, und sie tat es noch immer.

Er schmunzelte. »Ausgeschlossen. Du wirst es für mich zusammenfassen müssen.«

»Oh, Gott, ich glaube, ich habe es verdrängt.« Anna verdrehte die Augen. »Aber wenn *du* ein einschläferndes Buch schreibst, ich verspreche dir, dass ich es von A bis Z lese und dann auf deinem unbequemen Bürosofa sitzen und mit dir darüber diskutieren werde.«

»Um dich auf mein Sofa zu kriegen, würde ich sogar ein Buch schreiben.« Gabe lehnte sich auf seinem Platz zurück, als ihm bewusst wurde, wie das geklungen hatte. »Ähm. Das habe ich nicht so gemeint ...« O doch, er *hatte* es ganz genau so gemeint.

Anna erwiderte nichts, und als Gabe schließlich den Mut aufbrachte, sie anzusehen, erkannte er, dass sie ihm gar nicht zugehört hatte. Ihr Blick war auf einen Punkt über seiner Schulter geheftet, und ihr Lächeln schwand.

Er wandte sich auf seinem Stuhl um, konnte jedoch nichts Ungewöhnliches entdecken. Leute schlenderten vorbei, hielten Händchen oder sahen auf ihre Handys. Vor der Ampel an der Ecke hielten Autos und fuhren dann weiter. Gabe drehte sich wieder Anna zu. Mit weit aufgerissenen Augen starrte sie immer noch hinter ihn. »Anna, was ist los?«

»Es ist ... ich ...«, stammelte sie. Und bevor er wusste, was geschah, sprang sie vom Tisch auf und stürmte den Bürgersteig hinunter.

»Anna – warte!«, rief Gabe, aber Anna lief einfach weiter, schlängelte sich zwischen Leuten hindurch, als würde sie jemanden verfolgen. »Hey!« Er stand auf, um ihr nachzueilen, aber in dem Augenblick kam der Kellner mit ihrer Getränkebestellung. »Äh, sorry«, stotterte Gabe, »ich … wir prellen nicht die Zeche. Wir sind gleich wieder da.« Er wühlte in seiner Tasche nach Bargeld, während er angestrengt versuchte, Anna im Auge zu behalten. Inzwischen war sie auf halbem Weg den Block hinunter, und sie ...

Tat was?

Anna streckte die Hand aus, berührte eine Frau mittleren Alters mit langen, grau melierten Haaren an der Schulter.

Was tut sie denn da? Und wer ist diese Frau?

Gabe sah kurz hinunter, um das Geld auf den Tisch zu werfen, und als er wieder aufsah, waren Anna und die Frau verschwunden. Er rannte los. Am Ende des Blocks blieb er schlitternd an der Stelle stehen, wo er die beiden eben noch gesehen hatte, und drehte sich suchend um die eigene Achse.

»Hey«, ertönte eine Stimme, so leise, dass er sie fast nicht hörte. Es war Anna, mit dem Rücken an die Backsteinwand eines Bankgebäudes gelehnt, die geheimnisvolle Frau nirgends in Sicht.

»Hey«, sagte er, während er langsam wieder zu Atem kam. »Geht es dir gut?«

Sie nickte.

»Was war das denn eben?«

Anna drückte sich von der Wand weg. »Es war nichts. Wir sollten zurückgehen«, sagte sie und wandte sich in Richtung des Restaurants. »Entschuldige, dass ich einfach so weggelaufen bin.«

»Anna, warte.« Gabe hielt sie am Arm fest, drehte sie zu sich herum. »Wer war diese Frau?«

Ihr Blick huschte wieder über seine Schulter, aber dieses Mal war er nicht überrascht, sondern düster und verschlossen. »Wie sich herausstellte, war es niemand.«

»Aber du *dachtest,* es sei jemand?«

Anna holte zitternd Luft und atmete dann langsam aus. »Meine Mom.«

Ihre Mom? Gabe wich verblüfft einen Schritt zurück. »Deine Mom lebt hier? Hast du mit ihr gesprochen?«

»Nein. Ich habe keine Ahnung, wo sie ist.« Anna presste kurz die Lippen aufeinander. »Ich dachte nur …« Sie hielt inne, kickte mit der Spitze ihres Sneakers gegen einen Kieselstein auf dem Gehsteig.

»Passiert das oft? Dass du einer Frau auf der Straße nachläufst, die so aussieht wie deine Mom?«

»Nein.« Anna schüttelte den Kopf. »Nie.« Aber sie wich seinem Blick immer noch aus.

»Ich wünschte, ich hätte gewusst, dass du immer noch nach ihr suchst.«

»Das tue ich ja gar nicht.«

Er wies mit dem Kinn zu der Stelle auf dem Gehsteig, wo Anna die Fremde angesprochen hatte. »Bist du sicher?«

»Ja, ganz sicher.«

Gabe umfasste ihre Schultern, suchte ihren Blick. »Anna, sprich mit mir.«

Sie wandte sich ab, aber er hatte den Schmerz in ihren Augen bereits gesehen. »Lass es gut sein, Gabe.«

Er schüttelte den Kopf. Es war über ein Jahrzehnt her, dass Annas Mom sie im Stich gelassen hatte. Er war immer davon ausgegangen, dass Anna nicht darüber reden wollte, weil sie aufgegeben hatte. Es hinter sich gelassen hatte und dass es nur alte Wunden aufreißen würde, wenn sie darüber sprachen. Aber diese Wunden hatten die ganze Zeit geblutet.

Sie blickt noch immer nicht nach vorn.

Gabe betrachtete ihr trauriges Gesicht und musste sich eingestehen, dass er es vielleicht auch nicht tun würde. Wie es sich wohl anfühlte, nicht zu wissen, ob die eigene Mutter am Leben oder tot war? Sich zu fragen, ob sie in Schwierigkeiten steckte … oder verletzt war … oder ob man ihr so wenig bedeutete, dass sie einfach ihr Leben weiterlebte? *Was würde das mit dir machen, tagein, tagaus?*

Kein Wunder, dass Anna so verschlossen war.

Diese Erkenntnis legte sich wie ein schweres Gewicht auf Gabes Brust. Wenn sie so auf eine Frau auf der Straße reagierte, die ihrer Mom ähnelte, was würde es dann erst mit ihr machen, wenn sie von dieser Halskette erfuhr?

Als sie am nächsten Morgen aufwachten, erwähnte Gabe mit keinem Wort den Vorfall vom Tag zuvor, und auch Anna brachte es nicht zur Sprache. Es war Annas Geburtstag, und Gabe hatte geplant, mit ihr in seinem Mietwagen über die Golden Gate Bridge zu fahren und Marin County zu erkunden. Anna hatte ihm erzählt, sie sei erst ein paarmal dort gewesen, und während sie sich den Highway 1 hochschlängelten, genoss er es, wie aufgeregt und begeistert sie beim Anblick der Redwoodbäume und der Klippen, die über dem Pazifik aufragten, reagierte.

Nach einer Wanderung zwischen den jahrhundertealten Bäumen in Muir Woods fuhren sie weiter in Richtung Norden nach Stinson Beach, wo sie zum Wasser hinunterschlenderten, sich auf ein Stück Treibholz setzten und die Zehen in den Sand gruben. Es war ein ungewöhnlich warmer Abend für Nordkalifornien, und der Vollmond schimmerte über dem

Wasser. Abgesehen von einem Paar, das mit einem Hund vorbeispazierte, der an seiner Leine zerrte, hatten sie den Strand für sich.

»Also«, sagte Gabe gedehnt, »wie kommt es, dass du deinen Geburtstag mit mir verbringst anstatt mit deinem neuen Freund?« Er hatte von Leah gehört, dass Anna mit einem Assistenzarzt aus dem Krankenhaus zusammen war. Nicht dass Anna ihn an diesem Tag irgendwann erwähnt hätte. Aber Gabe erwähnte auch nie die Frauen, mit denen er zusammen war. Im Laufe der Jahre hatten sie über so ziemlich alles geredet – nur nicht darüber. Irgendwie war es leichter so.

Anna nahm eine Handvoll Sand und sah zu, wie er durch ihre Finger rieselte. »Er ist nicht wirklich mein Freund. Nur ein Typ, mit dem ich abhänge, wenn wir Zeit haben … was nicht sehr oft der Fall ist.«

Irgendetwas regte sich in seiner Brust. »Und er hatte nichts dagegen, dass du deine seltenen freien Tage für mich opferst?«

Anna zuckte mit den Schultern, und Gabe überkam das Gefühl, dass der Typ sehr wohl etwas dagegen hatte. »Bester Freund auf der Welt sticht neuen Irgendwie-Freund jederzeit aus.« Sie schenkte ihm ein schwaches Lächeln. »Ich konnte mir das hier doch nicht entgehen lassen. Es war ein toller Geburtstag.«

»Happy Birthday, Kleine.« Gabe stupste ihre Schulter mit seiner an. »Sechsundzwanzig ist ein echter Meilenstein.«

Anna furchte die Stirn und sah ihn von der Seite an. »Vielleicht für Sternzeichen-Deuter. Aber in meinem gewöhnlichen Kalender ist sechsundzwanzig ein absolut durchschnittlicher Geburtstag.«

Er lachte. »Glaubst du wirklich, ich lese Horoskope?«

»Ich habe schon immer vermutet, dass du versteckte Qualitäten hast.« Sie grinste ihn frech an, und zum ungefähr hundertsten Mal an diesem Tag war er verblüfft von der Wirkung, die Anna auf ihn hatte.

Es war, als hätte jemand ein Licht in einem dunklen Zimmer eingeschaltet, sodass er sie endlich klar sehen konnte. Wie war es möglich, dass er so viele Jahre gebraucht hatte, um zu bemerken, wie ihre großen dunklen Augen leuchteten?

Gabe schüttelte den Kopf. »Sechsundzwanzig ist ein Meilenstein, weil ich dich kennengelernt habe, als du sechzehn warst.«

Anna lächelte versonnen. Erinnerte sie sich etwa ebenso liebevoll wie er an diese Tage, als sie zusammen an ihrem Projekt gearbeitet hatten? War sie auch so dankbar, dass es sie beide hierher, zu diesem Moment, geführt hatte?

»Damals habe ich es gehasst, die Jüngere zu sein«, meinte Anna grübelnd. »Aber sieh uns jetzt an.« Sie lachte leise. »Ich bin noch immer in der Blüte meiner Jahre. Und du bist …« – sie ließ theatralisch die Schultern hängen – »… inzwischen ein alter Sack.«

Er stand auf, zog sie mit sich hoch. »Oh, das wirst du bereuen.«

»Ach ja, was willst du mir denn antun?«, fragte sie provozierend.

Er wies mit dem Kinn zu den Wellen, die krachend gegen die Küste schlugen. »Warst du je schwimmen, seit du in San Francisco bist?«

Sie schüttelte langsam den Kopf. »Nein.«

Er nahm sie sanft bei den Ellenbogen, trat einen Schritt zurück und zog sie zum Wasser. »Meinst du nicht, es ist an der Zeit?«

»Gabe«, sagte sie so eindringlich, als würde sie versuchen, ein Kleinkind zur Vernunft zu bringen, »du weißt aber schon, dass das hier der Pazifik ist? In Nordkalifornien?«

»Und?«

»Wir reden von dreizehn Grad, bestenfalls.«

Unbeirrt zog er sie noch ein paar Schritte näher zum Wasser. »Wir springen nur ganz kurz rein.«

»Wir werden erfrieren.«

Gabes Schultern bebten vor Lachen, als eine Welle an den Strand brandete, und eiskaltes Wasser ihre nackten Füße umspülte. Anna kreischte auf, hüpfte und versuchte, sie beide wieder aufs Trockene zu ziehen, aber Gabe hielt sie fest. Als Anna zu begreifen schien, dass sie so nicht weiterkommen würde, hörte sie auf zu kämpfen und sah zu ihm hoch, mit schräg gelegtem Kopf und hochgezogenen Augenbrauen, eine stumme Herausforderung. Und bevor er sich's versah, machte sie einen Satz nach vorn, zielte mit ihrer Schulter genau auf seine Brust.

Gabe konnte gerade noch ausweichen, sodass er nicht rückwärts ins Wasser fiel. Annas Schulter verfehlte ihn, und *Ach du Scheiße* – im letzten Moment erkannte er, dass stattdessen sie im Begriff war, in die Wellen zu purzeln. Er streckte blitzschnell die Arme aus, packte sie und riss sie an seine Brust.

»Netter Versuch, Kleine«, sagte er und hielt sie in seinen Armen fest. Aber dann erstarb ihm das Lachen in der Kehle. Denn ihr Körper war an seinen gepresst, ihr Gesicht nur wenige Zentimeter entfernt.

Anna sah zu ihm hoch, mit weit aufgerissenen Augen, und die Luft zwischen ihnen verdichtete sich. Er konnte ein Herz hämmern spüren, aber er hatte keine Ahnung, ob es seines oder ihres oder vielleicht beide zusammen waren. Sie biss sich auf die Unterlippe, und er spürte, wie ihn die Erregung überkam. So an ihn gepresst, musste sie es auch jeden Moment fühlen.

Die Wärme ihres Körpers durchschnitt die kühle Seeluft.

Gabe verstärkte seinen Griff und betrachtete ihr wunderschönes Gesicht, während er den anderen Arm hob, um mit der flachen Hand über ihre Wange zu streichen. Ihre Münder kamen sich immer näher.

Und dann schoss es ihm wieder durch den Kopf. Das Thema, das er seit gestern auf der Straße bewusst vermieden hatte. Seit fast einem Jahrzehnt.

Er konnte das hier nicht tun. Nicht mit diesem Riesengeheimnis zwischen ihnen.

Er stieß den Atem aus, den er angehalten hatte, und ließ die Hand sinken. »Anna«, sagte er, verzweifelt bemüht, seiner Stimme wieder einen normalen Tonfall zu geben. »Ich kann nicht …«

Ihre Augen weiteten sich, und sie stolperte rückwärts, fort von ihm. Ihre Wangen glühten. »Oh, mein Gott. Natürlich kannst du nicht. Das hier ist … wir sind nicht …«

Gabe schloss den Abstand zwischen ihnen. »Anna, warte. Es hat nichts mit dir zu tun. Es hat nichts mit *uns* zu tun. Es ist nur so, ich muss mit dir über etwas reden. Wegen deiner Mom.« Er fuhr sich durchs Haar. »Gestern auf der Straße im Mission District …« *Da ist ein Pfandleihhaus. Und es gibt etwas, das ich dir nie erzählt habe.*

Sie presste die Hände an ihre brennenden Wangen. »Bitte, was immer du sagen willst … tu es einfach nicht.«

»Anna, ich muss es dir sagen.«

»Nein, das musst du nicht, Gabe.« Sie schlang die Arme um ihren Oberkörper, und er konnte sehen, dass sie zitterte. Lag es an der kühlen Ozeanluft oder an diesem Gespräch? Er wollte nichts lieber, als die Arme um sie zu schlingen und ihr zu versichern, dass es nichts Schlimmes sein würde. Dass sie gemeinsam eine Lösung finden würden. Aber er hatte keine Ahnung, ob das die Wahrheit war.

»Ich weiß, wie durchgeknallt es ausgesehen haben muss«, fuhr sie fort. »Als ich dieser armen Frau auf der Straße hinterhergerannt bin. Was immer du mir sagen willst, ich weiß es bereits.«

»Ich glaube nicht, dass du das tust.«

»Ich weiß, dass ich all die Jahre einem Geist nachgejagt habe. Meine Mom ist entweder in einem Crackhaus gestorben, oder sie hat ihr Leben auf die Reihe gekriegt, ohne sich je darum zu scheren, mich zu kontaktieren. So oder so, ich bin besser dran ohne diese Information.« Sie sah an ihm vorbei zu den Wellen, die gegen die Küste schlugen.

Gabe starrte auf ihr Gesicht, und sein Herz verkrampfte sich beim Anblick des Schmerzes, den er darin sah. Wenn das wirklich das war, was sie fühlte, dann konnte er ihr unmöglich von der Halskette erzählen. Es würde ihr nur noch mehr Qualen bereiten.

Anna ging zurück zu der Stelle, wo sie gesessen hatten, und er folgte ihr langsam.

»Ich muss endlich darüber hinwegkommen. Nach vorn blicken.« Anna blieb bei ihrem Treibholzplatz stehen, bückte sich, um ihre Schuhe vom Sand aufzuheben, und ließ die Haare so vors Gesicht fallen, dass er ihre Augen nicht sehen konnte. Für einen Moment sah Gabe ein Bild der Teenager-Anna aufblitzen, die sich von ihm zurückzog. »Und das ist der Grund, weshalb ich weggehe.«

»Du gehst weg?« Sein Herz setzte einen Takt aus. »Was meinst du damit?«

»Ich ziehe um, Gabe.« Schließlich richtete sie sich auf und sah ihn an. »Ich habe ein Angebot von einem meiner Mentoren bekommen, nach Jordanien zu gehen und dort in den syrischen Flüchtlingslagern zu arbeiten. Sobald nächstes Jahr meine Assistenzzeit vorbei ist, gehe ich fort.«

»Du willst in den …« – er stieß die Worte mühsam hervor – »… Nahen Osten?«

Anna nickte. »Es ist für mich an der Zeit, loszulassen und im Leben voranzukommen.«

»Dafür musst du nicht ans andere Ende der Welt ziehen.« Er trat näher, bis er dicht vor ihr stand. »Warum kommst du nicht nach Hause?«

»Weil es dort nicht anders sein wird als hier. Eher noch schlimmer. Die Vergangenheit wäre immer da«

»Anna. Was du tust, ist kein Loslassen. Du läufst davon.« Er griff nach ihrer Hand, aber sie wich sanft zurück, entzog sich seiner Berührung. Sein Herz schnürte sich zu. »Bitte, können wir über diese Sache reden?«

»Es gibt nichts zu reden, Gabe. Und dieses Gespräch ist beendet.« Sie sah ihn an, aber ihre Augen waren dunkel, weit weg, irgendwo, wo er sie nie erreichen würde.

In dem Moment erkannte er, dass es wirklich vorbei war.

Sie würde weggehen. Und er konnte dabei nur hilflos zusehen.

23

EIN JAHR SPÄTER

Anna packte ihre letzten Kleidungsstücke in den Reiserucksack und überprüfte ihr Handgepäck auf Reisepass und Flugticket. Sie war für eine letzte Nacht in Pittsburgh und übernachtete bei den Weatheralls, bevor sie um sieben Uhr morgens erst nach New York, weiter nach Paris und schließlich nach Amman, Jordanien, fliegen würde. Von dort ging es mit dem Bus nach Irbid, einer Kleinstadt im Norden, wo sie die anderen Ärzte treffen würde, die syrischen Flüchtlingen Schwangerschaftsvorsorge und Geburtshilfe anboten.

Aber im Augenblick war sie zu Hause. Was immer *zu Hause* hieß.

Sie hatte Gabe versprochen, sich vor ihrem Abflug nach Jordanien ein langes Wochenende freizuhalten. Das hier war kein freiwilliger Hilfseinsatz in den Semesterferien. Das hier war ein Umzug ans andere Ende der Welt, bei dem sie alle zurückließ, die ihr etwas bedeuteten. Natürlich konnten sie in Kontakt bleiben, aber Telefon- und Internetverbindungen würde es nur sporadisch geben, und es würde nicht leicht sein, zurückzukommen, wenn irgendetwas passierte.

Für ein paar flüchtige Momente war sie in Versuchung gewesen, einen Job hier in Pittsburgh anzunehmen, nach Hause zurückzukehren, um nah bei allen zu sein, genau wie Gabe vorgeschlagen hatte. Aber Gabe war immer der schlaue, beliebte Junge mit einer glücklichen Kindheit und liebevollen Familie gewesen. Er hatte keine Ahnung, wie es sich anfühlte, an einem Ort zu sein, der einen ständig an eine Vergangenheit erinnerte, die man vergessen wollte. Er konnte sich nicht einmal vorstellen, warum ein Ort, an dem niemand etwas über ihn wusste, verlockend sein könnte.

Anna überprüfte ein letztes Mal ihren Rucksack, dann schlenderte sie die Treppe hinunter, zu aufgedreht, um zu schlafen. Gabe und der Rest der Familie waren zum Dinner vorbeigekommen, aber mittlerweile hatten sich alle verabschiedet. Jetzt schliefen John und Elizabeth, und das Haus war dunkel bis auf das Schimmern des kleinen Lichts über der Spüle, das Elizabeth in der Küche immer anließ. Anna ging den Flur hinunter, noch immer vertraut mit den Umrissen der Wände und Türrahmen.

Die Welle von Melancholie, gegen die sie den ganzen Abend angekämpft hatte, brach schließlich an die Oberfläche, als sie zur Haustür hinaus in die kühle Frühlingsnacht trat. Die Veranda der Weatheralls erinnerte sie immer an Dorothy, vor allem um diese Jahreszeit, wenn im Garten alles blühte und ein schwerer Blumenduft in der Luft lag. Anna schloss die Augen und kehrte in Gedanken zurück zu jenem Tag, als sie über Frank Sinatra eine Verbindung zu der älteren Frau hergestellt hatte. Damals hatte sie keine Ahnung gehabt, dass ihre Beziehung zu Dorothy und dem Rest der Familie ihr Leben auf eine solch tiefgreifende Weise verändern würde.

Sie ließ sich auf das Zweiersofa sinken und starrte in die Dunkelheit des Vorgartens. Die Luft war aufgeladen von einem nahenden Frühlingsgewitter, und in der Ferne grollte bereits Donner. Ein Paar Scheinwerfer durchschnitt die Dunkelheit, als ein Wagen die stille Straße entlangglitt. Als der Wagen abbremste und in die Auffahrt einbog, setzte Anna sich aufrecht hin.

Wer sollte um Mitternacht noch hier vorbeikommen?

Der Fahrer schaltete den Motor aus, und die Scheinwerfer

erloschen. Anna blinzelte, um ihre Augen an das Dunkel zu gewöhnen, und ihr stockte der Atem, als sie den Wagen erkannte.

Gabe.

Er stieg aus und kam den Weg hoch zum Haus. Sie bewunderte unwillkürlich, wie lässig und geschmeidig er sich bewegte, in Jeans und Hemd, rundum zufrieden in seiner Haut. Sie hatte ihn schon immer attraktiv gefunden, und daran hatte sich nichts geändert. Ihn jetzt noch einmal zu sehen, am Vorabend ihrer Reise ans andere Ende der Welt, ließ sie schwer schlucken und gegen Tränen ankämpfen. Wie würde sie das nächste Kapitel ihres Lebens durchstehen ohne ihre ständigen Textnachrichten oder den Klang seiner Stimme am Telefon, wann immer ihr danach war?

»Hi«, sagte Anna heiser. »Hast du etwas vergessen?«

Vorhin, als die ganze Familie versammelt war, hatte sie sich ein paar Minuten mit ihm allein gewünscht. Vielleicht war es ihm genauso gegangen.

»Nein, ich habe nichts vergessen.« Am Ende der Stufen blieb er stehen. »Ich dachte nur, vielleicht bist du noch wach.«

Sie schenkte ihm ein ironisches Lächeln, um zu verbergen, wie aufgewühlt sie war. »Konnte nicht schlafen. Willst du dich setzen?«

Er setzte sich neben sie auf das Zweiersofa und sah sie einen langen Moment an. Schließlich warf er ihr ein schiefes Grinsen zu und beugte sich zur Seite, um ihre Schulter mit seiner anzustupsen. »Dr. Anna Campbell, auf dem Weg, die Welt zu verändern. Wer hätte das gedacht, als du dieses nervige Highschool-Mädchen warst, das in Global Economics nur mit Ach und Krach mithalten konnte, bis ich daherkam, um es zu retten?«

Sie verdrehte die Augen. »Träum weiter. Ohne mich würdest du noch immer versuchen, diesen Kurs zu bestehen. Ein Glück, dass du gut aussiehst, denn du bist strohdumm.«

Gabe lachte und schüttelte den Kopf.

Sie saßen schweigend da und sahen zu, wie in der Ferne ein Blitz zuckte. Nach einem Moment nahm Gabe ihre Hand und drückte sie. Eine unerwartete Welle der Hitze wanderte ihren Arm hinauf und breitete sich in ihrer Brust aus.

Als er sprach, hatte seine Stimme den neckenden Ton verloren. »Ich bin wirklich stolz auf dich, Anna.«

Er hielt ihre Hand noch immer, und Anna fuhr mit dem Daumen über die Schwielen an seiner Handfläche. Vielleicht war es, weil sie weggehen würde und nicht wusste, wann sie ihn wiedersehen würde, aber er musste erfahren, wie viel er ihr bedeutete.

»Gabe, als wir uns damals kennenlernten, warst du auch fast noch ein Kind. Die meisten Collegetypen hätten einem Mädchen wie mir keine Beachtung geschenkt. Aber du schon. Du hast mein ganzes Leben verändert.«

Gabe schüttelte langsam den Kopf. »Ich habe gar nichts getan, Anna. Ich habe dich nur angefeuert. Du hast das alles selbst erreicht. Du hast dir dieses Leben selbst geschaffen.«

Nun schüttelte Anna den Kopf. Manchmal, wenn sie kurz vorm Einschlafen war, fuhr sie mit einem Ruck wieder hoch und erinnerte sich an diese schäbige Wohnung und den schmierigen Vermieter. Was wäre passiert, wenn Gabe sie nicht da rausgeholt hätte? Hätte sie noch ein weiteres Jahr in diesem Haus überlebt, wo Don sie um ihr Geld betrog und mitten im tiefsten Winter der Strom abgestellt wurde? Jetzt, als junge Frau, musste sie sich eingestehen, in was für einer gefährlichen Situation sie gewesen war.

Sie spürte Gabes Blick auf sich, wagte jedoch nicht, ihm in die Augen zu schauen.

»Hey.« Gabe umfasste ihr Kinn und drehte ihr Gesicht sanft zu sich herum. »Du bist die stärkste Person, der ich je begegnet bin. Und ich *weiß*, dass du es auf jeden Fall dorthin geschafft hättest, wo du jetzt bist.«

Sie starrte ihn an, gebannt von diesen silberblauen Augen. Er atmete aus, während sie einatmete. Alles um sie herum verblasste, und der Raum zwischen ihnen war auf einmal der einzige Ort auf dieser Welt.

Als sie sich später an diesen Moment zurückerinnerte, was sie natürlich eine Million Mal tat, war sie nie sicher, ob er sich vorbeugte oder ob sie es tat.

Plötzlich küssten sie sich.

Anfangs war es sanft, fast zögernd. Und dann öffnete Anna den Mund und presste sich an ihn. Er schlang die Arme um sie und zog sie näher an sich. Ihre Hände legten sich um seinen Nacken, während sie den Kuss vertieften. Alles an ihm war so vertraut, sein Duft, der Tenor seiner Stimme. Aber gleichzeitig waren seine Arme, die sie fest an ihn zogen, und die Hitze seines Mundes an ihrem neu und fremdartig und aufregend.

So verharrten sie und küssten sich eine Minute oder vielleicht eine Stunde lang; Anna hatte jedes Gefühl von Zeit und Raum verloren. Und dann lehnte sich Gabe gegen die Armlehne des Sofas zurück und zog sie auf sich.

Sie küsste ihn wieder, eindringlich, während sie an den Knöpfen seines Hemds herumfingerte. Er zog ihr die Strickjacke aus und glitt mit einer Hand unter ihr T-Shirt. Sie stöhnte leise, als seine Hand den Weg über ihre glühende Haut fand. Ihre Lippen wanderten von seinem Mund hinunter zu seinem Hals. Gabe neigte den Kopf nach hinten und raunte tief in seiner Kehle ihren Namen.

Das Geräusch holte Anna mit einem Ruck in die Wirklichkeit zurück.

Wenn sie nicht *sofort* aufhörten, dann würden sie gar nicht mehr aufhören. Sie löste sich von ihm und kroch schwer keuchend ans andere Ende des Sofas, schloss die Augen und wandte den Kopf ab, als könnte sie es so vermeiden, ihm ins Gesicht zu sehen. Sie presste die Hand an ihren Mund, wo noch vor wenigen Augenblicken seiner gewesen war. Ihre Wangen waren gerötet von seinen Bartstoppeln.

»Anna …« Gabes Stimme war rau.

»Oh, Gott. Bitte. Sag einfach nichts.« Anna erhob sich taumelnd vom Sofa und trat in die Mitte der Veranda, um etwas Abstand zwischen sie beide zu bringen. Fröstelnd verschränkte sie die Arme vor der Brust, vermisste schon jetzt die Wärme seiner Arme.

Nein. Hör auf, ermahnte sie sich.

Sie würde in wenigen Stunden fortgehen. Ans andere Ende der Welt ziehen. Wie hatte sie das hier nur zulassen können?

Gabe setzte sich auf die Sofakante, die Ellenbogen auf die Knie gestützt, und fuhr sich durchs Haar. Er sah auf, und sie zwang sich, seinen Blick zu erwidern.

»Ich … sollte zu Bett gehen«, sagte sie mit zitternder Stimme und ging ein paar Schritte in Richtung Haustür. »Ich werde um vier Uhr morgens von einem Wagen abgeholt, der mich zum Flughafen bringt.«

Gabe stand auf, und er war zu nah. Zu verführerisch mit seinem zerzausten Haar und seinem halb aufgeknöpften Hemd. Anna wich noch einen Schritt zurück.

»Lass mich morgen früh vorbeikommen und dich hinbringen«, schlug er vor.

Sie schüttelte den Kopf. »Es ist alles schon arrangiert.«

Sie standen da, ohne etwas zu sagen, und es war beinahe unerträglich. Gabe schob die Hände in die Hosentaschen, als sei er sich nicht sicher, was er mit ihnen tun sollte. Anna fühlte sich, als hätte ihr jemand ein Messer in die Brust gerammt. Sie musste fort von hier, bevor sie nicht mehr die Kraft dazu hatte.

Das hier war ein Abschied. Es musste sein.

Anna warf sich ein letztes Mal an seine Brust, drückte ihn fest an sich. »Leb wohl, Gabe«, flüsterte sie.

Seine Arme schlossen sich um sie. »Pass auf dich auf«, murmelte er ihr ins Haar.

Die Tränen schnürten ihr die Kehle zu.

Anna löste sich von ihm, eilte ins Haus und schloss hinter sich leise die Tür. Dann lehnte sie die Stirn gegen den Türrahmen und schloss die Augen. Das Donnergrollen schien näher zu kommen.

Sie schob den Fenstervorhang zur Seite und spähte hinaus. Ein Blitz erleuchtete den Himmel, und Anna sah, dass Gabe zurück zu seinem Wagen ging. Bevor er die Wagentür öffnete und einstieg, schaute er noch einmal zurück zum Haus. Im nächsten Moment fuhr er rückwärts aus der Auffahrt, und das Licht seiner Scheinwerfer fiel durch die Fenster ins Haus. Dann entfernten sich seine Rücklichter die Straße hinunter, und es begann zu regnen.

TEIL III

24

VIER JAHRE SPÄTER

Anna war bereits erschöpft, als sie sich endlich zwischen den Marktständen hindurch bis zur Eingangstür ihres Gebäudes geschoben hatte, und die schmale Treppe, die vier Stockwerke zu ihrer Wohnung hochführte, schien sie zu verspotten. Diese Stufen hochzusteigen war jedes Mal wie ein Abstieg in die Hölle, nur in umgekehrter Richtung. Die Temperatur stieg mit jedem Treppenlauf um mindestens drei Grad und schnürte ihr langsam die Luft ab, bis sie schließlich schwitzend und keuchend in ihre Wohnung stolperte.

Sie ließ die Tür zu dem schmalen Balkon immer offen, sodass es in der Wohnung, auch wenn es immer noch wie in einem Backofen war, wenigstens ein klein wenig kühler war als draußen im Hausflur. Den Deckenventilator einzuschalten senkte die Temperatur um ein paar Grad, und sobald sie ihr Shirt auszog, sich aufs Sofa fallen ließ und nicht mehr bewegte, beruhigte sich ihr Atem langsam.

Mit geschlossenen Augen saß sie einfach nur da und versuchte, an gar nichts zu denken. Hier oben im vierten Stock vermischten sich die Geräusche von meckernden Ziegen, Männern, die sich beim Backgammon stritten, und Frauen, die um alles von Hühnern bis zu Perserteppichen feilschten, zu einem Hintergrundrauschen, das durch die offene Tür hereindriftete.

Der starke Geruch von brutzelnden Zwiebeln, vermischt mit brennendem Weihrauch von der Nachbarwohnung, war stechend, aber tröstlich nach den vergangenen Wochen in den

Flüchtlingslagern, wo es kaum anständige sanitäre Versorgung gab.

Anna arbeitete eigentlich in einem Krankenhaus in Irbid, Jordanien, das Flüchtlinge versorgte, die aus Syrien ins Land geflohen waren. Aber die Ärzte fuhren abwechselnd zur südlichen Grenze und halfen in den behelfsmäßigen medizinischen Zelten der Flüchtlingslager. Diese Einsätze waren grauenhaft, und anfangs war es eine Erleichterung gewesen, wieder nach Hause in ihre stickige Wohnung zu kommen. Aber in der letzten Zeit deprimierte sie das nur noch mehr.

Ihre Aufgabe war es, Kinder in eine Welt zu bringen, in der sie ständig daran erinnert wurde, was für entsetzliche Dinge Menschen einander antun konnten. Die meiste Zeit hielt sie den Kopf gesenkt, arbeitete weiter und versuchte, nicht darüber nachzudenken. Ihre Kollegen waren tagtäglich mit den gleichen Tragödien konfrontiert wie sie, es nützte niemandem etwas, wenn sie zusammenbrach.

Anna wünschte, sie könnte mit Adrien reden. Sie beide waren seit etwas über einem Jahr zusammen – falls man ein paar Abende die Woche gemeinsam kochen und miteinander schlafen *zusammen sein* nennen konnte. Adrien arbeitete als Chirurg in Kriegsgebieten. Nach zehn Jahren betrachtete er Menschen als eine Reihe von Organen, die es zu operieren galt, und nahm die Tragödie kaum noch wahr.

Gabe schien ihre Erschöpfung zu spüren, denn er hatte sie bei ihrem letzten Telefonat darauf angesprochen. Aber sie konnte ihm nicht erzählen, womit sie es hier zu tun hatte, sechstausend Meilen weit entfernt. Konnte nicht über die Frauen reden, deren Ehemänner im Gefängnis oder ermordet worden waren, sodass sie schwanger und mit einer Schar Kinder fliehen mussten. Oder die Frauen, die von Terroristengruppen entführt und vergewaltigt worden waren, bevor es ihnen gelang, zu entkommen und sich zum Flüchtlingslager durchzuschlagen. Oder all die Mütter und Babys, die sie verloren hatte, die Frauen und Kinder, die eine komplizierte Entbindung in den USA leicht überlebt hätten, die sie aber mit den begrenzten Möglichkeiten der Chirurgie und Neugeborenenversorgung, die hier zur Verfügung standen, nicht hatte retten können.

Anna öffnete die Augen und starrte hoch zu dem Ventilator, der sich an der Decke drehte. So viel dazu, an nichts zu denken. Sie setzte sich auf und fischte ihr Telefon aus der Tasche. Das WLAN funktionierte in letzter Zeit sogar ziemlich gut. Drei entgangene Videoanrufe von Gabe, alle hintereinander. Sie wechselte zu den Textnachrichten und klickte die oberste mit seinem Namen an. Und dann stockte ihr der Atem.

Anna, es tut mir so leid, dir das hier in einer Textnachricht sagen zu müssen. Mein Dad hatte einen Herzinfarkt. Er war mit einem alten Collegefreund golfen und ist einfach umgekippt. Zum Glück ist sein Freund Arzt und begann sofort mit Herzdruckmassage. Die Sanitäter waren schnell vor Ort. Im Moment wird er operiert. Ich gebe dir Bescheid, sobald wir irgendetwas hören.

Mit zitternden Händen drückte Anna auf die Taste, um Gabe anzurufen, aber der Empfang brach offenbar ab, denn es klingelte nicht. Sie stand auf, lief in der Wohnung auf und ab, versuchte es noch einmal. Noch immer nichts.

Panik stieg in ihr auf, als wäre sie diejenige, die einen Herzinfarkt erlitt. Sie war sechstausend Meilen weit entfernt. Und das Internet funktionierte nicht. Sie schickte Gabe eine Textnachricht, bat ihn, sich zu melden, sobald er irgendetwas wusste, aber der kleine blaue Balken oben auf ihrem Display, der anzeigte, dass die Nachricht gesendet wurde, schien bei fünfzig Prozent hängen zu bleiben.

Sie wünschte, sie wäre bei ihm.

Anna ging wieder auf und ab, starrte auf ihr Telefon und versuchte, nicht auszuflippen. *Nichts, nichts, nichts.*

Vielleicht sollte sie Adrien anrufen. Es gab nicht viel, was er tun könnte, außer bei ihr zu sitzen, aber wenigstens wäre sie nicht allein. Sie wollte schon seine Nummer wählen, ließ es dann aber.

Natürlich hatte sie ihm von den Weatheralls erzählt. Aber sie hatte das Gefühl gehabt, dass er nicht wirklich zuhörte. Wenn sie Adrien jetzt anrief, dann würde er vermutlich eine Liste von Fragen zu dem Herzinfarkt herunterrasseln. *Hat John das Bewusstsein verloren? Wie lange war der zeitliche Abstand zwischen den Symptomen? War es die rechte oder linke vordere absteigende Arterie?* Fragen, auf die sie keine Antworten hatte und die nicht hilfreich waren, wenn alles, was sie wollte, jemand war, der sie in den Arm nahm.

Sie konnte nicht mit Adrien reden, wenn alles, was sie wollte, Gabe war.

Schließlich – *Gott sei Dank* – summte ihr Handy mit einer Textnachricht.

Wir haben eben mit dem Arzt gesprochen. Eine Koronararterie war verstopft, und sie mussten eine Ballondilatation durchführen. Dad hat noch einen langen Weg vor sich, aber er wird durchkommen. Er ist bereits aus der Narkose aufgewacht, und Mom ist bei ihm. Ich halte dich auf dem Laufenden.

Und dann, gleich danach, ging eine zweite Nachricht ein.

Ich vermisse dich.

Anna holte ein paarmal tief Luft, um das Hämmern in ihrer Brust zu beruhigen.

Ich vermisse dich auch.

Sie schaltete das Telefon aus und machte sich bettfertig.

In jener Nacht träumte sie, dass sie in der Küche von Gabes Eltern saß, umgeben von der Familie. Dorothy saß neben ihr in der Frühstücksnische, und von der Kücheninsel sah Gabe herüber und lächelte ihr zu.

Als sie aufwachte, fühlte sich Anna so ausgeruht wie schon seit Monaten nicht mehr.

***

Als Anna wenige Tage später wieder einmal schwitzend und keuchend die Treppe hinaufstieg, klingelte ihr Handy. Gabe hatte ihr an den vergangenen Tagen mehrfach Updates zu John geschickt, aber ihr launischer Handyempfang hatte es nahezu unmöglich gemacht, ein Gespräch zu führen.

Anna nahm ihr Telefon aus der Tasche, erwartete, Gabes Namen auf dem Display aufleuchten zu sehen, aber stattdessen war es eine Nummer, die sie nicht erkannte.

Eine Nummer in San Francisco.

Anna stürmte die letzten Stufen zu ihrer Wohnungstür hinauf, dann blieb sie stehen und wischte über das Display, um den Anruf anzunehmen.

»Hallo?«, fragte sie atemlos.

»Hallo?«, sagte eine unbekannte männliche Stimme. »Ich bin auf der Suche nach Anna Campbell.«

Anna ließ die Schultern hängen. Nach all den Jahren erwartete ein kleiner Teil von ihr noch immer, die Stimme ihrer Mutter zu hören. Würde sie je wirklich aufgeben? »Ich bin Anna«, sagte sie, und ihre Aufregung war verflogen. Eine 415er-Vorwahl war vermutlich jemand von der UCSF. Sie bekam jedes Jahr Fundraising-E-Mails vom Alumniverband. Bestimmt ging es darum.

»Ms. Campbell, hier ist Officer Deacon vom San Francisco Police Department.«

Anna griff nach der Klinke ihrer Wohnungstür, um nicht das Gleichgewicht zu verlieren. Es war nicht ihre Mom. Aber war das hier der andere Anruf, auf den sie ihr halbes Leben lang gewartet hatte? »Ja?«, stieß sie mühsam hervor.

»Sie haben vor mehreren Jahren bei der Polizei eine Vermisstenanzeige für Deborah Campbell aufgegeben. Ich glaube, es handelt sich um Ihre Mutter?«

»Ja.« Vor Annas Augen begann alles zu verschwimmen. »Haben Sie Neuigkeiten für mich?«

»Möglicherweise.« Officer Deacon atmete hörbar ein. »Ich bin ein paar alte Akten unbekannter Personen durchgegangen und vielleicht auf etwas gestoßen. Vor ein paar Jahren wurde die Leiche einer Frau in einem Park im Tenderloin-Viertel gefunden. Keine Identität, aber sie passt zu der Beschreibung in Ihrer Vermisstenanzeige.«

Anna lehnte sich mit dem Rücken gegen die Tür und rutschte auf den Boden.

»Was soll ich tun?«

»Sie können eine DNA-Probe einreichen.«

Der Geruch von Weihrauch aus der Nachbarwohnung rief Anna in Erinnerung, dass sie Tausende von Meilen entfernt war. »Ich bin im Moment nicht in San Francisco. Wie würde ich dabei vorgehen?«

»Es gibt landesweit Labore, die den Test durchführen können. Und wir gleichen die Ergebnisse dann mit der Probe ab, die damals in der Pathologie entnommen wurde.«

Pathologie.

Dort war ihre Mom also gewesen? Und wo war sie jetzt? Vermutlich irgendwo in einem anonymen Grab.

»Ms. Campbell?« Officer Deacons Stimme riss Anna aus ihren Gedanken.

»Es tut mir leid. Ich bin derzeit außer Landes.« Anna presste die Hände an die Schläfen. »Ich arbeite im Ausland.«

»Werden Sie in absehbarer Zeit zurückkommen? Vielleicht auf Urlaub?«

Anna dachte an Johns Herzinfarkt. Ihren Traum von Elizabeths und Johns Küche. Gabes Lächeln. Könnte sie sich ein paar Wochen freinehmen?

»Ich werde mir etwas einfallen lassen.«

»Okay. Ich habe hier eine E-Mail-Adresse von Ihnen. Ich schicke Ihnen die Informationen für den Test, und Sie können mir Bescheid geben.«

Der Beamte verabschiedete sich, aber kurz bevor er auflegte, presste Anna das Telefon noch einmal ans Ohr. »Warten Sie!«

»Ja?«

»Wie ist sie gestorben? Die Frau im Park?«

Durchs Telefon hörte Anna das Rascheln von Papier. »Hier steht, äh, Herzstillstand.«

Anna hob den Kopf. »Keine … Drogenüberdosis?«

»Nein. In ihrem Körper fand sich nur eine geringe Menge eines Opiats. In dem Bericht steht, dass es der üblichen Dosierung zur Schmerzbehandlung entsprach. Das war nicht die Todesursache.«

»Wann haben Sie sie gefunden? Was war das Datum?«

Der Polizist blätterte offenbar wieder in seinem Bericht. »Einen Augenblick …« Und dann nannte er ihr ein Datum.

Es war nur ein paar Wochen, nachdem ihre Mom gegangen war. Ungefähr zu der Zeit, als ihre Anrufe aufhörten.

Annas Puls hämmerte in ihren Ohren. Wenn ihre Mutter an einem Herzinfarkt gestorben war, könnte das die Erklärung dafür sein, weshalb sie nie zurückgekommen war. Vielleicht hatte es gar nichts mit Drogen oder anderen entsetzlichen Dingen zu tun, die Anna sich im Laufe der Jahre vorgestellt hatte. Vielleicht hatte ihre Mom tatsächlich vorgehabt, einen Job zu erledigen und dann zu Anna zurückzukehren. Und durch eine grausame Wendung des Schicksals war sie in dem Park gestorben, ohne Ausweispapiere, sodass Anna nie davon erfuhr.

Vielleicht … vielleicht hatte ihre Mom nie vorgehabt, für immer wegzubleiben.

25

Anna schlug die Augen auf und drehte sich auf die andere Seite, um die Uhr zu sehen – acht Uhr morgens. Sie konnte sich nicht erinnern, wann sie das letzte Mal so lange geschlafen hatte.

Seit vier Jahren war sie jeden Morgen unmittelbar vor Sonnenaufgang zum Klang des *Adhan,* des islamischen Gebetsrufs, aufgewacht, der aus den Lautsprechern der örtlichen Moschee schallte. Wenig später erwachte dann die Stadt zum Leben: die Frau in der Nachbarwohnung schepperte mit einem Topf, während sie für ihre Familie das Frühstück zubereitete, eine andere Nachbarin klopfte auf dem schmalen Balkon ihrer Wohnung einen Teppich aus, und unten auf dem Markt bauten Händler ihre Waren auf.

Anna setzte sich im Bett auf und lauschte, aber abgesehen von einem gelegentlichen Wagen vorn auf der Straße oder einem Vogel, der in einem Baum zwitscherte, herrschte Stille. Anna vermisste den Trubel, vor allem den Gebetsruf fünfmal am Tag. Sie war ohne religiöse oder spirituelle Tradition aufgewachsen, aber während des Gebetsrufs hielt sie jedes Mal unwillkürlich inne und sandte einen stillen Dank hoch zu Gott oder Jesus oder Allah oder wer immer dort draußen war und vielleicht auf sie aufpasste.

Auch jetzt schickte Anna eines dieser kleinen Gebete, froh, dass sie es sicher nach Hause geschafft hatte, und dankbar für die Weatheralls, die sie willkommen geheißen hatten. Nachdem Gabe sie am Flughafen überrascht hatte, brachte er sie zum Haus seiner Eltern. Ihr altes Zimmer sah noch genauso aus wie früher.

Und dann sandte Anna noch ein weiteres Gebet, diesmal für ihre Mom. Wo immer sie war, Anna hoffte, dass sie wusste, dass ihre Tochter sie nie vergessen hatte, sie nie aufgegeben hatte. Mit einer Hand umfasste sie den goldenen Anhänger an ihrem Hals. So unglücklich Anna auch darüber war, dass ihre Mom tatsächlich nicht mehr war, hatte sie doch auch einen gewissen Trost darin gefunden. Das Schlimmste war das Grübeln gewesen. Das Nichtwissen. Und all die schrecklichen Szenarien, die sie sich ausgemalt hatte.

Vielleicht stand sie endlich kurz davor, die Antworten zu finden, denen sie ihr halbes Leben lang nachgejagt hatte.

Anna stieg aus dem Bett, putzte sich die Zähne und ging hinunter. Als Gabe sie gestern Nacht vom Flughafen hier abgesetzt hatte, war es nach zwei Uhr morgens gewesen, und John und Elizabeth hatten geschlafen. Elizabeth hatte eine Nachricht hinterlassen mit der Bitte, sie zu wecken, sobald sie eintraf, aber Anna wusste, dass sie nach Johns Herzinfarkt, der erst ein paar Wochen zurücklag, ihre Ruhe brauchten.

Im Türrahmen der Küche hielt sie inne und betrachtete die beiden, wie sie nebeneinander auf zwei Barhockern saßen, die Köpfe über dem Kreuzworträtsel in der Zeitung zusammengesteckt.

John war immer so stark und energiegeladen gewesen; es war schwer zu glauben, dass er vor zwei Monaten um ein Haar gestorben wäre. Nach dem Herzinfarkt war er in Rekordzeit wieder auf die Beine gekommen und sah zehn Jahre jünger aus als fünfundsechzig. Aber Tatsache war, dass sowohl er als auch Elizabeth älter und gebrechlicher wurden. Vor einem Jahr hatte sich John aus der Chirurgie zurückgezogen, da sein Sehvermögen nachließ. Und Elizabeth war vor einigen Monaten gestürzt und hatte sich den Arm gebrochen. Sie trug noch immer eine Schiene an der linken Hand.

Beim Anblick der beiden wurde Anna schwer ums Herz.

Sie war wieder in Pittsburgh, um einen DNA-Test zu machen und ein paar Antworten zu ihrer Mom zu bekommen. Aber wenn sie ehrlich war, gab es noch einen ganz anderen Grund für sie, nach Hause zu kommen. John und Elizabeth – die ganze Familie – bedeuteten ihr so viel, selbst nach all dieser Zeit und Entfernung. Die Aussicht, ihre Mom endgültig zu verlieren, hatte Anna das vor Augen geführt.

Sie schluckte schwer und trat ins Zimmer. »Hi.«

John legte die Zeitung beiseite, und Elizabeth sprang von ihrem Hocker und stürzte durchs Zimmer auf Anna zu, um sie in die Arme zu schließen. »Oh, Liebes, Gott sei Dank bist du endlich zu Hause.« Elizabeth strich Anna das Haar hinters Ohr, umfasste ihre Wangen mit beiden Händen und trat einen Schritt zurück, um sie zu mustern. »Lass dich ansehen. Du bist so dünn. John, hol Anna ein Zimtbrötchen.«

»Sie sieht perfekt aus«, sagte John und legte Anna beschützend den Arm um die Schultern. »Lass das Mädchen erst einmal Platz nehmen, bevor du dich aufregst.« Er beugte sich zu Anna vor und flüsterte leise: »Elizabeth ist in den letzten Monaten zu einer Expertin für Aufregung geworden.«

Anna lachte. »Du solltest dich glücklich schätzen!«

John seufzte theatralisch. »Und ich dachte, wenigstens *du* wärst auf meiner Seite.«

Annas Miene wurde ernst. »Ich weiß, wir Ärzte geben auf uns selbst am wenigsten acht. Deshalb solltest du genau das tun, was dir gesagt wird.«

Er schüttelte den Kopf. »Ich hätte dich ermuntern sollen, Anwältin zu werden.«

»Jetzt hör schon auf.« Elizabeth verpasste John einen

Klaps. »Hör gar nicht auf ihn. Es bedeutet ihm so viel, dass du nach seinem Herzinfarkt hergekommen bist, um nach ihm zu sehen. Er will deswegen nur nicht sentimental werden.«

Anna sah auf ihre Hände. Sie hatte keinem der Weatheralls von dem anderen Grund für ihre Reise erzählt. Nicht einmal Gabe. Sie hatten seit jenem Tag am Strand vor all den Jahren nicht mehr über ihre Mom geredet. Und Anna hatte das Thema auch gegenüber dem Rest der Familie nie zur Sprache gebracht. Aus Angst vor möglichen Fragen ... und was sie vielleicht tun würden, falls sie je die Antworten bekamen.

Aber im Laufe der letzten Monate veränderte sich Annas Sicht auf die Vergangenheit. Vielleicht hatte ihre Mom sie immer geliebt, und alles war nur eine schreckliche Tragödie gewesen.

Vielleicht konnte sie endlich anfangen, sich ihre Mitschuld am Verschwinden ihrer Mom zu verzeihen und nach vorn zu blicken.

Elizabeth brachte einen Teller mit einem Zimtbrötchen und führte Anna zum Tisch. »Du bist doch bestimmt erschöpft von dem langen Flug. Und du hast dich vier Jahre lang rund um die Uhr um andere Menschen gekümmert. Jetzt entspann dich und lass dich verhätscheln, solange du hier bist.«

Anna spürte, wie sich etwas in ihr löste: eine Anspannung, die sie über Jahre hinweg aufrechterhalten hatte. Jahrzehnte vielleicht. Sie war versucht, sich in Elizabeths Arme zu werfen und sich für all die Fürsorge zu bedanken.

In diesem Augenblick polterten Schritte über die Terrasse. Die Hintertür ging auf, und Matt und Gabe kamen in alten T-Shirts und mit Farbe bespritzten Shorts herein.

»Ann-a-a-a-a-a-a«, intonierte Matt und schlang sie in seine muskulösen Arme. Als er sie endlich losließ, trat Gabe vor, um sie zu einer etwas weniger knochenbrechenden Umarmung an sich zu ziehen.

»Was macht ihr zwei denn so früh hier?«, fragte Anna mit Blick auf die Arbeitskleidung. »Ihr seht aus wie die Juni- und Juliposter eines Sexy-Bauarbeiter-Kalenders.«

Gabe grinste, schenkte eine Tasse Kaffee ein, gab genau die richtige Menge Milch dazu und reichte sie ihr. Witzig, dass er sich nach all den Jahren noch immer erinnerte, wie sie ihn gern trank. »Vor ein paar Tagen ist bei einem schweren Sturm ein Ast von dem alten Baum im Vorgarten abgebrochen. Er hat das Dach leicht beschädigt. Wir sind dabei, es zu reparieren.«

»Und was hast du heute vor?«, fragte John sie.

»Ich dachte, ich wollte mich um einen Mietwagen für die nächsten paar Wochen kümmern.«

»Vergiss nicht, eine Vollkaskoversicherung abzuschließen«, empfahl Matt von der anderen Seite der Kücheninsel.

Gabe schnaubte spöttisch, und Anna verdrehte die Augen. Matt hatte ihr das Autofahren beigebracht, als sie in ihrem letzten Highschool-Jahr bei den Weatheralls wohnte. Er würde ihr den Beinaheunfall mit einem Maschendrahtzaun bis ans Ende ihrer Tage vorhalten.

John ignorierte das Lachen seiner Söhne und konzentrierte sich auf Anna. »Wer fährt mit dir zu der Autovermietung? Rachel?«

»Nein, Rachel hat gesagt, dass sie heute bei Gericht ist.«

John runzelte die Stirn. »Du solltest da nicht allein hinfahren. Diese Autokerle sind Halsabschneider, vor allem bei einer jungen Frau. Sie werden versuchen, dich übers Ohr zu hauen.« Er rieb sich das Kinn. »Vielleicht sollte ich dich begleiten.«

Bevor sie etwas erwidern konnte, begannen Matt und Gabe, hinter John wild zu gestikulieren. Gabe nickte heftig, während er lautlos mit den Lippen formte: »Sag Ja.«

Anna sah zurück zu John. »Wenn es dir nichts ausmacht mitzukommen, wäre das toll.«

»Das ist bestimmt klug«, warf Matt ein.

»Ja, wir wollen schließlich nicht, dass Anna abgezockt wird«, ergänzte Gabe.

John wandte sich an seine Söhne. »Meint ihr zwei, ihr kriegt das mit dem Dach alleine hin?«

Matt setzte eine ernste Miene auf. »Wenn wir uns richtig anstrengen«, sagte der Mann, der seit fast zwanzig Jahren Häuser baute.

Und Gabe zuckte übertrieben mit den Schultern. »Wir schaffen das schon.«

John nickte. »Okay, dann gehe ich mich mal umziehen.« Er verschwand den Flur hinunter, und Anna wandte sich an Matt und Gabe.

»Er wollte euch helfen, das Dach zu reparieren?«

Matt schnappte sich ein Zimtbrötchen vom Tablett auf der Arbeitsplatte. »Allerdings. Und der Mann hatte vor zwei Monaten einen Herzinfarkt.«

Elizabeth nickte. »Er sollte die Aufsicht führen.«

»Was vielleicht noch schlimmer wäre.« Gabe schüttelte den Kopf. »Danke, dass du ihn mitnimmst.«

»Natürlich.«

In Wahrheit freute sie sich, John dabeizuhaben. Er war so bemüht, ihr zu helfen, dass Anna es nicht übers Herz brachte, ihn daran zu erinnern, dass es nur eine Kurzzeitmiete war. John bestand darauf, dass sie mit jedem Wagen auf dem Firmengelände eine Probefahrt unternahm, und stellte dem Verkäufer eine Million Fragen nach dem Kraftstoffverbrauch, bevor er die Wagen umrundete, gegen Reifen trat und unter Motorhauben sah.

Es war genau die Art von Dingen, die ihr Vater vielleicht

getan hätte, stellte Anna sich vor, wenn sie ihn je kennengelernt hätte. Im Hinterkopf hatte Anna sich immer gesagt, dass ihre Mom ihr eines Tages mehr Informationen über ihren Vater geben würde. Aber wenn ihre Mom tatsächlich nicht mehr lebte, dann gab es diese Möglichkeit nicht mehr. Vielleicht hatte Anna jedes Verbindungsglied ihrer Herkunft verloren.

Genau wie vorhin bei Elizabeth in der Küche wurde Anna fast von dem Drang überwältigt, Johns Hand zu nehmen und sich bei ihm dafür zu bedanken, dass er für sie da war. Sie wusste, dass es ihm nicht nur darum ging, den richtigen Mietwagen für sie zu finden. Es war seine Art, ihr zu zeigen, dass er sich kümmerte, und das bedeutete ihr alles.

»Ich glaube, der hier ist es«, sagte John und klopfte auf das Dach einer soliden Honda-Limousine. »Was meinst du?«

Anna schenkte ihm ein liebevolles Lächeln. »Wenn du ihn für gut befindest, ist er perfekt.«

John nickte dem Verkäufer zu. »Wir nehmen ihn.«

Anna hakte sich bei John unter, und sie gingen hinein, um die Papiere zu unterzeichnen.

Als sie etwas später an diesem Nachmittag in die Auffahrt einbogen, lehnte eine Leiter am Haus, und Gabe und Matt waren auf dem Dach. Die Julisonne stand hoch am Himmel, und sie hatten ihre Hemden ausgezogen und hinunter aufs Gras geworfen.

Anna schirmte ihre Augen mit der Hand vor der grellen Sonne ab und reckte den Hals. Beide Männer knieten auf dem Dach, und ihre Arm- und Rückenmuskeln spannten und entspannten sich, während sie Nägel in die neuen Schindeln schlugen.

War es etwa gerade fünf Grad wärmer geworden? Anna fächelte sich mit den Papieren für den Mietwagen Luft zu und schnappte sich ihre Tasche vom Beifahrersitz von Johns BMW. Als sie sich wieder umwandte, sprang Gabe eben von den letzten zwei Sprossen der Leiter und landete genau vor ihr.

»Hey«, sagte er und strich sich das Haar aus der Stirn, sodass es in verschwitzten Spitzen abstand. »Wie ist es gelaufen?«

Anna hielt den Blick auf sein Gesicht geheftet. »Gut. Sie bringen mir meinen Mietwagen morgen vorbei.«

John stellte sich neben sie und erzählte Gabe von dem Honda, für den sie sich entschieden hatte, beschrieb die Kraftstoffeffizienz und andere Vorzüge. Während sie redeten, wurde Annas Blick von Gabes Gesicht zu den Muskeln seiner Schultern und Arme gelenkt. Er war sonnengebräunt von der Arbeit im Freien, und ihr entging nicht der flache, feste Bauch eines Mannes, der sich fit hielt, aber ohne den übertriebenen Sixpack von jemandem, der es allzu ernst nahm.

Ihr stockte der Atem, und ihr wurde heiß. Nach all den Jahren raubte sein Anblick ihr noch immer den Verstand. Sie zwang sich, wieder hoch zu seinem Gesicht zu sehen, und dann wurde ihr nur noch heißer.

Denn Gabe erwiderte ihren Blick auf eine Art, als spüre er diese Anziehung zwischen ihnen ebenfalls.

Anna saß auf einem Barhocker in der sonnigen Küche von Gabes Eltern, wo sich die ganze Familie versammelt hatte, um sie zu Hause willkommen zu heißen, und ein Gefühl von Frieden senkte sich über sie. Sie sah hinüber zu Gabe, der in diesem Moment Matts dreijährigen Sohn Henry hochhob und ihm scherzhaft damit drohte, ihn in den Mülleimer zu stecken. Henry wand sich und kreischte vor Lachen. Gabe sah auf, bemerkte, dass Anna ihn beobachtete, und zwinkerte ihr zu. Dann galoppierte Matt in die Küche und machte Pferdegeräusche, während seine beiden älteren Söhne sich an seinem Rücken festklammerten.

»Okay, Zeit, dass dieses Pferdchen auf die Weide kommt«, lachte Julia, hob die Jungen von Matts Rücken und setzte sie in die Frühstücksnische, wo sie sich sofort auf die Pizza stürzten.

Ein Glas Wein wurde vor Anna hingestellt, und sie sah auf, als Rachel auf den Platz neben ihr rutschte. »Aaliyah will dich zum Dinner treffen, sobald sie aus London zurückkommt.«

»Diese Frau reist für die Arbeit mehr als ich.« Anna lächelte. »Irgendwas Neues in Sachen Hochzeitspläne?«

Rachel wedelte mit der Hand durch die Luft, als würde sie eine Fliege verscheuchen. »Ach weißt du … wir werden schon noch dazu kommen.«

Aaliyah hatte ihr einen Antrag gemacht, nachdem sie und Rachel ihr Jurastudium abgeschlossen hatten, aber es war die längste Verlobungszeit in der Geschichte der Menschheit. Rachel hatte sich einen Namen als Scheidungsanwältin gemacht, die riesige Abfindungen für ihre Mandanten – im Allgemeinen Frauen – herausschlug. Anna hatte den Verdacht, dass diese Art Arbeit sie vermutlich skeptisch gegenüber der Institution Ehe gemacht hatte. Sie schien glücklich genug damit, verlobt zu sein.

Leah rutschte auf Annas anderer Seite auf einen Barhocker. »Ich wünschte, Rachel würde einfach Ja sagen und heiraten.« Leah war jetzt sechsundzwanzig und hatte im vergangenen Sommer ihre Highschool-Liebe, Josh, geheiratet.

Anna war zum Zeitpunkt von Leahs Hochzeit in Jordanien gewesen, und nur für das Wochenende nach Hause zu fliegen war zu aufwendig. Sie hatte ein Geschenk geschickt. Aber jetzt nagten die Schuldgefühle an ihr. Sie und Leah hatten sich immer nahegestanden, und Anna wusste, dass Leah zu ihr aufsah. Sie hätte es nach Hause schaffen sollen.

»Ich würde sehr gern wieder eine Hochzeit planen.« Leah seufzte wehmütig.

Anna beäugte die Empiretaille von Leahs Sommerkleid. »Du wirst bald zu beschäftigt sein, um irgendetwas zu planen. Ein Baby nimmt viel Zeit in Anspruch.«

Leah starrte Anna mit offenem Mund an. Ihre Hände flogen an ihren Bauch. »Aber … man sieht es doch noch kaum! Woher hast du das gewusst?«

»Es ist mein Job, so etwas zu wissen.« Sie streckte die Hand nach Leahs kaum sichtbarem Bauch aus. »Darf ich?«

Leah nickte, und Anna drückte ein paarmal sanft darauf. »Siebenundzwanzigste Woche?«

»Sechsundzwanzigeinhalb!«

Josh gesellte sich zu ihnen, und Anna umarmte ihn. Leah und Josh wurden zum ersten Mal Eltern, und die beiden strahlten vor Freude. Leah würde eine wundervolle Mutter sein; sie hatte in Elizabeth auf jeden Fall das beste Vorbild.

Anna verspürte einen Stich, als sie an ihr eigenes mütterliches Vorbild dachte.

»Wir haben gewartet, um es dir persönlich zu sagen, weil wir dich etwas fragen wollten.« Leah rieb über ihren Bauch. »Wir freuen uns so, dass du dir ein paar Wochen freinehmen konntest, um uns zu besuchen …«

Anna nickte, und ihre Gedanken kehrten zurück zu dem DNA-Test, den sie machen würde. Sie hätte schon vor ein paar Wochen herfliegen, den Abstrich machen lassen und gleich wieder zurückfliegen können. Aber als sie dann ihre Reise plante, entschied sie, ihren Zeitplan so zu organisieren, dass sie für ein paar Wochen nach Pittsburgh kommen könnte. Zum ungefähr hundertsten Mal, seit sie morgens in Johns und Elizabeths Haus aufgewacht war, freute sich Anna über diese Entscheidung.

»Besteht vielleicht die Möglichkeit, dass du noch ein bisschen länger bleibst?« Leah biss sich nervös auf die Lippe. »Zum Beispiel … ein Schwangerschaftsdrittel oder so?« Sie warf einen Blick auf Josh. »Wir hätten dich gern hier, damit du das Baby entbindest.«

»Oh, Schatz.« Anna schluckte schwer.

Leah hob die Hand. »Ich weiß, es ist viel verlangt. Aber es gibt niemanden, den ich im Kreißsaal lieber bei mir hätte.«

Josh räusperte sich lautstark.

Leah tätschelte sein Bein. »Abgesehen von dir natürlich, Schatz. Auch wenn ich noch immer nicht hundertprozentig sicher bin, dass du nicht umkippen wirst.«

Matt kam herübergeschlendert und knuffte Josh in den Arm. »Mann, du schaffst das schon. Ich habe drei Geburten durchlitten.«

»*Du* hast gelitten?«, kreischte Julia von der anderen Seite des Raumes. »Red nur so weiter, dann werde ich dafür sorgen, dass du weißt, was leiden heißt.«

Matt grinste. »Das Geheimnis besteht darin, oben bei ihrem Kopf zu bleiben. Geh nie hinunter zu dem … du weißt schon …« Er fuchtelte mit einer Hand in der ungefähren Nähe seines Schrittes herum.

»Entschuldige, dem … was?«, lachte Anna. Sie sah bei ihrer Arbeit viele zimperliche Ehemänner.

Matt räusperte sich. »Der Arzt ermuntert dich immer, hinzusehen, wenn das Köpfchen des Babys kommt, aber tu das auf gar keinen Fall.« Matt warf einen Blick auf Julia, die zu ihren drei Jungen in die Frühstücksnische zurückgekehrt war, dann murmelte er Josh zu: »Glaub mir. Ich weiß es aus Erfahrung.«

Josh rieb sich das Kinn und nickte. »Verstanden. Nicht hinsehen.«

Anna schüttelte den Kopf. »Weißt du, wie viele Ehemänner schwören, sie werden nicht hinsehen, und wenn das Köpfchen des Babys dann kommt, starren sie es voller Ehrfurcht an?«

»Wie viele?«

»So ziemlich alle.« Sie lachte über die erschrockene Miene in Joshs Gesicht.

Rachel kam zu ihnen und gab Matt einen Klaps auf den Arm. »Igitt! Könnt ihr Jungs *bitte* aufhören, über weibliche Körperteile zu reden? Wenn ich noch eine Minute länger hören muss, wie meine Brüder darüber diskutieren, muss ich mich übergeben.«

Matt grinste und rieb sich den Arm, wo sie ihn geschlagen hatte. »Ich bitte dich, Rachel. Du stehst doch ebenso sehr wie wir auf weibliche Körperteile.«

Gabe lachte und streckte eine Hand aus, um Matt abzuklatschen.

Rachel sah entsetzt zwischen ihren Brüdern hin und her. »Oh, mein Gott. Mom!«, rief sie quer durch die Küche. »Gabe und Matt benehmen sich *schon wieder* unausstehlich!«

»Hört auf zu streiten, Kinder«, erwiderte Elisabeth in einem Singsang, ohne auch nur von dem Salat aufzusehen, den sie gerade zubereitete.

Anna machte es sich auf ihrem Platz bequem, seltsam getröstet von der vertrauten Kabbelei. So war es bei den Weatheralls schon immer gewesen. Von ihrer Wärme und ihrem Gelächter und ihrem gutmütigen Geplänkel umgeben zu sein half ihr jedes Mal zu vergessen, dass es dort draußen eine Welt gab, in der Menschen schlimme Dinge passierten.

Gott, wie hatte sie das vermisst.

Anna dachte über Leahs Bitte nach. Ihr Vorgesetzter hatte sie ermuntert, einen längeren Urlaub zu nehmen, als sie die Auszeit beantragt hatte. Burn-out kam in ihrem Beruf häufig vor, und Anna hatte sich seit einer Ewigkeit nicht mehr als ein langes Wochenende gegönnt. Und auf der Fahrt hatte John erwähnt, dass sie im Krankenhaus immer auf der Suche nach Ärzten seien, die als Aushilfe einspringen konnten. Könnte sie eine befristete Stelle in der Geburtshilfe bekommen und lange genug bleiben, um Leahs Baby zu entbinden? Jetzt, wo die Polizei ein paar Anhaltspunkte zum Verschwinden ihrer Mom hatte, wäre sie auch vor Ort, falls es neue Erkenntnisse gab.

Anna ließ den Blick wieder durch die Küche schweifen. Die Wahrheit war, dass sie, falls ihre Mom tatsächlich vor all den Jahren in diesem Park in San Francisco an einem Herzinfarkt gestorben war, hier sein wollte, umgeben von den Weatheralls, wenn sie es erfuhr. Und sie wollte bei Gabe sein. Dem einzigen Menschen, von dem sie gehalten werden wollte, wenn sie weinte.

26

Gabe beobachtete, wie Anna mit seiner Familie lachte, und in seiner Brust breitete sich eine Ruhe aus, die er nicht mehr verspürt hatte, seit sie in den Nahen Osten gegangen war. Als er sie rundheraus gefragt hatte, wie sicher sie dort sei und was für Risiken sie einginge, hatte sie gesagt, es sei alles gut, und dann schnell das Thema gewechselt, was ihn kein bisschen überraschte. Anna hatte schon immer darauf beharrt, sie könne selbst auf sich aufpassen, und er wusste, wenn irgendjemand das konnte, dann war sie es. Aber es gab Dinge, die lagen außerhalb ihrer Kontrolle.

Sein ständiges Verfolgen der Nachrichten über den Krieg in Syrien und Hilfseinsätze im Nahen Osten hatten ihn nicht unbedingt beruhigt. Allein in den vergangenen paar Monaten waren zwei Krankenhäuser bombardiert worden, und Berichte von vermissten Mitarbeitern der Hilfsorganisationen, aller Wahrscheinlichkeit nach von Terroristen entführt, waren mit erschreckender Häufigkeit in seinem Newsfeed erschienen.

Gestern Nacht hatte er zum ersten Mal seit vier Jahren schlafen können, ohne dass ihn diese dumpfe Angst überkam. Nachdem Anna damals fortging, hatte es so viele Nächte gegeben, in denen er jede Hoffnung auf Schlaf aufgegeben hatte, auf seinen Balkon hinausgeschlendert war, um den Nachthimmel zu betrachten und sich zu fragen, ob sie am anderen Ende der Welt dieselben Sterne sehen konnte.

Er beobachtete, wie Anna sich ein Stück Pizza schnappte und zu Julia und den Jungs in die Frühstücksnische rutschte.

»Hey, Henry.« Ihre Stimme hallte durch die Küche zu ihm herüber. »Klopf, klopf.«

»Wer ist da?«, kam Henrys Kleinjungenstimme.

»Die Kuh, die Kuh.«

»Die Kuh, die Kuh, und die macht …«

»MUH!«

Gabe kicherte, aber Henry lachte so heftig, dass er Saft über Julias Arm verschüttete.

»Henry!« Julia sprang auf und schnappte sich die Servietten in der Tischmitte.

Anna schnitt eine übertrieben reumütige Grimasse. »Entschuldige.«

Gabe lachte wieder.

»Willst du eins?«

Als Gabe aufsah, stand sein Dad vor ihm und hielt zwei Bier in der Hand. »Na klar. Danke.«

Gabe nahm eine der beiden Flaschen, und sein Dad setzte sich auf den Barhocker neben ihm und nahm einen Schluck aus der anderen.

»Darfst du das überhaupt trinken?« Gabe zeigte auf die Flasche.

»Ich fühle mich besser als vor dem Herzinfarkt. Deine Mutter lässt mich nichts mehr essen, was schmeckt. Versuch nicht, mir auch noch mein Bier zu nehmen.« Er trank noch einen kräftigen Schluck und deutete dann mit dem Kinn zur Frühstücksnische. »Es ist schön, die ganze Familie wieder beisammenzuhaben.«

Gabe sah zu Anna und dann wieder zurück zu seinem Dad. »Ja, das ist es.«

»Ich bin wirklich stolz auf sie.«

Gabe nickte. »Am Ende hast du doch noch deinen Arzt in der Familie gekriegt.« Die Worte waren ihm einfach so über die Lippen gekommen. Über dieses Thema wurde schon lange nicht mehr gesprochen, und Gabe dachte auch nicht oft daran. Dieser Zug war schon vor langer Zeit abgefahren. Gabe stand kurz vor einer unbefristeten Professur an der Universität, er bekam Einladungen, landesweit Vorlesungen zu halten, und hatte seine Forschungen in allen größeren Fachzeitschriften veröffentlicht. Aber ab und zu nagte es offenbar immer noch an ihm, wie viel Druck sein Vater früher auf ihn ausgeübt hatte.

John sah seinen Sohn einen langen Moment an. »Ich bin froh, dass wir Anna in der Familie haben. Aber weißt du, es wäre auch nicht das Ende der Welt gewesen, wenn wir nie einen Arzt bekommen hätten.«

Gabe runzelte die Stirn. Sein Dad musste bei dem Herzinfarkt mit dem Kopf aufgeschlagen sein, denn so kannte Gabe ihn gar nicht.

John räusperte sich. »Ich weiß, ich sage es nicht oft, aber ich könnte nicht stolzer auf dich sein. Es tut mir leid, wenn ich das nicht deutlicher klargestellt habe, als du jünger warst.« Er hielt einen Moment inne und knetete seinen Nacken, als würden ihm seine Worte physische Schmerzen bereiten. »Meine Familie hatte nicht viel Geld, als ich aufwuchs, und meine Mom hat sich abgestrampelt. Nachdem mein Dad gestorben war, waren wir nicht einfach nur Arbeiterklasse. Wir waren arm. Meine Mom hat drei Jobs gehabt, manchmal gab es trotzdem nicht genug Essen im Haus, und wir gingen hungrig zu Bett. Ich wollte, dass ihr Kinder Berufe ergreift, bei denen ich wusste, dass ihr euch nicht abstrampeln müsst. Aber vielleicht habe ich es übertrieben.«

Gabe wippte auf seinem Barhocker nach hinten. Er wusste, dass sein Großvater Stahlarbeiter gewesen war und dass er jung gestorben war. Aber er hatte nie wirklich darüber nachgedacht, wie es für seinen Dad gewesen sein musste, bei einer alleinerziehenden Mutter aufzuwachsen, die kaum berufliche Qualifikationen besaß. Er redete nie darüber. Als Gabe sie kennenlernte, schien seine Großmutter längst in guten Verhältnissen zu leben.

Nun schoss ihm durch den Kopf, wie hart sie für diesen Erfolg gearbeitet haben musste.

Die Stimme seines Dads drang in seine Gedanken. »Ich weiß, ich war hart zu dir, und erst recht zu Matt. Aber ich habe es ihm gesagt, und jetzt sage ich es dir. Es tut mir leid.«

Gabe fuhr sich mit einer Hand über die Stirn, versuchte, sein Gehirn dazu zu bringen, diesen Meinungsumschwung zu verdauen. »Es muss dir nicht leidtun. Ich wäre nicht dort, wo ich heute bin, wenn du keinen Druck gemacht hättest.«

Sein Dad legte den Kopf schief. »Dann hoffe ich, du wirst einem Typen, der kürzlich das eigene Leben an sich vorbeiziehen sah, verzeihen, wenn er ein letztes Mal Druck macht.« Er wies mit dem Kinn in Annas Richtung. »Sie wird nicht ewig hier bleiben.«

Gabes Herz hämmerte in seiner Brust. Sein Blick wurde zurück zu Anna gelenkt, und als ob sie spürte, dass er sie ansah, hob sie den Kopf und schenkte ihm dieses Lächeln, das ihr ganzes Gesicht erhellte. Von irgendwo aus weiter Ferne hörte er seinen Dad sagen: »Es sei denn, jemand gibt ihr einen guten Grund dazu.«

Gabes Kopf schnellte wieder zurück.

Sein Dad sah ihm in die Augen. »Lass dir von mir gesagt sein, das Leben kann sich von einer Sekunde zur nächsten ändern. Verpass deine Chance nicht.«

Gabe machte den Mund auf und wieder zu. Und dann konnte er nicht anders. Er lachte. Hier war sein Dad und glaubte wie üblich zu wissen, was das Beste war. Und gab einem seiner Kinder einen dezenten, oder auch nicht so dezenten, Schubs in die Richtung, in die es seiner Ansicht nach gehen sollte.

Aber diesmal konnte Gabe nicht wütend darüber sein. Denn diesmal hatte er den Verdacht, dass sein Dad recht hatte.

»Danke für den Tipp.«

Sein Dad drückte Gabes Schulter, dann rutschte er von seinem Barhocker. Gabe sah ihm nach, wie er die Küche durchquerte und sich zu seiner Mom an den Herd stellte und eine Hand ausstreckte, um sich einen Champignon von einer der Pizzen zu schnappen. Seine Mom gab ihm einen Klaps auf die Hand, und sein Dad lachte und legte einen Arm um sie und küsste sie auf die Wange.

Gabe nahm einen kräftigen Schluck von seinem Bier, während das Chaos seiner Familie um ihn herumwirbelte: seine Neffen, die über einen Witz kicherten, Leah und Julia, die über Babynamen diskutierten, das leise Kichern seines Dads, während er mit seiner Mom flirtete.

Wie war es möglich, dass er in einem Zuhause aufgewachsen war, in dem Familie alles war, und selbst nie jemanden gefunden hatte, mit dem er das alles teilen konnte? Gabes Blick blieb bei Anna hängen. Vielleicht weil er den Großteil seines Erwachsenenlebens damit verbracht hatte, jede Frau, der er begegnete, mit einer bestimmten Person zu vergleichen.

27

Gabe ging jetzt schon so lange die Daten seiner neuen Studie zu Immobilienpreisen und Einkommensniveaus durch, dass allmählich seine Augen schmerzten. Daher war er dankbar für die Ablenkung, als sein Telefon auf der anderen Seite des Schreibtisches summte. Es war eine Nachricht von Rachel.

Anna und ich treffen uns um 8 im Tram's. Willst du mit uns essen gehen?

Gabe warf einen Blick auf die Uhr auf seinem Computer – halb acht. Er sah auf seine Tabellenkalkulation und dann wieder auf sein Telefon.

Was gab es da zu überlegen?

Zwanzig Minuten später fuhr Gabe durch Lawrenceville, Annas Wohngegend aus den alten Tagen. Als er in der Butler Street an einer roten Ampel hielt, sah er eine Gruppe junger Leute in den Zwanzigern, die ihre iPhones durchscrollten, während sie vor einem voll besetzten mexikanischen Restaurant warteten. Zwei Häuser weiter standen Kinder mit ihren Eltern an einer Eisdiele an.

Er war im Laufe der vergangenen Jahre Dutzende Male in Lawrenceville gewesen, aber zum ersten Mal seit Langem dachte er darüber nach, wie sehr sich die Gegend gewandelt hatte. Als Erstes waren die Künstler hergezogen, angelockt von den niedrigen Immobilienpreisen und leer stehenden Läden, die sie in Galerien umwandelten. Als Nächstes kamen die

Boutiquen, Bars und angesagten Restaurants im Besitz aufstrebender Küchenchefs, die sich ihre eigenen Lokale in größeren, teureren Städten niemals hätten leisten können. Und schließlich nahmen die jungen Familien Notiz davon und begannen, die mehr schlecht als recht sanierten Häuser schneller aufzukaufen, als die geschäftstüchtigen Bauunternehmer sie auf den Markt werfen konnten. Sein Bruder hatte ein Büro in Lawrenceville, und seine Baufirma war bekannt für einige der hochwertigeren Sanierungen in der Gegend.

Gabe fuhr die Main Street hoch und parkte oben auf dem Hügel. Zu seiner Linken verwandelten sich die Wolken hinter der Skyline der Stadt in rosa- und orangefarbene Streifen, und zu seiner Rechten spiegelte sich die untergehende Sonne in den glänzenden neuen Fenstern der Backsteinreihenhäuser.

Was würde Anna denken, wenn sie an den Orten ihrer Kindheit vorbeifahren würde, die jetzt aufgehübscht und mit einem frischen Farbanstrich versehen waren? Ihre Kindheit war keine, die nach einer Weile zu einem rosigen Schimmer von Erinnerungen verblasste, so wie es Gabes Kindheit getan hatte. Ihre Erinnerungen blieben hängen wie der beißende Geruch von Zigarettenrauch, der einem Hemd anhaftete und sich einfach nicht entfernen ließ, egal, wie oft es in die Waschmaschine gesteckt wurde.

Würde derselbe Sonnenuntergang, für den Leute Hunderttausende von Dollar bezahlten, um ihn von ihren brandneuen Dachterrassen aus betrachten zu können, Anna an die Angst erinnern, die sie immer beschlich, wenn sich die Dunkelheit senkte und sie auf dem Nachhauseweg auf der Hut sein musste? Würde sie durch diese Straßen gehen, in denen sich trendige Teenager und junge Familien tummelten, und noch immer an den Straßenecken zusammenzucken, an denen die Drogendealer sie belästigt hatten?

Anna mied diese spezielle Ecke ihrer ehemaligen Wohngegend vermutlich genauso, wie sie es mied, über ihre Mom zu reden. Hatte Annas Umzug ans andere Ende der Welt ihr geholfen, mit ihrer Kindheit endlich Frieden zu schließen? Oder suchte sie in Menschenmengen noch immer nach Frauen mit einem vertrauten Gesicht?

Gabe konnte über die Halskette ihrer Mom nicht mehr viel länger Stillschweigen bewahren. Selbst wenn Anna nicht über ihre Mom reden und nichts von der Halskette wissen wollte, musste er ihr die Wahrheit sagen. Er konnte sie nicht bitten zu bleiben, solange dieses Geheimnis über ihnen schwebte. Selbst wenn es hieß, dass sie dann vielleicht auf dem Absatz kehrtmachte und fortging.

Gabe wandte den Blick vom Sonnenuntergang ab und ging den halben Block hinunter zum Tram's, einem vietnamesischen Restaurant, das trotz des beträchtlichen Aufschwungs der Gegend seinen ursprünglichen Charakter behalten hatte.

Das Lokal war voll besetzt, als Gabe die Tür öffnete und eintrat. Anna saß allein an einem Tisch und studierte die Speisekarte. Als er auf einem Stuhl ihr gegenüber Platz nahm, schaute sie hoch. »Gabe! Hey! Ich wusste gar nicht, dass du auch kommst.«

»Rachel meinte, das wäre okay für dich.«

»Klar!«

Gabe machte es sich auf seinem Platz bequem und betrachtete Anna über den Tisch hinweg. »Es bedeutet meiner Familie sehr viel, dass du nach dem Herzinfarkt meines Dads nach Hause gekommen bist.« Und ihm besonders.

Als er ihre Nachricht erhielt, dass sie endlich plante zu kommen, hatte ihn das echt überrascht. Er hatte die Hoffnung fast aufgegeben, nachdem sie ihren Aufenthalt im Nahen Osten erst auf drei und dann vier Jahre ausdehnte. Offenbar war sie seit einer Weile mit irgendeinem Chirurgen, Adrien oder so, zusammen. Eines Sonntags beim Dinner erzählte Leah, dass sie den Typen bei einem Zoom-Anruf kennengelernt hatte.

Aber jetzt war Anna hier und dieser Chirurgentyp weit weg. Jetzt musste er sie nur noch dazu bringen, zu bleiben.

»Es ist schön, zu Besuch zu Hause zu sein«, sagte Anna und schenkte ihnen beiden Wein aus der Flasche auf dem Tisch ein.

Zu Besuch.

»Du bist jetzt seit vier Jahren dort drüben. Das ist eine lange Zeit. Überlegst du denn nie, mal sesshaft zu werden?«

»Was heißt denn ›sesshaft werden‹?« Sie blinzelte ihn an. »Hierher zurückzukommen?«

»Zum Beispiel.« Er beugte sich vor. »Nach Pittburgh. Heiraten, Kinder kriegen, das alles.«

Anna richtete sich auf ihrem Platz auf. »Ich weiß nicht. Als kleines Mädchen habe ich nicht mit Puppen gespielt oder von meiner Hochzeit geträumt. Bei meinen Träumen ging es immer darum, Ärztin zu werden, ein Leben zu führen, das weit weg von … na ja, weit weg von dieser Wohngegend ist, um genau zu sein.«

»Ja, aber das hast du geschafft. Schon vor langer Zeit. Was ist mit neuen Träumen?«

»Was Heiraten und Elternschaft angeht, hatte ich wohl kaum die besten Vorbilder.« Sie nahm ihr Besteck in die Hand und arrangierte es immer wieder neu auf ihrer Serviette.

Das war mehr, als sie seit Jahren über ihre Mom gesagt hatte. Gabe presste die Lippen zusammen, hoffte, sein Schweigen würde sie ermuntern fortzufahren.

Schließlich zuckte Anna mit den Schultern. »Eine funktionierende Beziehung zu führen oder kleine menschliche Wesen aufzuziehen passt wohl nicht zu mir.«

Er starrte sie an. War das ihr Ernst? Wie konnte sie so etwas denken?

»Du bist eine tolle Ärztin, und das nicht nur, weil du schlau bist. Sondern wegen deiner Art – deiner Geduld und Fürsorge. Wie zum Beispiel damals für meine Großmutter, als du stundenlang Fotoalben mit ihr angesehen hast. Oder Leah, die immer zu dir aufgesehen hat. Als sie erfahren hat, dass sie schwanger ist, hat sie geweint, weil sie dachte, du würdest nicht da sein, um das Baby zu entbinden.«

Anna machte ein trauriges Gesicht, und Gabe holte einmal tief Luft. »Und dann bin da noch ich.«

»Was soll mit dir sein?«

»Du bist die beste Freundin, die ich je hatte. Ich kann mir ein Leben ohne dich nicht vorstellen.« Er sah sie eindringlich an. »Anna, denk darüber nach, in Pittsburgh zu bleiben.«

Anna drehte den Löffel in ihren Händen. »Gabe, ich habe dort drüben ein Leben …«

»Du hast hier ein Leben …« Überwältigt von seinen Gefühlen musste er schlucken. »Bleib wenigstens lange genug, um Leahs Baby zu entbinden. Er streckte die Hand aus und legte sie auf Annas. Bei dem sanften Druck schnellte ihr Kopf hoch, und ihre Blicke trafen sich. »Und dann … denk darüber nach, wegen mir zu bleiben.«

Sie erwiderte nichts, wandte den Blick jedoch nicht ab. Die Luft zwischen ihnen wurde schwer, während sie sich über den Tisch hinweg ansahen, aber bevor er noch irgendetwas sagen konnte, wurden sie von einer Stimme unterbrochen.

»Entschuldigt die Verspätung.«

Schneller, als Gabe blinzeln konnte, entzog Anna ihm ihre Hand.

Rachel stand vor ihnen, in einem konservativen grauen Hosenanzug und schwarzen High Heels. Sie zog ihr Jackett aus und warf es über einen Stuhl. Die ärmellose Bluse, die sie darunter trug, gab den Blick auf sechs oder sieben Tattoos frei, die kreuz und quer über ihre Arme verliefen. Sie ließ sich auf den Stuhl neben Anna fallen und goss sich von dem Wein ein. »Der Verkehr auf der 28 ist die Hölle.«

Aber Gabe hörte sie kaum, denn sein Herz schlug Purzelbäume angesichts des winzigen, freudigen Lächelns, das an Annas Lippen zupfte.

28

Dr. Campbell?«, ertönte eine Stimme hinter Anna, während sie den puderblauen Flur der Entbindungsstation des Krankenhauses hinunterging. Als sie sich umwandte, sah sie Constance, eine der Entbindungsschwestern, auf sie zukommen. »Raum 321 ist jetzt so weit. Wehen im Abstand von drei Minuten.«

»Danke.« Anna schenkte ihrer neuen Kollegin ein Lächeln. »Bitte nennen Sie mich Anna.« Von ihrer Arbeit in den Flüchtlingslagern war sie einen eher zwanglosen Umgang mit Leuten gewohnt. Es würde eine Weile dauern, sich wieder an die Formalitäten und Richtlinien eines großen modernen Krankenhauses zu gewöhnen.

Mit Annas verlängertem Aufenthalt in Pittsburgh hatte sich alles wunderbar gefügt. John hatte sie mit dem Leiter der Geburtshilfeabteilung des Krankenhauses zusammengebracht, und sie waren mehr als glücklich, ihr eine befristete Stelle auf der Entbindungsstation anzubieten. Und Rachel hatte ihr geholfen, in einer ruhigen Gegend in der Nähe eine kleine möblierte Remise über einem Garagenanbau zu finden. Die Besitzerin, eine befreundete Collegeprofessorin von Rachel, war für ein Sabbatjahr ins Ausland gegangen und hatte Anna einen sechsmonatigen Mietvertrag angeboten.

Das Timing war perfekt für Anna, um Leahs Baby zu entbinden und die Ergebnisse des DNA-Tests zu bekommen, den sie letzte Woche gemacht hatte. Und danach …

Danach würde sie einfach weitersehen müssen.

Gabe wollte, dass sie blieb. *Für ihn*. Obwohl er das Thema nicht wieder zur Sprache gebracht hatte, schwebte diese Möglichkeit immer im Raum. Es war nicht neu, dieses leise Knistern, das jedes Mal einsetzte, wenn sie zusammen im selben Zimmer waren, als wären sie beide auf einer etwas anderen Frequenz als alle anderen. Aber zum ersten Mal war Anna offen für die Möglichkeit, dass Gabe sie lieben könnte. Und dass sie seine Liebe verdient hatte. Zum ersten Mal war Anna offen dafür, ihm alles zu erzählen: über ihre Vergangenheit und warum ihre Mom damals fortging.

Seit dem Anruf des Polizisten aus San Francisco war es, als hätte jemand an einem Ventil gedreht, um den Druck aus ihrer Brust abzulassen. Anna hatte sich ihr halbes Leben lang auf das Schlimmste vorbereitet. Wenn ihre Mom tatsächlich in diesem Park an einem Herzinfarkt gestorben war, dann würde Anna einen gewissen Trost in dem Wissen finden, dass sie friedlich gegangen war. Ohne zu leiden. Und sie hatte gar nicht vorgehabt, für immer wegzubleiben.

Und vielleicht traf Anna gar keine Schuld.

Und dann könnte Anna vielleicht all diese Dinge haben, über die sie und Gabe vor ein paar Wochen geredet hatten. Heiraten, Kinder kriegen. Eine Familie.

Und vielleicht könnte sie diese Zukunft mit Gabe haben.

»Anna?« Constances Stimme riss Anna aus ihren Gedanken. »In Untersuchungsraum 316 ist eine Patientin, die Sie sich schnell ansehen sollten. Eine Frau ungefähr in der fünfundzwanzigsten Woche.« Besorgnis furchte die Stirn der Schwester. »Sie sagt, sie sei die Treppe hinuntergefallen, aber ihre Verletzungen passen nicht zu einem Sturz. Ich vermute häusliche Gewalt, aber sie will nicht reden. Sie hat noch keinen Entbindungsarzt, und sie ist nicht versichert.«

»Danke, bin schon unterwegs.« Anna eilte den Flur hinunter, und Constance begleitete sie in den Untersuchungsraum zu einer jungen schwangeren Frau Anfang zwanzig.

»Hi«, sagte Anna. »Ich bin Dr. Campbell, aber Sie können mich Anna nennen. Ich bin Entbindungsärztin und würde Sie gern untersuchen. Ist das okay für Sie?«

Die junge Frau sah sie aus mit schwarzem Eyeliner stark umrandeten Augen misstrauisch an und nickte schließlich. »Ich bin Hayleigh.«

Anna überflog rasch Hayleighs Patientenblatt und betrachtete dann den violetten Bluterguss, der sich um ihr Auge bildete, und die klaffende Wunde an der Wange, die durch einen Mullverband blutete. »Die Schwester wird gleich kommen, um die Schnittwunde an der Wange zu nähen, aber zuerst müssen wir nach Ihrem Baby sehen, einverstanden?«

Anna bat Hayleigh, sich auf den Rücken zu legen, damit sie die Herztöne des Babys überprüfen konnte. Hayleigh zuckte zusammen und presste die Hand auf ihren Brustkorb, als sie sich flach auf den Untersuchungstisch legte. Die Bereiche ihrer Oberarme, die dabei unter ihrem T-Shirt hervortraten, wiesen fingerförmige Blutergüsse auf.

Als Anna sich vorbeugte und eine Hand nach Hayleigh ausstreckte, schlug ihr der beißende Gestank von Zigarettenrauch entgegen, und Anna durchfuhr eine lebhafte Erinnerung. Ihre Hand verharrte für einen Moment mitten in der Bewegung, während der schale Tabakgeruch Anna umfing, genau wie damals, wenn ihre Mom neben ihr aufs Sofa rutschte oder sich vorbeugte, um sie zu umarmen. Trotz der brennenden Schärfe fühlte sich Anna seltsam getröstet. Der Geruch ihrer Kindheit. Ihre Mom. Wieder hier in Pittsburgh zu sein schien diese Erinnerungen stärker zurückzubringen.

Annas Hände zitterten, als sie Hayleighs T-Shirt sanft über den leicht gewölbten Bauch hochschob.

»Wird es wehtun?«, fragte Hayleigh und beäugte den Apparat in Annas Hand.

»Das hier?« Anna hielt den Herzfrequenzmonitor hoch. »Nein, überhaupt nicht. Wir halten es nur an Ihren Bauch, um den Herzschlag zu hören. Ist das okay für Sie?«

Hayleigh zuckte mit den Schultern. »Denke schon.«

»Sollte irgendetwas unangenehm sein, sagen Sie Bescheid.«

Anna tastete Hayleighs Bauch ab und fuhr dann mit dem Ultraschall über eine bestimmte Stelle. Nach einem Moment erfüllte ein lauter, gleichmäßiger Rhythmus, wie ein vorbeiratternder Zug, den Raum.

Anna lächelte. »Das ist der Herzschlag Ihres Babys – 135 Schläge pro Minute, perfekt.«

Hayleigh zuckte zusammen, als sie sich mühsam auf einen Ellenbogen stützte. »Wirklich? Das ist der Herzschlag?«

Anna nickte. »Ja. Ist es das erste Mal, dass Sie ihn hören?«

Hayleigh nickte und wandte den Blick ab. »Ähm. Ja.«

»Waren Sie während dieser Schwangerschaft schon bei einem Arzt?«

Hayleigh schüttelte den Kopf. »Eine Zeit lang wusste ich gar nicht, dass ich schwanger war, und dann … ich wollte mir bald einen suchen.«

Hayleigh war schon ziemlich weit, aber Anna wusste, dass sie behutsam vorgehen musste. Die junge Frau zurechtzuweisen, weil sie bislang zu keiner Schwangerschaftsvorsorge gegangen war, würde sie nur davon abhalten, wiederzukommen. »Das ist in Ordnung. Nach Ihrer letzten Periode zu schätzen, müssten Sie ungefähr in der fünfundzwanzigsten Woche sein, das heißt, das ist ein guter Zeitpunkt, um mit regelmäßigen Untersuchungen anzufangen.«

Sie half Hayleigh, sich aufzusetzen, und erzählte ihr von der Betreuung, die sie auf der Entbindungsstation erwarten könnte. Dann zog sie ihren Hocker so nah heran, dass sie der jüngeren Frau in die Augen sehen konnte. »Der Herzschlag des Babys klingt gut, aber ich würde Sie trotzdem gern zu einem großen Ultraschall schicken, nur um ganz sicher zu sein, dass alles in Ordnung ist, und damit wir Ihren Entbindungstermin etwas genauer bestimmen können.«

Hayleigh nickte.

»Können Sie mir sagen, wie das hier passiert ist?«, fragte Anna sanft.

Hayleigh starrte auf ihre Fake-Uggs. »Ich bin die Treppe runtergefallen«, murmelte sie.

Annas Magen krampfte sich zusammen, denn eine Erinnerung überflutete sie.

Eine wackelige Treppe, die in einen dunklen Keller hinunterführte. Nur dass niemand gefallen war. Nicht wirklich.

Anna schüttelte die Erinnerung ab und konzentrierte sich auf ihre Patientin. Sie legte behutsam die Hand auf Hayleighs Arm. »Als ich ein Kind war, ist meine Mom oft in Streitereien mit ihren Freunden geraten. Manchmal wurden sie gewalttätig, und die Verletzungen meiner Mom sahen ganz ähnlich aus wie Ihre.« Hayleighs Kopf schnellte hoch, und Anna fuhr fort. »Hat Ihnen das jemand angetan?«

Hayleigh kniff ihre schwarz umrandeten Augen zusammen. »Wenn Sie das irgendjemandem sagen, werde ich es abstreiten.«

Anna nickte. »Okay. Versprochen.« Wenn Hayleigh ihr nicht vertraute, würde sie zu keiner weiteren Untersuchung kommen. Und was würde dann mit Hayleigh passieren? Und mit ihrem Baby?

Hayleigh seufzte und starrte zu Boden. Ihrem Gesicht nach schien sie jünger zu sein als in den Zwanzigern. »Ich kann ihn nicht verlassen, also schlagen Sie es mir besser gar nicht erst vor. Er wird mich niemals gehen lassen, schon gar nicht jetzt, wo das Baby kommt.«

»Wenn Sie der Polizei erzählen, was passiert ist, und Anzeige erstatten …«

»Das kann ich nicht.« Hayleigh schüttelte den Kopf. »Das würde sein Leben ruinieren. Er meint es nicht so; er macht das nur, weil sein Dad ihn immer geschlagen hat; er kennt es nicht anders. Hinterher tut es ihm immer leid. Ich weiß, dass es ihm leidtut. Er liebt mich doch.«

Anna lehnte sich auf dem Hocker zurück, während eine vertraute Stimme in ihr widerhallte. *Er ist müde. Er ist zugedröhnt. Es tut ihm leid.* Er war immer müde. Er war immer zugedröhnt. Es tat ihm immer leid. Bis er es wieder tat.

Würde es helfen, an Hayleigh zu appellieren, dass sie das Kind schützen musste? Funktionierte das jemals? Aber Anna hatte nicht viele Optionen. »Ich mache mir Sorgen, dass er dem Baby etwas antun könnte.«

Hayleigh riss die Augen weit auf. »Das würde er nie tun! Ich bin nur manchmal so nervig und mache irgendwelchen Scheiß, der ihn auf die Palme bringt.«

Anna hielt Hayleighs Blick stand. »Babys können auch ziemlich nervig sein, vor allem, wenn sie viel weinen.«

»Hören Sie«, entgegnete Hayleigh schroff. »Sie haben keine Ahnung, wie das ist. Wenn es für mich irgendeine Möglichkeit gäbe, dieses Baby allein durchzubringen, dann würde ich es tun. Aber wie soll ich das anstellen? Ich habe rein gar nichts. Und jemandem wie mir hilft auch niemand.«

Wie könnte Anna etwas dagegenhalten, wo sie doch ihre eigene Version dieser Geschichte durchgemacht hatte? Es musste eine andere Möglichkeit geben. Es musste etwas geben, was sie tun konnte.

Anna zog eine ihrer Visitenkarten aus der Brusttasche ihres

Arztkittels. Sie kritzelte einen Namen und eine Telefonnummer auf die Rückseite und reichte sie Hayleigh. »Das hier ist die Nummer meiner Freundin Rachel. Sie ist Anwältin und hat viel Erfahrung mit Situationen wie Ihrer, und manchmal übernimmt sie Fälle unentgeltlich. Wenn Sie Hilfe wollen, oder auch nur, um Ihre Optionen zu besprechen, können Sie mit Rachel reden.«

Hayleigh nahm die Karte und starrte sie einen Moment lang an. Dann nickte sie und steckte sie ein. »Danke.«

Anna machte sich an die Arbeit, um einen Ultraschalltermin zu vereinbaren und die Schwester zu rufen, damit sie Hayleighs Wange nähte, aber die ganze Zeit blutete ihr das Herz. Hayleigh glaubte, sie sei selbst schuld, weil sie nervig gewesen war, und in ein paar Monaten würde ihr Baby in diese Situation hineingeboren werden. Aber nichts von alledem war Hayleighs Schuld. Das wusste Anna.

Als die Schwesternhelferin kam, um Hayleigh zum Ultraschall zu bringen, blieb Anna noch sitzen, fröstelnd trotz der warmen Luft, die durch die Lüftungsanlage hereinströmte. Wenn sie Hayleighs Situation so klar sehen konnte, warum blickte sie dann auf ihr eigenes Leben zurück, als würde sie durch Nebel spähen? Würde sie zu sich selbst je so gnädig sein und sich verzeihen, was sie getan hatte? Oder würde er ihr für immer anhaften, dieser Zigarettenrauch, der noch immer über ihren Erinnerungen schwebte?

29

Gabe kam gerade von einer Joggingrunde auf dem North-Shore-Weg nach Hause und betrat sein Loft, als es draußen zu regnen begann. Es war einer der seltenen Sonntage ohne Abendessen bei seinen Eltern, da die beiden für das College-Jahrgangstreffen seines Dads nach Connecticut gefahren waren. Matt und Julia besuchten mit den Kindern Julias Familie, und Leahs Ehemann, Josh, war am Nachmittag zu einer Geschäftsreise nach New York aufgebrochen.

Ein ruhiger Abend lag vor ihm. Vielleicht würde er Anna eine Nachricht schicken, fragen, ob sie sich zum Dinner treffen wollte. Sie war mit ihrem neuen Job in letzter Zeit so beschäftigt gewesen, dass er sie nur noch sonntags bei seinen Eltern sah. Nicht unbedingt die ideale Situation, um über die Zukunft zu reden. Als sie das letzte Mal auf das Thema kamen, begann eine leise Hoffnung in ihm zu keimen.

Er musste nur noch den richtigen Moment finden, um ihr von der Halskette zu erzählen. Denn bis er reinen Tisch gemacht hatte, würde es für ihn keine Zukunft mit Anna geben.

Auf einmal klopfte es an der Tür. Als hätte sie es geahnt, stand Anna mit chinesischem Take-away auf der Matte. Gabe betrachtete ihre geröteten Wangen, ihre Lippen, die sich zu einem Grinsen verzogen, und das dunkle Haar, das ihr in Wellen über den Rücken fiel. Er freute sich wahnsinnig, sie zu sehen.

Anna schob sich an ihm vorbei ins Loft, und Gabe blickte ihr nach, während sie auf die Küche zusteuerte. Als er sich wieder umwandte, um die Tür zu schließen, sah er, dass Rachel ebenfalls draußen stand, eine Flasche Wein in der Hand. Verdammt. Anna war nicht allein gekommen.

»Oh, hallo, nicht nötig, vorher anzurufen«, murmelte er mürrischer, als er beim Anblick seiner Schwester sein sollte.

Rachel hielt ihm den Wein hin. »Sonntage sind Familienzeit.«

Gabe nahm ihr die Flasche ab. »Hast du keine Verlobte, mit der du abhängen kannst?«

»Aaliyah ist verreist.« Rachel zuckte mit den Schultern. »London.«

Gabe wandte sich in dem Augenblick wieder zur Tür um, als eine im achten Monat schwangere Leah hereinwatschelte. »Hi. Wir sind auch da«, sagte sie und rieb sich den Bauch.

Im Gegensatz zu Rachel nervte seine kleine Schwester ihn nie. Er grinste und umarmte sie um ihren riesigen Bauch herum. »Wie fühlst du dich? Was macht der Parasit?«

»Es geht ihr gut. Noch dreieinhalb Wochen köcheln.«

Gabe folgte Anna und seinen Schwestern in die Küche, stellte den Wein auf den Tresen und ging dann ins Bad, weil er vom Joggen verschwitzt war und rasch duschen wollte.

Als er zurückkam, saßen die drei Frauen um die Kücheninsel, aßen Frühlingsrollen und unterhielten sich leise.

»Wie weit war sie?«, fragte Leah mit entsetzter Miene, eine Hand auf ihren Bauch gepresst.

»Ungefähr in der fünfundzwanzigsten Woche.«

»Wie weit war wer?«, fragte Gabe, während er sich ein Bier aus dem Kühlschrank nahm.

»Annas Patientin, deren Freund sie verprügelt hat«, murmelte Rachel mit grimmiger Stimme.

Gabe stellte sein Bier hin. »Ach du Scheiße. Geht es dem Baby gut?«

Anna nickte. »Ja. Dieses Mal. Aber hoffentlich gibt es kein nächstes Mal. Rachel, ich habe ihr deine Nummer gegeben. Ich hoffe, das ist okay. Sie braucht zunächst eine einstweilige Verfügung zum Schutz vor häuslicher Gewalt. Aber sobald das Baby da ist, wird es das übliche Sorgerechtszeug zu klären geben.«

»Ja, natürlich. Ich werde tun, was ich kann, um dieses Arschloch von ihr und dem Baby fernzuhalten.«

Gabe schenkte seiner Schwester ein liebevolles Lächeln. Neben all den wohlhabenden Frauen mit fremdgehenden Ehemännern, denen Rachel half, Multimillionen-Dollar-Abfindungen zu erstreiten, übernahm sie viele ehrenamtliche Fälle von Frauen, die in einem Frauenhaus Schutz vor häuslicher Gewalt fanden, und sie vermittelte auch Adoptionen.

»Danke, Rachel«, sagte Anna. »Hoffentlich ruft sie dich bald an. Es scheint eine dieser Situationen zu sein, in denen die Frau immer wieder Ausreden für ihn findet und zu ihm zurückkehrt.« Ihre Miene verdüsterte sich, und Gabe fragte sich, ob sie an ihre Mom dachte. Er würde nie vergessen, wie Anna ihm von den gewalttätigen Männern erzählt hatte, die in ihrer Wohnung herumhingen, als sie noch ein Kind war.

»Vielleicht ist das Baby ja der Auslöser, den sie braucht, um ihn endgültig zu verlassen«, meinte Rachel. »Ich tue jedenfalls, was ich kann.«

»Danke.« Anna drückte Rachels Arm.

Gabe räumte einen Stapel Post aus dem Weg, nahm sich einen Teller und füllte ihn mit Essen. Rachel schnappte sich den cremefarbenen Umschlag, der obenauf lag, und zog eine Hochzeitseinladung heraus.

»Wer sind denn Chad und Katie?«, fragte sie.

Gabe funkelte sie über sein Lo Mein hinweg wütend an. »Du weißt aber schon, dass es verboten ist, die Post anderer Leute zu lesen, oder?«

»Verklag mich doch«, sagte Rachel und studierte in aller Seelenruhe die Einladung. »Wow, die Feier ist in einem schicken Hotel in Chicago. Wen nimmst du als Begleitperson mit?«

Gabe zuckte mit den Schultern. »Hab noch nicht drüber nachgedacht.« Das war eine fette Lüge. Sobald die Einladung seiner Freunde vom Promotionsstudium eingetroffen war, hatte er überlegt, Anna mitzunehmen.

»Jeder weiß, dass du nicht ohne Begleitperson zu einer Hochzeit gehen kannst. Wenn es dort Single-Brautjungfern oder schwule Cousins gibt, wirst du zu einem Stück Fleisch, das vor hungrigen Löwen baumelt.«

Gabe verdrehte die Augen. »Na toll, Rachel. Durch und durch Feministin.«

»Ich sage nur die Wahrheit …«, murmelte Rachel, aber ihre nächsten Worte wurden von Leah unterbrochen, die von ihrem Barhocker rutschte und sich den Bauch hielt.

»Hey, Leute, ich hätte diese Frühlingsrolle nicht essen sollen.«

Gabe bemerkte die gequälte Miene seiner Schwester. »Alles okay mit dir?«

»Ich gehe nur kurz ins Bad – oh, nein.« Leah stöhnte auf und starrte auf ihre Füße. Die Röte schoss ihr in die Wangen, während sich Flüssigkeit um die Chrombeine des Barhockers sammelte. »Es ist mir so peinlich, Gabe, ich glaube, ich habe eben auf deinen Boden gepinkelt. Wieso sagt einem das vorher niemand? Wenn ich niese, mache ich mir jedes Mal in die Hose, schon die ganze Schwangerschaft über.«

»Und dank dieser Information ist es offiziell: Ich werde niemals Kinder haben«, warf Rachel ein.

Es war einer der seltenen Momente, in denen Gabe Rachel recht gab. Mit zwei Schwestern hatte er in seinem Leben mehr über Frauenprobleme gelernt, als er je wissen wollte. Aber das hier war eindeutig ein neuer Tiefpunkt.

Dann ergriff Anna das Wort, und es wurde noch schlimmer. »Süße, ich glaube nicht, dass du gepinkelt hast. Das war dein Blasensprung.«

Gabes Hände zitterten, als das Schild zum Krankenhaus endlich in Sicht kam. Mit dem Regen, der auf die Windschutzscheibe trommelte, Leah, die zwischen ihren Wehen stöhnte und sich wand, und Rachel, die ihn vom Beifahrersitz aus herumkommandierte, war er in seinem ganzen Leben noch nie so froh gewesen, das leuchtend rote Wort »Notaufnahme« zu sehen.

»Josh! Ich brauche Josh!« Leahs Augen huschten panisch zwischen Gabe und Anna hin und her, während sie ihr aus dem Wagen und in einen Rollstuhl halfen. Sie hatten Leahs Ehemann von Gabes Wohnung aus angerufen. Joshs Flugzeug war eine Stunde zuvor in New York City gelandet, und er tat sein Bestes, um einen Flug zurück nach Hause zu bekommen.

»Er wird hier sein, sobald er kann«, versicherte Gabe ihr zum x-ten Mal.

Anna rieb Leahs Arm. »Die ersten Babys brauchen im Allgemeinen recht lange. Wenn Josh sofort umkehren und zurückkommen kann, müsste er es rechtzeitig schaffen.«

»Aber das Baby kommt zu früh.« Eine Spur von Angst schwang in Leahs Stimme mit, die Gabes eigene Gedanken widerspiegelte. Sie hatte gesagt, sie hätte noch drei Wochen. Das konnte nichts Gutes verheißen, oder?

Als Anna sprach, war ihre Stimme leise und besänftigend. »Du bist fast in der siebenunddreißigsten Woche, was einer normalen Schwangerschaftsdauer entspricht. Es ist ein bisschen früher, als wir erwartet hatten, aber mit dem Baby wird alles okay sein.«

Anna stand auf und wandte sich an Rachel und Gabe. »Josh wird frühestens in ein paar Stunden hier sein, und eure Mom ist nicht in der Stadt.« Sie sah zwischen den beiden hin und her. »Jemand muss mit in den Kreißsaal kommen und Leah durch ihre Wehen coachen.«

Gabe stolperte rückwärts. »Sieh nicht mich an.«

Anna wandte sich an Rachel. »Rachel? Kriegst du das hin?«

Rachel schloss ergeben die Augen. »Natürlich. Sie ist meine kleine Schwester. Ich kann das. Natürlich kann ich das.« Sie klang, als wolle sie sich selbst überzeugen.

Schon hatten sie Leah in einen Aufzug verfrachtet und waren mit ihr auf dem Weg in den ersten Stock. Gabe vergewisserte sich, dass seine Schwester in einem Kreißsaal untergebracht war, und wandte sich dann ab, um in den Wartebereich zu flüchten. Er hatte es fast zur Tür hinaus geschafft, als Anna seinen Namen rief. Als er herumschnellte, sah er, wie sie mit dem Kopf auf Rachel wies.

Ach du Scheiße.

Rachel stand in der Mitte des Raumes und umklammerte die Lehne von Leahs Rollstuhl. Ihr Gesicht war so weiß wie die Laken auf dem Krankenhausbett, während sie mit leerem Blick auf die Wand vor sich starrte. Leah stöhnte leise, als die nächste Wehe einsetzte, und Rachel schwankte und stöhnte zeitgleich mit ihr.

Mit ein paar raschen Schritten war Gabe bei Rachel, packte sie an den Schultern und schob sie in einen Sessel, bevor sie irgendetwas Dummes tun konnte, wie zum Beispiel umzukippen. Sie beugte sich vor und stützte den Kopf zwischen die Knie, während sie laut und keuchend atmete.

Auf einmal erinnerte er sich, warum nie zur Debatte stand, ob Rachel die Ärztin in der Familie werden würde. Nicht einmal sein Dad hatte die Idee ernsthaft in Erwägung gezogen, nachdem sie in der vierten Klasse von ihrem Fahrrad gefallen war und sich beim Anblick ihres aufgeschürften Knies übergeben hatte.

Er wandte sich wieder an Leah und nahm ihre Hand. »Ähm … atme einfach.« Das war doch sein Text, oder? Er fragte sich, ob die Filme über gebärende Frauen überhaupt der Wahrheit entsprachen, aber er hatte keine anderen Quellen, auf die er zurückgreifen konnte.

Leahs Wehe ging vorüber, und sie sackte in dem Rollstuhl nach hinten, um zu Atem zu kommen. Anna beugte sich vor und flüsterte ihm ins Ohr. »Bring Rachel in den Warteraum. Ich brauche hier drinnen nicht zwei Patientinnen.«

Der Warteraum war eine tolle Idee. Er konnte es kaum erwarten, dort hinzukommen. Aber bevor er flüchten konnte, hielt Anna ihn am Arm fest. »Aber du kommst zurück.«

»Was?«, keuchte er.

»Leah braucht dich. Sie braucht jemanden hier bei sich.«

Gabe warf einen Blick auf Leah, die die Augen geschlossen hatte und laut stöhnte. »*Du* bist doch hier.«

»Ich bin im Moment nicht ihre Freundin. Ich bin ihre Ärztin.«

»Gibt es hier denn keine Krankenschwester?«

»Constance hat ein paar Patientinnen, nach denen sie immer wieder sehen muss. Leah braucht jemanden, der die ganze Zeit ihre Hand hält. Sie braucht *dich*.«

Zum Teufel mit seiner Mom und Josh, die den Nerv hatten, wegzufahren, während Leah schwanger war. Vor allem seine Mom hätte wissen sollen, wie unberechenbar schwangere Frauen waren. Offenbar war diese Sache mit dem Entbindungstermin nur eine sehr grobe Schätzung, und tatsächlich könnte es hier jeden Moment losgehen.

Er packte Rachels Arm und zog sie den Flur hinunter zum Warteraum. Rachel schlurfte neben ihm her, noch immer bleich und zitternd.

»Gabe«, murmelte sie, »ich glaube, ich muss kotzen.«

»Wenn du jetzt kotzt, bringe ich dich um.«

Rachel ließ sich auf eine Couch fallen, und mit einem letzten sehnsuchtsvollen Blick durch den Warteraum eilte Gabe zurück zu Leah.

Während er fort war, hatte Anna sich Arztkleidung angezogen und Anna in ein Patientenhemd gesteckt und aufs Bett gelegt. Noch eine Wehe erfasste seine Schwester, und Gabe verharrte an der Tür, während Anna Leahs Hand hielt und ihr gut zuredete. Als es vorbei war und Leah sich wieder auf dem Bett ausgestreckt hatte, um sich auszuruhen, winkte Anna ihn zu sich, gab ihm zu verstehen, dass er ihren Platz einnehmen sollte. Er hatte kaum eine andere Wahl, daher setzte er sich auf den Stuhl an Leahs Seite und nahm ihre Hand.

»Sollte ich nicht einen Kittel oder irgendwas Steriles oder so tragen?« In Filmen trugen immer alle diese OP-Kittel und Handschuhe und seltsame Hauben.

»Wieso?« Anna sah auf seine Jeans und sein verwaschenes graues T-Shirt. »Hast du vor, dich schmutzig zu machen?«

Er zuckte zusammen. »Gott, nein!«

Annas Mund deutete ein Grinsen an. »Du schaffst das schon.«

Gabe hatte den Eindruck, dass sie es genoss, ihn so nervös zu sehen.

In den folgenden Stunden brachte er sich im Wesentlichen selbst bei, was er zu tun hatte: Er hielt Leahs Hand, sagte ihr, dass sie ihre Sache großartig machte, und erinnerte sie daran, zu atmen. Nach und nach fand er in seine Rolle als Geburtscoach, wischte Leah mit einem kalten Waschlappen die Stirn ab, holte ihr Becher mit Eiswasser und half ihr, aus dem Bett aufzustehen und im Flur auf und ab zu gehen, als Anna nahelegte, das könne helfen, die Wehen voranzutreiben.

Anna überwachte die Herztöne von Leah und dem Baby, überprüfte, wie weit der Muttermund sich schon geöffnet hatte – während Gabe aus dem Raum floh und behauptete, er müsse dringend pinkeln.

Stunden später lag Leah noch immer in den Wehen, und Gabe war völlig fertig. Er war verschwitzt und seine Stimme heiser vom aufmunternden Zurufen während der Wehen. Leahs Wehen kamen in immer kürzeren Abständen, und Gabe sah hilflos zu, wie sie sich auf dem Bett wand und laut jammerte, dass sie sterben wolle. Sein panischer Blick schwenkte zu Anna, die neben dem Bett saß und noch einmal die Herztöne des Kindes kontrollierte. Ihr Haar war nicht einmal zerzaust.

Anna hob das Laken an, um den Muttermund noch einmal zu untersuchen, aber inzwischen war Gabe zu besorgt, um den Raum zu verlassen. Er beugte sich zu seiner Schwester hinunter und sagte ihr, es würde bald vorbei sein, während er betete, dass er die Wahrheit sagte. Anna sah auf und nickte.

Sie rückte die Laken über Leahs Beinen so zurecht, dass sie sich Zugang zu … was immer sie brauchte … verschaffte.

»Süße, du bist bei zehn Zentimetern«, sagte Anna. »Wenn die nächste Wehe kommt, will ich, dass du Gabes Hand drückst und so fest wie möglich presst. Ich weiß nicht, wie es euch geht, aber ich bin bereit, dieses Baby zu begrüßen.«

Gabe war in seinem ganzen Leben noch nie so bereit gewesen. Aber Leah rollte sich wie ein Embryo zusammen und schrie: »Nein!«

Sowohl Anna als auch Gabe starrten sie erschrocken an. Leah presste die Worte mühsam zwischen zwei keuchenden Atemzügen hervor. »Ich werde dieses Baby nicht bekommen, bevor Josh hier ist! Anna, ich kann nicht. Er muss hier sein. Zwing mich nicht dazu!«

Gabe hatte in den vergangenen sechs Stunden bestimmt alle zwanzig Minuten mit Josh telefoniert. Aufgrund der starken Regenfälle an der Ostküste waren sämtliche Flüge von New York gestrichen worden, aber Josh hatte es geschafft, einen Wagen zu mieten, und tat sein Bestes, um so schnell wie möglich herzukommen. Nach Gabes letzten Informationen war Josh etwa vierzig Meilen von Monroe entfernt. Er hatte es nicht mehr sehr weit, aber in Anbetracht des Unwetters konnte er nur schwer einschätzen, wie lange er noch brauchte.

Anna streckte eine Hand aus und strich Leah das verschwitzte Haar aus der Stirn. »Das Baby entscheidet, wann es so weit ist. Du solltest nicht dagegen ankämpfen, sondern ihm helfen, auf die Welt zu kommen.«

Die nächste Wehe erfasste Leah und ließ sie laut aufstöhnen. Als es vorbei war, keuchte sie: »Ich werde nicht … pressen, bis Josh … hier ist!«

Der Monitor an der Wand stieß ein lang gezogenes, schrilles Piepsen aus.

Gabe sprang erschrocken auf und sah Anna an.

Anna drückte auf ein paar Tasten auf dem Monitor. »Leah, dein Puls rast. Es ist wichtig, dass du mir jetzt genau zuhörst. Du musst ein paarmal tief durchatmen und dich beruhigen. Kannst du das tun?«

Wie schaffte es Anna bloß, so gelassen zu bleiben? Das hier war buchstäblich der beängstigendste Moment seines Lebens. Aber hier ging es nicht um ihn. Er tat sein Bestes, um etwas von Annas Ruhe und Konzentration auf seine Schwester zu übertragen. »Hör zu, Leah. Josh kommt, so schnell er kann. Aber er würde nicht wollen, dass du etwas tust, was dir oder dem Baby schaden könnte. Du weißt, dass ich recht habe, oder?«

Leah zögerte, und Gabe hielt den Atem an.

Schließlich nickte sie. »Okay.«

Anna warf Gabe ein Lächeln zu und kehrte dann zurück zum Fußende des Bettes. Eine Minute später baute sich die nächste Wehe auf. Anna hob das Laken an und sagte: »Okay, los geht's. Ich will, dass du mit aller Kraft presst. Du kannst das, Süße.«

Leah umklammerte Gabes Hand so fest, dass er sicher war, sie würde ihm die Finger brechen, aber es kümmerte ihn nicht. Anna war damit beschäftigt, unter dem Laken irgendwelche mysteriösen Dinge anzustellen, aber auch das kümmerte Gabe nicht. Er war ausschließlich darauf konzentriert, seiner Schwester beizustehen. Er beugte sich vor und redete ihr gut zu, sagte ihr, dass sie ihre Sache großartig mache und er stolz auf sie sei.

Die Presswehen kamen und gingen, es dauerte jetzt schon über eine Stunde, eindeutig anders als in Filmen. Als Anna verkündete, sie könne das Köpfchen des Babys sehen, war Leahs Patientenhemd schweißdurchnässt, und Gabe hatte Schmerzen und Blutergüsse an den Armen, wo Leah sich an ihm festgeklammert hatte.

»Okay, Leah«, sagte Anna. »Noch einmal fest pressen, dann hast du's geschafft. Du kannst das.«

Leah nahm gerade alle Kraft zusammen, als die Tür aufgerissen wurde und Josh ins Zimmer gestolpert kam. Er sah sich mit wirrem Blick um und stürzte dann zu seiner Frau.

»Du hast es geschafft!«, rief Leah und hielt ihn fest, während ihr die Tränen übers Gesicht liefen.

Anna grinste ihn an. »Willkommen, Dad. Bereit, dein Baby zu begrüßen?«

Josh nickte und beugte sich über Leah, strich ihr das Haar glatt und murmelte irgendetwas, was Gabe nicht hören konnte.

Anna hob das Laken wieder an. »Bei der nächsten Wehe noch ein letztes Mal fest pressen, okay?«

Leah nickte, und Josh nahm ihre Hand. Gabe wich einen Schritt zurück, um den beiden etwas Raum zu lassen, aber Leahs andere Hand schnellte vor, und sie tastete blind nach ihm. »Gabe! Ich brauche dich auch hier!«

Gabe blinzelte das Brennen in seinen Augen weg. Anna sah auf und lächelte. Er nahm Leahs andere Hand, und sie feuerten sie alle zusammen an, als die nächste Wehe kam, und Leah presste so fest wie möglich. Einen Augenblick später ließ sie sich auf das Bett zurückfallen und stieß ein gewaltiges Stöhnen aus, während Anna ein blutverschmiertes, zappelndes Baby unter dem Laken hervorzog und es Leah in die Arme legte.

»Herzlichen Glückwunsch, Mama«, sagte Anna, während sie gleichzeitig lächelte und weinte. »Du hast ein Mädchen bekommen.«

Leah und Josh beugten sich über das Baby, während ihnen die Tränen übers Gesicht strömten. Anna hörte das Baby ab, kontrollierte die Nachgeburt und wuselte dann im Zimmer herum und tat, was immer Ärzte tun, nachdem Babys geboren sind.

Gabe lehnte sich gegen die Wand und starrte das Baby an. Dieses schleimige, wimmernde Geschöpf war das Wundervollste, was er je gesehen hatte. Er konnte nicht glauben, dass er ihm auf die Welt geholfen hatte. Annas Job als Ärztin hatte ihn schon immer beeindruckt, aber er hatte keine Ahnung gehabt, wie unglaublich es war, dass sie das hier jeden Tag tat.

Einen Augenblick später stellte sich Anna neben ihn. »Herzlichen Glückwunsch, Onkel Gabe.«

Gabe riss sich vom Anblick des Babys los und richtete seine erschöpften Augen auf Anna. »Danke«, murmelte er mit heiserer Stimme.

»Ich bin hier fertig, und Leah ist bei Constance in guten Händen.« Anna wies mit einer Handbewegung auf die kleine Familie, die auf dem Bett beisammensaß, die Köpfe zusammengesteckt. »Vielleicht sollten wir sie ein bisschen allein lassen?«

Gabe nickte, noch immer benommen, und folgte Anna in den Flur hinaus. Er sah auf die Uhr – drei Uhr morgens. Anna steuerte auf den Warteraum zu, aber Gabe blieb stehen, hielt sie am Arm fest und zog sie zu sich zurück.

»Anna. Das … das war umwerfend. *Du* warst umwerfend.«

Anna lächelte. »Ich habe das Baby nur in Empfang genommen. Du und Leah, ihr habt die ganze Arbeit geleistet.« Sie drückte seine Hand. »Das hast du toll gemacht, Gabe«, flüsterte sie.

Gabe verstärkte seinen Griff. Er musste ihr die Wahrheit sagen. Er musste mit dieser Halskette reinen Tisch machen.

Und dann musste er sie anflehen zu bleiben.

Zum Glück ging in diesem Augenblick eine Tür am Ende des Flurs auf und bewahrte ihn davor, all seine Geheimnisse hier und jetzt, morgens um drei in einem Krankenhausflur, auszuplaudern. Jetzt war nicht der richtige Zeitpunkt. Aber er musste es bald tun.

Anna zog ihn zum Warteraum. »Komm schon. Lass uns Rachel sagen, dass sie wieder Tante geworden ist.«

»Warte.« Er sah sie an. »Anna, komm mit mir zu dieser Hochzeit in Chicago. Sei du meine Begleitung.« Er wartete mit angehaltenem Atem.

Und dann verzogen sich ihre Lippen zu einem Lächeln. »Sehr gern.«

Gabes Schultern entspannten sich. Wenn sie zwei Tage allein in Chicago hatten, würden sie endlich reden können. Richtig reden.

Und sie könnten ihre Geheimnisse endlich hinter sich lassen.

30

Anna stellte ihren Koffer neben dem Hotelbett ab und sah sich um. Gabe hatte eine Suite in dem Hotel gebucht, in dem auch die Hochzeit stattfand. Es gab ein Schlafzimmer mit einem breiten Doppelbett und ein kleines Wohnzimmer mit einer Ausziehcouch.

Über die Schlafarrangements hatten sie nicht gesprochen.

»Pack dich warm ein«, rief Gabe aus dem anderen Zimmer, wo er seinen Koffer neben der Couch abstellte. »Das hier ist Chicago im Januar, und wir sind heute Touristen. Die Hochzeit ist erst heute Abend um sechs, das heißt, wir haben den ganzen Tag Zeit.«

Gabe ging mit ihr zu seinem Lieblings-Brunchlokal, und nach dem Frühstück traten sie in den Schnee hinaus. Auf dem Gehsteig blieben sie kurz stehen, und Gabe wickelte Anna seinen Schal um den Hals. Dann hakte er sie unter und führte sie die Straße hinunter zum Millennium Park. Sie schlenderten durch den von Frank Gehry entworfenen Musikpavillon und machten Selfies vor der berühmten silbernen Bohnen-Skulptur. Um den Scharen von Touristen zu entkommen, die zur Eislaufbahn strömten, spazierten sie anschließend hinüber zum Lurie Garden, einem Vier-Jahreszeiten-Staudengarten vor dem beeindruckenden Hintergrund der Skyline von Chicago.

Dicke Flocken fielen vom Himmel und bedeckten den Weg mit einer weißen Puderschicht, die ihre Schritte dämpfte, während sie zwischen den Ansammlungen von verwitterten

Samenschoten und schlummernden Gräsern umherschlenderten. Stille legte sich über die Landschaft, schirmte sie ab vom Trubel der Großstadt um sie herum. Selbst ihr Atem war gedämpft und verwandelte sich in eisige Wolken, während er in die kalte Luft davonschwebte.

Als sie auf einen anderen verlassenen Weg abbogen, blieb Gabe stehen und hielt Anna an den Schultern fest. »Anna, ich bin wirklich froh, dass du mit mir hier bist.«

Sie lächelte über seine ernste Miene. »Ich auch.« Das waren immer ihre besten Momente gewesen, wenn sie beide zu zweit in ihre entspannte Freundschaft zurückfanden, ihnen die Gesprächsthemen nie ausgingen, sie sich aber auch schweigend miteinander wohlfühlten. Im Laufe der Jahre wurde diese Verbindung zwischen ihnen wie ein Gummiband gedehnt, aber je stärker die Kraft war, die sie voneinander trennte, desto heftiger kamen sie letztendlich wieder zusammen.

Wie immer wusste Gabe in diesem Moment genau, was Anna dachte. »Wir beide haben schon viel zusammen erlebt, nicht wahr?« Er beugte sich vor. »Vielleicht habe ich nicht immer deutlich gemacht, wie viel du mir bedeutest. Aber das will ich ändern, und ich fange heute damit an.«

Sie sah ihm in die Augen, außerstande, den Blick von ihm lösen. Er trat noch einen Schritt auf sie zu, und Anna spürte, wie sein warmer Atem ihre kalten Wangen streifte.

Plötzlich fegte eine Windböe über die Wiese und bog mit ihrer Wucht die eisverkrusteten Pflanzen. Rasch hielt Anna die Mütze auf ihrem Kopf fest, und Gabe stellte sich mit dem Rücken zum Wind, um sie mit seinem Körper zu schützen. Sie neigte sich ihm zu, und er schlang die Arme um sie und zog sie an sich, um sie zu wärmen.

Ein Prickeln lief über ihren Körper, aber nicht vor Kälte.

Später an diesem Nachmittag kehrten sie zum Hotel zurück, um sich für die Hochzeit fertig zu machen. Anna schloss die Tür zum Schlafzimmer, während Gabe duschte und sich dann im Wohnzimmer anzog. Anna konnte sich normalerweise für jedes Event in zwanzig Minuten fertig machen, aber jetzt brauchte sie über eine Stunde, da sie immer wieder innehielt und in die Luft starrte, während ihr Gabes Worte durch den Kopf gingen.

Das will ich ändern, und ich fange heute damit an.

Zum ersten Mal seit langer Zeit verspürte Anna etwas wie Hoffnung. Sie war stolz auf die Arbeit, die sie im Krankenhaus mit Patientinnen wie Hayleigh leistete, die zu Annas großer Freude vor ein paar Wochen zu einer Vorsorgeuntersuchung wiedergekommen war. Die DNA-Testergebnisse ihrer Mom sollten jetzt jeden Tag eintreffen, nach einem Arbeitsstau im Labor und monatelangem Warten. Bald könnte Anna die Antworten bekommen, nach denen sie sich ihr halbes Leben lang gesehnt hatte. Und nachdem sie die letzten Monate damit verbracht hatte, sich damit abzufinden, dass ihre Mom vielleicht nicht mehr war, wusste sie die Menschen in ihrem Leben umso mehr zu schätzen. Vor allem die Weatheralls.

Und Gabe.

Ihr ganzer Körper kribbelte, als hätte sie zu viel Kaffee getrunken, aber das einzige Aufputschmittel in ihrem Organismus war der Mann im Raum nebenan. Sie war nicht mehr das arme, verzweifelte Highschool-Mädchen, das für den beliebten Verbindungsstudenten schwärmte. Sie war die Art Frau, bei der Gabe sich glücklich schätzen könnte, sie zu gewinnen. Vielleicht war es an der Zeit, sich das zu nehmen, was sie wollte.

Anna schlüpfte in ihr kleines Schwarzes, warf einen letzten Blick in den Spiegel und öffnete die Tür zum Wohnzimmer.

Gabe saß auf der Couch, trank eine Flasche Wasser aus der Minibar und blätterte in einer Zeitschrift. In seinem perfekt geschnittenen Anzug, mit Weste und Krawatte, einen Fuß auf das andere Knie gelegt, sah er aus, als hätte ihn eben jemand für eine Mode-Doppelseite in einem gehobenen Männermagazin abgelichtet.

Gabe sah auf, und dann hielt er abrupt inne, sein Wasser auf halbem Weg zu seinen Lippen. »Gott«, murmelte er. Sein Blick wanderte langsam von ihrem Gesicht hinunter zu ihren Füßen und dann wieder hoch. »Du siehst hinreißend aus.«

»Du siehst auch toll aus.« Sie grinste. »Wir geben ein ziemlich gut aussehendes Paar ab.«

»Auf jeden Fall.«

»Und nachdem Gabe schon zwanzig Minuten argumentiert hatte, schaute er auf das Blatt mit der Aufgabe und merkte, dass *er das falsche Buch gelesen hatte.* Jeder andere hätte kein Wort mehr herausbekommen, aber Gabe redete einfach immer weiter, bis die Professorin so verwirrt war, dass sie aufgab und den Kurs früher gehen ließ.«

Anna lachte über die Erzählung seines Freundes vom Promotionsstudium und erinnerte sich an die Tage, als sie mit Gabe an ihrem Global-Economics-Projekt gearbeitet hatte. »Das klingt nach dem Gabe, den ich kenne. Er muss immer recht haben, selbst wenn er unrecht hat.«

»Hey!«, protestierte Gabe in gespielter Empörung, während er mit zwei Drinks in den Händen von der Bar zurückkam. Er stellte eines der Gläser vor Anna auf den Tisch, setzte sich wieder neben sie und blickte in die Runde seiner beschwipsten ehemaligen Kommilitonen. »Können wir jetzt bitte aufhören mit den peinlichen Gabe-Geschichten?«

Gabes Freund Jess, ein Harvard-Wirtschaftsprofessor, lachte. »Oh, bitte. Deine Freundin muss doch wissen, worauf sie sich einlässt.«

Gabe schenkte Anna ein schiefes Lächeln. »Das weiß sie bereits.« Er erhob sich und ergriff ihre Hand. »Tanzt du mit mir?«

Anna ging mit Gabe durch den Ballsaal, und die meisten seiner Freunde standen auf, um ihnen zu folgen. Sie drängten alle auf die Tanzfläche, während der DJ Beyoncé und Prince und Wünsche von den Hochzeitsgästen spielte.

Und dann folgte eine Pause in der Tanzmusik, und der DJ legte einen Slow Song von Adele auf. Gabe zog Anna an sich, und sie tauchte ein in den so vertrauten holzigen Duft. Gabe rieb sein Kinn an ihrem Haar und glitt mit der Hand an ihrem Rücken hoch. Als seine Finger ihren Nacken streiften, jagte ihr das einen Schauer über den Rücken.

Sie sagten kein Wort, hielten einander und wiegten sich im Takt der Musik. Anna schloss die Augen, spürte seine Wärme vergaß alles um sie herum. Die letzten Takte des Songs verhallten, und sie hörten auf zu tanzen, lösten sich aber nicht voneinander.

Mit heiserer Stimme murmelte Gabe: »Sollen wir von hier verschwinden?«

Annas Herz hämmerte in ihrer Brust. Es war eine einfache Frage, aber mit immenser Bedeutung. Sie war es leid, gegen ihre Gefühle für ihn anzukämpfen, wollte ihr Begehren nicht länger verleugnen.

»Ja. Lass uns von hier verschwinden.«

Ein Lächeln breitete sich langsam auf seinem Gesicht aus. Er nahm ihre Hand, und ohne sich von irgendjemandem zu verabschieden, gingen sie durch die Glastüren des Ballsaals hinaus in die Hotellobby.

Sie eilten in den Aufzug, und Anna drückte auf den »Tür

schließen«-Knopf, bevor noch jemand einsteigen konnte. Wenn sie jetzt mit irgendeinem Hotelgast plaudern müsste, würde sie womöglich krachend wieder in der Wirklichkeit landen. Und zum ersten Mal in ihrem Leben war das der letzte Ort, an dem sie sein wollte. Vor allem wenn Gabe sie mit diesen vor Verlangen dunklen Augen ansah.

Die Aufzugtüren glitten zu, und sie waren allein.

Gabe schob die Hände in ihr Haar, drückte sie gegen die Wand und verschloss ihren Mund mit seinem. Anna packte ihn am Hemd und erwiderte den Kuss, zog ihn fest an sich.

So verharrten sie lange Zeit und küssten einander, während das aufgestaute Verlangen vieler Jahre zwischen ihnen loderte. Die Aufzugtüren glitten mit einem Signalton auf, und sie stolperten auf ihrer Etage hinaus. Anna zog seinen Mund wieder an ihren, und Gabe schob sie rückwärts den Flur hinunter, bis sie gegen die Tür ihrer Suite stieß. Ihr ganzer Körper kribbelte, und es kümmerte sie kein bisschen, dass jemand aus seinem Hotelzimmer kommen und sie dabei ertappen könnte, wie sie ihm das Hemd aus der Hose zerrte und mit den Händen darunter fuhr.

Gabe zog die Schlüsselkarte aus seiner Tasche und versuchte die Karte hinter Annas Rücken in den Türöffner zu stecken. Halb lachend, halb fluchend stocherte er herum, bis ihm die Karte entglitt und auf den Boden fiel.

Nach ein paar Versuchen schafften sie es schließlich, die Tür zu öffnen und in die Suite zu stolpern. Gabes Krawatte landete auf dem Boden, gefolgt von seinem Hemd. Nur Sekunden später lag Annas Kleid zusammengesackt um ihre Füße.

Gabe trat einen Schritt zurück, um sie anzuschauen. »Mein Gott, du bist so schön. Ich könnte dich den ganzen Tag ansehen.«

Er zog sie wieder an sich, nestelte an ihrem BH-Verschluss

herum. Einer der Träger rutschte von ihrer Schulter, und Gabe folgte ihm mit den Lippen, drückte eine Spur heißer Küsse von ihrem Hals zu ihrer Schulter und schließlich zu ihren Brüsten.

Anna vergrub die Hände in seinen Haaren, bekundete ihre Anerkennung mit einem leisen Stöhnen, das in ihrer Brust widerhallte. Gabe ließ sich Zeit mit seiner Erkundung, und Annas Kopf sackte nach hinten, während an jeder Stelle, die er mit seinen Lippen und Händen liebkoste, Funken entfacht wurden, die sich heiß und eindringlich in ihrem Innersten sammelten. Und dann fand er auch diese Stelle und führte Anna rückwärts zur Tür des Schlafzimmers. Sie umklammerte den Holzrahmen, dankbar für die Stütze, während Gabes Hand tiefer hinunterglitt und ihre Beine schwankten und unter ihr nachzugeben drohten.

Anna gab sich dem Gefühl hin, ihr Verstand wie benebelt, und ihr Körper reckte sich Gabe entgegen, während er all die richtigen Stellen fand, um sie ihrem Höhepunkt entgegenzutreiben.

Als sie schließlich wieder zu sich kam, lehnte sich Gabe zurück, um ihr in die Augen zu sehen, und strich ihr eine verschwitzte Locke aus der Stirn. »Das ist alles, woran ich denken konnte, seit du nach Hause gekommen bist«, murmelte er. »Dich zu berühren. Deinen Körper an meinem zu spüren.«

Annas Blick wurde wieder klar, und er glitt über die Konturen von Gabes muskulöser Brust, seinen flachen Bauch, die silberne Gürtelschnalle, die genau über dem Beweis dafür lag, dass sie ihn ebenso sehr erregte, wie er es eben mit ihr getan hatte. Das war der einzige Teil von ihm, den sie noch nicht kannte, der einzige Teil, den sie noch nie gesehen hatte, außer in ihren Träumen. Träumen, aus denen sie heiß und verschwitzt aufwachte, voller Sehnsucht, die Augen zu schließen und erneut in jedem einzelnen quälenden, imaginären Moment mit ihm zu versinken.

Sie streckte die Hände aus, schob seinen Gürtelriemen durch die Schnalle und öffnete den Knopf darunter. Gabe entledigte sich rasch seiner restlichen Kleidung, und Anna nahm ihn in die Hand.

Jetzt war sie an der Reihe, zu erkunden und zu liebkosen. Er atmete scharf ein, und ihr Herz machte einen Satz, denn an diesem Moment war nichts Imaginäres, ebenso wenig wie an der Emotion auf Gabes Gesicht, die ihr verriet, dass es hier um so viel mehr ging als nur physisches Vergnügen.

Ihre Münder trafen wieder aufeinander, während sie durch die Tür ins Schlafzimmer fanden. Annas Beine stießen gegen das Bett, und sie taumelte nach hinten und zog ihn auf sich.

Zum ersten Mal in ihrem Leben verstand sie, was es hieß, hinweggerissen zu werden. Sie konnte sich nicht konzentrieren, konnte gar nichts denken. Sie konnte nichts anderes tun, als diese Welle, die Gabe war, zu reiten. Seine Lippen und Hände heiß auf ihrer Haut, sein schöner, harter Körper in ihr und seine Augen – *diese Augen* –, die auf sie hinunterstarrten.

Hinweggerissen traf es nicht einmal annähernd.

31

Bis es auf Mitternacht zuging, hatte Anna einen regelrechten Appetit entwickelt. Dank ihrer ganzen nervösen Energie hatte sie bei der Hochzeit nicht viel gegessen, und nach dieser letzten Stunde mit Gabe fühlte sie sich eindeutig ausgehungert.

Sie setzte sich im Bett auf und schlüpfte in Gabes Anzughemd. Nach all den Dingen, die sie eben erst miteinander getrieben hatten, war es für Sittsamkeit ein bisschen spät. Aber trotzdem, das hier war *Gabe.* Sie konnte noch immer kaum fassen, dass er hier war und dass er der Ihre war.

Sie beäugte ihn über die Speisekarte des Roomservice hinweg, während er ihre Bestellung telefonisch durchgab. Er lag quer übers Bett ausgestreckt da, seine hochgewachsene Gestalt von nichts als einem dünnen Laken bedeckt, das tief auf seinen Hüften lag. Ihr Körper begann wieder mit diesem Kribbeln. Könnte er das möglicherweise noch einmal tun? Denn sie war sich ziemlich sicher, dass sie nie genug von ihm kriegen würde.

Gabe legte auf. »Das Essen wird in einer halben Stunde hier sein.« Er rollte sich zu ihr herum, stützte sich auf einen Ellenbogen auf. »Wie kann es sein, dass ich bis zu diesem Augenblick nicht gewusst habe, dass du gern um Mitternacht Pfannkuchen isst?«

»Babys kommen nicht immer zu geregelten Arbeitszeiten. Und Frühstück gibt es manchmal um Mitternacht.«

»Gibt es sonst noch etwas, was ich nicht über dich weiß?« Gabe setzte sich auf, zupfte an ihrem Kragen und versuchte, über ihre Schulter zu äugen. »Abgesehen davon, dass du ein *Tattoo* hast, von dem du mir nie erzählt hast?«

Anna zuckte verlegen die Schultern. Er sprach von dem botanischen Design, das von der Stelle unter ihrem Nacken zu ihrer linken Schulter verlief. »Ein paar Kollegen und ich sind letztes Jahr für eine Auszeit von der Arbeit nach Paris geflogen. Wir haben viel zu viel Champagner getrunken und sind um ein Uhr morgens in ein Tattoostudio gestolpert.« Sie sah ihn naserümpfend an. »Ich bin ein totales Klischee.«

Anna ließ unerwähnt, dass das Design lose auf dem eingravierten Muster auf der Halskette beruhte, die ihre Mom ihr geschenkt hatte. Sie lehnte sich in die Kissen zurück, bevor er es bemerken konnte.

Gabe schüttelte belustigt den Kopf. »Du bist einfach voller Geheimnisse. Was verheimlichst du mir sonst noch?«

Annas Lächeln schwand. Es gab ein paar Dinge, die sie nie irgendjemandem erzählt hatte. Dinge, von denen sie bis zu diesem Augenblick geglaubt hatte, sie *würde* sie nie irgendjemandem erzählen. Aber bis zu diesem Augenblick hatte sie sich auch noch nie so geborgen gefühlt.

Zum ersten Mal in ihrem Leben war sie vielleicht bereit. Nicht nur weiterzulaufen, wie sie es immer getan hatte. Sondern die Vergangenheit hinter sich zu lassen und nach vorn zu blicken.

»Ich will dir alles erzählen, Gabe. Aber für manche Dinge werde ich vielleicht ein bisschen länger brauchen.«

Gabes Miene wurde ernst, spiegelte ihre eigenen gemischten Gefühle wider. Sie hatten seit Jahren nicht mehr über ihre Mom geredet. War er empört, weil sie ihm diesen Teil ihres Lebens so lange vorenthalten hatte? Er holte zitternd Luft, schien fast nervös wegen seiner Antwort, wie auch immer sie lauten würde.

Bevor die Sache wieder eine ernste Wendung nehmen konnte, legte Anna eine Hand an seine Brust und verzog den Mund zu einem Lächeln. »Ich finde, du bist an der Reihe, mir ein Geheimnis zu verraten. Ich will dein peinlichstes hören.«

Für einen Moment blickte Gabe fast erleichtert, und dann schien er in Stimmung dafür zu kommen, legte den Kopf auf die Seite und rieb sich das Kinn, als würde er darüber nachdenken, ob er irgendetwas Tiefes und Düsteres preisgeben sollte. »Okay, ich bin vielleicht nur ein klein wenig süchtig nach …« – er hielt einen Moment inne und holte einmal tief Luft – »… Serienmarathons von kitschigen Teenie-Fernsehdramen. Du weißt schon, *Gossip Girl* und *Pretty Little Liars* und so. Ich nehme an, das ist etwas, was du über mich wissen solltest.«

»Nein.« Anna fuhr sich mit einer Hand an den Mund, und ihre Schultern bebten vor lautlosem Lachen.

Gabe lief nur ein klein wenig rot an, was sie erst recht zum Lachen brachte. »Es ist nicht meine Schuld. Leah hat mich dazu gebracht, sie mit ihr anzusehen, als sie klein war, und irgendwann war ich geködert.«

Anna malte mit den Fingern Anführungszeichen in die Luft. »Hat dich dazu gebracht.«

»Sie hat mich gezwungen.«

Anna ließ sich wieder in die Kissen zurückfallen, schlang in einem Kicheranfall die Arme um ihren Oberkörper. Als sie sich schließlich wieder gefangen hatte, bemerkte sie, dass Gabe sie mit einem schiefen Grinsen im Gesicht ansah.

Er streckte eine Hand aus und zupfte an einer Locke ihres Haars. »Wenn uns jemand an jenem ersten Tag in Global Economics, als wir uns über den Raum hinweg wütend angefunkelt haben, gesagt hätte, dass wir so enden würden, hättest du es geglaubt?«

»Was? Dass wir uns unsere peinlichsten Geheimnisse erzählen? Wenn ich damals gewusst hätte, dass du dich im Badezimmer des Verbindungshauses eingeschlossen hast, um *Veronica Mars* zu sehen …«

»Nein. Ich meine *das hier.*« Er rutschte etwas näher an sie heran, glitt mit einer Hand an ihrem nackten Bein hoch. »Du und ich, zusammen.«

Anna dachte zurück an dieses magere Mädchen in seinem zu großen T-Shirt, das erschrocken war festzustellen, mit wem sie bei ihrem Projekt zusammenarbeiten würde. Und dann an diesen großspurigen Verbindungsstudenten, umringt von seinen schönen Freundinnen. Sie hätte es nicht geglaubt. Und Gabe? »Du wärst entsetzt gewesen.«

»Nein.« Gabe blinzelte sie an. »Entsetzt? Na ja, du warst ein ganzes Stück jünger als ich, daher hätte es mir vielleicht Angst gemacht, dich so zu sehen. Aber ich wäre … neugierig gewesen.«

Sie warf ihm einen ungläubigen Blick zu. »Oh, ich bitte dich. Am Anfang haben wir uns gehasst.«

»Genau deshalb wäre ich ja neugierig gewesen. Niemand hat je so mit mir gestritten außer dir. Und meiner Familie.« Er schüttelte kichernd den Kopf. »Ich hätte es wissen sollen.« Er hob eine Hand, um ihr das Haar von der Wange zu streichen, und sein Lächeln schwand. »Ich war ein Idiot, so viel Zeit verstreichen zu lassen.«

Annas Lungen fühlten sich schwer in ihrer Brust an. Sie hatte so viel Zeit ihres Lebens damit verbracht, nach ihrer Mom zu suchen, über die Vergangenheit nachzugrübeln. Vielleicht war es an der Zeit, endlich anzufangen, sich auf die Gegenwart – und die Zukunft – zu konzentrieren. Aber manchmal war das nicht so einfach. Die Gegenwart war dieser wunderschöne Tag, den sie mit Gabe verbracht hatte. Es war ihre

Freundschaft, noch immer einer der wesentlichsten Teile ihres Lebens, selbst nach all dieser Entfernung und Zeit. Und es war Gabe in ihrem Bett, der sie über die zerknautschten Laken hinweg anstarrte, als könne er sein Glück kaum fassen.

Könnte sie all den Schmerz der Vergangenheit, all die Fehler, die sie gemacht hatte, loslassen, um sich für eine Zukunft mit ihm zu öffnen?

Könnte sie das Risiko eingehen?

Gabe zog sie aufs Bett hinunter, bis sie auf dem Rücken lag und zu ihm hochsah. Er rollte sich auf sie, presste sie mit seinem Körper in die Matratze und stützte die Ellenbogen zu beiden Seiten ihres Kopfs auf. Er küsste ihre Stirn, eine Wange, dann die andere. Dann wich er zurück, um ihr in die Augen zu sehen, sein Mund nur wenige Zentimeter über ihrem. »Ich will dich schon so lange auf diese Weise. Länger, als ich selbst wusste.«

Sie hob eine Hand und strich den dichten, dunklen Schopf nach hinten, der ihm in die Stirn fiel. Sie hatte seit Jahren gesehen, wie er sich mit den Händen durch diesen Schopf fuhr. Dann glitt sie mit den Fingern an seiner Wange hinunter. »Ich weiß genau, wie du dich gefühlt hast.«

Am nächsten Morgen band Anna ihre Haare zu einem lockeren Pferdeschwanz zusammen und wühlte in ihrem Koffer nach einer Jeans. Gabe lag noch im Bett – er hatte sich kaum gerührt, seit er eingeschlafen war –, aber sie war in den warmen Schleier ihres wunderschönen Tages gehüllt aufgewacht. Und der vergangenen Nacht.

Ihr stockte der Atem, und sie war in Versuchung, wieder unter die Decke zu schlüpfen und sich an seinen warmen Rücken zu kuscheln. Aber die Cafeteria unten lockte sie. Sie brauchte dringend Koffein, und wenn sie schon dabei war, vielleicht auch ein bisschen extrastarkes Paracetamol. Rückblickend betrachtet, waren drei Gläser Wein auf einen fast nüchternen Magen vielleicht nicht ihr bester Moment gewesen, aber sie hatte so viel Spaß dabei gehabt, mit Gabe auf der Hochzeit zu tanzen, dass sie nichts bereute.

Anna bückte sich, um sich die Schuhe zuzubinden, und als sie sich wieder aufrichtete, warf das Hämmern in ihren Schläfen sie fast um. Okay, vielleicht bereute sie das mit dem Wein doch ein winzig kleines bisschen.

Sie hielt den Kopf so still wie möglich, während sie in ihrer Tasche nach irgendetwas wühlte, um die schlimmsten Folgen zu lindern, aber im Allgemeinen bekam sie keine Kopfschmerzen, daher hatte sie vergessen, irgendetwas einzupacken.

Gabes Koffer lag neben ihrem, sein Kulturbeutel obenauf. Sie griff hinein, vorbei an seiner Reisezahnpasta und seiner Rasiercreme, suchte nach einem Behälter, der ein frei verkäufliches Schmerzmittel enthalten könnte. Ihre Hand streifte eine kleine samtene Schmuckschatulle, und sie zog sie aus dem Kulturbeutel.

Es war eindeutig ein seltsamer Gegenstand, um ihn für einen Kurztrip nach Chicago in den Koffer zu packen. Aber er war klein und passte genau in seinen Kulturbeutel. Als sie ihn schüttelte, rasselte irgendetwas darin herum. Vielleicht hatte er ein paar Pillen aus ihren größeren Packungen genommen und stattdessen das hier verwendet.

Anna klappte den Deckel auf. Und dann erstarrte sie.

In der Schatulle lag eine Halskette mit einem gravierten goldenen Halbmond. Ihre Hand flog automatisch an ihren eigenen Hals und schloss sich um den Anhänger, der dort ruhte. Der, den sie seit zwei Jahrzehnten trug. Woher hatte Gabe die exakte Nachbildung der Halskette, die ihre Mom ihr geschenkt hatte?

Und dann glitt sie mit den Fingern über das Blumenmuster, und sie erkannte, dass diese Halskette gar keine Nachbildung war. Es war ein Gegenstück. Es war die Entsprechung der Halskette, die ihre Mom immer getragen hatte. Die, die wie ein Puzzleteil zu ihrem eigenen Anhänger passte.

Wo könnte Gabe das hier gefunden haben? Ihre Mom hatte die Halsketten in einem Geschenkeladen in Lawrenceville gekauft, als Anna ein kleines Mädchen war. Es war nicht ausgeschlossen, dass der Schmuckdesigner mehr als eine mit jedem Design angefertigt hatte. Aber das war zwei Jahrzehnte her, und diesen Laden gab es längst nicht mehr. Wie groß war die Wahrscheinlichkeit, dass Gabe zufällig auf ein Exemplar der Hälfte ihrer Mutter gestoßen war?

Hatte er es irgendwie recherchiert und den Designer ausfindig gemacht? Anna drehte die Schatulle in ihrer Hand um, suchte nach irgendeiner Art Logo, und dann hob sie das Samtkissen an, auf dem die Halskette ruhte, und äugte darunter.

Auf dem Boden der Schatulle lag eine zusammengefaltete handgeschriebene Quittung. Anna zog sie heraus und strich sie auf ihrem Bein glatt. Oben auf dem Blatt waren der Name und die Anschrift des Geschäfts professionell gedruckt, und darunter hatte die Angestellte eine kurze Beschreibung der Halskette und den Preis hingekritzelt.

Gabe hatte die Halskette für fünfzig Dollar in einem Laden namens Pfandleihhaus Goldrausch gekauft. Irgendetwas an diesem Namen kam ihr bekannt vor.

Und dann machte Annas Herz in ihrer Brust einen Satz. Denn unter dem Namen des Geschäfts stand die Adresse – *1989 Mission Street. San Francisco, Kalifornien.*

Gabe hatte diese Halskette in einem Pfandleihhaus gleich um die Ecke von dem Haus in der Capp Street gekauft. Ihr stockte der Atem, und alles verschwamm vor ihren Augen, sodass sie die Worte auf dem Blatt Papier kaum entziffern konnte. Aber es gelang ihr, an der Adresse vorbei zu einem Datum zu sehen, das oben auf der Seite stand.

Vor vierzehn Jahren.

War das möglich?

Das hier war keine Nachbildung der Halskette ihrer Mom. Das hier musste das Original sein. Und wenn Gabe sie in einem Pfandleihhaus gefunden hatte, dann musste ihre Mom sie versetzt haben, als sie dort um die Ecke lebte.

An diesem Punkt in ihrem Leben wurde Anna nur selten überrumpelt. Nichts an ihr ähnelte noch der einsamen Jugendlichen, die ums Überleben kämpfte, nachdem ihre Mom gegangen war. Aber diese Halskette in der Hand zu halten und all die Arten von Verrat zu erkennen, für die sie stand – den ihrer Mom, Gabes –, das katapultierte Anna prompt wieder genau dorthin zurück, zusammengekauert in einer schäbigen Wohnung, wo sie sich vor ihrem Vermieter versteckte. Wie sie durch die Flure ihrer Highschool ging, während die anderen Kinder ihr Kaugummi in die Haare warfen. Wie sie eine dunkle Kellertreppe hinunterstarrte. Wie sie zusah, wie ihre Mom eine Tasche packte und aus ihrem Leben verschwand.

Anna stürzte ins Bad und übergab sich.

Und dann packte sie leise ihre Sachen und ging hinaus.

32

Gabe wurde vom Sonnenlicht geweckt, das ihm durch die Fenster genau ins Gesicht schien. Er blinzelte und streckte sich, angenehm erschöpft vom Tanzen und anderen … körperlichen Betätigungen in der Nacht zuvor. Sofort fluteten die Erinnerungen zurück.

Anna.

Es war kein Schock, dass es passiert war; es hatte sich lange Zeit zwischen ihnen aufgebaut. Und es war auch kein Schock, dass es sogar noch besser gewesen war, als er es sich vorgestellt hatte. Nein, der Schock rührte daher, wie ruhig und klar im Kopf er sich fühlte. Noch nie zuvor in seinem Leben war er sich bei irgendetwas so sicher gewesen, wie er es in diesem Moment war.

Ein Schwall von Glück flackerte in seiner Brust auf. Anna war alles, was er je wollte. Selbst in einem alten T-Shirt, während ihr die Haare aus einem Pferdeschwanz rutschten, war sie schöner als jede Frau, der er je begegnet war. Sie konnte ihn in einem beliebigen Streit über Wirtschaft, Politik oder das Weltgeschehen herausfordern, aber gleichzeitig war sie sich nicht zu schade dafür, sich über einen albernen Witz vor Lachen auszuschütten. Sie stauchte ihn zusammen, wenn er Mist baute, und ließ ihm nichts durchgehen. Sie war brillant und leidenschaftlich und verdammt sexy.

Er wollte, dass jeder Tag so war wie der gestrige. Er wollte neben ihr einschlafen und in dem Wissen aufwachen, dass sie zu ihm gehörte. Er wollte sie glücklich machen, sie zum Lachen bringen, sie dazu bringen, vor Lust aufzustöhnen und ihre Beherrschung so aufzugeben, wie sie es in der vergangenen Nacht immer wieder getan hatte.

Er war davon überzeugt, dass Anna es auch fühlte. Trotz der Mauern, die sie errichtet hatte, um sich zu schützen, war er die Person gewesen, die immer wieder zu ihr durchdringen konnte. Ihre Verbindung hatte allen Barrieren getrotzt, die zwischen ihnen stehen könnten. Und jetzt gehörte all das der Vergangenheit an, und es war endlich an der Zeit, mit beiden Händen zu ergreifen, was all die Jahre genau vor ihnen gelegen hatte.

Gabe rollte sich herum, voller Sehnsucht, ihr nahe zu sein, sie zu berühren, sie neben sich schlafen zu sehen, ihr dunkles Haar wie ein Fächer ausgebreitet auf dem Kissen. Aber bis auf ein zerknittertes Hotellaken war Annas Seite des Bettes leer.

Dass sie so früh auf war, überraschte ihn vor allem nach so wenig Schlaf. Er lauschte auf das Geräusch von laufendem Wasser im Bad, aber alles war still. Ihr Flug ging erst am Nachmittag, und sie hatten noch ein paar Stunden, um aus dem Hotel auszuchecken. Er stieg aus dem Bett und ging ins Wohnzimmer. Jede Menge Zeit, sie wieder ins Bett zu locken.

Im Wohnzimmer war Anna auch nicht.

Vermutlich war sie unten einen Kaffee trinken. Er schnappte sich sein Handy, um ihr eine Nachricht zu schicken, als sein Blick auf seinem Koffer landete.

Verdammt.

Gleich obenauf, neben seinen Toilettenartikeln, lag die billige Samtschatulle von dem Pfandleihhaus. Der Deckel war geöffnet, und die Halskette hing halb heraus.

Anna hatte die Halskette gefunden.

In der Hoffnung, den richtigen Moment zu finden, um sie ihr zu geben, hatte Gabe die Kette mitgenommen. Panisch schaute er sich um.

Annas sämtliche Sachen waren verschwunden.

Gabe schnappte sich sein Handy und drückte auf die Kurzwahltaste mit Annas Nummer. Es klingelte zweimal, dann sprang die Mailbox an. Sie hatte seinen Anruf abgelehnt. Okay, das hier war schlimm. Richtig schlimm. Und er war ein Idiot. Er hätte ihr gestern Abend von der Halskette erzählen sollen.

Verdammt, er hätte ihr vor Jahren davon erzählen sollen.

Gabe feuerte eine Textnachricht ab.

Wir müssen reden. Bleib einfach, wo du bist, und ich komme sofort zu dir.

Die blauen Haken zeigten an, dass sie sie gelesen hatte. Er starrte auf sein Telefon, trat von einem Fuß auf den anderen, wartete. Eine Minute verstrich, ohne dass irgendetwas geschah. Sie würde nicht antworten. Er schickte noch eine Nachricht.

Anna, ich habe Mist gebaut. Bitte rede mit mir.

Er wartete.

Schließlich kam die Antwort.

Es gibt nichts, was du sagen könntest. Ich schalte mein Handy jetzt aus und steige in ein Flugzeug. Lass mich einfach in Ruhe.

Gabe knallte sein Telefon auf den Tisch. Er musste zum Flughafen, bevor ihre Maschine abhob. Eilig schnappte er sich eine Jeans und einen Pullover und zog sich an, sammelte dann seine Sachen zusammen und warf alles in den Koffer.

Einen Augenblick später war er zur Tür hinaus.

Der Aufzug brauchte eine Ewigkeit, und Gabe klopfte nervös mit dem Fuß, während der Aufzug langsam zur Lobby hinunterglitt. Er warf der Empfangsangestellten den Zimmerschlüssel und seine Kreditkarte hin und rief den Fahrdienst an, während die Angestellte eine gefühlte Ewigkeit brauchte, um in ihrem Computer nachzusehen, ein paar Dokumente auszudrucken und sie ihm zu überreichen, damit er sie unterschrieb. Gabe kritzelte seine Unterschrift hin und war im nächsten Moment bereits draußen.

Bis Gabe die Security am Flughafen durchlaufen hatte, war das Boarding für den Flug, auf dem er Anna vermutete, bereits beendet, und die Türen waren geschlossen. Trotz aller Bemühungen konnte Gabe die Gate-Angestellte nicht bezirzen, sie für ihn noch einmal zu öffnen. *Kein Wunder*, dachte er, als er auf der Flughafentoilette in sein Spiegelbild starrte. Nach weniger als vier Stunden Schlaf war er blass, mit wildem Blick. Und in seiner Eile, das Hotelzimmer zu verlassen, hatte er übersehen, dass er den Pulli verkehrt herum angezogen hatte.

Als er auf das Boarding für seinen eigenen Flug wartete, begann es auch noch heftig zu schneien, und sein Flug verzögerte sich bis nach Mitternacht. Bis er schließlich an Bord ging, war er aufgekratzt von Schlafmangel und ungefähr sechs Tassen Flughafenkaffee, und er war besorgt, dass Anna seine Anrufe noch immer nicht beantwortete.

Und voller Angst, dass sie es niemals tun würde.

33

Hayleigh war wieder in der Notaufnahme, diesmal mit einem gebrochenen Arm und einem blauen Auge. Anna bekam den Anruf am Montagmorgen, als sie zu ihrer Frühschicht ins Krankenhaus kam. Sie eilte den Flur hinunter, um die junge Frau zu untersuchen, und wie durch ein Wunder war das Baby auch diesmal unverletzt geblieben.

Nachdem sie Annas Blick zunächst gemieden und versucht hatte, das Thema zu wechseln, gab Hayleigh schließlich zu, dass sie Rachel nie angerufen hatte, damit sie ihr half, ihren Freund zu verlassen. Es stand Anna nicht zu, sie zu drängen, aber das Baby würde in ein paar Wochen zur Welt kommen. Letztendlich konnte sie nichts anderes tun, als Hayleigh noch eine Karte mit Rachels Nummer zu geben. Und dann schob sie die Hände in die Taschen, um sich zu zwingen, nicht selbst anzurufen und Haleigh das Telefon zu reichen.

Von Hayleighs Zimmer ging Anna sofort zu einer Patientin, die zwei Monate zu früh in den Wehen lag, und dann zu einer werdenden Mutter mit Präeklampsie, bei der ein Notkaiserschnitt durchgeführt werden musste. Aber selbst dieses Hin-und-her-Gelaufe von einem Ende der Entbindungsstation zum anderen konnte sie nicht von dem Schock des vergangenen Wochenendes ablenken.

Dieses wundervollen, schrecklichen Wochenendes.

Spät an jenem Nachmittag konnte Anna sich endlich einen Müsliriegel aus dem Snackautomaten holen und sich für eine kurze Pause ins Ärztezimmer zurückziehen. Sie bedauerte es fast, dass es keinen anderen Notfall gab, um den sie sich kümmern musste, denn sobald sie ihr Telefon einschaltete, sah sie die neuesten Textnachrichten von Gabe, in denen er sie anflehte, mit ihm zu reden.

Aber es gab nichts zu reden. Gabe hatte diese Halskette jahrelang mit sich herumgetragen. *Mehr als zehn Jahre.* Er hatte Anna in dem Glauben gelassen, sie sei verrückt, nach San Francisco zu ziehen, verrückt, Frauen hinterherzulaufen, in denen sie glaubte, ihre Mutter erkannt zu haben. Und die ganze Zeit über hatte er gewusst, dass Annas Mom eben doch in jenem Haus in der Capp Street gelebt hatte. Was, wenn sie ihm von der Frau im Park und dem DNA-Test erzählt hätte? Hätte er sie auch dann weiterhin belogen?

Anna war im Begriff, ihr Telefon auszuschalten, als ein Anruf hereinkam. Bestimmt war es wieder Gabe. Seufzend drehte Anna das Telefon um. Aber nein. Eine unbekannte Nummer mit einer Vorwahl aus San Francisco.

Mit zitternden Händen wischte sie über das Display, um den Anruf anzunehmen.

»Ms. Campbell, Officer Deacon hier«, erklang die Stimme durchs Telefon.

Anna ließ sich langsam auf die Couch sinken, froh, dass das Ärztezimmer leer war. »Ja? Haben Sie Neuigkeiten für mich?«

»Die habe ich.« Officer Deacon zögerte, und Anna konnte ihr Herz hämmern hören. Das hier war der Moment, den sie gleichermaßen herbeigesehnt und gefürchtet hatte. Deacon fuhrt fort: »Ich freue mich, Ihnen mitzuteilen, dass die DNA-Tests keine Übereinstimmung ergeben haben.«

»Oh.« Alle Luft wich aus Annas Lungen.

»Die Frau, die wir im Park gefunden haben, war nicht Ihre Mutter.«

»Das ist …« Annas Stimme bebte. »Wunderbar. Ich bin …

Das ist wunderbar.« Warum fühlte sie sich dann den Tränen gefährlich nahe?

»Wir werden Ihre Vermisstenanzeige natürlich weiterverfolgen und Sie kontaktieren, wenn sich neue Anhaltspunkte ergeben«, fuhr der Polizist fort. »Da wir jetzt Ihre DNA haben, können wir nach Übereinstimmungen suchen.«

Anna nickte benommen.

»Ms. Campbell?«, fragte der Polizist nach.

»Ja, ich bin noch dran. Entschuldigung. Ja. Bitte rufen Sie mich an, wenn es etwas Neues gibt.« Anna legte auf und starrte ins Leere. Wenn diese Frau nicht ihre Mom war …

Dann war ihre Mom vielleicht noch immer irgendwo dort draußen.

Ohne mich.

Es war nicht so, dass Anna hatte hören wollen, dass ihre Mom gestorben war … Es war nur so, dass sie sich so verzweifelt an die Möglichkeit geklammert hatte, dass ihre Mutter nie wirklich die Absicht gehabt hatte, sie zu verlassen. Aber jetzt … stand sie wieder am Anfang.

Anna schloss die Augen, dachte an die billige Samtschatulle mit der Halskette ihrer Mom. Das Pfandleihhaus Goldrausch. Hatte ihre Mom die Halskette versetzt, um mit dem Geld ihren Dealer zu bezahlen? Um Drogen zu kaufen, während ihre Tochter ums Überleben kämpfte? Anna war sich nicht sicher, welcher Verrat schlimmer war.

Dass ihre Mutter sie so leicht aufgegeben hatte. Oder dass Gabe es ihr so lange verheimlicht hatte.

Als Anna später an diesem Abend ein Klopfen an ihrer Tür hörte, wusste sie genau, wer es war. Sie hatte erwartet, irgendetwas zu fühlen, wenn er schließlich auf ihrer Türschwelle auftauchte – Wut, Traurigkeit –, aber sie stellte erleichtert fest, dass sie ihre Emotionen erschöpft hatte und nur noch ein seliges Gefühl von Taubheit verspürte.

Sie holte einmal tief Luft und öffnete die Tür. Gabe stand auf ihrer Fußmatte, die Arme an beide Seiten des Türrahmens gestützt, als wollte er ihre Flucht verhindern. Was er, wenn man sich's recht überlegte, vielleicht tatsächlich tat. Er trug Jeans und einen eisblauen Hoodie in der gleichen Farbe wie seine Augen. Sein Haar stand auf einer Seite ab, und er wirkte unrasiert, aber selbst jetzt sah er umwerfend aus.

Er beugte sich vor, und ihr Herz machte einen Satz.

»Anna, bitte sprich mit mir.«

Sie wich seinem Blick aus und flüchtete in die Wohnung. Er folgte ihr in die Küche, wo sie Teewasser aufsetzte, hauptsächlich um ihre Hände zu beschäftigen.

»Anna, ich kann dir nicht verdenken, wenn du mich hasst.«

Anna nahm einen Becher aus dem Küchenschrank und knallte ihn auf den Tresen. »Ach ja? Nach all den Jahren gestattest du mir, selbst über meine Gefühle zu entscheiden?«

Hinter sich hörte sie, wie er einen scharfen Atemzug tat. »Ich hätte es dir von Anfang an sagen sollen.«

Sie warf einen Teebeutel in den Becher. »Was hast du dir bloß dabei *gedacht,* mir das zu verheimlichen?«

Er trat von hinten an sie heran, und als sie sich umwandte, prallte sie genau gegen seine Brust. Er streckte eine Hand aus und hielt sie am Arm fest, und *verdammt,* ihr Herz machte wieder einen Satz.

»Ich wollte dich beschützen. Als ich die Halskette damals fand, warst du siebzehn Jahre alt, und es hätte dir buchstäblich den Boden unter den Füßen weggezogen. Ich wusste nicht, wie ich dir, zusätzlich zu all den anderen Dingen, die du durchgemacht hattest, sagen sollte, dass deine Mom die Halskette vermutlich versetzt hat.«

»Man macht einfach den Mund auf und sagt es.« Sie riss sich von ihm los, glühend vor Demütigung und einer tiefen Traurigkeit. Jedes Mal, wenn sie glaubte, auf dem Grund ihrer schmutzigen Kindheit angelangt zu sein, fiel sie noch ein bisschen tiefer. Gabe hatte es gewusst, aber er hatte es ihr selbst überlassen, es auf diese Weise herauszufinden. »Hattest du je vor, es mir zu sagen?«

»Ich habe es doch versucht.« Seine Augen forschten in ihren. »An jenem Tag am Stinson Beach habe ich versucht, es dir zu sagen, aber du wolltest nichts davon hören.«

Anna biss sich auf die Lippe, erinnerte sich an diesen Beinahekuss am Strand und wie Gabe einen Rückzieher gemacht und gesagt hatte, sie müssten reden.

»Ich hatte die Halskette in Chicago dabei, weil ich es dir endlich sagen wollte. Und das hätte ich tun sollen, bevor wir …« Er legte den Kopf auf die Seite. »Aber es war so ein perfekter Tag, und dann …« Er senkte die Stimme. »Es war eine wundervolle Nacht. Und ich wollte sie nicht verderben. Oder dich verscheuchen.«

»Die Entscheidung darüber hätte bei mir liegen sollen.«

»Da hast du recht.« Er schob die Hände in die Hosentaschen. »Ich habe es vermasselt. Und ich kann dir nicht verdenken, wenn du mir nie verzeihst. Aber ich hoffe, dass du mir noch eine Chance gibst.«

»Wie könnte ich dir je wieder vertrauen?«

»Anna. Ich habe einen Fehler gemacht. Aber du kennst mich. Und du weißt, wie viel du mir bedeutest. Und du weißt, dass du und ich nie wieder irgendetwas finden werden, was so gut ist wie das, was wir zusammen haben.« Eine Verletzlichkeit blitzte in seinem Gesicht auf, die sie noch nie zuvor bei ihm gesehen hatte.

Anna wollte zurückweichen, aber die Arbeitsplatte presste

sich in ihren Rücken, und sie konnte nirgendwohin. Also wandte sie nur den Kopf von ihm ab und schloss die Augen. Es war alles zu viel. Sie wünschte, er wäre schwierig und sarkastisch und bereit, mit ihr zu streiten. Denn es gab ungefähr eine Million Gründe, weshalb das hier eine schlechte Idee war. Aber während er sie so ansah, war es schwer, auch nur einen einzigen heraufzubeschwören.

Gabe strich über ihre Wange, drehte ihr Gesicht sanft wieder zu sich herum. »Anna.« Seine Stimme war kaum mehr als ein Flüstern. Er war ihr so nah, dass sie spüren konnte, wie sein Atem ihr Ohr streifte. »Sieh mich an. Bitte.«

Blinzelnd öffnete sie die Augen und schaute ihn an. Jahrelange Sehnsucht traf sie mit der Wucht eines außer Kontrolle geratenen Zuges und presste die Luft aus ihren Lungen. Sie umklammerte die Arbeitsplatte hinter sich, nicht sicher, ob ihre Beine sie tragen würden. Aber bevor ihre Knie nachgeben konnten, schlang Gabe den Arm um ihre Taille und zog sie an sich. Seine Lippen fanden ihre, rau und heiß und eindringlich. Ihre Hände fuhren über seinen Rücken. Mit einer einzigen schnellen Bewegung hatte er ihre Arzthose aufgebunden, sodass sie auf den Boden rutschte. Sie kickte sie von sich, und während er sie auf die Arbeitsplatte hob und sich zwischen ihre Schenkel schob, spürte sie den rauen Stoff seiner Jeans an ihrer Haut. Sie zerrte ihm den Hoodie über den Kopf und warf ihn auf den Boden. Dann tastete sie nach dem Bund seiner Jeans, während er eine Spur heißer Küsse ihren Hals entlang zog.

Seine Hände waren überall, glitten unter ihr T-Shirt und versengten ihre Haut. Sie fingerte an seiner Gürtelschnalle herum, und er ließ sie nur lange genug los, um den Reißverschluss seiner Jeans zu öffnen und samt der Boxershorts runterzuschieben. Sie schlang die Beine um ihn und stöhnte an seinem Mund, während er sich in ihr bewegte, mit einer Leidenschaft, dass das Haus um sie herum hätte abbrennen können, ohne an die Hitze ihrer Körper heranzureichen. Anna klammerte sich an ihn, während Gabe ihre Hüften umfasste, tiefer in sie eindrang, bis sie gemeinsam zum Höhepunkt kamen.

Augenblicke später lehnte sich Anna keuchend an Gabes Brust. So hielt er sie, eine Hand noch immer in ihren Haaren vergraben, die andere um ihren Rücken gelegt. Sie schloss die Augen und verlor sich, noch immer halb benommen, in dem Gefühl der Geborgenheit. Wortlos verharrten sie, bis sich ihrer beider Atem schließlich verlangsamte.

Gabe lehnte sich zurück, nahm seine Wärme mit sich fort. Anna schlug die Augen auf, beschwor die Welt, nur noch ein bisschen länger wegzubleiben. Aber die untergehende Sonne wählte genau diesen Augenblick, um unter den oberen Fensterrahmen zu sinken, sodass sie ihr genau ins Gesicht schien und sie in die Wirklichkeit zurückzerrte. *Was hatten sie nur getan?*

»Anna«, murmelte Gabe leise. »Wir sollten reden. Richtig reden. Ich will, dass wir ganz offen zueinander sind.«

Anna lehnte sich zurück, möglichst weit weg von ihm. *Offen.* Gabe wollte, dass sie offen waren. Was hieß das denn überhaupt?

Ihre ganze Beziehung beruhte auf einer brüchigen Säule aus Lügen und Geheimnissen, angefangen in dem Moment, in dem sie sich das erste Mal begegnet waren. Und Gabe wusste noch nicht einmal das Schlimmste. Er dachte, dass ihre Mom die Halskette in einem Pfandleihhaus versetzt hatte, sei so deprimierend, dass er es verheimlichen müsste. Er hatte ja keine Ahnung.

Gott sei Dank hatte sie an jenem Abend in Chicago nicht

alles ausgeplaudert. Wie könnte sie je denken, dass sie bei ihm sicher war, dass sie ihm vertrauen konnte?

Sie fühlte sich entblößt und verletzlich, daher versuchte sie, wenn auch vergeblich, ihr T-Shirt über ihre Beine zu ziehen. Gabe spürte ihr Unbehagen und wich einen Schritt zurück, hob ihre Arzthose vom Boden auf und legte sie ihr auf den Schoß.

Er wandte ihr den Rücken zu, um seine Jeans zu richten. »Wir sehen uns im Wohnzimmer, okay? Wir haben viel zu bereden.«

Sobald er aus dem Zimmer war, sprang Anna von der Arbeitsplatte und flüchtete aus der Küche. Im Bad zog sie sich an und spritzte sich etwas Wasser ins Gesicht. Nachdem sie sich abgetrocknet hatte, betrachtete sie ihr Spiegelbild.

Wann würde sie endlich lernen, dass sie nur sich selbst vertrauen konnte?

Sie fand ihn im Wohnzimmer. Er stand mitten im Raum und starrte auf die gepackten Kartons. In den Monaten, seit Anna in der Remise lebte, hatte sie erstaunlich viele Dinge angehäuft: eine Reihe Bücher, ein paar Kerzen mit ihrem Lieblingsduft, zwei handgetöpferte Schalen, die sie auf einem Handwerkermarkt gekauft hatte, nur weil sie zu hübsch waren, um sie sich entgehen zu lassen, und andere Kleinigkeiten. Als sie vorhin aus dem Krankenhaus nach Hause gekommen war, hatte sie alles in die Kartons gestopft, um sie gleich morgen früh beim Wohlfahrtsladen abzugeben.

»Was wird das?«, fragte Gabe in einem beherrschten Ton. »Du … packst?«

»Mein Mietvertrag läuft bald aus.«

»Rachels Freundin kommt erst nach dem Frühjahrssemester zurück. Ich bin sicher, sie würde den Mietvertrag noch verlängern.« Er hielt einen Moment inne und sah Anna über das kleine Wohnzimmer hinweg an. »Wenn du es willst.«

Anna wich seinem Blick aus.

Gabe trat einen Schritt auf sie zu. »Anna? Was ist hier eigentlich los?«

»Du wusstest immer, dass ich zurückgehen würde.«

»Zurück? In den Nahen Osten?«

Anna nickte.

»Und was ist mit dem hier?« Er zeigte mit einer Hand zwischen ihnen beiden hin und her. »Was ist mit uns?«

Sie tastete nach dem Anhänger an ihrem Hals, rieb mit dem Daumen über das eingravierte Muster und suchte nach dem Trost, den er ihr fast zwei Jahrzehnte lang gespendet hatte. Aber ihre Hand griff ins Leere.

Sie hatte sich die Halskette heruntergerissen und sie in einen dieser Kartons geworfen. Ihre Mom war nicht mehr, sie war gegangen und hatte jede Spur von ihrem einzigen Kind versetzt. Und falls Gabe je erfahren sollte, was Anna getan hatte, dann würde er ebenfalls weglaufen wollen.

»Es gibt kein *Uns*, Gabe. Es war ein Fehler, nach Hause zu kommen, und ein noch größerer Fehler, so lange zu bleiben.«

Gabe fuhr sich mit einer Hand durchs Haar. »Das glaubst du nicht wirklich, oder? Du bereust es nicht, nach dem Herzinfarkt meines Dads hergekommen zu sein oder Leahs Baby entbunden zu haben. Zeit mit Rachel und meiner Mom oder Matts Kindern verbracht zu haben.« Gabe durchquerte das Zimmer mit drei großen Schritten und umfasste ihre Schultern. »Und ich bin mir verdammt sicher, dass du es nicht bereust, mit mir zusammen gewesen zu sein.«

Anna wandte den Blick ab. Sie konnte ihn nicht belügen, nicht darüber. »Egal. Ich gehöre nicht hierher. Ich habe nie hierher gehört.«

Gabe wandte sich ab, schüttelte entnervt den Kopf. Er lief im Wohnzimmer auf und ab, dann drehte er sich abrupt auf dem Absatz um und sah sie an. »*Ich bin es nicht, der dich verlassen hat.* Ich bin genau hier, Anna. *Ich bin genau hier.*« Und dann brach seine Stimme, und ihm schien die Kraft auszugehen. »Ich bin immer hier gewesen.« Seine Schultern sackten nach unten, und als sie ihm schließlich in die Augen sah, waren sie rot umrandet. »Anna. Ich weiß, du hast viel durchgemacht, und du bist verletzt worden. Aber wann wirst du endlich einen Weg finden, deine Vergangenheit loszulassen, und dir gestatten, glücklich zu sein?«

Er stand da, die Arme verschränkt, und sein Bizeps spannte sich unter dem T-Shirt, das sie erst vor wenigen Minuten umklammert hatte. Sein Haar stand ab, wo er mit der Hand hindurchgefahren war, und seine silberblauen Augen blitzten. Sie hasste die Tatsache, dass seine Anziehungskraft selbst jetzt so stark war, dass sie sich wie eine physische Präsenz im Raum anfühlte. Daher tat sie das Einzige, was sie tun konnte.

Sie holte zum Schlag aus.

»Willst du etwa behaupten, du würdest mich glücklich machen?«

Gabe zuckte zusammen, als hätte sie ihn geohrfeigt. »Ja. Ich war ein Idiot zu glauben, du würdest es dir je gestatten, mit mir glücklich zu sein.«

Anna wandte sich wieder ab, um aus dem Fenster zu starren. Aber sie konnte noch immer spüren, wie er in der Mitte des Wohnzimmers stand und sie ansah. Sie verfluchte im Stillen ihre Schwäche. Sie hätten niemals irgendetwas von alledem anfangen sollen.

Und dann hörte Anna seine Schritte über den Boden poltern. Einen Augenblick später ging die Haustür auf und knallte dann wieder zu.

Der Schmerz in ihrem Herzen war ihr so vertraut wie ihr eigener Atem. Wenn sie ehrlich war, hatte sie fast ihr halbes

Leben lang versucht, das Gabe-große Loch darin zu füllen. Tausende von Meilen weit entfernt hatte sie diese Gefühle ganz hinten in ihrem Bewusstsein verstecken können wie einen nächtlichen Traum, der bei Licht betrachtet vage und verschwommen schien. Sie hatte eineinhalb Jahrzehnte ihres Lebens damit verbracht, alles zu tun, was sie konnte, um ihn auf Abstand zu halten. Denn wenn sie ihn liebte, dann würde sie ihn verlieren.

Genau wie alle anderen, die sie je geliebt hatte.

34

Anna war im Ärztezimmer, um eine kurze Pause zu machen, als das Bereitschaftstelefon, das an ihrem Arztkittel klemmte, summte. »Hallo, hier ist Dr. Campbell«, meldete sie sich.

»Hey, Doc«, ertönte Constances Stimme.

»Helen in 315 kann unmöglich schon bereit sein zu pressen.« Als Anna ihre Patientin vor einer Stunde verließ, sah die sich ganz entspannt *The Bachelor* an, denn ihre Epiduralanästhesie begann endlich zu wirken. Constance wollte Bescheid geben, wenn sich etwas tat.

»Nein. Die Wehen kommen im Abstand von vier Minuten, und es geht ihr gut. Aber Sue Ellen hat keine Rose vom Bachelor gekriegt, daher hat sie eine harte Nacht vor sich.«

Anna lächelte. Sie würde ihre Kolleginnen vermissen, wenn dieser Job in ein paar Wochen endete. Am Dienstag hatte sie ihre Kündigung eingereicht, an dem Morgen, nachdem Gabe zur Tür hinausgegangen war, und es war ihr schwerer gefallen als erwartet.

»Von der Zentrale ist ein Anruf für Sie gekommen«, sagte Constance. »Ich stelle ihn durch.«

Anna durchquerte den Raum und öffnete den Kühlschrank, in dem sie immer ihren Lunch verstaute. Sie sollte besser etwas essen, bevor Helens Wehen in noch kürzeren Abständen kamen. Und dieser Anruf war vermutlich eine andere Patientin mit Wehen. Manche Frauen riefen in der Aufregung das Krankenhaus direkt an anstatt sie auf ihrem Bereitschaftstelefon.

»Hallo?« Anna klemmte sich das Telefon zwischen Ohr und Schulter, um ein Sandwich beiseiteschieben und sich ihren Salat dahinter nehmen zu können.

»Hallo?«, krächzte eine Stimme mit einem starken Pittsburgher Akzent. Sie klang, als ob sie einer alten Frau gehörte, die viele Jahre stark geraucht hatte. Eindeutig nicht der ängstliche Ton einer Patientin in den Wehen. »Ist da …?«, fuhr die Frau fort. »Ich versuche, Anna zu erreichen. Anna Campbell.«

»Hier ist Anna Campbell«, sagte Anna. Irgendetwas an dieser Stimme kam ihr bekannt vor. »Wer spricht da?«

»Oh, gut. Ich, ähm … also…« Die Frau stolperte über ihre Worte. »Ich … Anna, hier ist deine Mutter.«

Anna stockte der Atem. Das Telefon rutschte zwischen ihrer Schulter und ihrem Ohr heraus, und sie fing es gerade noch auf, bevor es auf dem Boden landete. Sie knallte die Kühlschranktür zu, umklammerte das Telefon mit einer schwitzigen Hand und taumelte zurück zum Tisch, während sie mit der anderen Hand blindlings nach einem Stuhl tastete.

Während sie sich auf den Stuhl sinken ließ, tat Anna einen flachen Atemzug. »Ist das ein Scherz? Wer ist da?«

Eine Pause trat ein und dann schließlich: »Es ist … Ich bin deine Mom.«

Ihre Mom war tot.

Das wusste Anna nicht mit Sicherheit. Aber sie hatte so viel Zeit damit verbracht, sich zu überzeugen, dass ihre Mom in diesem Park an einem Herzinfarkt gestorben war, dass es in ihrem Kopf zu einer Realität geworden war. Und als sie von der versetzten Halskette erfuhr, schien es besser, bei dieser Version zu bleiben. Wo immer ihre Mom gelandet war, es kümmerte sie nicht, Anna in ihrem Leben zu haben. Und es war Zeit für Anna, nach vorn zu blicken, ein für alle Mal.

»Wie heißen Sie?«, wollte Anna wissen.

»Deb. Deb Campbell. Anna, ich bin es.«

Anna umklammerte mit ihrer freien Hand die Armlehne ihres Stuhls, um ihr Zittern zu unterdrücken. Diese Stimme. Diese Stimme war ihr so vertraut. Sie schloss die Augen, weil sich alles um sie herum drehte. »Was willst du?«, stieß sie mühsam hervor.

»Ich dachte, vielleicht könnten wir uns treffen, um zu reden.«

Anna riss die Augen auf. »Uns treffen? Wo bist du?«

»Ich bin in Pittsburgh. Ich bin nur …« Ihre Mom bekam einen Hustenanfall, der fast eine ganze Minute anhielt. Schließlich bekam sie sich wieder in den Griff. »Entschuldige.«

»Du bist in Pittsburgh?«, fragte Anna. Sie hörte den Anflug von Hysterie in ihrer Stimme. »Seit wann?«

»Schon seit Jahren.«

Seit Jahren. Ihre Mom war *seit Jahren* hier, in Pittsburgh. Hatte sie überhaupt versucht, ihr einziges Kind zu kontaktieren? Ihre alte Wohngegend aufgesucht und sich umgehört? Es wäre nicht schwer gewesen, Anna zu finden, wenn sie es gewollt hätte.

Was heißt, dass sie es nicht gewollt hatte.

»Aha.« Annas Stimme klang erstaunlich ruhig angesichts der Art, wie ihr ganzer Körper zitterte. »Und jetzt willst du mich treffen? Warum jetzt?«

Aber auf einmal wusste Anna, *warum*. Aus demselben Grund, aus dem sie vor all den Jahren die Halskette versetzt hatte.

Ihre Mom räusperte sich. »Ich … dachte, wir könnten darüber persönlich reden.«

Und da war es.

»Ja, genau. Weil ich dir am Telefon kein Geld geben kann.

Oder – nein. Richtig, du hast mich auf der Arbeit angerufen. Du weißt, dass ich Ärztin bin. Hast du auf Drogen gehofft?«

»Ehrlich gesagt, bin ich …« Ihre Mom hustete erneut.

Anna saß da und lauschte auf dieses grässliche abgehackte Keuchen, und ihr Schock wandelte sich langsam zu Wut. Es war eine solche Erleichterung, denn mit Wut konnte sie umgehen. Sie war eine erfolgreiche Erwachsene, kein verängstigtes Kind, das verzweifelt versuchte zu überleben. Und sie musste dieser Frau nicht eine Sekunde ihrer Energie schenken.

»Hör zu, du wirst kein Geld oder Drogen von mir bekommen. Ruf mich nie wieder an.« Sie drückte auf Beenden und warf das Telefon auf den Tisch vor sich.

Anna schob ihren Stuhl nach hinten, bis er gegen die Wand stieß.

Womöglich war das gar nicht ihre Mom. Anna hatte seit fast zwanzig Jahren nichts von ihr gehört, und auf einmal rief sie aus heiterem Himmel an? *Wenn* es ihre Mom war, dann gab es nur eine Erklärung: Sie hatte ein bisschen gegoogelt und war dahintergekommen, dass Anna Ärztin und wieder in Pittsburgh war – und möglicherweise eine leichte Geldquelle sah. Aber dazu würde es niemals kommen.

Aber während Anna mit zitternden Händen dort saß, meldeten sich Zweifel zu Wort. Vielleicht hätte sie nicht so überstürzt auflegen sollen. Dieser Anruf war über die riesige Telefonanlage des Krankenhauses gekommen. Gab es irgendeine Möglichkeit, ihn zurückzuverfolgen? Wenn Anna Antworten darauf wollte, wo ihre Mom all die Jahre gewesen war, hatte sie die Chance darauf womöglich vertan, als sie das Telefon hingeknallt hatte?

Sie holte zitternd Luft. Waren Antworten überhaupt wichtig? Vielleicht war das einzig Nette, was ihre Mom je für sie getan hatte, damals abzuhauen.

Sie sprang von ihrem Stuhl auf und lief in dem kleinen Raum auf und ab, aber bevor sie entscheiden konnte, was sie tun sollte, flog die Tür zum Ärztezimmer auf. Constance stand da, schwer atmend, und ein paar Haarsträhnen hatten sich aus ihrem sonst immer so ordentlichen Dutt gelöst.

»Anna«, keuchte sie, eine Hand an die Brust gepresst. »Wir brauchen Sie, jetzt sofort.«

Anna ging einen Schritt auf ihre Kollegin zu. »Geht es um Helen?« Sie rieb sich die Schläfen, versuchte, ihr Gehirn in die Gegenwart zurückzuholen. Ihre Patientinnen brauchten sie.

»Nein.« Constance atmete noch einmal scharf ein. »Es geht um eine andere Patientin. Ein Mädchen namens Hayleigh.«

Hayleigh. »Hat sie Wehen?« *Bitte sagen Sie mir nicht, dass ihr Freund sie wieder verprügelt hat.*

»Nein.« Constance schüttelte den Kopf. »Nein, sie ist nicht in den Wehen.« Die Fältchen um ihre Augen vertieften sich, und für einen Moment sah sie den Tränen gefährlich nahe aus.

Annas Herz begann zu hämmern. Constance arbeitete seit dreißig Jahren in der Geburtshilfe und hatte schon alles gesehen. Das hier konnte nichts Gutes verheißen. »Was ist passiert?«

»Ihr Freund … er …« Die Schultern der Schwester sackten unter ihrem Schwesternkittel nach unten. »Er hat auf sie geschossen. Sie wird nicht durchkommen. Wir müssen einen Notkaiserschnitt machen, um das Baby zu retten.«

35

Gabe steckte mitten in einer Vorlesung über die Dynamik von Einkommen und Armutsfallen, als das Handy in seiner Aktentasche zum ungefähr zehnten Mal in fünf Minuten summte. Wenn er unterrichtete, schaltete er sein Telefon immer auf stumm und ließ es in der Tasche. Normalerweise bekam er es gar nicht mit, wenn gelegentlich ein Anruf oder eine Textnachricht einging. Aber diesmal war die Ablenkung so groß, dass sogar ein paar Mädchen in der ersten Reihe zu kichern begannen, als es schon wieder summte. Eine von ihnen hob die Hand.

»Dr. Weatherall?«

»Ja, Amelia?«

»Ähm … ich glaube, da versucht Sie jemand zu erreichen.«

Amelias Freundinnen lachten, und Gabe seufzte. »Okay, machen wir zehn Minuten Pause, und danach reden wir über die Semesterarbeit.«

Die Studenten erhoben sich von ihren Plätzen und verließen geräuschvoll den Hörsaal, und Gabe fischte sein Telefon aus seiner Tasche.

Sechs entgangene Anrufe von Anna, plus eine Sprachnachricht.

Sein Herz hämmerte, und er drückte rasch auf die Taste, um die Nachricht abzuhören.

»Hi, ich bin's. Ich, äh …« Annas Stimme klang erstickt – als ob sie versuchte, nicht zu weinen. Ihre nächsten Worte konnte er kaum verstehen, aber es hörte sich an wie: »Ich brauche dich.«

Gabe umklammerte das Pult vor sich, während das Blut in seinen Ohren hämmerte.

»Ich weiß, ich habe kein Recht, dich darum zu bitten, aber …« Und dann sagte sie noch etwas, aber er konnte es nicht verstehen.

Gabe stopfte seine Unterlagen und den Laptop in die Tasche und gab seiner Lehrassistentin ein Zeichen. »Ich muss sofort los. Können Sie das hier zu Ende bringen? Geben Sie allen ihre Aufgaben für die Semesterarbeit.« Er wartete nicht einmal ihr Nicken ab, bevor er zur Tür stürzte.

Gabe ignorierte die Blicke seiner Studenten, während er an ihnen vorbeidrängte und den Flur hinunterrannte. Im Laufen drückte er die Anruftaste.

Verdammt. Mailbox. Vielleicht rief sie ihn in diesem Moment an, oder vielleicht hatte sie es bei Rachel oder sonst jemandem versucht.

Gabe stürmte durch die Türen des Gebäudes hinaus und um die Ecke zum Parkplatz, drückte auf den Knopf, um die Tür zu entriegeln, während er zu seinem Wagen rannte. Er versuchte es noch einmal bei Anna, ohne Erfolg, dann warf er das Telefon auf den Beifahrersitz.

Er schoss vom Parkplatz und fuhr auf kürzestem Weg zu Annas Wohnung.

36

Sobald Anna zu ihrer Remise kam, bereute sie es, nach Hause geeilt zu sein. Im Krankenhaus hatte sie sich danach gesehnt, alles hinter sich zu lassen: die Polizisten, den Gerichtsmediziner, der Hayleighs Leichnam wegbrachte, die Sozialarbeiterin, die Anna nach Hayleighs Notfallkontakten und den nächsten Angehörigen des Babys fragte.

Und dann war da dieser Anruf.

Sie hatte nur noch nach Hause fahren, ins Bett fallen und alledem entkommen wollen. Aber dort angekommen, war sie zu aufgewühlt, um zu schlafen. Die Polizei hatte gesagt, Hayleighs Angreifer sei im Gefängnis, aber das hielt Anna nicht davon ab, jedes Mal zusammenzuzucken, wenn der Wind an den Fenstern rüttelte. Sie überprüfte, dass alle Schlösser verriegelt waren, und dann, nur um ganz sicher zu sein, überprüfte sie sie noch einmal. Es war irrational; er würde nicht kommen, um ihr etwas anzutun, aber das änderte nichts an ihrer Angst.

Und es ließ sie auch nicht diese Stimme am anderen Ende der Leitung vergessen.

Rachel würde bestimmt sofort anbieten vorbeizukommen, wenn sie sie anrief, aber darum konnte Anna sie nicht bitten. Inzwischen schneite es auch heftig. Sie drehte noch eine Runde durch ihre winzige Wohnung, überprüfte zum x-ten Mal die Tür und die Fensterschlösser. Dann ließ sie sich auf die Couch sinken.

Anna sehnte sich nach Gabe mit einem Schmerz, der stärker war als alle körperlichen Qualen, die sie je verspürt hatte, aber er ging nicht an sein Telefon. Vielleicht war es besser so. Sie hatten nicht mehr geredet, seit er an jenem Tag ihre Wohnung verlassen hatte, und Kälte und Distanz in seinem Blick könnte sie jetzt nicht ertragen.

In diesem Augenblick klopfte es an die Tür. Mit hämmerndem Herzen sprang sie von der Couch auf, blieb jedoch wie angewurzelt in der Mitte ihres Wohnzimmers stehen.

Hayleighs Angreifer ist im Gefängnis, sagte sie sich.

Aber das war nicht wirklich das Monster, das sie fürchtete. Das sie in ihren Träumen verfolgte.

Noch ein Klopfen.

Sie musste nichts weiter tun, als hinüber zum Fenster zu gehen und hinauszuspähen, aber ihre Beine wollten nicht gehorchen. Auf einmal vibrierte ihr Telefon in ihrer Hand, und sie las mit zitternden Händen die Nachricht.

Hey, bist du zu Hause? Ich bin draußen.

Anna stürzte zur Tür.

Gabe stand im Verandalicht, die Hände in den Taschen vergraben und die Schultern vor Kälte eingezogen. Schneeflocken hingen an seinem Hemd und schimmerten auf seinen dunklen Haaren. Sie war in ihrem ganzen Leben noch nie so glücklich gewesen, jemanden zu sehen. Sie wollte sich in seine Arme werfen, aber die Erinnerung an ihre letzte Begegnung durchfuhr sie wie der eiskalte Wind, der ins Haus peitschte. Daher beherrschte sie sich und wickelte sich stattdessen fester in ihre Strickjacke.

»Hi«, murmelte sie.

Gabes panischer Blick glitt an ihrem Körper hinunter und wieder hoch zu ihrem Gesicht. »Bist du verletzt? Was ist passiert?«

»Nein, nichts dergleichen«, murmelte sie. »Es geht mir gut. Es ist nur ... Ich habe heute Abend eine Patientin verloren. Die junge Frau, von der ich dir erzählt habe, deren Freund sie verprügelt hat. Diesmal hat sie es nicht geschafft.«

»Oh, Anna.« Er trat einen Schritt auf sie zu und legte ihr die Hand an die Wange. »Es tut mir so leid«, hauchte er.

Anna schlang die Arme um ihren Oberkörper. »Danke, dass du gekommen bist.«

Sie wandte sich um, als er sich an ihr vorbei ins Haus schob. Er blieb kurz stehen, um aus seinen Stiefeln zu schlüpfen, bevor er weiter ins Wohnzimmer ging. Ihr Herz krampfte sich zusammen, als sie ihn dort stehen sah. Er war so groß und kräftig, dass er ihre ganze Wohnung einzunehmen schien. Seine dunklen Haare standen vom Kopf ab, wie üblich, und sie kämpfte gegen den Drang an, die Hände auszustrecken, sie glatt zu streichen und die Schneeflocken von seinen Schultern zu bürsten.

»Wo ist deine Jacke?«, fragte sie.

Gabe zuckte mit den Schultern, während er auf seine Hose und sein Oxfordhemd hinuntersah. »Keine Ahnung. Vermutlich im Büro. Ich bin mitten aus einer Vorlesung gerannt.«

Anna sah auf ihre Füße. »Tut mir leid.«

Gabe trat einen Schritt auf sie zu, aber dann blieb er abrupt stehen und ballte die Hände zu Fäusten, als wollte er verhindern, dass er sie nach ihr ausstreckte. Er schob sie in die Taschen und sagte leise: »Anna, egal was, ich bin dein bester Freund. Du kannst mich immer anrufen. Ich werde *immer* kommen.«

Sie war den Tränen gefährlich nahe. Die Stille dehnte sich zwischen ihnen aus, während sie an der Eingangstür verharrte, nicht sicher, was sie sagen sollte, jetzt, wo er hier war. Sie waren immer so leicht miteinander umgegangen, und jetzt war sie vor Verlegenheit wie gelähmt. Der Schmerz in ihrem Herzen verdoppelte sich, und ihre Augen brannten. Sie musste sich zusammenreißen.

»Ich muss mich umziehen, diese Arztkleidung loswerden.« Bevor er etwas erwidern konnte, flüchtete sie in ihr Schlafzimmer und ließ ihn allein im Wohnzimmer stehen.

In der Sicherheit ihres Schlafzimmers quollen die Tränen aus Annas Augen. Sie fuhr sich mit der Hand über die nassen Wangen und öffnete den Kleiderschrank, suchte nach irgendetwas, was sie anziehen könnte. Sie hatte nach der Entbindung frische Arztkleidung angezogen. Die, die sie getragen hatte, war mit Hayleighs Blut besudelt, nicht von dem Kaiserschnitt, sondern infolge der Schusswunde, die die Notärzte lange genug zu stillen versucht hatten, damit sie ein mutterloses Kind zur Welt bringen konnte.

Anna schauderte, als die Realität dieser Worte sie mit voller Wucht traf.

Noch ein mutterloses Kind.

Anna zerrte ein paar Kleidungsstücke aus dem Schrank, aber anstatt sie anzuziehen, sackte sie auf dem Bett zusammen. Je mehr sie versuchte, die Tränen zurückzuhalten, desto mehr kullerten sie ihr über die Wangen. Sie wusste nicht, wie lange sie auf dem Bett saß und sich die Augen ausweinte, als ihre Schlafzimmertür knarrend aufging und sie den Kopf hob. Gabe lehnte mit besorgter Miene am Türrahmen, die Arme verschränkt.

»Hey.« Seine Stimme war sanft, was ihrem Herzen einen neuerlichen Stich versetzte. »Geht es?«

Anna nickte und schluckte.

»Brauchst du irgendetwas?«

Sie schüttelte den Kopf, während noch mehr Tränen überquollen.

Er trat ins Zimmer und setzte sich zu ihr aufs Bett. »Bist du sicher?«

»Ja … nein.«

Es war alles zu viel. Sie wandte das Gesicht von ihm ab, ihre Schultern bebten vor lautlosen Schluchzern.

»Hey«, flüsterte Gabe, berührte sie sanft an der Schulter und drehte sie zu sich herum. Er sagte nichts weiter, schlang nur die Arme um sie und zog sie an seine Brust.

Sobald sie anfing zu weinen, konnte sie nicht mehr aufhören. Es war, als hätte der Himmel nach jahrelanger Dürre auf einmal seine Schleusen geöffnet, um einen Monsun herunterprasseln zu lassen. Sie weinte um das neugeborene Baby, dessen gewalttätiger Vater im Gefängnis und dessen Mutter nicht mehr am Leben war.

Sie weinte um das Kind, das sie gewesen war, wegen der Gewalt in ihrem eigenen jungen Leben und der Erwachsenen, die nie versucht hatten, sie zu beschützen. Und dann weinte sie um Gabe, die einzige Person, die immer, *immer* für sie da gewesen war, und wegen des Schmerzes, ihn beinahe verloren zu haben.

Gabe schlang die Arme fester um sie und presste seine Wange an ihren Kopf. Sie klammerte sich an ihn, krallte die Finger in sein Hemd und weinte haltlos. Gabe hielt sie nur und ließ sie weinen.

Nach langer Zeit ging ihr Schluchzen in ein leises Wimmern über, aber sie blieb in Gabes Armen, den Kopf an seine Brust gelegt, während sein Herz an ihrem hämmerte. Der Rhythmus besänftigte sie. Schließlich holte sie einmal tief und zitternd Luft und setzte sich auf.

Er nahm ihr Gesicht in die Hände und strich ihr das tränennasse Haar von der Wange. »Du musst erschöpft sein. Willst du schlafen?«

Anna schüttelte den Kopf. »Ich bin mir nicht sicher, ob ich das kann.«

»Wann hast du das letzte Mal etwas gegessen?«

Sie konnte sich nicht erinnern. Dieser Tag schien endlos. »Zum Frühstück, nehme ich an.«

Fünf Minuten später fand Anna Gabe in der Küche. Als sie eintrat, schenkte er ihr gerade ein Glas Wasser ein. Dann warf er einen Blick in ihren – leeren – Kühlschrank und rief kurzerhand das Thailokal um die Ecke an, um bei ihnen etwas zu bestellen.

Sie saßen einander gegenüber auf der Couch, den Rücken gegen die Armlehne gestützt, ihre Füße in der Mitte ineinander verheddert, und aßen aus den Kartons. Sie sprachen nicht, aber das Schweigen zwischen ihnen war angenehm anstatt verlegen, was Anna noch mehr beruhigte. Nach ein paar Minuten steckte sie ihre Essstäbchen in ihr Pad Thai und sah zu Gabe hinüber. Seine Haare standen noch immer auf einer Seite ab, sein Hemd war zerknittert, wo sie an ihn gepresst geweint hatte, und seine silberblauen Augen schienen in dem düsteren Licht noch etwas blasser. Ein dumpfer, sehnsuchtsvoller Schmerz nagte irgendwo tief an ihr.

Sie holte einmal tief Luft. Und dann wagte sie es.

»Gabe, es gibt etwas, was ich dir nie erzählt habe.«

Gabe hob den Kopf, um sie anzusehen, sagte aber nichts.

Anna starrte auf ihr Essen, stach mit den Essstäbchen immer wieder in den Karton. »Etwas …« Ihr Atem stockte. »Etwas, was passiert ist … vor langer Zeit.«

Gabe schob die Sofakissen so hin, dass er sich neben sie setzen konnte. Er nahm ihr Essen und stellte es auf dem Couchtisch ab, und dann ergriff er ihre Hand.

Anna zwang sich zu einem gleichmütigen Ton, als würde sie

die Vitalfunktionen einer ihrer Patientinnen herunterrasseln, nicht von den Grauen ihrer Kindheit erzählen. »Als meine Mom ihren Job verlor, da fing sie an, Männer mit nach Hause zu bringen.«

Gabe nickte.

»Das habe ich dir bereits erzählt. Aber ich habe dir nicht alles erzählt. Diese Männer gaben ihr Geld und Drogen. Sie konnte keinen anderen Job finden, und sie haben sich um uns gekümmert. Aber …« Sie hielt einen Augenblick inne und beäugte Gabe. Er wusste mehr als irgendjemand sonst über ihre Vergangenheit, aber das hier …

Das hier hatte sie nie irgendjemandem erzählt.

»Die meisten von ihnen waren nicht sehr nett zu ihr.« Es gab viel Streit, lautstarke Auseinandersetzungen, bei denen Anna sich im Schlafzimmerschrank versteckte und hoffte, dass es bald vorbei sein würde. Oder sie schlüpfte die Feuertreppe hinunter, um in der Bibliothek ein paar Blocks weiter auszuharren. »Als ich dreizehn war, brachte sie diesen Typen mit nach Hause, und er … er war noch schlimmer als die anderen.« Gabe war ihr so nah, dass sie spüren konnte, wie sich die Muskeln in seinen Armen anspannten, aber sie starrte stur vor sich hin, außerstande, ihn anzusehen. »Wenn sie irgendeine Kleinigkeit falsch machte – eine Pfanne mit Essen anbrennen ließ oder ihm das falsche Bier brachte –, holte er mit der Hand aus und schlug sie ins Gesicht.«

Ihre Mutter fand ständig Entschuldigungen für ihn. *Er ist müde. Er ist zugedröhnt. Es tut ihm leid.*

»Es tat ihm *immer* leid, ihren Worten zufolge. Nur dass er nicht so wirkte, als würde es ihm leidtun. Es wurde immer schlimmer.« Bald war es nicht mehr nur ein Schlag mit dem Handrücken wegen eines angebrannten Essens – er benutzte die Fäuste. Ihre Mom landete mit einer ausgerenkten Schulter im Krankenhaus, und beim nächsten Mal mit zwei gebrochenen Rippen. »Aber sie sagte, wir bräuchten ihn. Dass er sich um uns kümmerte.« Anna sah auf ihre Hände. »Ich besorgte mir einen Job im Lebensmittelladen in der Hoffnung, wenn ich genug Geld nach Hause brachte, würden wir ihn vielleicht nicht mehr brauchen. Aber es war nicht genug. Es war nie genug.«

»Eines Tages in der Schule bekam ich Fieber, und die Schule sagte, meine Mom müsse kommen und mich abholen. Als ich zum Parkplatz kam, war ihr Freund bei ihr, und er war sauer, weil ich seinen Tagesablauf unterbrochen hatte. Er sagte, sie hätten Dinge zu erledigen. Meine Mom sagte ihm, er solle mich einfach zu Hause absetzen, aber das war ein Umweg, und wir mussten zuerst bei ihm vorbeifahren.«

Anna konnte sich noch immer an den stechenden Schmerz ihres entzündeten Halses erinnern, das fiebrige Zittern, das Zuknallen der Wagentür, als sie ihr sagten, sie solle auf der Rückbank des Pick-ups warten.

Selbst jetzt, Jahrzehnte später, ging sie es in Gedanken immer wieder durch. Wenn sie mit den beiden hineingegangen wäre, dann wäre vielleicht alles anders gekommen. Wenn sie hätte verbergen können, wie krank sie war, dann hätte er sie nicht von der Schule abholen müssen, und dann wäre vielleicht nichts von alledem passiert.

»Ich glaube, ich bin eingeschlafen, denn es wurde bereits dunkel, als ich aufwachte. Daher ging ich hinein, um Mom zu suchen. Sie waren in seiner Küche und stritten. Es war … schlimm. Ich weiß nicht, was ihn so in Rage gebracht hat. Es könnte alles gewesen sein. Aber meine Mom lag auf dem Boden, blutend, und er war …« Anna schloss die Augen. »Ich dachte, er würde sie umbringen. Ich bin hineingerannt und habe versucht, ihn von ihr wegzuzerren. Aber er packte mich und rang mich zu Boden.«

Gabe atmete hörbar ein und verstärkte seinen Griff um ihre Hand.

Das war der Moment, als die Panik eingesetzt hatte. Er war so groß, so schwer, und sie bekam kaum noch Luft – wie könnte sie ihn abschütteln? Wenn sie sich nur unter ihm herauswinden könnte, dann könnte sie etwas finden, irgendetwas, was sie als Waffe benutzen könnte.

»Und dann sah ich auf, und meine Mom war da und zerrte an seinem Arm und schrie ihn an, er solle mich in Ruhe lassen. Er stand auf, um sich auf sie zu stürzen, und das war der Moment, als ich …«

Anna brach ab. Das war's.

»Das war der Moment, als ich ihn schubste.«

Das Schlimmste, was sie je getan hatte.

»Er knallte mit der Schulter gegen den Rahmen der Kellertür, und dann stolperte er … und fiel die Treppe hinunter. Und dann lag er einfach da, blutend, sein Körper in einem seltsamen Winkel verrenkt. Und ich wusste es. Ich wusste es einfach.« Anna holte abgehackt Luft. »Ich habe ihn getötet.«

Gabe lehnte sich gegen die Sofakissen zurück und rieb sich mit der Hand über die Stirn, als ob er versuchte, das schreckliche Bild, das sie in seinem Kopf hinterlassen hatte, auszulöschen.

Natürlich will er es auslöschen.

Das hier war nicht normal. Normale Leute töteten nicht die Freunde ihrer Mom. Normale Leute hatten nicht schreckliche, schmutzige Geschichten, die mit jeder Minute schrecklicher und schmutziger wurden. *Natürlich will er möglichst weit weg von mir sein.*

Nur dass er, als sie sich schließlich umwandte und ihn ansah, nicht aufstand und wegging. Er zog sie stattdessen an seine Brust.

Es tat so unglaublich gut, wieder dort zu sein.

»Meine Mom und ich sind weggelaufen«, fuhr sie fort. »Wir sind einfach abgehauen, bevor irgendjemand mitbekam, dass wir dort waren.«

Als er sprach, war seine Stimme rau. »Anna, es tut mir so leid.« Er schüttelte den Kopf. »Diese Worte sind viel zu wenig. Aber es tut mir unendlich leid, dass dir das passiert ist. Und ich bin so wütend und hoffe, du weißt, dass *nichts* von alledem deine Schuld war.«

»Sie ist gegangen, Gabe«, murmelte Anna in den Baumwollstoff seines Hemdes. »Am nächsten Tag hat sie eine Tasche gepackt und ist gegangen.«

»Und du hast dir die Schuld gegeben.«

»Sie hat ein paar Leuten Geld geschuldet, und als der Freund …« – Anna schauderte – »… nicht mehr war, hatte sie keine Möglichkeit, es zurückzuzahlen. Sie sagten, sie würden zu ihr nach Hause kommen, wenn sie sich nicht irgendetwas einfallen ließ. Daher telefonierte sie ein bisschen herum und erfuhr so von einem Jobangebot in Kalifornien. Und sie nahm es an. Ich bin sicher, es war irgendetwas Illegales. Aber sie war verzweifelt. Danach rief sie ein paarmal von dieser Nummer in der Capp Street an. Und dann verschwand sie.«

»Und seitdem suchst du nach Antworten.« Gabe lehnte sich zurück, damit er ihr ins Gesicht sehen konnte. »Gibst du dir immer noch die Schuld?«

Anna schloss die Augen, erinnerte sich an die versetzte Halskette, die vertraute Stimme am Telefon, die sie um ein Treffen bat. Gab sie sich immer noch die Schuld? Oder erkannte sie endlich, dass Deb Campbell ihrer Sucht stets den Vorrang vor ihrer Tochter gegeben hatte und Anna es nur nicht wahrhaben wollte?

»Ich bin mir nicht sicher. Mein Verstand sagt, dass es ebenso wenig meine Schuld ist, wie das, was heute passiert ist, die Schuld von Hayleighs Baby ist. Ich weiß, dass *nichts* davon meine Schuld ist. Aber die Scham ist wie eine Rille, die sich in einen Felsen eingegraben hat, nachdem zwei Jahrzehnte lang Wasser hindurchgelaufen ist. Alles, was ich je getan habe, ist aus dieser Richtung geflossen.«

»Dann müssen wir den Fluss umleiten.«

Könnte sie das tun? Könnte sie sich endlich ihrer schrecklichen Kindheit stellen und lernen, neue Wege zu gehen? Es wäre das Schwerste, was sie je getan hatte.

Sie sah Gabe an. Er hatte »wir« gesagt. Wäre er tatsächlich dazu bereit? Könnte sie darauf vertrauen, dass er zu ihr halten würde, egal, wie scheußlich es wurde?

Aber vielleicht ging es genau darum. Wenn sie davonlief, würde sie es nie erfahren. Wenn sie weiterhin floh, so wie sie es immer getan hatte.

Sie aßen ihr Thai-Essen auf und schauten sich eine anspruchslose Netflix-Komödie an. Noch bevor der Vorspann abgelaufen war, spürte Anna, wie ihr Körper schwer wurde. Das Nächste, was Anna mitbekam, war, dass sie allein im Bett lag. Etwas bewegte sich in der Ecke des Zimmers, und Anna setzte sich mühsam auf.

Gabe saß im Halbdunkel in einem Sessel, ein Buch auf den übereinandergeschlagenen Beinen, während die kleine Leselampe Schatten über sein Gesicht warf.

»Gabe«, hauchte sie. »Wie spät ist es?« Sie konnte sich nicht erinnern, zu Bett gegangen zu sein. Hatte Gabe sie dort hingetragen, während sie schlief?

Gabe sah auf seine Uhr. »Ungefähr zwei Uhr morgens.«

»Du bist noch hier.«

»Ich wollte nicht, dass du allein aufwachst.«

»Oh«, sagte sie mit hämmerndem Herzen. Selbst nach allem, was sie ihm erzählt hatte …

Er wollte nicht, dass ich allein aufwache.

Gabe gähnte und lehnte sich zurück, streckte seine langen Beine vor sich aus. »Ich habe mir eben überlegt, auf deiner Couch zu pennen.«

Anna dachte an diese kleine Couch in ihrem Wohnzimmer. Sie war sich ziemlich sicher, dass sie aus einer Linie extra kleiner Möbelstücke stammte, die für winzige Wohnungen wie ihre hergestellt wurden. Sie konnte sich nicht vorstellen, dass Gabe seine hochgewachsene Gestalt auf dieses Teil zwängte und dort überhaupt Schlaf fand. Sie sollte ihm sagen, dass es ihr gut ging, und ihn ermuntern, nach Hause zu fahren. Nur dass sie ihren Mund nicht dazu bringen konnte, die Worte zu formen.

Stattdessen zeigte sie auf den Platz neben sich in ihrem Doppelbett. »Du könntest hier schlafen.«

Gabe sah sie von der Seite an. »Bist du sicher?«

Sie nickte.

Er stand auf und trat an das Bett. Anna wandte den Blick ab, während er sein zerknittertes Oxfordhemd und den Gürtel ablegte, die Hose und sein T-Shirt aber anbehielt. Das Bett sank unter seinem Gewicht, als er sich neben sie legte. Zögernd rollte sie sich auf die Seite, sodass sie ihm zugewandt dalag.

Sie schloss die Augen und versuchte einzunicken, aber Gabe nahm all ihre anderen Sinne in Beschlag. Im Bett war es auf einmal fünf Grad wärmer, und sein vertrauter holziger Duft driftete über die Kissen. Sie konnte seinen Atem hören und spürte, wie sich seine Brust sanft hob und senkte.

Nachdem sie sich ein paar Minuten schlafend gestellt hatte, schlug sie die Augen auf, um ihn zu betrachten. In genau diesem Moment wandte er den Kopf zu ihr um, und ihre Blicke trafen sich. Sie blinzelte, sah aber nicht weg, und ihr Herz setzte einen Schlag lang aus.

Gabe streckte den Arm aus und zog sie an seine Seite. Anna schmiegte sich an ihn, spürte seinen Herzschlag an ihrer Wange und den warmen Druck auf ihrer Hüfte, wo seine Hand ruhte. Eine Minute später war sie eingeschlafen.

37

Anna wachte allein auf. Es war Morgen, und das Sonnenlicht fiel durchs Fenster über ihr Kissen. Anna blinzelte und rollte sich auf die Seite. Nichts deutete darauf hin, dass Gabe neben ihr gelegen hatte. Ob sie nur geträumt hatte, dass er letzte Nacht vorbeigekommen war? Nein, dazu fühlte es sich zu real an, und sie konnte ihn noch immer auf dem Kissen riechen. Sie schloss die Augen und schnupperte daran.

Ihr Handy vibrierte, und sie schnappte es sich vom Nachttisch.

> **Gabe:** Hey, entschuldige, dass ich gehen musste. Ein Meeting, das ich nicht versäumen durfte. Aber ich sollte dich vorwarnen, dass du nicht lange allein sein wirst. Die Weatheralls werden bei dir einfallen. Bis bald.

In diesem Augenblick klopfte es an der Tür. Mutiger, als sie am Abend zuvor gewesen war, rollte sie sich aus dem Bett und schlurfte zum vorderen Fenster, um hinauszuspähen. Elizabeth, John und Leah standen auf der Eingangsveranda, bepackt mit einem Baby in einem Autositz, einem Pappträger mit Kaffeebechern und einer Tüte von einer örtlichen Bäckerei.

Elizabeth und Leah stürmten lautstark ins Haus, machten ein Getue um Anna und bekamen feuchte Augen, als sie sich nach Hayleighs Baby erkundigten. John sagte nichts, aber er umarmte sie lange Zeit und musste schlucken, um nicht wieder zu weinen.

Sie blieben zum Frühstück, alle um ihren kleinen Esstisch gedrängt, aßen Croissants und bewunderten das schlafende Baby.

Ein paar Stunden später tauchte Rachel auf, als die anderen gerade losfuhren. Sie platzte zur Haustür herein und warf Anna mit ihrer stürmischen Umarmung fast um. »Gott, Anna. Es tut mir so leid. Grauenhaft, was da passiert ist.«

Anna nickte matt. »Grauenhaft bringt es in etwa auf den Punkt.«

Rachel nahm Annas Hand und zog sie auf die Couch. »Sag mir, wie ich helfen kann. Was passiert jetzt mit dem Kind?«

»Momentan wird nach Hayleighs nächsten Angehörigen gesucht, aber ich mache mir keine großen Hoffnungen. Ich glaube nicht, dass Hayleigh viel Unterstützung von ihrer Familie hatte. Falls überhaupt.«

Rachels Augen füllten sich mit Tränen. »Verdammt«, murmelte sie. »Es tut mir einfach so leid, dass ich nichts tun konnte, um ihr zu helfen.«

»Es ist nicht deine Schuld. Ich weiß, dass Hayleigh dich nie angerufen hat.« Anna legte den Arm um Rachel und drückte sie. »Ich bin endlich dabei zu lernen, dass man jemanden nicht retten kann, der nicht gerettet werden will.«

Rachel betrachtete Anna fragend. »Redest du von deiner Mom? Ich hoffe, es ist okay, dass Gabe mir ein wenig darüber erzählt hat. Er dachte, ich hätte vielleicht Möglichkeiten, um zu helfen.«

Anna blinzelte. »Und, hast du?«

»Hin und wieder arbeite ich mit einem Privatermittler zusammen.« Rachel schenkte ihr ein schiefes Lächeln. »Ehepartner beim Fremdgehen in flagranti zu ertappen ist mein Broterwerb.«

»Sie hat mich angerufen.«

Rachel riss die Augen auf. »Deine Mom?«

Anna hatte nicht einmal Gabe von dem Anruf erzählt. Nach allem, was am Vortag passiert war, hatte sie keine Energie mehr für weitere Dramen gehabt. Aber jetzt erinnerte sie sich unwillkürlich an die Stimme ihrer Mom, tief und rau vom jahrzehntelangen Rauchen. »Ich glaube, dass sie es war. Sie hat mich auf der Entbindungsstation angerufen, und es klang nach ihr. Aber es ist so lange her. Ich weiß nicht. Und dann habe ich einfach aufgelegt.«

Das war der verwirrendste Teil. Sie war so kurz davor gewesen, endlich Antworten darauf zu bekommen, wo ihre Mom all die Jahre gewesen war. Warum hatte sie aufgelegt?

»Wenn du meine Hilfe willst, musst du es nur sagen.«

Anna schenkte Rachel ein zartes Lächeln. »Danke.« Aber irgendetwas hielt sie zurück. »Ist es okay, wenn ich dir Bescheid gebe?«

»Natürlich.«

Ein paar Minuten nachdem Rachel sich verabschiedet hatte, kam Julia vorbei. Sie war unterwegs zur Schule, um ihre Jungs abzuholen, und füllte rasch Annas Gefrierfach mit selbst gekochten Mahlzeiten. Allmählich hatte Anna den Verdacht, dass die Weatheralls ihre Besuche genau aufeinander abgestimmt hatten, damit sie nicht allein sein würde, denn ein paar Minuten nachdem Julia gegangen war, tauchte Matt mit seinem Werkzeugkasten und ein paar schweren Sicherheitsschlössern auf. »Ich weiß, dass du hier absolut sicher bist, aber ich dachte, mit ein bisschen zusätzlicher Security würdest du dich vielleicht besser fühlen.« Er warf einen Blick auf die Umzugskartons in der Ecke. »Nur für den Fall, dass du dich entscheiden solltest, noch ein bisschen länger hier in Pittsburgh zu bleiben.«

Das Aufheulen des Bohrers bewahrte Anna davor, antworten zu müssen.

Matt umarmte sie und ging, als es anfing, dunkel zu werden. Anna überprüfte die Türen und Fenster, dankbar für das zusätzliche Schloss. Ein paar Minuten später hörte sie wieder ein Klopfen an der Haustür und spähte aus dem Fenster.

Gabe.

»Was ist das alles?«, fragte sie, während sie ihm in die Küche folgte, wo er Einkaufstüten mit Lebensmitteln auf die Arbeitsplatte stellte.

»Ich habe den Inhalt deines Kühlschranks gesehen, Kleine.«

Als Kind, das mit Dosengemüse und Erdnussbuttersandwiches aufgewachsen war, hatte Anna nie kochen gelernt. Und als Erwachsene hatte sie zwar Geld für gesunde Lebensmittel, aber zum Kochen fehlte ihr die Zeit. Ihre Mahlzeiten beschränkten sich daher auf ein Sandwich im Krankenhaus und eine Schale Müsli vor dem Schlafengehen.

»Ich habe ein ganzes Gefrierfach voll mit selbst gekochten Mahlzeiten«, protestierte sie.

»Und was würdest du heute Abend essen, wenn Julia nichts vorbeigebracht hätte?«

Anna zog einen Schmollmund.

»Ich koche«, verkündete Gabe.

Natürlich konnte er toll kochen. Seine Mutter hatte sichergestellt, dass all ihre Kinder eine ganze Speisekarte von Gourmetgerichten zubereiten konnten, bevor sie aufs College fortgingen. Anna nahm an, dass Gabe seine Künste hauptsächlich nutzte, um Frauen zu beeindrucken. Sie setzte sich an den Esstisch und sah zu, wie er mit der Professionalität eines Kandidaten in einer Kochshow eine Zwiebel hackte.

Na schön. Sie *war* beeindruckt.

Gabe stellte ein Glas Wein vor sie hin, und bald erfüllte der

Duft karamellisierter Zwiebeln die Küche. Sie plauderten über Gabes Meeting an diesem Morgen, während er am Herd hantierte, Eier in eine Schüssel schlug und sie mit frisch gehackten Kräutern vermengte. Dreißig Minuten später stellte er zwei Teller auf den Tisch: Gruyère-Frittata und Kopfsalat mit Birnen.

Anna aß ihre Portion bis auf den letzten Bissen auf und stürzte sich dann auf den Nachschlag, den Gabe auf ihren Teller häufte. Als sie schließlich aufblickte, sah sie, dass er sie beobachtete, ein breites Lächeln im Gesicht.

»Was?«

»Es ist okay, sich ab und zu verwöhnen zu lassen.«

Anna lehnte sich auf ihrem Platz zurück. Irgendwann im Laufe der letzten Stunde war die Anspannung aus ihrem Körper gewichen, und das Pochen in ihren Schultern hatte nachgelassen.

Satt und zufrieden legte Anna die Gabel neben ihren Teller. Gabe wusste noch immer nichts von dem Anruf ihrer Mutter, aber seit ihrem Gespräch mit Rachel ging ihr dieses merkwürdige Telefonat nicht mehr aus dem Kopf. »Gabe, meine Mom hat mich angerufen.«

»Was?« Gabe sah sie überrascht an und lehnte sich langsam auf seinem Stuhl zurück. »Wow.«

»Ich weiß.«

»Wie ...?« Sein Gesicht sah so aus, wie ihr eigenes ausgesehen haben musste, als sie den Anruf entgegengenommen hatte. Gabe konnte sich denken, wie aufgewühlt Anna sein musste. Er nahm ihre Hand. »Geht es dir gut?«

»Ja, ich glaube schon.« Anna erinnerte sich an ihre wackeligen Knie, die zitternden Hände, als sie die Stimme hörte. »Sie hat gesagt, sie sei in der Stadt, und will sich mit mir treffen.«

Gabe blinzelte. »Hast du zugestimmt?«

»Nein. Ich habe sie beschuldigt, mich angerufen zu haben,

weil sie Geld für Drogen will, und dann habe ich aufgelegt.« Anna starrte auf ihre Hände. »Ich habe so viel Zeit damit verbracht, nach ihr zu suchen, und als ich endlich die Chance hatte, herauszufinden, wo sie mein Leben lang gewesen war, habe ich es vermasselt.«

Stille legte sich über sie, und Gabe wartete ab, um Anna nicht zu bedrängen.

Anna fragte sich immer wieder, warum sie nicht eingewilligt hatte, ihre Mom zu treffen, als die sie darum bat? Warum war ihre erste Reaktion Ablehnung gewesen?

Anna griff zu der Stelle, wo sich früher der Anhänger befand, und ihre Hand landete stattdessen am Kragen ihres Shirts. Vielleicht hatte sie keine Antworten von ihrer Mutter gewollt, weil sie tief in ihrem Innern bereits alles wusste. Vielleicht gab sie endlich ihrer Zukunft den Vorrang vor dem Schmerz und Kummer ihrer Vergangenheit.

Vielleicht war sie endlich bereit, sich selbst zu verzeihen und nach vorn zu blicken.

Ihr Blick huschte zu Gabe. »Aber vielleicht habe ich es gar nicht vermasselt.«

Gabe beugte sich zu ihr vor. »Vielleicht hast du stattdessen eine Wahl getroffen«, sagte er, womit er zum ungefähr tausendsten Mal seit dem Tag, an dem sie sich zum ersten Mal begegnet waren, bewies, dass er sie besser kannte als irgendjemand sonst.

Nach dem Essen nahmen sie ihre Gläser mit ins Wohnzimmer. Anna blieb im Türrahmen stehen und sah zu, wie Gabe hinüber zur Couch ging. Das Licht der Straßenlaternen fiel durchs Fenster herein und tauchte den Raum in einen sanften, warmen Schimmer. Er zog sein Sweatshirt aus und warf es über einen Stuhl. Selbst in Jeans und einem alten T-Shirt aus seinen Collegetagen sah er umwerfend aus. Das T-Shirt war so verwaschen, dass man die griechischen Buchstaben seiner Studentenverbindung auf der Vorderseite kaum noch erkennen konnte. In mancher Hinsicht erinnerte er sie noch immer an diesen Collegejungen von damals – gut aussehend, großspurig, schlau –, aber er war noch so viel mehr. In den vergangenen anderthalb Jahrzehnten wurde er zu ihrer Konstante, ihrem Anker, war immer für sie da, stets zur Stelle.

Gabe wandte sich um und blinzelte sie an. »Alles okay?«

Sie zuckte zusammen, als ihr bewusst wurde, dass sie noch immer im Türrahmen verharrte. »Ja. Ich habe nur eben gedacht, wie schön es war, dass du letzte Nacht geblieben bist.« Sie zwang sich zu einem leisen Lachen. »Auch wenn du das Bett an dich reißt.«

Gabes Gesicht lag im Schatten, sodass sie seine Miene nicht lesen konnte. Dann schob er die Hände in die Hosentaschen und sagte leise: »Anna, ich würde für immer bleiben, wenn du mich lassen würdest.«

Annas Herz schlug bis zum Hals, und bevor sie sich ihren nächsten Schritt zurechtlegen konnte, durchquerte sie das Zimmer. Sie blieb vor ihm stehen, so nah, dass sie selbst in dem düsteren Licht jedes Detail seiner eisblauen Augen sehen konnte. Er blinzelte, und Staunen huschte über sein Gesicht, bevor sie die Hand um seinen Nacken legte und ihren Mund auf seinen presste.

Gabes Arme schlossen sich um sie. Er zog sie näher an sich und küsste sie mit einer Eindringlichkeit, die ihr den Atem raubte. Sie hielt sich an ihm fest, und all die Verletztheit und der Schmerz der vergangenen Tage fielen von ihr ab. Er ging langsam zurück, bis seine Beine gegen die Couch stießen, ließ sich darauf fallen und zog sie auf sich. Sie umfasste sein T-Shirt, wollte es ihm über den Kopf ziehen.

Gabe verharrte plötzlich.

»Stimmt irgendetwas nicht?« Annas Stimme bebte ängstlich.

Er legte den Kopf auf die Seite, um sie anzusehen. »Anna, ist das hier okay für dich?«

Sie nickte, aber er durchbohrte sie noch immer mit seinem Blick. »Bist du sicher? Du hast viel durchgemacht. Wir können aufhören, wenn du nicht bereit dafür bist.«

Sie sah in dieses wunderschöne Gesicht, das sie fast ihr halbes Leben lang geliebt hatte. In dem sich die gleiche Hoffnung und das gleiche Staunen spiegelten, die sie selbst kaum zurückhalten konnte.

»Gabe«, flüsterte sie. »Ich bin bereit dafür.«

38

Am Sonntag kam Anna spät von ihrer Schicht im Krankenhaus und eilte ins Haus, um sich der Arztkleidung zu entledigen. Sie hätte vor über einer Stunde zum Dinner bei Elizabeth und John sein sollen, aber sie war mit einem Notkaiserschnitt aufgehalten worden. Noch vom Krankenhaus aus hatte sie Gabe eine Nachricht geschickt, dass sie in einer Dreiviertelstunde da sein würde.

Auf dem Weg aus dem Schlafzimmer stolperte sie über die Umzugskartons. Gabe hatte sie nicht wieder darauf angesprochen, und sie wusste, dass er ihr Raum geben wollte, um in Ruhe über alles nachzudenken. Anna sah auf die Uhr. Sie war ohnehin schon spät dran, da kam es auf ein paar Minuten mehr auch nicht an.

Sie brauchte ungefähr fünf Minuten, um ihre Bücher wieder ins Regal zu räumen, die Kerzen auf einen Beistelltisch und die Fotos auf den Kaminsims zu stellen. Beim Anblick ihrer Dinge, die wieder dort waren, wo sie hingehörten, fiel eine Last von ihr ab.

Sie war im Begriff, Gabe eine Nachricht zu schicken, dass sie jetzt *wirklich* auf dem Weg war, als es an der Tür klopfte. Vielleicht war er gekommen, um nach ihr zu sehen. Sie lächelte, eilte ins Wohnzimmer und riss die Tür auf.

Und dann erstarrte sie.

Es war nicht Gabe.

Auf ihrer Türschwelle stand eine alte Frau in gekrümmter Haltung, die Schultern in sich zusammengesunken. Sie war mager, fast skelettartig, mit eingefallenen Wangenknochen und bläulichen Halbmonden unter den Augen. Ihre langen, strähnigen Haare waren grau meliert, und ihr kariertes Flanellhemd und die fleckigen Jeans schlotterten praktisch um ihre knochige Gestalt.

Anna taumelte nach hinten, umklammerte die Türklinke, um nicht den Halt zu verlieren, außerstande, den Blick abzuwenden. Sie machte den Mund auf, aber nichts kam heraus.

Schließlich brachte sie ein Flüstern zustande. »Mom.«

»Hi, Schatz. Kann ich reinkommen?«

39

Anna stand zitternd im Türrahmen und starrte ihre Mom an. Deb Campbell war erst fünfundfünfzig Jahre alt, aber sie hatte das hagere, abgekämpfte Aussehen einer Frau, die mindestens zwanzig Jahre älter war. Der beißende Geruch von Zigarettenrauch umgab sie wie Nebel, und was unter ihren hochgekrempelten Ärmeln hervorschaute, mussten Einstichspuren sein.

Hinter ihr stand ein Wagen im Leerlauf in der Auffahrt, mit einer Frau mittleren Alters auf dem Fahrersitz. Anna wusste nicht, ob sie verärgert oder erleichtert darüber sein sollte, dass ihre Mom offenbar nur so wenig Zeit für diesen Besuch eingeplant hatte, dass sie sich nicht einmal die Mühe gemacht hatte, ihrer Freundin zu sagen, sie solle den Motor abstellen.

Anna sagte nichts, öffnete die Tür etwas weiter und ließ ihre Mom eintreten.

Ihre Mom humpelte ins Wohnzimmer und sah sich um. »Hübsch hast du's hier.«

»Danke.«

»Eigentum?«

»Nein, ich wohne zur Miete.« Machten sie in diesem Moment allen Ernstes Small Talk?

»Hm. Von einer erfolgreichen Ärztin wie dir hätte ich gedacht, du würdest ein großes schickes Haus oder so besitzen.«

Das war's also. Anna verschränkte die Arme vor der Brust. »Ich sehe, du hast mich gegoogelt.«

»Du bist schließlich mein Kind. Ich habe ab und zu nach dir gesehen.«

»Wohl kaum.«

»Nach dir sehen? Ich habe nicht angerufen oder so, aber ...«

»Nein«, schnitt Anna ihr das Wort ab. »Ich würde nicht sagen, dass ich dein Kind bin.«

Annas Mom starrte auf ihre Hände und zuckte dann mit den Schultern. »Ich weiß, ich war nicht die beste Mutter ...« – vielleicht das größte Understatement, das Anna je gehört hatte – »... aber ich habe trotzdem viel an dich gedacht. Und du ...« Noch ein Schulterzucken. »Du warst vermutlich besser dran ohne mich.«

Das zumindest war die Wahrheit.

»Wie hast du herausgefunden, wo ich wohne?«

»Meine alte Freundin Barbara von der Highschool – du erinnerst dich, die mir den Job im Pflegeheim verschafft hat, als du klein warst? Jedenfalls, sie arbeitet inzwischen in demselben Krankenhaus wie du und hat ein bisschen nachgegraben.« Sie schlurfte hinüber zur Couch und ließ sich in die Polster sinken. Ihr Kopf sackte nach hinten, und laute, keuchende Atemzüge kamen tief aus ihrer Kehle. »Kann ich ein Glas Wasser oder so haben?«

Anna stand da, die Arme verschränkt. Selbst diese winzige Geste der Gastfreundschaft schien auf einmal zu viel verlangt. Sie war wie erstarrt. »Warum bist du hier?«, wollte sie wissen. »Ich nehme an, du brauchst Geld. Oder, nein. Es waren Drogen, richtig?«

Ihre Mom antwortete nicht sofort. Sie hob nur den Kopf und sah sich langsam im Zimmer um. Schließlich sah sie Anna genau an. »Ich werde sterben. Ich habe Krebs.«

Anna blinzelte, wartete auf Schock oder Wut oder *irgendetwas,* aber da war ... nichts. Sie schnellte herum und flüchtete in die Küche, lehnte sich gegen die Arbeitsplatte, versuchte, sich zusammenzureißen.

Ihre Mom war da. Und sie lag im Sterben.

Annas Gedanken schienen durch den Raum zu schwirren wie Fruchtfliegen.

Sie musste ihre Hände mit irgendetwas beschäftigen, daher füllte sie ein Glas mit Wasser und trug es zurück ins Wohnzimmer. Nachdem sie es vor ihre Mutter auf den Couchtisch gestellt hatte, setzte Anna sich in einen Sessel.

»Was für ein Krebs?«

Ihre Mom brach in einen Hustenanfall aus. Sie nahm das Glas, trank einen Schluck und klopfte sich dann ein paarmal auf die Brust. »Darmkrebs«, krächzte sie, als sie sich wieder gefangen hatte. »Eines Tages habe ich angefangen, Blut zu scheißen. Bin zu ein paar Ärzten gegangen, und die haben gesagt, er hätte bereits in meine Leber und Lunge gestreut. Dass sie nichts für mich tun könnten.«

Anna nickte, noch immer wie betäubt. »Wie lange?«

»Höchstens ein paar Monate.«

»Wo wohnst du?«

»Barbara hat mich in so einem Hospizding untergebracht. Ich habe mein eigenes Zimmer, und es wird alles von der Fürsorge bezahlt. Das Verrücke dabei ist, nachdem ich mein halbes Leben für Dope angeschafft habe, pumpen mich die Ärzte jetzt gratis mit Morphin voll.« Sie kicherte, aber das führte zu einem weiteren Hustenanfall.

Anna saß in dem Sessel, die Arme verschränkt, mit ausdrucksloser Miene. Sie verstand die Ironie, aber es war ziemlich schwer, den Humor darin zu sehen. Sie wartete, während ihre Mom noch einen Schluck Wasser trank und sich auf die Brust klopfte.

Schließlich beruhigte sich der Husten, und Deb sah sich wieder im Zimmer um, nahm ein gerahmtes Foto von Anna und Gabe vom Beistelltisch. Sie hatten die Arme umeinander gelegt und lächelten in die Kamera. »Gut aussehender Kerl. Dein Freund?«

Anna zögerte, richtete den Blick auf das Foto. Gabe lächelte sie an, und irgendwie schien das ihrem erstarrten Herzen einen Ruck zu geben. »Ja.«

Ihre Mom stellte das Foto wieder auf den Tisch. »Habt ihr Kinder oder so?«

»Nein.«

»Möchte wetten, wenn ihr welche habt, wirst du es nicht so vermasseln wie ich.«

War das Annas Stichwort, zu sagen: »Ach, so schlimm warst du doch gar nicht«, oder irgendetwas ähnlich Großmütiges? Ihre Mom zappelte nervös auf ihrem Platz herum und zupfte an einem losen Faden ihres Hemdes, während sich das Schweigen zwischen ihnen ausdehnte.

»Jedenfalls«, sagte ihre Mom schließlich, »ich wollte es dich nur wissen lassen, das mit dem … du weißt schon.«

Anna nickte. Ihre Mom lag im Sterben, und alles, was sie zustande bringen konnte, war ein vages Gefühl von Mitleid. Was war denn bloß los mit ihr? Sie hatte mehr Mitgefühl mit ihren Patientinnen als mit ihrer eigenen Mutter. Aber Anna hatte Beziehungen zu ihren Patientinnen. Sie wusste von deren Leben, Familien, Hoffnungen und Ängsten. Während diese Frau eine Fremde war.

Deb umklammerte die Armlehne der Couch mit beiden Händen und stemmte sich mühsam hoch. »Ich gehe dann besser wieder. Barbara wartet draußen im Wagen.«

Anna sprang auf. »Warte, ich helfe dir.«

»Nein, nein. Ich hab's schon.« Ihre Mom stand auf, und dann krümmte sie sich keuchend vornüber. Nach ein paar tiefen Atemzügen wandte sie sich um und humpelte zurück zur Haustür. Anna öffnete sie ihr, und sie taumelte hinaus auf die

Eingangsveranda. Als Barbara sah, dass die Tür aufging, stieg sie aus und kam zur Veranda gelaufen, um zu helfen. Barbara nickte Anna zum Gruß zu, dann nahm sie den Arm ihrer Mom und half ihr die Stufen hinunter.

Anna stand auf der Veranda und sah zu, wie die beiden die Auffahrt hinunterschlurften.

Als sie den Wagen erreichten, öffnete Barbara die Beifahrertür. Ihre Mom beugte sich hinunter, um einzusteigen, und ein seltsamer Anflug von Panik ergriff Anna. Ihre Mom ging fort. Und Anna war froh. Sie wollte sie nicht hierhaben, wo sie die Fotos und Gegenstände aus dem Leben betrachtete, für das Anna so hart gearbeitet hatte. Wollte nicht ihr Husten und ihren Zigarettengeruch und diese Stimme hierhaben, die nur schmerzliche Erinnerungen zurückbrachten.

Aber trotzdem, das hier würde das Ende sein. Ihre Mom würde sterben. In ein paar Monaten würde es zu spät sein.

»Hey.« Das Wort platzte Anna über die Lippen, bevor sie es sich anders überlegen konnte.

Ihre Mom sah auf. »Ja?«

Anna zögerte. Und dann, schließlich: »Welches Pflegeheim ist es? Wo wohnst du?«

»Canterbury Place, drüben in Lawrenceville. Ich bin wieder in der alten Gegend.« Sie lachte und bekam wieder einen Hustenanfall. Barbara nahm ihren Arm, um ihr in den Wagen zu helfen, aber ihre Mom hielt inne und wandte sich noch einmal zu Anna um. »Komm mal vorbei … wenn du willst. Bring deinen Freund mit.«

»Ich werde …« Anna hatte keine Ahnung, ob sie es tun würde. Es war zu viel, um im Moment darüber nachzudenken. »Ich werd's versuchen.«

Ihre Mom nickte und stieg in den Wagen.

Anna wandte sich ab und ging zurück ins Haus. Im Wohnzimmer blieb sie stehen, und auf einmal zitterte sie am ganzen Körper. Eine Welle von Übelkeit erfasste sie. Vielleicht stand sie unter Schock. Vielleicht sollte sie sich hinlegen, nur für eine Minute.

Anna nahm die Decke von einer Sessellehne und wickelte sich hinein, während sie zum Schlafzimmer ging. Dann rollte sie sich auf dem Bett zusammen und schlief auf der Stelle ein.

Als Anna erschöpft und orientierungslos aufwachte, begann die Sonne eben unterzugehen. Anna hatte keine Ahnung, welcher Tag es war. War sie die ganze Nacht wach gewesen, um ein Baby zu entbinden? Fühlte sie sich deshalb, als wäre sie von einem Lastwagen überrollt worden?

Sie taumelte ins Wohnzimmer, um ihr Telefon zu suchen, und der Geruch von Zigarettenrauch schlug ihr entgegen.

Und dann wusste sie es wieder.

Ihre Mom war hier gewesen.

Anna ließ sich in einen Sessel sinken. *Meine Mom wird sterben.*

Sie hatte keine Ahnung, was sie mit dieser Information anfangen sollte. Nachdem sie erst jahrelang nach ihr gesucht und darauf gewartet hatte, dass sie zurückkommen würde, sie dann für tot gehalten und schließlich erfahren hatte, dass sie es nicht war – war Deb aufgetaucht. Und hatte nur noch ein paar Monate zu leben. Anna forschte in ihrem Herzen nach irgendetwas, einem Gefühl von Traurigkeit oder Verlust oder … egal was. Aber alles, was sie fühlte, war Taubheit.

Sie hatte noch immer keine Ahnung, wo ihre Mom die ganze Zeit gewesen war. Anna war immer davon ausgegangen, dass das die erste Frage war, die sie ihr stellen würde, wenn sie je die Chance dazu haben sollte. Aber jetzt schien es auf einmal nicht mehr wichtig. Entscheidend war, wo ihre Mom *nicht* gewesen war.

Bei ihrer eigenen Tochter.

Der Zigarettengeruch stieg Anna bei jedem Atemzug in die Nase. Ihr Herz begann zu rasen, ihre Hände zitterten. Und einfach so war sie wieder in dieser alten Wohnung mit dem schmuddeligen braunen Teppichboden und den gelblichen Flecken an den Wänden, zusammengekauert im Schlafzimmer, während ihre Mom und irgendein Typ – beide eindeutig zugedröhnt – sich im Wohnzimmer anschrien.

Und als diese Erinnerung sie eben zu überwältigen drohte, klingelte ihr Telefon.

Anna sprang aus dem Sessel auf und rannte aus dem Zimmer – fort von diesem entsetzlichen Geruch – in die Küche, wo ihr Telefon auf dem Tisch lag. Gabes Name leuchtete auf dem Display, und sie wischte darüber, um den Anruf anzunehmen. »Hallo?«, stieß sie flüsternd hervor.

»Anna, Gott sei Dank. Ich habe mir solche Sorgen gemacht. Ist alles okay?«

»Ja …« Auf einmal erinnerte sich Anna, dass sie seit Stunden beim Sonntagsdinner sein sollte. Sie sah auf ihrem Telefon nach dem Tag und der Uhrzeit. Sie hatte eine ganze Stunde geschlafen. »Ich, ähm … bin eingeschlafen.«

Durchs Telefon hörte sie Gabe leise lachen. »Du klingst, als wärst du noch immer nicht ganz wach.«

»Ja.« Sie seufzte, ließ sich auf einen Stuhl sinken. Allein schon seine Stimme zu hören beruhigte sie. Sie wollte, dass er weiterredete. »Habe ich das Dinner verpasst?«

»Wir haben dir eine Portion aufgehoben.«

Anna rieb sich die Schläfen, als könnte das die schmerzlichen Erinnerungen an ihre Mom auslöschen. Sie musste hier raus. »Ich bin bald da.«

»Bist du sicher, dass alles okay ist? Du wirkst ein bisschen neben der Spur. Ich kann zu dir kommen.«

»Nein. Es geht mir gut. Ich muss nur erst wach werden. Ich bin in zehn Minuten da.«

»Dann bis gleich. Mom hat sich schon Sorgen gemacht.«

Anna lächelte. Wenn es um die Familie ging, war niemand beschützerischer als Elizabeth.

Und mit diesem Gedanken lichtete sich der Nebel.

Es war nicht ihre Mutter, die bald sterben würde, sondern eine Frau namens Deborah Campbell, die vor Jahren ein Baby zur Welt gebracht hatte. Eine Frau, die tragischerweise unfähig war, eine Mutter zu sein, lag im Sterben. Vielleicht hatte ihre Mutter sie einmal geliebt, bevor ihre Sucht überhandgenommen hatte, oder aber hatte Anna das auch einfach nur glauben wollen. Aber diese Frau war nicht ihre Mutter, nicht ihre Familie.

Anna schloss die Augen, stellte sich vor, wie die Weatheralls alle um Johns und Elizabeths riesigen Esstisch saßen, lachend und sich kabbelnd, wie sie es immer taten. Und dann, eines nach dem anderen tauchten Bilder vor ihrem geistigen Auge auf und löschten alle noch verbliebenen Erinnerungen an ihre Kindheit aus: Elizabeth, die bei Annas Schlafzimmer vorbeischaute, um mit ihr über die Schule zu plaudern, die ihr am Abend vor einer wichtigen Prüfung ihr Lieblingsessen kochte, die den Artikel in der Schulzeitung einrahmte, in dem stand, dass sie die Abschiedsrede ihrer Klasse halten würde. Und John, der ihr verschwörerisch einen Hundertdollarschein in die Tasche steckte, als sie aufs College fortging, »für Notfälle«, und sie eine Woche lang jeden Abend anrief, um ihr zu helfen, sich auf die Vorstellungsgespräche fürs Medizinstudium vorzubereiten; Matt, der mit ihr zu einem Schulparkplatz fuhr, um ihr das Autofahren beizubringen, und zusammenzuckte, als sie mit seinem brandneuen Pick-up um ein Haar einen Maschendrahtzaun rammte, ihr aber sagte, sie würde ihre Sache großartig machen; Leah und Julia, die Carepakete mit Babykleidung und Decken für die syrischen Flüchtlinge schickten.

Und Rachel. Die treue, unerschütterliche Rachel, deren Kanzlei still und leise Spenden an die Nonprofit-Gesundheitsklinik leistete, wo Anna früher arbeitete. Rachel, die mit ihr um Hayleigh geweint hatte.

Und dann war da Gabe.

Es gab so viele Maschen, durch die sie in ihrem Leben gefallen war. So viele Leute, die es besser hätten wissen müssen – besser hätten machen müssen.

Nicht ein einziges Mal hatte ein Nachbar sie angesprochen, um zu fragen, ob es ihr gut ginge, nachdem die lautstarken, gewalttätigen Auseinandersetzungen zwischen ihrer Mom und ihren Drogendealer-Freunden durch die Flure ihres Wohnhauses gehallt waren. Nicht ein einziges Mal war ein Lehrer eingeschritten, als ihre Mom bekifft zu den Elternabenden erschien oder als sie überhaupt nicht mehr erschien. Und nicht ein einziges Mal war es einer Cafeteria-Mitarbeiterin aufgefallen, dass Anna nach dem Läuten der Schulglocke noch herumhing, um sich das Essen aus dem Müll zu holen, das die anderen Kinder gedankenlos wegwarfen.

Nur eine einzige Person hatte je hingeschaut.

Gabe.

Gabe, der immer mit zusätzlichen Sandwiches zu ihren Projekttreffen erschien und darauf bestand, dass Anna etwas aß. Es war Gabe, der sie spätabends in der Bibliothek angetroffen hatte – wohin sie zum Lernen ging, wenn in ihrer Wohnung wieder einmal der Strom abgestellt war – und angeboten hatte, sie nach Hause zu fahren. Es war Gabe, der dafür gesorgt hatte, dass sie sich zum ersten Mal in ihrem Leben wirklich sicher fühlte.

Und es war Gabe, der sie zu einem Teil der einzigen Familie gemacht hatte, die sie je gekannt hatte.

Anna schnappte sich die Wagenschlüssel von der Arbeitsplatte und ging zur Tür. »Bin schon unterwegs.«

40

Gabe stand in der Küche seiner Eltern und spülte einen Satz Weingläser ab und spähte zur Frühstücksnische. Die ganze Familie hatte es heute geschafft, zum Sonntagsdinner zu kommen. Leah, Josh und das Baby waren bereits da gewesen, als er eintraf, und Matt war ein paar Minuten später mit Julia und den Kindern gekommen. Rachel war ein paar Minuten danach angerauscht, mit Aaliyah, die ausnahmsweise einmal eine Woche hatte, in der sie nicht verreisen musste.

Nur Anna fehlte.

Sie hatte ihm eine Nachricht geschickt, als sie das Krankenhaus verließ, aber das war Stunden her. Und dann … Funkstille. Schließlich hatte er sie vor ungefähr einer Viertelstunde auf dem Handy erreicht, aber sie hatte abwesend geklungen. Neben der Spur.

Er fragte sich unwillkürlich, was los war. Hatte sie es sich anders überlegt? Lief sie wieder einmal davon?

Gabe holte tief Luft, um seine Nerven zu beruhigen. Die vergangenen Tage mit ihr waren wundervoll gewesen, und alles schien in Ordnung zu sein, als Anna früh an diesem Morgen von seiner Wohnung aufgebrochen war, um zur Arbeit zu fahren. Aber das hieß nicht, dass mit ihr wirklich alles in Ordnung war. Er hatte fünfzehn Jahre gebraucht, um zu verstehen, dass sich ein Trauma wie das von Anna nicht einfach ausradieren lässt. Und nur weil seine Familie in ihrem Leben aufgetaucht war wie eine Sitcom-Familie, löschte das nicht auf wundersame Weise alles aus, was sie durchgemacht hatte.

Ihm blieb nur, sie nur immer wieder wissen lassen, dass sie auf ihn zählen konnte, bis sie es hoffentlich irgendwann glaubte. Er griff in seine Hosentasche und schloss die Hand um die kleine Samtschatulle, die er vorhin dort hineingesteckt hatte. Würde das hier helfen, sie zu überzeugen?

Gabe trocknete ein Weinglas ab, füllte es aus der Flasche im Kühlschrank und ging nervös in der Küche auf und ab.

Bei seiner dritten Runde sah Rachel ihn mit zusammengekniffenen Augen an. »Du benimmst dich seltsam. Ist alles in Ordnung?«

Gabe sah auf den Boden seines leeren Glases und rieb sich die Stirn, zu erschöpft, um sich eine bissige Antwort einfallen zu lassen. »Nicht wirklich.«

Rachels Gesicht rötete sich mit der Wildheit, die sie sich normalerweise dafür vorbehielt, für ihre Mandantinnen im Frauenhaus zu kämpfen. »Was ist passiert? Was ist los?«

»Ich weiß nicht, wo Anna ist.«

»Hat sie dir nicht von der Arbeit geschrieben?«

»Ja, aber das ist Stunden her.«

»Dann ruf sie an.«

»Das habe ich. Sie hat gesagt, sie kommt.«

Rachel legte den Kopf schräg, sah ihn von der Seite an. »Aber du denkst, das wird sie nicht tun?«

»Ich weiß nicht.« Gabe holte zitternd Luft. »Rachel, ich bin wahnsinnig verliebt in sie.«

Rachel presste die Lippen zusammen, offensichtlich in dem Versuch, sich das Lächeln zu verkneifen.

»Was denn?«, wollte Gabe wissen.

Sie legte die Hand an die Lippen. »Nichts. Es ist nur …« Sie grinste. »Vielleicht bist du doch nicht so dumm, wie ich dachte.«

Gabe fuhr sich durchs Haar, dann funkelte er seine Schwester wütend an. »Wir haben noch immer nicht darüber geredet, ob sie bleibt oder nicht.«

Rachels Blick fiel über seine Schulter. »Jetzt kannst du sie ja fragen.«

Als Gabe sich umwandte, stand Anna im Türrahmen. Sie trug T-Shirt und Jeans, war ungeschminkt, das Haar zu einem wirren Knoten zusammengebunden, aber Gabe hatte nie jemand Schöneres gesehen. Das Herz schlug ihm bis zum Hals.

Anna fing seinen Blick auf. »Mich was fragen?«

Der Trubel in der Küche verschmolz zu einem Hintergrundrauschen. Von irgendwo weit her nahm er undeutlich wahr, dass Rachel sich von ihm entfernte, zu Aaliyah hinüberging. Seine Mom und Julia hatten das Spülen und Abtrocknen des Geschirrs übernommen. Matt holte einen Besen, um ein paar Krümel zusammenzufegen, die die Kinder hatten fallen lassen, und Leah wuselte immer wieder mit Tellern aus dem Esszimmer herein. Die Kinder rannten in die Küche, riefen irgendetwas von einem Klonkrieger und rannten wieder hinaus.

Gabe hielt den Blick auf Anna geheftet, während er langsam durch die Küche auf sie zuging. Er beugte sich vor und legte zärtlich die Hand an die Wange. »Willst du mich heiraten, Anna?«

41

Anna konnte ihn über den ganzen Krach in der Küche unmöglich verstehen. Im ersten Moment war sie sprachlos, und schließlich stieß sie mühsam hervor: »Was?«

Gabes Mund verzog sich zu einem Lächeln, und diesmal sprach er mit einer lauten, klaren Stimme, die sich über den Lärm seiner Familie erhob. »Anna, willst du mich heiraten?«

Die Gespräche verstummten, und alle wandten sich zu ihnen um.

»Wow«, murmelte Matt, und Julia befahl ihm, still zu sein.

Ein geflüstertes »Oh, mein Gott!« klang, als ob es von Leah kam, und irgendjemand atmete scharf ein. Dann herrschte Stille.

Gabe nahm sein Publikum gar nicht zur Kenntnis. Stattdessen griff er in die Hosentasche, holte eine Samtschatulle heraus und legte sie Anna in die hohle Hand. Verblüfft öffnete sie den Deckel, sah hinein und erkannte das vertraute Schmuckstück.

Der wunderschöne antike Hochzeitsjubiläumsring seiner Großmutter, den Anna abgelehnt hatte, als Elizabeth vor Jahren versucht hatte, ihn ihr zu geben.

Er hatte ihn in seiner Hosentasche gehabt. Er musste das hier geplant haben. Ihr Blick huschte hoch zu Gabes Gesicht. Das Atmen fiel ihr auf einmal schwer.

Er hielt ihrem Blick stand. »Es gibt keine andere Person auf der Welt, mit der ich über alles reden will. Oder die mich so zum Lachen bringt wie du. Oder die mich völlig in den Wahnsinn treibt.« Er hielt einen Moment inne und schenkte ihr ein schiefes Lächeln. »Oder die ich je so lieben werde, wie ich dich liebe.«

Die Tränen, die sich in ihren Augen gesammelt hatten, quollen über.

Gabe beugte sich vor, nahm ihr Gesicht in beide Hände und wischte die Tränen mit dem Daumen fort. »Und weißt du, ich bin nicht der Einzige, der dich liebt. Sieh dich um, Kleine.«

Er deutete mit einem Kopfnicken zu seiner Familie. Anna glaubte zu spüren, dass alle sie gebannt anstarrten, aber sicher war sie nicht, da sie den Blick nicht von Gabe losreißen konnte.

»Anna, du bist ebenso sehr ein Teil dieser Familie wie ich. Also heirate mich und lass es uns offiziell machen.«

Die Tränen flossen jetzt ungehindert, liefen unter ihrem Kinn zusammen und tropften auf ihr Shirt. Sie sah hinüber zu den Weatheralls. Ihr Blick wanderte von Elizabeth, der die Tränen übers Gesicht strömten, zu John, der den Arm um seine Frau gelegt hatte und Anna ein liebevolles Lächeln schenkte. Leah umklammerte Joshs Hand, und sogar Rachel konnte die Rührung kaum verbergen. Matt warf ihr ein glückliches Grinsen zu, und Aaliyah und Julia nickten, als würden sie allem zustimmen, was Gabe sagte.

Anna wandte sich wieder zu Gabe um, der dastand, die Hände zu Fäusten geballt, die Schultern angespannt. Auf seinem Gesicht lagen Verletzlichkeit und Hoffnung, und Anna hatte ihn nie mehr geliebt als in diesem Augenblick.

Und dann brach eine Welle des Glücks über sie herein, und sie konnte das Lächeln nicht verhindern, das sich auf ihrem Gesicht ausbreitete. Bevor sie etwas sagen konnte, umfasste Gabe ihre Schultern und küsste sie. Von weit her erschallte Jubel, aber alles, woran Anna denken konnte, war Gabe. Sie umfasste seinen Nacken und erwiderte seinen Kuss, hielt mit der

Sehnsucht und dem Schmerz und der Liebe der letzten fünfzehn Jahre an ihm fest.

Als sie sich voneinander lösten, lehnte Gabe die Stirn an ihre und murmelte: »Ist das ein Ja? Es sollte besser ein Ja sein.«

»*Ja!*« Sie lachte und weinte zugleich.

Gabe nahm Dorothys Ring und steckte ihn ihr an den Finger, und dann küsste er sie wieder.

Auf einmal waren sie von der ganzen Familie umringt. Matts und Julias Jungs umklammerten Annas Hüfte, während John sie zu einer Umarmung an sich zog. Als Nächstes war Leah an der Reihe. Matt umarmte Gabe und klopfte ihm auf den Rücken. Julia drängte sich dazwischen, nahm Annas Hand, um den Ring zu bewundern, und dann schob Rachel Julia beiseite und schlang die Arme um Anna.

Als sie sich voneinander lösten, sah Rachel sie mit ernster Miene an. »Weißt du, er ist mein großer Bruder, und ich liebe ihn mehr als so ziemlich jeden anderen.«

Anna nickte.

Rachel lächelte. »Ich hätte sowieso nie zugelassen, dass er mit irgendjemandem außer dir zusammenkommt.«

Anna umarmte Rachel noch einmal, und dann tauchte Elizabeth auf. Sie nahm Annas Hand und rieb mit dem Daumen über den Ring.

»Der Ring meiner Mutter steht dir gut«, sagte Elizabeth lächelnd.

»Danke, dass du ihn mir gegeben hast«, erwiderte Anna mit belegter Stimme.

Elizabeth sah Anna liebevoll an. »Als du mir gesagt hast, ich solle ihn einer meiner Töchter geben, da hast du nicht verstanden, dass ich genau das in dem Moment versucht habe.«

Anna liefen erneut die Tränen über die Wangen. Gabe legte einen Arm um sie und zog sie an sich.

Für einen kurzen, flüchtigen Moment dachte Anna an Deb Campbell.

Letztendlich war es ein Geschenk gewesen, dass ihre Mom sie verlassen hatte. Eines, das sie hierhergeführt hatte. Anna lehnte sich zurück, um Gabe in die Augen zu sehen. »Hast du diese Halskette noch? Die, die meiner Mom gehört hat?«

Er legte fragend den Kopf schief. »Natürlich habe ich sie noch.«

»Ich denke, ich sollte sie ihr zurückgeben«, sagte Anna. Ihre Mom hatte nur noch ein paar Monate zu leben, und sie war ganz allein. Vielleicht würde ihr die Kette Trost spenden.

Gabe runzelte die Stirn. »Hast du wieder mit ihr gesprochen?«

Anna nickte.

Gabe nahm ihr Gesicht in beide Hände, als wollte er sich vergewissern, dass mit ihr alles okay war. Sie lächelte, um ihn zu beschwichtigen. »Ich werde dir später alles erzählen. Aber könntest du mitkommen, wenn ich hingehe?«

»Ich werde überallhin mitkommen«, versicherte er, und dann presste er seine Lippen auf ihre. Anna schlang den Arm um seinen Hals und erwiderte den Kuss.

Von irgendwo weit her ertönte Rachels Stimme. »Sucht euch ein Zimmer, ihr zwei.«

Anna lachte, lehnte sich zurück und hielt mitten in dem ganzen Chaos inne, um Gabes große, liebevolle Familie anzusehen.

Nein, berichtigte sie sich. *Sie sind nicht Gabes große, liebevolle Familie.*

Sie sind meine Familie.

LIEBE LESERINNEN UND LESER,

ich freue mich so, dieses Buch mit euch zu teilen, und ich will ein Riesendankeschön dafür sagen, dass ihr euch entschieden habt, es zu lesen. Wenn euch die Geschichte gefallen hat und ihr mit den Figuren mitfühlen konntet, würde ich mich sehr freuen, wenn ihr mir schreibt. Bitte meldet euch über die sozialen Medien, schickt eine E-Mail oder abonniert meinen Newsletter, um Informationen über meine Neuerscheinungen zu erhalten. Darüber hinaus freue ich mich immer über eine kurze Rezension, die neuen Leser*innen hilft, das Buch zu entdecken.

Die meisten Autor*innen haben ein Buch, das sie als das Buch ihres Herzens ansehen. Manchmal ist es das erste Buch, das sie je geschrieben haben, oder es ist das Buch, das irgendetwas zutiefst Persönliches zum Thema hat, oder es ist das eine, das sie zum Lachen und Weinen gebracht und ihnen das Gefühl gegeben hat, ihnen würde das Herz brechen, während sie es geschrieben haben. *It all comes back to you – Kann die wahre Liebe jede Lüge verzeihen?* ist absolut und unumstößlich das Buch meines Herzens. Es ist das Buch, das mir immer wieder in Erinnerung ruft, warum ich mich ins Schreiben verliebt habe und dass bestimmte Figuren für immer bei einem bleiben. Danke, dass ihr mich auf dieser Reise mit Anna, Gabe und der ganzen Familie Weatherall begleitet habt.

Herzlichst, eure
Melissa Wiesner

DANKSAGUNG

It all comes back to you – Kann die wahre Liebe jede Lüge verzeihen? zu schreiben, hat sieben Jahre und ungefähr einhundert Überarbeitungen gebraucht, und die Zahl der Leute, die es während dieser Zeit beeinflusst haben, ist zu groß, um sie alle zu nennen. Dieses Buch würde es nicht geben ohne die Unterstützung all jener, die ich während der ersten Entwürfe in Online-Schreib-Communitys kennengelernt habe. Ich bin immer wieder begeistert von den vielen, vielen Autor*innen, die gewillt sind, ihren Rat, ihre Erfahrungen und Kritiken, ihre Ermunterung, Anteilnahme und Freundschaft zu teilen, um anderen Autor*innen zum Erfolg zu verhelfen.

Ein Riesendankeschön an Brenda Drake und das ganze Team hinter Pitch Wars für die unzähligen Stunden, die ihr freiwillig aufgewendet habt, um neue und aufstrebende Autor*innen zu bestärken und unterstützende Schreib-Communitys zu fördern. Auch wenn ich nie ein Pitch-Wars-»Mentee« war, hat das Programm buchstäblich mein Leben verändert, und ich weiß, dass es dort draußen Hunderte anderer Autor*innen mit ähnlichen Geschichten gibt.

Ich danke den Juror*innen hinter dem Golden-Heart-Wettbewerb 2019 der RWA in der Kategorie Mainstream-Fiktion, die mir Mut gemacht haben, mit diesem Buch weiterzumachen, als ich mir nicht sicher war, ob ich das tun sollte. Und was noch wichtiger ist, dass ihr mir die absolut wundervollste, unterstützendste Autor*innengruppe »im richtigen Leben« gegeben habt, die ich mir je wünschen könnte.

Ein Riesendankeschön an alle, die dieses Buch kritisiert haben, aber vor allem an Maureen Marshall, die mir vor langer Zeit ein sehr hartes, aber notwendiges liebevolles Feedback zu meinem Schreiben gegeben hat. Und an Elizabeth Perry, die mir ein liebevoll-strenges, aber notwendiges Feedback insbesondere zu dieser Geschichte gegeben hat.

Ich danke Amy Trueblood und Michelle Huack für die viele Zeit und Mühe, die ihr für den Sun-vs-Snow-Wettbewerb aufgewendet habt. Und ich danke Jody Holford, meiner Mentorin bei diesem Wettbewerb, die mir geholfen hat, die ersten Seiten dieses Buches zu überarbeiten, und die, fast sechs Jahre später, noch immer meine E-Mails beantwortet und mir Rat und Ermutigung anbietet.

Ich danke Julie Dinneen, die Anna und Gabe ebenso sehr geliebt hat, wie ich es tue.

Ich danke Sharon M. Peterson – danke, dass du immer nur eine (im Allgemeinen hektische) Nachricht entfernt bist, selbst wenn du unter Zeitdruck stehst.

Meiner Agentin, Jill Marsal – ich schätze mich so glücklich, mit dir zusammenzuarbeiten. Danke für dein unglaubliches Geschick dabei, dieses Business zu steuern, damit ich mich aufs Schreiben konzentrieren kann.

Meiner Lektorin, Ellen Gleeson – ich klinge vermutlich wie eine kaputte Schallplatte, während ich ständig wiederhole, dass ich dein unglaubliches Talent bewundere. Ich meine es jedes Mal ernst. Ich könnte mir nicht vorstellen, dieses Buch mit irgendjemand anderem als Bookouture oder dir als meiner Lektorin zu veröffentlichen. Vielen Dank, dass du an mein Schreiben und dieses Buch geglaubt hast.

Ich danke allen bei Bookouture. Ihr seid so gut in dem, was ihr tut.

Meinem Ehemann, Sid – ich müsste ein ganzes anderes

Buch schreiben, um dir zu sagen, wie sehr ich dich liebe. Eines Tages werde ich das tun, und ich werde dafür sorgen, dass es »schmutzig« wird.

Wie immer danke ich meiner wundervollen Familie Brusoki-Wiesner für eure Ermutigung und Unterstützung.

Und schließlich meinen aufrichtigsten Dank an meine Leser*innen. Ich weiß jede Einzelne und jeden Einzelnen von euch zu schätzen.

Große Träume und Herzklopfen
an einem absoluten Sehnsuchtsort:
Der Auftakt der Hawaii-Love-Trilogie
von Bestsellerautorin Lilly Lucas

LILLY LUCAS

THIS COULD BE LOVE

ROMAN

Deutschlands Tennis-Shootingstar Louisa ist nach einer Verletzung am Boden zerstört. In der Tennisschule ihrer Patentante Kay auf Hawaii will sie sich auf ihr Comeback vorbereiten. Als sie sich bereits beim ersten Lauftraining am Strand übernimmt, wacht sie ausgerechnet auf der Couch eines attraktiven Surferboys auf. Der ist aber spätestens dann tabu, als sie erfährt, dass es sich bei ihm um Vince Greenfield handelt, mit dem ihre Patentante einen erbitterten Streit führt. Obwohl sie Kay nicht in den Rücken fallen will, zieht es Louisa immer häufiger zu Vince. Bis sie herausfindet, dass er ein paar wesentliche Kapitel seines Lebens unterschlagen hat …
Cozy, romantisch, zum Träumen und Wohlfühlen: Lilly Lucas' Romane machen einfach glücklich.

KNAUR